天使は同じ夢を見る

[illegible]ピンドラー

COPYCAT
by Erica Spindler
Translation by Rie Sato

COPYCAT

by Erica Spindler

Published by K.K. HarperCollins Japan, 2023

よき相談相手であり親友でもある母、
リタ・J・スピンドラーに捧ぐ。

謝辞

本書の舞台を、わたしが子供のころ過ごしたイリノイ州ロックフォードにすると決めたときは、その町がどれほどすばらしい舞台となり、また自分自身が〝里帰り〟をどれほど楽しむことになるかに、まだはっきりと気づいてはいませんでした。そして、二〇〇五年の大型ハリケーン、カトリーナによる被害のためにロックフォードでの避難生活を余儀なくされ、そこで実際に本書を書きあげることになろうとは想像もしていませんでした。

わたしが離れていた長年の間にロックフォードはずいぶん変わりました。しかし、まだまだ変わっていないところもあります。この町には結束が固く、勤勉で気取りのない人々が暮らしています。家族を第一に考え、訪れる人を温かく迎え、たいてい一ブロックごとにおいしいピザの店が見つかります。そうしたことすべてを踏まえたうえで、お許し願いたいのです。人の死が避けられないこのたぐいの小説では、殺人事件が起こる地域を選び出さなければならず、もちろん、だれかが心のねじれた悪者にならざるをえません――このロックフォードのような穀倉地帯においても。

わたしがお話をうかがったロックフォード警察署の方々はみな温かく、すぐれたプロフェッショナル集団でした。以下の方々に心よりお礼申しあげます。ドミニク・アイアスパッロ刑事部長、カーラ・レッド巡査、ジーン・ケールカー鑑識課刑事。

義理の姉妹で最高に心の広いパム・シュバックには本当にお世話になりました。彼女は、わたしがふたたびロックフォードに慣れ親しむ間、宿主、観光ガイド、運転手の三役をこなしてくれたばかりか、ハリケーン・カトリーナの襲来後は再度部屋を提供し、子守り役まで引き受けてくれました。おかげで本書を完成させることができました。

わたしの活動拠点であるルイジアナ州では、セント・タマニーの元保安官代理マリエア・スワイツァーに電話追跡技術について教えていただきました。技術系音痴の作家を助けてくださって、ありがとうございました。

最後になりますが、日々、専門的なサポートをしてくださった方々に感謝します。わたしの代理人エヴァン・マーシャル、編集者ダイアン・モギー、アシスタントのカリー・ウィリアムズ。そして例によって、最後になりますが、家族の愛情と神の恵みにいちばんの感謝を捧げます。

天使は同じ夢を見る

おもな登場人物

キット・ラングレン――ロックフォード警察署凶悪犯罪課刑事
メアリー・キャサリン(MC)・リッジョ――キットの相棒。凶悪犯罪課刑事
ブライアン・スピラーレ――キットの元相棒。中央情報管理班長。警部補
サルヴァドール(サル)・ミネッリ――キットの上司。刑事部長
ジョナサン・ハース――キットの上司。凶悪犯罪課長。巡査部長
ホワイト、アレン、シュミット――キットの同僚たち。凶悪犯罪課刑事
スコット・スノウ――鑑識課刑事
ニック・ソレンスタイン――鑑識課刑事
フランシス・ロゼッリ――監察医
ジョー・ラングレン――キットの元夫。〈ラングレン・ホームズ〉経営
ヴァレリー・マーティン――ジョーの婚約者。看護師
タミー――ヴァレリーの娘
ランス・カストロジョヴァンニ――コメディアン
ゼッド・ズバ(ZZ)――〈ファン・ゾーン〉の支配人
シドニー・デール――〈ファン・ゾーン〉のオーナー
デリック・トッド――〈ファン・ゾーン〉の整備士
バディ・ブラウン――仮釈放中の男
ピーナッツ――スリーピング・エンジェル・キラーを名乗る男

1

イリノイ州ロックフォード
二〇〇一年三月五日　火曜日
午前一時

少女の髪は柔らかそうだった。彼はむしょうに指で直接触れたくなり、薄いゴム手袋に悪態をつき、そんなものをはめなければならないことを呪った。とうもろこしの毛の色をした髪。十歳の子供にしては珍しい。たいてい、年を重ねるうちに、金色の髪はくすんで茶色っぽくなり、もとの色を取り戻すには脱色するしかなくなる。

彼は少女を見おろして、自分の選択に満足した。この前の子より美しい。ほぼ完璧だ。かがみこんで、少女の髪を撫でる。生気のない青い目が見あげてくる。彼は深々と息を吸い、少女らしい甘い香りに酔いしれた。

慎重に……慎重に……。

彼らにはなにも残してはならない。

もう一人のあいつは完璧にこだわる。いつも僕にプレッシャーをかける。もっとと要求する。もっと、と。

あいつはいつも見張っている。肩越しに振り返ると、必ずそこにいる。

自分が眉をひそめていることに気づき、彼は顔に感情を出すまいと努力した。

僕のかわいいベイビー。最高に美しい創造物。

眠れる天使(スリーピング・エンジェル)。

眠れる天使殺人犯(スリーピング・エンジェル・キラー)。女刑事キット・ラングレンがつけた名にマスコミが飛びついた。

僕はその名前が気に入った。

だが、もう一人のあいつは違った。あいつはなにひとつ気に入らないらしい。

彼は急いで仕上げにかかった。少女の髪を整え、彼女のために選んだナイトガウンのピンク色のサテンのリボンを結ぶ。すべてをきちんとしなければ。

完璧だ。

さて、最後の一筆だ。ポケットから淡いピンク色のリップグロスを取り出す。付属のスティックで少女の唇に塗る。色がむらにならないように、ていねいに伸ばしていく。

それが終わると、彼は作品にほほえみかけた。

おやすみ、僕のかわいいエンジェル。ぐっすりお眠り。

2

二〇〇一年三月五日　火曜日
午前八時二十五分

凶悪犯罪課のキット・ラングレン刑事は、みぞおちにこみあげる吐き気を覚えながら、子供部屋の戸口に立った。また少女が死んだ。目と鼻の先の部屋で両親が眠っている間に、子供部屋のベッドの中で殺された。

それは親にとっては最大の悪夢だ。

だが、この両親、この家族にとっては、悪夢のような現実だった。

現場検証の音がキットのまわりで渦を巻いた。カメラのシャッター音、携帯電話で話す刑事の声、ぼそりとつぶやかれたののしりの言葉、人々の会話。

聞き慣れた音だ。キットはそれに慣れるうちに、何年も前から吐き気を覚えなくなった。ところで、この子は六週間ぶりの、二人目の犠牲者だ。またしても十歳の少女。

わたしのセイディと同い年だ。

娘のことを思うと胸が苦しい。キットはその苦しみと闘い、ここにいる子供から目をそらすまいとした。この子を殺した化け物を捕まえることを考えつづけた。

犯人は最初の殺人現場を異様なまでにきれいにしていった。また警察にチャンスがめぐってきた。今度こそ犯人は手がかりを残しているだろう。

キットは部屋に入った。室内を見まわして、女の子らしいインテリアを眺めた。壁は淡いローズピンクにペイントされている。カントリー調の白い家具、天蓋つきのベッド。その天蓋とそろいの、ひだ飾りのあるアイレット刺繍のカーテン。棚に並ぶアメリカン・ガール人形。キットはそのうちのひとつがフェリシティという名だとわかった。セイディも同じ人形を持っているからだ。

実を言うと、この部屋はセイディの部屋とそっくりだった。右側に置かれたベッドを左に移し、隅にデスクをたして、壁のピンクをピーチ色に変える。

集中しなさい、キット。セイディとは関係ないのよ。仕事をして。

キットは右に目を向けた。相棒のブライアン・スピラーレがすでに来ていた。鑑識課のスコット・スノウ刑事と一緒にいる。鑑識課には課長以下九名の刑事がいる。大都市の警察署とは違い、ロックフォード警察署の現場検証の専門家たちは宣誓就任をした公務員で、あらゆる分野の証拠収集について高度な訓練を受けていた。鑑識課は現場検証を行い、指紋、足跡、血液の採取、飛び散った血痕の分析、銃弾と薬莢の回収、弾道の検証をする。それからまた、カーペットから昆虫や幼虫を採取することでも有名だ。虫のライフサイクルを参考に、死亡時刻が特定できるからだ。さらに、彼らはすべての現場の略図を描き、写真におさめ、死体解剖に立ち会うことになっている。死体解剖も写真に残される。鑑識課員たちの楽しみはとどまるところを知らない。

集められた証拠物件は、公安ビルのそばにある州の科学捜査研究所に送られる。公安ビルという名が示すとおり、その建物にはロックフォード警察署だけでなく、保安官事務所と市の留置場と検死官事務所も入っている。

刑事部長は現場に鑑識課全員を送りこんだ。キットは驚かなかった。殺人が年平均十五件しか起きない、家族第一主義の工業都市で、六週間で二人の子供が殺されるのは大事件だ。どこにでもいるような金髪と青い目の少女たちは、おちおちベッドで寝ていられない。

キットは相棒の注意を引いて、ベッドを指さした。ブライアンが人さし指を立てて、待つように指示した。キットが待っていると、彼はスノウ刑事との話を終えてやってきた。

「この犯人は本当にむかつく」ブライアンが言った。

ブライアンは大柄だ。のんきなテディベアのような体つきだ。彼の場合は、そばかすだらけの赤毛のテディベアだ。抱き締めたくなるようなその風貌(ふうぼう)の下には、気性の荒さが隠れている。悪いやつがブライアンに楯突(たてつ)いたら、必ずや後悔することになる。

キットはぜひともブライアンにこの犯人を捕まえてもらいたかった。

「ずいぶん前からいるの？」キットは尋ねた。

「たぶん、十五分ぐらいだ」ブライアンは被害者のほうをちらりと見て、キットに視線を戻した。「犯人は三人目もやるつもりかな？」

「そうでないことを切に願うわ。わたしたちが捕まえれば、そんなことはできなくなる」

ブライアンはうなずき、キットの腕をつかんで彼女のほうへ体を傾けた。「セイディの具合は？」

死が迫っているわ。わたしの娘、たった一人の子供が。胸がいっぱいになって、キットは喉がつまった。五年前、セイディは急性リンパ性白血病と診断された。これまで度重なる化学療法と放射線療法、骨髄移植の失敗にもめげずにきたが、どうも娘はあきらめてしまったようだ。長くもちこたえるだけの気力も体力も、もう残っていない。

キットは言葉が出なくて、首を振った。理解したブライアンは、彼女の腕をつかむ手に力をこめた。「きみは？　大丈夫なのか？」

爪を立てて、かろうじてぶらさがっている感じよ。「ええ」やっとのことで言ったが、意に反して声が途切れた。「なんとかね」

ありがたいことに、ブライアンはそれ以上きかなかった。夫のジョーを除けば、キットがいかに大変な状況にあるかをだれより知っているのがブライアンだった。

ブライアンはもう一度、彼女の腕をやさしく握ってから放した。二人は被害者のもとへ行った。キットはなにを見ることになるか、一切の先入観を頭から追い出した。そう、二人の子供の殺害はどこのどいつともわからない同一犯の犯行と思われたが、この現場、この殺人事件には、まっさらな頭で向き合う必要があった。優秀な刑事は、常に現場と証拠に事件を語らせるものだ。それに耳を傾けるのではなく、刑事みずからが事件を語りはじめれば、客観性――そして信憑性――は失われてしまう。

少女の遺体を一目見て、キットは大きなショックを受けた。

前回の少女と同じく、この少女も生前はかわいかったはずだ。金髪。青い目。ぞっとするような死の兆候――蒼白の肌、目と唇の毛細血管が切れてできた点状出血、死後硬直の進行――を除けば、少女は眠っているように見えた。

スリーピング・エンジェル。

この前の少女と同じだ。

枕の上に後光のように広げられた金色の髪。明らかに、犯人はブラシで髪を梳いて広げたのだ。キットは顔を近づけた。犯人は少女の唇にピンク色のリップグロスを塗っていた。

「窒息死のようだな」ブライアンが言った。「この前の少女と同じだ」

見たところ暴行の跡はなく、点状出血があることから窒息死と判断して、キットはうなずいた。「犯人は死後にリップグロスを塗ったことになるわ」ブライアンに目を向ける。

「ナイトガウンについては？」

「それも前回と同じだ。母親は少女のものではないと言っている」

キットは眉根を寄せた。その白いナイトガウンは、フリルと小さなピンクのサテンのリボンがいくつもあしらわれた、かわいらしいものだった。「で、父親は？」

「とくになにも。両親とも遺体には触れなかった。学校があるので起こしに来た母親が、娘を一目見て悲鳴をあげた。父親が駆けつけた。で、警察に通報した」

普段ならキットは、両親が娘に触れなかったことを奇妙に思っただろうが、前回の殺人事件が大きく報道されたので、母親は一目見ただけで、娘が同じ犯人の餌食になったことがわかったのだろう。

「彼らを調べなければならないな」ブライアンが言った。

キットはうなずいた。子供は見ず知らずの者に殺されるよりも、家族に殺されるケースのほうが圧倒的に多い。一般にはその統計値は信じがたいものだろうが、警察にとっては暗い現実だった。

しかしながら、キットもブライアンも、今回の犯人が家族の中にいる可能性が低いことは承知していた。子供を狙う連続殺人犯がいるのだ。

「前回のように、犯人は窓から侵入したようだ」ブライアンが言った。

キットは相棒に目を向けた。「鍵が開いていたってこと?」

「そうに違いない。ガラスは割れていないし、窓枠にこじ開けた形跡もない。スノウによると、鑑識は窓枠ごとはずして持っていくつもりだそうだ」

「窓の外に足跡は?」キットは尋ねたが、一週間前から雨が降っていないので、窓の下の土はかちかちに固まっているだろう。

「ない。網戸は切られていた。きれいに」

キットは首のうしろに手をあてた。「それはどういうことかしら、ブライアン？　犯人はなにを伝えようとしているの？」

「そいつが生皮をはがされて当然の、へどが出るほどいやなやつだってことだろう？」

「ほかには？　なぜリップグロスを塗るの？　かわいいナイトガウンを着せるの？　少女を狙うのはなぜかしら？」

別の部屋から、突然、胸を裂くような、悲痛な泣き声が聞こえてきた。キットは他人ごととは思えず、身を震わせた。

セイディがいなくなったら、わたしはどうやって生きていくのだろう？

ブライアンは怒りにこわばった顔でキットを見た。「おれにも娘たちがいる。一晩眠って、翌朝こんなものを目にしたら……」彼は指を折り曲げた。「こいつを捕まえなければ」

「絶対に捕まえてやる」キットはすごみのある声でつぶやいた。「なにがなんでも、このくそ野郎の鼻柱をへし折ってやるわ」

3

五年後

イリノイ州ロックフォード
二〇〇六年三月七日　火曜日
午前八時十分

電話の甲高いベルの音で、キットは薬による深い眠りから覚めた。手さぐりで電話をさがし、二回取り落としそうになってから受話器を耳にあてた。「もしもし」

「キット。ブライアンだ。起きろ」

キットはぱっと目を開けた。ブラインドのすき間から差しこむ日差しが目にしみる。時計に視線を移し、時間を見て、やっとのことで上体を起こした。

目覚ましをとめてしまったんだわ。

なぜ起こしてくれなかったのだろうと考えながら、キットはジョーが寝ている側を見て、はたと気づいた。三年もたったというのに、夫がそこにいると思ってしまう。

夫なし。子供なし。

今は一人ぼっち。

キットは眠気を覚まそうと、咳(せき)ばらいをして背筋を伸ばした。「こんなに朝早くに電話なの、スピラーレ警部補？　大地をゆるがすほどの大事件が起きたに違いないわ」

「あのくそ野郎が戻ってきた。じゅうぶん大事件だろう？」

キットは、ブライアンが言った〝くそ野郎〟がだれなのか直感した――スリーピング・エンジェル・キラーだ。彼女はその事件にのめりこむあまり、生活も仕事もだいなしにしかけたというのに、事件は未解決のままだった。

「どういう――」

「少女が殺された。おれは今、現場にいる」

最悪の夢だ。

五年間の沈黙のあと、あのSAKが犯行を再開した。

「担当はだれ？」

「リッジョとホワイトだ」

「場所は？」

ブライアンはロックフォード西部の住所を告げた。肉体労働者たちが住むその地域は、昔は活気のあるところだった。

「キット？」

　彼女はすでにベッドを出て、大急ぎで着替えていた。「なに？」

「気をつけろよ。リッジョは――」

「ちょっと性格がきついんでしょう」

「縄張り意識が強いぞ」

「わかった。それと……ありがとう」

4

二〇〇六年三月七日　火曜日
午前八時二十五分

母親以外の人にはＭＣと呼ばれているメアリー・キャサリン・リッジョ刑事は、殺人事件の現場に戻ってきたブライアン・スピラーレ警部補のほうを向いて軽く会釈した。そのやりとりを見た同僚たちのなかで、二人の過去を推測する者は一人もいないだろう――ブライアンが妻と別居している間、二人が不倫していたことを。

その関係は終わった。ブライアンは妻のもとへ戻り、ＭＣは目が覚めた。今よりずっと若く、まだ警官になりたてだった彼女は、有名人にのぼせてしまったのだ。当時、凶悪犯罪課の刑事という華々しい肩書きを持ったブライアン・スピラーレは、英雄的存在で、出世の階段をのぼっていた。彼の仕事における武勇伝は、ＭＣには媚薬(びやく)効果があった。たいていの女性が耳元でささやかれる甘いだけのくだらない言葉に反応する一方で、ＭＣをかきたてたのは銃弾や血が出てくる、悪いやつらの逮捕談だった。

彼女がよくいるような若い娘であることを、だれも責めはしなかった。

ＭＣは不倫から足を洗った。傷つくこともなく、貴重な教訓を得た。上司と寝たことをくよくよしても、しかたがない。彼女は二度とそんなことはしないと誓いを立てた。

ＭＣがブライアンのほうへ行くと、すぐにトム・ホワイトもやってきた。トムは三十代のアフリカ系アメリカ人で、背が高く、やせ型、優美な顔立ちだ。その顔には、三人目の子供が生まれたばかりで、夜は細切れにしか眠れていないことが表れていた。総体的に見ると、トムはとても優秀な刑事であると同時に人柄もよく、ＭＣとはコンビを組んで間もないが、二人は強い信頼関係で結ばれていた。彼はＭＣの手腕と才能を買っており、まだるっこしいやりとりは一切必要なかった。

凶悪犯罪課の所属になってから、ＭＣは何度も相棒を変えた。正直言って、彼女は性格がきつく、野心家だ。そのことは本人もわかっていた。もう少しまるくなれば、同僚の刑事たちから好かれるだろうと気づいてはいるのだが、自分を変えることはできなかった。正しいと思うと、それを押しとおす――だれと意見が食い違おうとも。たとえば、その相手がブライアン・スピラーレのような目上の者であっても。

ほのぼのなんて、あひるの雛(ひな)とうさぎの子のためにある言葉だ。

「そっくりですよね？」ＭＣは言った。

ブライアンはうなずいた。「残念ながら、とてもよく似ている」

五年前、三人が犠牲となった連続殺人事件は、シカゴの西百四十五キロに位置するとうもろこし畑の端の町をパニックに陥れた。その犯罪の性質と、被害者が三人とも金髪で青い目の少女であり、そばで家族が眠っている間に自分の寝室で殺されたという事実は、その地域の人々の安全に対する感覚を脅かした。当時、MCはパトロール担当だったが、夜に物音がするといっては通報を受けた。

その後、連続殺人はやんだ。しばらくすると、生活は平常に戻った。

どうやら今になって、その犯人が戻ってきたらしい。

MCは目を細めてブライアンを見た。彼はもはや捜査部門では働いておらず、今は昇格して中央通報管理班、略称CRUの管理職だ。CRUはロックフォード警察署にかかってくるすべての電話を受け、事故報告書の作成と性犯罪者の登録を担当する部署だ。

しかしMCは、ブライアンがこの殺人事件に興味を持っているのがわかった。彼は五年前の事件の担当刑事だった。もう一人の担当者はキット・ラングレンだった。

MCは必死になって、事件とラングレン刑事が果たした役割をくわしく思い出した。スリーピング・エンジェル殺人事件の解決は、ロックフォード警察署の最優先事項だった。ラングレンの統率力は署内で評判だった。彼女は犯人を捕まえることにのめりこんだ。ほかの事件をなおざりにし、上司の言葉に耳を貸さず、噂(うわさ)によると犯人を取り逃がしたそうだ。犯罪現場で失敗をしでかし、アルコールを乱用するようになり、ついには休職を余儀なくされたとのことだ。

ラングレンは復職したばかりだ。それはリハビリの一環でもあった。

ＭＣは眉をひそめた。「ラングレンは頭がいかれているのよ」

「たしかにな」ブライアンが言った。「だが、彼女が経験してきたことを思えば、しかたないさ。理解してやってくれ」

トム・ホワイトが口をはさんだ。「監察医が来たよ」

検死官事務所は、フルタイム勤務の法医学の専門家を二人雇っている。彼らは死人が出るたびに現場へ赴き、正式に死亡を宣告して、死体を調べ、写真を撮り、その死体を死体安置所へ運んで解剖する。

到着したのは、二人のうち年上のほうのフランシス・ロゼッリだった。イタリア系の、小柄で几帳面な男だ。

「フランシス」ブライアンが声をかけて、彼のそばへ行った。「久しぶりだな」

「警部補。それほど久しぶりではないさ。気にするな」

「べつに気にしちゃいないさ。リッジョとホワイトは知っているね」

フランシスはＭＣたちに軽く会釈した。「刑事さんたち、被害者は？」

「子供です」ＭＣが言った。「十歳。窒息死のようだわ」

監察医は確認するかのように、ブライアンに目を向けた。「ＳＡＫの手口みたいだな」

「残念ながら、この事件自体がそうらしい」

監察医はため息をついた。「あの連続殺人事件には、もう二度とかかわらずにすんだかもしれないのに」

「まったくだ」ブライアンは首を振った。「マスコミにもみくちゃにされるぞ」

ＭＣが相棒のトムを見た。「近所の聞きこみを始めましょう。ゆうべ、異様な物音を聞いたり、妙なものを見たりした人がいないか確かめるのよ」

トムは同意した。「制服警官にやらせよう」

「この家は売りに出されているの。不動産業者と購入予定者たちのリストが欲しいわ」

「ペンキも塗り替えられたばかりのようだ」トムが言った。「ここから三キロ以内の塗装業者と便利屋の名前を調べよう」

ＭＣはうなずき、監察医に向き直った。「報告書はいつできますか？」

「今夜には」

「よかった。電話を待ってます」

5

二〇〇六年三月七日　火曜日
午前八時四十分

キットは質素な家の前にとめられている車の隣に、フォード社製の愛車トーラスを二重駐車した。野次馬を遠ざけて関係車両の駐車スペースを確保するため、巡査たちが家の前の道路を前後三十メートルほど封鎖していた。検死官のシボレー・サバーバン、鑑識班のバン、六組のパトロール警官と、六台の覆面パトカーが見えた。

キットはその家にざっと視線を走らせた——小さな青い箱のようで、おそらく居住空間は百平方メートルもないだろう。ロックフォードはアウトソーシングと経営合理化の影響を受けてしまった。〈ロックウェル・インターナショナル〉や〈U・S・フィルター〉といった、かつて地域の雇用を主に担った企業はすでになかった。ほかのもっと小規模な企業は細々と続いていたが、先行きは暗い。この前聞いた統計によると、この地域の製造業では三万人が仕事を失ったそうだ。町を車で走ってみると、それがよくわかった——無人の工場がひとつ、またひとつと現れる。

　キットは、イタリア系とスウェーデン系が大半を占めるごく普通の町であるこのロックフォードで、生まれてから四十八年間、ずっと暮らしてきた。実際、セイディが死に、結婚生活が終わったあとも、この町を離れることをちらりとも考えたことがなかった。ロックフォードは彼女の故郷だった。キットはここでの暮らしが好きだった。人々は気さくで、一ブロックおきにおいしいピザの店が見つかるし、ちょっとした華やぎが恋しければ、シカゴへはほんの一時間で行ける。

　正直言って、キットは華やぎが恋しくなることはめったになかった。中流階級の気安さに居心地のよさを見いだすタイプなのだ。

　キットは車を降りた。外はどんよりと曇り、肌寒い。彼女は身震いし、ジャケットの中で背中をまるめた。イリノイ州北部の冬はきびしく、春の到来は遅くて、夏は短い。しかし、秋はすばらしい。キットが思うに、ここの住人たちはほかの季節に耐えることと引き換えに、すばらしい秋を迎えるのだろう。

　彼女は歩いていって犯罪現場を囲うテープをくぐり、まっすぐに巡査のほうへ向かった。同僚たちの好奇の視線をものともせず、現場の記録簿にサインした。彼らが興味を持つのもしかたがないとキットは思った。彼女は八週間前に復職したばかりで、担当してきたのは小さな暴力事件ぐらいだったからだ。

　今朝まで、自分の気力に不安があったので、キットはそんな状況に甘んじていた。復職できたのは、刑事部長のサルことサルヴァドール・ミネッリが許可してくれたおかげだった。キットは以前、仕事にどっぷりはまりこんでしまった。事件を引っかきまわし、仲間の刑事を危険にさらし、署の評判を危うくしたのだ。

サルはブライアンと同じように、キットをかばってくれた。その恩は永遠に返せそうにない。では、ほかにどうすればいいだろう？　わたしは刑事だ。それ以外の何者にもなったことはない。

いいえ、あるわ。かつては妻だった。母親だった。

キットはその考えを振り払った。よみがえった記憶も、苦しみも一緒に。

彼女は家の中に足を踏み入れた。室内は暖かい。子供の両親が身を寄せ合ってソファに座っている。キットは彼らと目を合わせなかった。室内をざっと見まわす。こざっぱりした安物の備えつけ家具。見るからに古びた、でこぼこした地模様の絨毯（じゅうたん）。壁は灰色がかった薄緑色というすてきな色合いだ。

聞こえてくる声をたどって、少女の寝室へ向かう。この狭い部屋に人が多すぎるわ。リッジョ刑事は交通整理をもっと上手にするべきね。

すでに捜査の現場を離れているブライアンがそこにいるのを見ても、キットは驚かなかった。メアリー・キャサリン・リッジョが、まるでキットの存在を空気の動きで感じ取ったかのようにくるりと向き直り、彼女を見つめた。キットが休職していた一年半の間に、多くの制服警官が刑事になった。そのうちの一人、メアリー・キャサリン・リッジョは凶悪犯罪課に配属された。聞くところによると、彼女は頭がよく、野心家で、一切の妥協を許さないそうだ。

キットは彼女と目を合わせ、軽くうなずいて挨拶し、その足でベッドへ向かった。

被害者を一目見て確信した。あいつが戻ってきた。

こみあげる罪悪感に溺れそうになりながら、キットはそれをぐっとこらえた。それは五年前にあのくそ野郎を捕まえられず、ふたたび凶行を許してしまったという罪悪感だ。

キットは目をそらしたかったが、できなかった。絶望感が彼女を襲った。娘の姿と、最期の日々の思い出で頭がいっぱいになる。

魂の奥底から嗚咽がこみあげる。キットはそれを押し殺した。娘の死とスリーピング・エンジェル殺人事件は、奇妙なことに、彼女の頭の中でどうにも断ち切れないほど結びついてしまった。

キットにはその理由がわかっていた。そのことについては精神科医といやというほど話し合ってきた。一件目のスリーピング・エンジェル殺人事件が起きたのは、セイディが死にかけているときだった。娘を生かしておくための闘いは、SAKの凶行を食いとめて、ほかの少女たちを救う闘いとよく似ていた。

哀れにも、彼女はどちらの闘いにも負けてしまった。

キットはふと気づいた。被害者の両手が、過去の被害者たちとは違う位置にある。過去の事件では、被害者の両手はきちんと胸の上に重ねられていた。今回は指を曲げた奇妙なポーズをとっている。片手で自分を指さし、もう一方の手は、まるでほかの人を指し示しているかのようだ。

そのことに意味はないのかもしれない。殺人犯の儀式のひとつだろう。なにしろ、最後の犠牲者が出てから五年もたっている。

だが、キットにはそうは思えなかった。彼女が追ってきたSAKは几帳面で、殺害現場の整え方はいつも同じであり、警察に手がかりを残したことはなかった。

キットは興奮して振り返り、ブライアンを呼んだ。彼と一緒にメアリー・キャサリン・リッジョとトム・ホワイトも来た。

MCはキットにしゃべるすきを与えなかった。「ごきげんよう、ラングレン刑事」

「リッジョ刑事」

「ありがたいわ。わざわざ意見を聞かせに来てくれるなんて」

「どういたしまして」キットは答えたが、MCは少しもありがたそうには見えなかった。キットはかつての相棒に注意を向けた。「両手が違うわ」

ブライアンは感心した表情でうなずいた。「忘れていたよ」彼はMCを見た。「昔の事件では、両手はみんな同じ位置にあった。胸の、心臓のそばに重ねられていた」

監察医が肩越しにキットたちを振り返った。「実は、その両手がとても興味深いシナリオを提供してくれている」

MCは眉をひそめた。「どういうこと?」

「明らかに、両手の格好が不自然だ。この場合、犯人は死後にこの形をつくったことになる」

「べつに驚くことじゃないわ。なにがそんなに――」

「興味深いかって？　犯人は殺してからどれくらいの時間待ったかということだよ」

「理解できないわ」キットが言った。「犯人は急がなければならなかったはずよ、死後硬直が始まる前に」

監察医は首を振った。「そうじゃないよ、刑事さん。犯人は死後硬直が始まるまで待たなければならなかったんだ」

数秒の間、だれも口をきかなかった。その沈黙を最初に破ったのはMCだった。「どういうことですか？」

「たいしたことじゃない。気温にもよるが、硬直は死後二時間から六時間で始まる。暖房がきいていて、家の中は比較的暖かかったから、おそらく三、四時間だろうな」

キットは耳を疑った。「犯人はここに座って、この子が硬直するのを待ったというの？」

「そういうことだ。そして、その忍耐が報われるためには、死後硬直が解ける前の、死後十時間から十二時間の間に遺体が発見されなければならなかった」

ブライアンは口笛を吹いて、キットを見た。「犯人にとって、手の位置はとてつもなく重要なわけだ」

「犯人の主張が大胆になってきているわね。ずうずうしくなっている」

「殺人犯のほとんどは、侵入して立ち去るまでをなるべく早くすませるものだ」

「頭のいい犯人たちのほとんどはね」キットは訂正した。「そして、オリジナルのSAKはものすごく頭がよかった」

「で、この手はなにを意味しているんだろう？」

「わたしとあなた、じゃないか？」ホワイトが言った。

キットはうなずいた。「わたしたちと彼ら。内と外」

「なにも意味していないかもしれないわ」MCがいらいらした口調で言った。

「それはどうかな。その手を形づくるのに要した危険性を考えてみろ」ブライアンはキットを見た。「ほかに、以前と違うところはないか？」

キットは首を振った。「気づいたのはそれくらいよ――今のところは」彼女はMCに目を向けた。「現場からなくなっているものはない？」

「なんのこと？」

「オリジナルのSAKは、犯行の記念品は持ち去らなかった。言うまでもなく、典型的な連続殺人の犯人像にあてはまらないの」

MCはホワイトと視線を交わして言った。「少女の両親に、持ち物をよく調べさせる必要があるわ」

ホワイトはうなずき、らせんばねで綴(と)じたメモ帳に書きこんだ。

「もう少し現場を見てもいいかしら？」MCによく思われたいがために、キットは彼女に尋ねたが、ブライアンにきけば簡単に承諾を得られただろう。彼女たちの上司である彼が決定を下せば、それに議論の余地はないのだ。

しかし、この事件を指揮するのはMCであり、彼女が実力を証明したくてうずうずしていることはキットにもわかった。MCは男も根をあげるほどのきつい仕事をこなしてきたし、キットはそういうタイプの女性刑事をいやというほど見てきた。警察はまだまだ男社会だ――女性はかなりがんばらなければ、まともに扱ってもらえない。それまでは二流市民扱いだ。だから、多くの女性刑事はユーモアを失い、重度の男性ホルモン羨望症を抱えた頑固者になってしまう。つまり、男みたいにふるまうようになる。なんと、キット自身もそんなふうに変わってしまった一人だった。

今ではキットはもっと分別がある。女性刑事は男ではないからこそいいのだということを学んだ。本能、ものごとへの反応やかかわり合い方――そうしたすべては、自分の性別によって形づくられたものだ。

「どうぞ」MCが答えた。「気づいたことがあったら教えてちょうだい」

これといって目を引くものもなく、キットは四十分後に現場をあとにした。被害者の両親に話も聞かず、近隣の調査や聞きこみもせずに立ち去ることに違和感を覚えた。

これはわたしの事件なのに！　五年前、事件解決に心血をそそいだキットの脳みそには、この殺人犯の手口のひとつひとつがこと細かに焼きついていた。

彼女は大失敗もした。あれはぶざまだった。

「ラングレン！」

　キットは立ちどまって振り返った。きびしい表情のメアリー・キャサリン・リッジョが大股で歩いてきた。「あなたが帰る前に、話があるの」

　べつに驚きはしないわよ。キットは腕組みをした。「言いたいことがあるならどうぞ」

「あなたの過去は知ってるわ。あなたにとってSAKの事件がどんなに大切なのか、今はこの事件から締め出されてどんな気分でいるのか、わたしはわかっている」

「締め出される？　わたしはそんなことになってるの？」

「とぼけないで、ラングレン。これはわたしの事件よ。わたしへの個人的な感情はひとまずわきへ置いて、わきまえてほしいわ」

「すなわち、口を出すなということ？」

「そうよ」

　キットはMCの高慢さに眉をひそめた。「言っておくけど、わたしはオリジナルのSAKの犯行手口をつぶさに知っているのよ。もしもこの事件が四度目の犯行だと証明されたら、わたしの知識はあなたにとってきわめて貴重なものになるわ」

「わたしに言わせれば、その犯行手口に関する詳細ならとっくに手に入っているわ」

「でも、わたしの勘は――」

「そんなものはもう鈍っている。あなたもわかっているはずよ」

　キットは弁解したい衝動と闘った。そんなことをすれば、MCに卑怯（ひきょう）者だと思われてしまう。「わたしはこの犯人について知っているわ」弁解する代わりにそう言った。「彼は頭がいい。用心深い。犯行を綿密に計画している。彼は自分の知性をひけらかし、犯行に感情を持ちこまないことを誇りにしている。犯人は子供たちをつけまわして、生活習慣を知る。就寝時間。寝室の位置。そうやって襲いやすい子に目星をつけるの」

「どんな子だと襲いやすいの？」

「要素はいろいろよ。両親が不仲だとか。経済的、社会的地位が低いとか」

「どうしてそんなふうに断言できるの？」

「だって、この五年間、わたしは飲み食いして、このくそ野郎に悪態をついてきたんだもの。彼を捕まえることしか考えてこなかったも同然だわ」

「じゃあ、なぜまだ逮捕していないの？」

キットは答えられなかった。唯一、犯人を追いつめたとき、そのチャンスをふいにしたのだ。

MCはキットのほうに体を傾けた。「よく聞いて、ラングレン。わたしはなにも、あなたを責めているわけじゃない。あなたがどれほど仕事に打ちこみ、どれほど事件にのめりこむかを知るぐらいには、警官をやってきているわ。でも、そんなことはどうでもいいの。これはわたしの事件よ。あなたは手出しをせずに、わたしに犯人を捕まえさせて」

「わたしはずいぶんうぬぼれていたわ、昔はね」

MCは立ち去ろうとキットに背を向けた。「あらそう」

キットはＭＣの腕をつかんだ。「二人で力を合わせればいいでしょう？　わたしのＳＡＫに関する知識は役に立つんじゃない？　あなたがサルに話してくれたら――」

「そんなことするつもりはないわ。申し訳ないわね」

申し訳ながっているかどうかは疑わしかった。キットはＭＣの腕を放して、うしろへ下がった。「ねえ、リッジョ、あなたをどうこう言っているんじゃないのよ。どんなことをしても、犯人を捕まえようという話をしているのよ」

ＭＣは目を細めた。「なんの話かはよくわかっているわ、ラングレン刑事。あなたもわかっているかどうか自問してみるといいのよ」

「刑事部長に直談判するわ」

「せいぜいがんばって。部長がどう言うかはわかりきっているわ」

キットはＭＣが歩き去るのを待ってから、自分の車に乗りこんだ。問題は、刑事部長が言いそうなことをキット自身もうすうす気づいていることだった。しかし、だからといって、直談判しないわけにはいかなかった。

6

二〇〇六年三月七日　火曜日
正午

刑事部長サルヴァドール・ミネッリはキットの事件解説に静かに耳を傾けた。彼ははっとするほどハンサムな、髪に白いものがまじる五十一歳だ。顔にほとんどしわがなく、身なりがよく、歩く姿には、そこはかとない威厳が感じられた。最近では、サル——署内のほぼ全員が彼をそう呼んだ——は警官でありながら政治家のようでもあった。実際のところ、事情通たちのほとんどが、数年後に現署長が定年退職したときに署長の座につくのはサルだと考えている。

サルはキットのとてもいい友人だった。五年前、彼女の上司だったサルは、彼の立場でできる限りの、おそらくそれ以上の支援をしてくれた。あたりまえのようにかばってくれたし、署長の不満も彼が楯（たて）になってくれた。

おそらくそれは、サル自身が五人の子供の父親だったからだろう。家族の絆（きずな）をなにより大切にする家の生まれだからかもしれない。セイディを亡くした痛手がどんなに深いものか、彼は理解していたように思えた。

「わたしは犯人について知っています」キットはくいさがった。「だれよりもＳＡＫを知っています。指揮権なんてリッジョ刑事にくれてやるわ。それでもかまいません。わたしに手伝わせてください」

キットが話しおえたあと、サルはしばらく黙りこんだ。両手の指を突き合わせる。「なぜこんなことをしているんだね、キット？」

「犯人を捕まえたいからです。鉄格子の中にぶちこみたい。わたしなら役に立てます」

「最後のコメントについては、リッジョ刑事は賛成しかねるだろうな」

「リッジョ刑事は若いし、自信過剰なんです。彼女にはわたしが必要です」

「きみはきみなりにがんばった。そして犯人に逃げられた」

「今度はそうはさせません」

サルはまるでキットが口をはさまなかったかのように話を続けた。「事件には、新たな目で見ることが重要なのは、きみもわかっているだろう」

「はい、でも――」

サルは片手を上げて、キットを黙らせた。「リッジョ刑事は優秀だ。きわめて優秀だ」

たしか彼は、わたしについてもかつて同じように言ったことがあった。またあのときの二の舞になるのではないか。

わたしはいくらか、お荷物になってしまった。

「彼女は我が強いんです」キットは反論した。「野心が強すぎます」

サルはほほえんだ。「それならホワイトがうまくなだめるさ」

「わたしにもできるということを、どうすればわかっていただけますか？」

「残念だな、キット。きみは入れこみすぎているし、まだ完全に立ち直っていない」

「お言葉ですが、それを決めるのはわたしです。そう思いませんか？」

「思わないね」サルはそっけなく言い、身を乗り出した。「この事件に取り組むことで、きみは精神的にまいって、またアルコールに逃げこむことになると考えたことはないのか？」

「そんなことにはなりません」キットはサルの目をひたと見すえた。「禁酒しています。もう一年近く。このまま続けます」

サルは声をひそめた。「もうきみを守ってやれないぞ、キット。なんの話かはわかっているだろう」

わたしはSAKをこの手で取り逃がしてしまった。

サルはわたしをかばってくれた。それは彼も責任を感じたからだ。

それとセイディのことがあったから。

「リッジョとホワイトには、きみを仲間に入れるように言っておこう。きみに情報を与えるようにと。わたしにできるのはそのぐらいだ」

キットは立ちあがり、両手が震えていることに気づいてショックを受けた。さらにショックだったのは、その震えをとめるために酒を飲みたがっていると気づいたことだった。その衝動に二度と負けてはならない。

「よろしくお願いします」キットはそう言って、ドアへ向かった。

ドアまで行ったところでサルに呼びとめられ、彼女は振り返った。

「ジョーはどうしている?」サルは尋ねた。

わたしの別れた夫。高校時代の恋人。かつての親友。「彼とはあまり話していません」

「それを聞いたわたしの気持ち、きみはわかるね」

わかるわ。わたしだって同じ気持ちよ。

「彼に会ったら、よろしく伝えてくれ」

そうすると答えて、キットは立ち去った。とたんに、ジョーのことで頭がいっぱいになった。

7

二〇〇六年三月七日　火曜日
午後五時三十分

「こんにちは、ジョー」

キットの別れた夫は、目の前のデスクに置かれた住宅の設計図から顔を上げた。金色だった髪は年月を経て銀色っぽくなってしまったが、彼の目は、二人が結婚した日と同じ青色だった。今夜はその目に警戒の表情がうかがえた。

キットは彼を責められないと思った。近ごろはふらりと立ち寄ることもなかったのだから。

「やあ、キット。驚いたな」

「フローはもう帰ったのね」フローというのは、ジョーの秘書とオフィスマネージャーを兼務している女性のことだ。「だから勝手に入ってきたわ。仕事はどう？」

「上向いているよ。春が来てくれたおかげでね」

ジョーは〈ラングレン・ホームズ〉という住宅建築会社を経営している。イリノイ州北部の冬は建設業者にとってはきびしい。家を建てはじめるのはまず無理だ。目標は、過酷な気候が襲ってくるまでにさまざまな作業を終わらせて、内装にかかれるようにすることだ。経営が行きづまった冬も何度かあった。

「疲れているみたいね」キットは言った。

「たぶんね」ジョーは手で顔を撫でた。「そこがふくらんでいるってことは、きみは仕事に復帰したんだな」

拳銃のショルダーホルスターのことだ。ジョーはキットが銃を携帯していることに、どうしてもなじめなかった。

ジョーはキットの目を見た。「サルがよろしくですって」

「まだ続いているわ。十一カ月目よ。ずっと続けるつもり」

「それで、禁酒のほうは――」

「それはよかったな、キット」

ジョーは心からそう言ったのだとキットにはわかった。彼は、アルコールで壊れかけた彼女を目のあたりにした。そして離婚してもなお、彼女を心配していた。キットが彼を気にかけているのと同じように。

キットは咳ばらいをした。「すごいことが起きたの。SAKが……彼が戻ってきたらしいの」

ジョーはなにも言わなかった。身じろぎもしなかった。彼の顔にさまざまな感情がよぎるのをキットは目にした。「ジュリー・エンツェルという少女が、今朝遺体で発見されたわ」

「かわいそうに」ジョーは目の前に広げられた設計図に視線を落とした。「サルがきみをその事件の担当にしたのか？」

「いいえ。彼はわたしが事件に入れこみすぎていると考えている。まだ……立ち直っていないって」

ジョーはキットに目を戻した。「でも、きみはそうは思っていないんだな？」

彼の声には刺があった。キットはかすかに体をこわばらせ、身構えた。「あなたは彼に賛成のようね」

ジョーは不満とも、いらだちともとれる声をあげた。「きみは結婚生活よりも、あの事件を選んだ。僕よりもだ。それは〝入れこみすぎている〟と言えるよ」

「その話はやめましょう、ジョー」

ジョーは立ちあがった。彼の手が固く拳に握られているのが見えた。「連続殺人がやんだあとも、きみは事件を忘れられなかった。サルが捜査を打ち切ったあともだ」

たしかにそうだ。そのせいで、わたしは精根尽き果てた。そして、いけないと心に命じながらも、アルコールに手を出してしまった。しかし、キットはジョーよりも事件を選んだわけではなかった。だから、彼にそう言ってみた。

ジョーは苦々しい声で笑った。「あの事件はきみの生活の中心になった。中心は僕であるべきだったのに。僕たちの結婚生活、この家族であるべきだったのに」

「どの家族？」言葉が口から出たとたんに、キットは後悔した。それがどんなにジョーを傷つけたかがわかった。

キットはその後悔を伝えようと口を開きかけた。だが、ジョーがそれをさえぎった。

「なぜここへ来たんだ？」

「あなたが知りたいだろうと思って。その少女のことを」

「どうして？」

キットは眉をひそめた。「質問の意味がわからないわ」

「ジュリー・エンツェルは僕たちの娘ではないんだ、キット。あの少女たちだってそうだ。僕はそのだれ一人として会ったことがない。きみはそのことがぜんぜんわかっていないんだな」

「ちゃんとわかってるわ、ジョー。でも、わたしは責任を感じるのよ。あなたはそうでなくても。わたしは協力する必要があると思うの。やりたいのよ……なにかを」

「僕がその少女とその子の家族をかわいそうだと思わないはずがないだろう？　子供を失うことがどんなものかは知っている。どこかの化け物がそんなことをしたかと思うと、胸くそが悪くなる」ジョーは咳ばらいをした。「でも、その子はセイディではない。僕たちの娘ではないんだ。きみは人生を先へ進まなければいけないよ」

「あなたがそうしたように？」キットは鋭く言い返した。

「まさにそうだ」ジョーはしばらく黙りこんだ。次に口を開いたとき、その口調には感情がこもっていなかった。「僕は結婚するよ、キット」

キットは数秒間じっと彼を見つめた。聞き違いだと思った。きっとそうだ。わたしのジョーが結婚するですって？

「相手はきみの知らない人だ」ジョーは質問される前に言った。「名前はヴァレリー」

キットは口がからからに乾いた。頭がふらついた。なによ。彼がわたしをずっと愛していてくれるとでも思ったの？

そうよ。

キットは動揺を表に出さないように努めた。「そんなに真剣にお付き合いしている人がいるなんて知らなかったわ」

「きみが知る必要はないよ」

知る必要はないですって？　必要なら山ほどあるわ。「付き合ってどれくらい？」

「四カ月だ」

「四カ月？　あまり長くないのね。本当にそれで――」

「いいんだ」

「その記念すべき日はいつ？」キットの声は、本人の耳にも不自然に聞こえた。

「まだ決めていない。近々だよ。式はこぢんまりと、親族と親しい友人だけで挙げる」

「そう」

ジョーは不満そうな顔をした。「言うことはそれだけか?」

「いいえ」キットは立ちあがった。彼には絶対に見せてはいけない涙で目がかすむ。「二人仲よくお幸せにね」

8

二〇〇六年三月八日　水曜日
午後十二時十分

キットは自分の席に座り、茶色の袋に入った昼食には手もつけずに、過去のスリーピング・エンジェル事件のファイルをめくっていた。情報は電子化されているのだが、プリントアウトしたもので見直しをしたかったのだ。

キットは第一の被害者の現場写真を取り出した。メアリー・ポラスキ。その子を見るのはつらかった。わたしはこの小さな被害者をがっかりさせてしまった。この子の家族の期待を裏切ってしまった。

キットはそうした考えを頭から追い出して、それらの写真を観察し、ジュリー・エンツェルの写真と比較した。犯人はなぜ両手をこのような形にしたのか？　なぜ現場に数時間も居残るという危険を冒したのか？　犯人にとってなにがそれほど重要だったのか？

電話が鳴った。キットは写真から目を離さずに受話器に手を伸ばした。「凶悪犯罪課、ラングレン刑事です」

「五年前にスリーピング・エンジェル事件の担当だったラングレン刑事？」

「そうです。ご用件は？」

「実は、きみのお役に立てるかと思ったもので」

その電話にキットは驚かなかった。今朝の新聞に〝SAKが戻ってきた〟と大きく報じられたからだ。彼女にしてみれば、今まで電話がかかってこなかったことのほうが驚きだった。「ご協力ありがとうございます。あなたのお名前は？」

「きみがずっと会いたがっていた者だよ」

電話の男のおもしろがっているような口調に、キットはかちんときた。頭のいかれた連中やいたずら電話に付き合う暇はない。彼女は相手にそう告げた。

「僕はSAKだ」

ほんの一瞬、本当だろうかとキットは考えた。こんなにあっさり認めるものなのか？

まずありえない。

「あなたはSAKなのね」キットは繰り返した。「で、わたしの役に立ちたいですって？」

「僕はあの少女を殺していない。今日の新聞に載っていた子のことだ」

「ジュリー・エンツェルね」

「そう、その子だ」電話の向こうで、たばこを吸うような、すうっという音がした。キットはメモをとった。「だれかが僕の手口を盗んだ」

「盗んだ?」

「まねしたんだよ。僕はそれが気に入らない」

キットは周囲を見まわした。ほかの者たちは呼び出しを受けて出かけているか、昼食に出ているらしい。彼女は立ちあがり、受話器を持っていないほうの手を振りまわして、通りかかった人の注意を引こうとした。逆探知をする必要があるのだ。

「僕はこのくそったれ野郎を捕まえて、犯行をやめさせたい」

「力になりたいわ。でも、ほかの電話が入ってしまったの。ちょっと待ってもらえる?」

「おっと、ゲームでもしているつもりか?」男がふうっと息を吐くのが聞こえた。「ルールがある。僕はきみとしか話さない、キット。キットと呼んでいいかな?」

「どうぞ。わたしはあなたをなんと呼べばいいの?」

男は質問を無視した。「いい名前だ。キット、キティ、子猫ちゃんか。女らしいな。セクシーだ。でも、刑事らしくない」また間があいて、もう一度深々と息を吸う音が聞こえた。「当然、みんなは刑事さんとかラングレンとか呼ぶ。そうだろう?」

「そうよ。でも、実を言うと、わたしはエンツェル事件の担当ではないの。電話を捜査チームにまわすわ」

男は彼女の言葉を無視した。「ルールその二。ただで情報を得られると思うな。そんなに簡単じゃないぞ。すべてに報酬をいただく。どんな報酬かは僕が決める」

男の声は低かった。比較的若い印象だ。喫煙のせいで声が変わるまではいっていない。

キットは男の年齢を二十五歳から三十五歳と判断した。「ルールその三はあるの？」

「たぶんあるだろうな。まだ決めてない」

「わたしがあなたのルールではゲームをやりたくないとしたら？」

男は笑った。「きみはやる。でないと、さらに少女たちが死ぬことになる」

まったく。みんなはどこにいるの？「わかったわ。これがいたずら電話ではないと信じられる根拠を示して。署長に報告できるようななにかを——」

「さようなら、子猫ちゃん」

男は電話を切った。キットは悪態をつき、中央通報管理班(CRU)につないだ。なぜなら、署にかかってくる電話はすべて交換台を経由してくるため、逆探知は通話ごとに手動で行わなくてはならないからだ。それでも、ロックフォード警察署の交換台にかけてきた相手の電話番号はすべて自動で突きとめられる。

「凶悪犯罪課のラングレンよ。たった今、わたしのデスクに電話がかかってきたの。番号を知りたいわ。大至急よ」

キットが電話を切った二分後に、CRUから折り返しの連絡が入った。電話してきたのはブライアンだった。「携帯電話だったよ、キット。なにがあった？」

携帯電話。通話が十秒続けば逆探知できる固定電話とは違い、携帯電話の探知には五分は必要だった。あの男が賢ければ、GPSを積んだ新しい携帯電話なら十分間で発信地の特定ができることも知っているだろう。その新技術を積んでいない古いタイプでは数時間を要する。

キットは腕時計を見た。先ほどの通話は三分もなかっただろう。つまり、あの男は逆探知の技術を心得ているということだ。

「男がＳＡＫだと名乗ったの。オリジナルのＳＡＫよ。ジュリー・エンツェルは彼の犯行ではないと言ったわ」

ブライアンが口笛を吹いた。「ということは、電話番号と一緒に、持ち主の住所と名前を知りたいんだな？」

「大至急ね」キットは巡査部長のオフィスのほうを見た。彼はまだ戻ってきていなかった。「折り返し、わたしの携帯へ電話して」

キットは電話を切り、メモをかき集めてサルのオフィスへ向かった。ＭＣとホワイトが控え室に入ってくるのを見て、彼女は立ちどまった。サルのオフィスを指さす。

「あなたたちも興味を持つはずよ」

キットがサルのオフィスへ着くと、ほかの二人もすぐにあとから来た。キットは開け放たれているドアをノックした。

サルが顔を上げて、手招きした。キットは前置きの時間を節約した。「ＳＡＫを名乗る男から電話がありました」全員の注意が自分に向いたことを確認すると、彼女は話を続けた。「彼はジュリー・エンツェルは殺していないとも言っていました」

「彼はなぜ、あなたに電話をかけてきたの？」

　ＭＣに質問されて、キットは彼女と目を合わせた。「模倣犯を捕まえて、犯行をやめさせてほしいそうよ」

「あなたに？」

「そう」

「なぜ？」

「それはわからないわ」

　サルは眉をひそめた。「ほかにその男からわかったことは？」

「彼はたばこを吸います。年齢はおそらく二十五歳から三十五歳。彼はこう言いました……」キットはメモを見た。「〝だれかが僕の手口を盗んだ。まねをした。それが気に入らない〟と」

「逆探知は？」

「みんな昼食に出ていたか、呼び出しを受けて出かけていたかで不在だったんです。保留にして待たせようとしたら、ゲームはやめろと言われました」

「ＣＲＵに問い合わせは――」

「電話を切られてからすぐに。携帯電話でした。所有者の名前については連絡待ちです」

「その電話をかけてきた男は、ほかになにか言ったか？」

「ルールをふたつ。それに従わなければ、さらに少女が死ぬことになるそうです」

　キットが話しおえる前に、ホワイトが口をはさんだ。「でも、彼はジュリー・エンツェルを殺害していないというのか？　さらに少女たちが殺されるなんて、なぜそこまで確信を持っているんだろう？」

「それは言っていなかったから、推測しかできません」

「その模倣犯がだれなのかを知っているのでは？」ホワイトが言った。

「たぶんそうよ」ＭＣが同意した。「その男の言葉を信じていいのならね」

キットはＭＣへのいらだちをつのらせて、片眉を上げた。「彼の言ったことを最後まで聞いてくれない？」

ＭＣはこくりとうなずき、キットは話を続けた。

「彼はルールをふたつ言いました。ひとつ――彼はわたしとしか話をしない」

「なにそれ」

それはＭＣが発した言葉だった。キットは無視した。

「で、ふたつめは？」サルが尋ねた。

「ただではなにも話さない。もしくは、そう簡単には話さない。情報の報酬は彼が決める」

「金を欲しがっているのか？」この質問はホワイトだった。

キットはホワイトを見た。「彼の言う〝報酬〟はそのたぐいのものではないと思う。でも、なにも要求はしなかったわ」

「いや、したよ」サルが三人を見まわして言った。「きみがこの事件にかかわることを要求した」彼は受話器を取りあげて、凶悪犯罪課の事務員のナン・ベーカーに電話した。「ナン、ハース巡査部長は昼食から戻ってきたか?」サルは一瞬黙った。「よかった。彼をこちらへよこしてくれ」

署内の各課には主任がいた。凶悪犯罪課の主任はジョナサン・ハース巡査部長だ。彼は昇格する前はブライアンのパートナーで、課内では信頼できる刑事で通っていた。

背の高い、金髪の巡査部長がやってきた。昼に食べたに違いないハンバーガーとフライドポテトのにおいをぷんぷんさせている。まるでネクタイに〝秘伝のソース〟をこぼしてきたかのようだ。サルとハースはまったく異なるタイプだったが、二人の関係は良好だった。実は、この二人は警官になりたてのころ、コンビを組んでいた。

サルがハースに状況の説明を始めたところで、キットの携帯電話が鳴った。「ラングレンです」

「キット、ブライアンだ。残念な知らせだ。例の番号はプリペイド式携帯電話のものだった。販売した店の名前はわかったぞ」

やはり、ただの熊(くま)より頭がいいわ。「それで我慢するしかないわね。なんとかなるわ」

キットは通話を終えた。ハースが彼女に向き直った。キットは彼に挨拶(あいさつ)してから、みんなに情報を伝えた。

ハースがうなずいた。「きみにかかってくる電話はすべて逆探知する。ここも、自宅もだ。すべて録音しろ」MCのほうを向く。「検死の報告は届いたか?」

「はい、巡査部長。ゆうべ、とりに行ってきました。残念ながら、目新しい情報はありません。死因は窒息死。オリジナルのSAKの被害者たちと同じです。爪に残留物はなし。性的暴行の痕跡(こんせき)なし。防御創なし。額に血腫(けっしゅ)があるだけです」

「それに関する情報は?」サルが尋ねた。

「親指の跡らしいです」

ホワイトが口をはさんだ。「犯人は猫みたいなやつです。近隣の聞きこみは収穫ゼロでした」

MCが話を引き継いだ。「不動産業者が、あの家に入ったことのある者たち全員のリストを届けると、今朝約束してくれました」

「指紋は出たか?」

「鑑識課が調べています。今のところ、前の三回の殺人と手口はすべて一致しています」

「手を除いては」キットが言った。「そこに大きな違いがあります」

室内が静まり返った。

最初に沈黙を破ったのはMCだった。「これがただのいたずら電話ではないという証拠はありません。『レジスター・スター』紙が今朝の第一面と中央ページで事件を取りあげました。突飛な用件で電話を最初にかけてきたのはこの男かもしれませんが、彼が最後とは思えません」

「言いたいことはわかった、リッジョ刑事。だが、わたしはそれに賭(か)けはしないね。きみは賭けるか?」

「いいえ」

「ラングレン?」

「なんでしょう、刑事部長?」

「彼が連絡してきたら、知らせてくれ。さっそく逆探知の手配をしろ」

キットはうなずき、携帯電話を取り出した。「彼が電話してきたら、なにを言えばいいでしょう?」

「電話を切らせないために必要なら、どんなことでも話せ」

ミーティングが終わり、キットたちはオフィスの外に出た。上司の耳に届かないところまで来ると、MCがキットに身を寄せた。「どうやら望みがかなったようね。仲間に入れてもらえたじゃないの」

「なにか問題でも?」

「だれが指揮をとっているかを忘れないで、ラングレン。これはわたしの事件よ」

「なんだか、忘れさせてもらえそうもないわね、リッジョ刑事」

MCはさらになにか言いたげだったが、キットはそのすきを与えなかった。

「もういいかしら。逆探知の手配をしなくちゃいけないの」

9

二〇〇六年三月八日　水曜日
午後六時四十分

ＭＣは水曜日の夜がいやでたまらなかった。とくに、六時三十分から八時三十分にかけてが。彼女はその時間を〝パスタの時間〟と呼んだ。その時間には、彼女と五人の兄たち全員が母の待つ実家の食卓に集まらなければならない。ＭＣたちは小言を言われたあげく、日ごろの暮らしぶりについてしつこく質問されることになる。

ＭＣはすでにかっかしていた――彼女は母親のお気に入りの前菜なのだ。

母はＭＣのことをなにひとつ認めなかった。ぜんぜん、なにも。まったくもって。ＭＣはそれに悩んだこともあったが、今はそうでもなかった。母親が望むような女性になりたければ、とっくにそうなっていたはずだと気づいたからだ。

だから、毎週毎週、母の攻撃に耐え、ごくたまにだが、殺人事件でも起きてくれれば、実家に行かずにすむのにと思うこともあった。

彼女は、子供時代を過ごした、農場がない二階建ての農家風の家の前に車を寄せた。車をとめ、キット・ラングレンと、彼女に電話をかけてきた得体の知れない男のことを思い出して、顔をしかめた。

あの女は捜査に積極的に参加したくて、話をでっちあげたのではないだろうか？　はたしてそこまでするだろうか？

するだろう――あの事件に対するラングレンの執着ぶりについての噂が本当ならば。

その疑念に胸騒ぎを覚えながら、MCは玄関ポーチを眺めた。マイケルとニールが熱心に立ち話をしている。MCは笑みをもらした。彼女は昔、五人の兄たちに愛情をこめてニックネームをつけた。がんばり屋、ご機嫌とり、ごますり三人組。

がんばり屋のマイケルが長男だ。職業はカイロプラクター。母の世界観では、自分の子供たちの一人が〝ドクター・リッジョ〟と呼ばれるよりうれしいことはひとつだけあって、それは息子が〝リッジョ神父〟と呼ばれることだった。だが、その呼び名を拝するには、マイケル――ならびにリッジョ家の息子たち――は女とセックスを楽しみすぎていたため、ママ・リッジョは〝医者である息子〟で納得したのだった。

ご機嫌とりのニールは、MCたちの母校であるボイラン・セントラル・カトリック・ハイスクールで数学を教え、レスリング部のコーチを務めている。いたって普通の人だ。彼は母に義理の娘と初孫をもたらした。孫はいまだにその子だけだ。

男兄弟の下の三人、トニー、マックス、フランクは、金とママの料理のレシピをためて、

〈ママ・リッジョのイタリアンレストラン〉を開いた。最近、二号店をオープンさせ、シカゴにほど近い郊外に三号店を出す計画もある。ごますり三人組というニックネームの由来は、彼らの店の名前だった。

　MCは兄たちが大好きだった。崇拝している、というのが実際のところだ。たとえ、そのうちの一人が、昔の家族写真でレストランを飾りたてるような発想の持ち主であっても。その写真の中には、歯列矯正用ブリッジをつけていたり、にきびだらけだったり、妙ちきりんな髪型をしていたりするMCのものもあった。

兄たちは、ことあるごとに大喜びで写真を指さした。

〝あれが唯一の女のきょうだい、メアリー・キャサリン。ちなみに、まだ独身なんだ〟

大きなお世話よ。

　MCはSUV車を降りた。「こんにちは、お二人さん」

「やあ、MC」ニールが声をあげた。「意地悪そうな顔だな」

「ありがとう」彼女は車のドアを閉めながら答えた。「ママがこわがってくれればいいけど」

　こわがるかもしれない。服装は黒ずくめで、黒い髪をきつくポニーテールにまとめているからだ。

「腹の中が煮えくり返っているんだろう?」マイケルがからかうように尋ねた。

「いつものことよ。だから、兄さんも気をつけたほうがいいわ」

兄たちのなかでも、ＭＣはマイケルともっとも仲がよかった。おそらくそれは、彼がいつもあとを追いかけてくる妹にやさしかったからだろう。あるいは、二人が似たような考え方をするからだった。

ＭＣはマイケルのそばへ行った。二人は抱き合い、たがいの頬にキスをした。

彼女はニールに向き直り、同じようにした。

ＭＣが体を離すと、ニールはほほえんだ。「玄関でその武器を点検したほうがいいぞ。今夜のママはいつもと違う。殺したくなるかもしれないよ」

「殺しても正当化できるわ。有罪を下せる裁判官は一人もいないわよ」

ちょうどそのとき、ニールの三歳の息子、ベンジャミンが玄関から飛び出してきた。そのすぐあとを、母親のメロディが追いかける。ニールがメロディ――線が細く、プロテスタントの信者である青い目のブロンド娘――と婚約したときには、家族内でひと悶着(もんちゃく)あった。信仰と民族性を無視して結婚するですって？　ママ・リッジョはそのせいで胸の痛みを訴えるほどだった。

その劇的な事件のおかげで、ＭＣは六カ月もの間、むしゃくしゃせずにすんだ。その後メロディがカトリックに改宗し、ベンジャミンを産んだことで、すべてがだいなしになってしまった。

わたしのまわりはご機嫌とりばかりだ。

ベンジャミンがＭＣを見つけて、うれしそうに叫び声をあげた。ＭＣはしゃがんで両腕を差し出した。ベンジャミンはその腕と、彼女のポケットの中にあるお楽しみに思いきり飛びついた。今日のお土産は、箱入りのアニマルクラッカーだった。

「甘やかしているわね」義理の姉が言った。

ＭＣは立ちあがってほほえんだ。「わたしをどうする？　逮捕する？」

ニールが息子を抱きあげて、クラッカーの箱を開けるのを手伝った。「中の空模様はどうだ？」彼は妻に尋ねた。

「曇りで雷雨の可能性あり。ママのことなら知っているでしょう」

たしかに二人はママをよく知っている。ニールとメロディは、今夜まな板の上に首をすえられるのはだれだろうかというような視線を交わした。

マイケルが腕時計を見た。「パスタ屋トリオは遅刻だな」

「聞いたことないのかしら。もう炭水化物ははやっていないって」ＭＣが言った。

「実際には、人気は戻っていると思うよ」ニールがつぶやいた。「またしてもね」

ちょうどそこへ、三人がそれぞれの車で次々に到着した。三人が携帯電話で話をしているのが見えた。彼らは車をとめて大急ぎで降りてきたが、まだ通話中だった。言い争っている。なんと、三人どうしで。

三人は集まると、携帯電話をしまって階段を上がった。ＭＣはまたたく間に、ハンサムで騒々しい男たちに囲まれた。とたんに騒がしくなった。抱擁とキスと愛情あるからかいの言葉が続いた。

ああ、わたしはこのおばかさんたちが大好き。

メロディがその再会に区切りをつけた。「そろそろ中に入らない？　ママが――」

「本気で怒りださないうちに」ニールが言った。「いい提案だ」

みんなは家の中へ入った。〝ママ！〟という叫び声が家を満たした。呼ばれた当人がキッチンの戸口に姿を現した。

「マイケルとニール以外は、みんな遅刻よ」彼女はMCをにらんだ。「わたしの一人娘は手伝いもしないんだから」

どうやら、まな板の上にのるのはわたしの首らしい。大変だわ。

「ごめんなさい、ママ」MCは母のほとんどしわのない頬にキスをした。「仕事だったのよ」

母は鼻を鳴らして〝神よ〟とつぶやきながら、独特のやり方で十字を切った。「ああ、そうそう、あのお仕事ね」

「それ、どういう意味？」

「あなたの仕事について、わたしがどう思っているかは知っているはずよ。警官ですって？　冗談じゃない。女の仕事じゃないわ」

MCは言い返そうと口を開けたが、ママは手を振って、みんなに座るよう合図した。全員が席につくと、メロディが声をひそめて尋ねた。「あの子供が殺された事件を捜査しているの？」

　ＭＣはうなずき、席についているベンジャミンを見おろした。彼はアニマルクラッカーに夢中になっていた。「わたしが指揮をとっているの」

「それはよかったな」マイケルに言われて、ＭＣはほほえみを返した。彼はスパゲッティが入ったボウルを手渡した。ＭＣは自分の分を取り分け、隣へ渡した。

「例の変質者が戻ってきたの？」メロディがきいた。「あのスリーピング・エンジェルの犯人が？」

「そうらしいわ。でも、矛盾点もあるのよ」マイケルから、大皿に盛られた仔牛肉のチーズカツレツ（ヴィール・パルミジャーナ）がまわってきた。そのあとに、さやいんげんとサラダが続く。

「どんな矛盾？」マイケルが尋ねた。

　ＭＣは兄ににっこりしてみせた。「それは言えないって、知ってるでしょう」

　マックスが話に加わった。「つまり、模倣犯かもしれないのか？」

　一同が黙りこんだ。みんなの視線がＭＣに集まる。彼女は、キット・ラングレンに電話をかけてきた何者かが、ジュリー・エンツェルを殺したのは模倣犯だと言っていることを思い出した。ＭＣは妙な胸騒ぎを覚えた。「今の捜査段階では、どんな可能性もあるわ」

「うちの子が男の子でよかったわ」メロディがつぶやいた。「そうじゃなければ、死ぬほど心配したでしょうね」

「もうたくさんよ！」ママがぴしゃりと言った。「ディナーの席でなんて話をしているの？　しかも幼い子が聞いているのに。恥を知りなさい」

「ごめんなさい、ママ」MCたちは、これまでずっとそうしてきたように、声をそろえてつぶやいた。

彼らはおいしいごちそうに注意を向けた。MCにとって母は特大サイズの目の上のたんこぶだが、料理の腕は天下一品だった。新陳代謝がよくなければ、MCの体重は百五十キロを軽く超えていただろう。

「メアリー・キャサリン、マーケットで偶然、信じられない人に会ったの」ママがMCに満面の笑みを向けた。「ジョゼフ・レリーニのお母さんよ」

ママはわけがわからない人だわ。「だれですって?」

「ジョゼフ・レリーニよ、あなたより一年先にボイランを卒業した。ほら、バンドを組んでいた」

MCは、黒っぽい髪をした、なで肩の男の子をぼんやりと思い出した。なかなか感じのいい人物だったが、MCはこの話題がどこへ向かっているのかわかったし、母を調子に乗らせるつもりはなかった。そんなことをする必要もない。

「彼は今、会計士だそうよ」ママ・リッジョは身を乗り出した。「しかも独身。お母さんにあなたの電話番号を渡して、息子さんに電話させるように言っておいたわ」

「ママ、まさか!」

「まさかなものですか。天のご加護(ベル・アモール・デル・チエーロ)を。自分を見てごらんなさい! 悪い話じゃないわよ」

兄たちが冷やかし、メロディは同情の声をあげた。MCは母をにらみつけた。「わたしは男の人なんて必要ないわ、ママ。一人で大丈夫。ちゃんとやっているんだから」

「わたしは毎日ミサでお祈りしているのよ。あなたが正気になって、あんな仕事を辞めて、気立てのいい若者をディナーに連れてきてくれることを」

「お言葉ですけどね、ママは注文が多すぎ——」

マイケルがさえぎった。「MCはグロック銃を持ってきたよ。それは数に入る?」

トニーが口をはさんだ。「あきらめなよ、ママ。彼女は女の人が好きなんだ」

MCはトニーにナプキンを投げつけた。「黙りなさい、トニー」

ママは声をひそめた。「いったいいつから?」

「ママ、トニーはふざけただけよ」

「これまでどおり」マックスがワイングラスにお代わりをつぎながら言った。「僕はしばらく仕事に専念するつもりだよ」

「あなたは男としては若いもの」ママは言った。「でもね、あなたの妹は若返ることはないのよ」

ありがたいことに、メロディが割って入った。「急ぐことはないわ。必要なだけ時間をかけて、ふさわしい相手を見つければいいのよ、MC。人生は短いんだから、なんてことない恋愛に時間を費やしてはいられないわ」

「それは体験談か?」トニーがすかさず言い返して、にやにやした。

メロディはその手には乗らなかった。「そうよ」彼女はあっさり答えた。「地球上でもっともすばらしい男性と結婚した体験談だわ」

たちまち、きょうだいたちからいっせいに野次と冷やかしの言葉が飛んだ。それでママの注意がそれた――おかげで、MCには逃げ出すチャンスができた。

MCはおなかいっぱい食べたというそぶりで立ちあがった。「本当に楽しかったわ、みんな。でも、わたしは行かなくちゃ」

「まだデザートがあるわ！」母親が叫んだ。「カノーリよ。〈カペリズ・マーケット〉で買ったのよ」

〈カペリズ〉のカノーリは、それ自体がひとつの食品群だ。つまり、それほどおいしい。しかし、ママに暇(いとま)を告げた以上、とどまれば、〝メアリー・キャサリンの酷評〟をもう一ラウンド聞かないわけにはいかない。

MCは言い訳をしてデザートを断ったが、逃げ出すことができたのは、テーブルをまわって、みんなにさよならのキスをしてからだった。車のそばまで来たところで、マイケルに呼びとめられた。

彼女は立ちどまって待った。

「おまえ、大丈夫なのか？」マイケルは妹に追いついて言った。

「なぜわたしが大丈夫じゃないの？」

「行儀のいいリッジョ家のみんなと同じで、おまえはデザートを人に譲るタイプじゃないから」

「もうおなかがいっぱいなだけよ」

マイケルは妹が食べ物のことを話しているのではないとわかった。「ママは本当におまえを愛しているんだよ。わかっているだろう」

「わたしの人生よ。ママのじゃない。ママはわたしが何者かを受け入れる必要があるわ」

「そのとおりだ」マイケルはうなずいて、考えこむような表情をした。「でも――」

兄が言いかけたなにかをのみこんだので、MCは眉根を寄せた。「なに？」

「僕をたたきのめしたりしないよな？」

「考えていることを話さなければ、撃ち殺してやるわ」

「わかったよ。あのドアは内にも外にも開くように思えるぞ」

「どういう意味？」

「受け入れろってことさ。おまえも、母さんをありのままに受け入れる必要がある」

「わたしは受け入れているわ。でも、あの人はわたしの母親なんだから――」

「すべてにおいて、おまえが望むような存在になるべきか？」

「いいえ。でも、ママはちっともそうなる努力をしていないわ！」

「おまえはしているのか？」マイケルは反論した。

MCは、リッジョ家のほかの者たちと同じく、気が短かった。彼女は何年もかけて、短気を起こさないすべを学んできた。

今度ばかりは、それも役に立たなかった。MCはかっとなり、自分でも顔が赤くなるのがわかった。彼女は家のほうへ手を振りあげた。「わたしはここにいるでしょう？　毎週、うんざりすることに水曜日の夜に」マイケルが答えないので、MCはまくしたてた。「兄さんには簡単なことでしょうよ。兄さんたちにとっては。完璧（かんぺき）な息子たちにとっては。みんなはすっかりママの望みどおりになった。それに、みんなはパパの望みどおりでもあった。男だもの」

「くだらないことを言うなよ、メアリー・キャサリン。そんなのはおまえの思いこみだ」

「もういいわ」MCは力いっぱい車のドアを開けた。「だれよりも、兄さんならわかってくれると思ったのに」

彼女はエクスプローラーに乗りこみ、ばたんとドアを閉めた。エンジンをかけて敷地の外へ出た。バックミラーをのぞきこむと、立ちつくすマイケルが見えた。

彼は首を傾けて、妹にほほえみかけていた。

MCはののしりの言葉をつぶやきながら、速度をゆるめて車をとめ、窓を下ろして頭を突き出した。「負けたわ！　また来週会いましょう。でも、本当にわたしを愛しているなら、カノーリをこっそり持ってきてくれたはずよ」

10

二〇〇六年三月八日　水曜日
午後九時十分

〈バスターズ・バー〉は、五本の大きな道路が交差するファイブ・ポイントと呼ばれる地区にあった。その界隈（かいわい）は、そのときどきの商業努力――たいていはバー、レストラン、ナイトクラブ――に応じて栄えたり、さびれたりするように見えた。〈バスターズ・バー〉はそうしたはやりすたりを乗り越えてきた。限られたメニューではあるが、心のこもった大衆向けの食べ物と強い酒を出し、週に何度かは夜にショーを提供している。

まっすぐ帰宅するには神経が高ぶりすぎていたので、ＭＣはそのバーに寄ることにした。いささかみすぼらしいナイトクラブは、ロックフォード警察署員の行きつけの店というわけではないが、警官たち、とりわけ刑事たちが夜にふらりと立ち寄ることは珍しくなかった。ＭＣは一杯飲んで、仲間の刑事たちと仕事の話でもしなければ、高ぶった神経がしずまりそうもなかった。

ＭＣは建物に入った。たばことハンバーガーとビールのにおいがする。どうやらつきが向いているらしい。ブライアンと、署内では彼といちばん仲のいい二人――スコット・スノウ刑事とニック・ソレンスタイン刑事――がバーカウンターにいて、ＭＣの知らないもう一人の男と話をしていた。

ＭＣはカウンターに近づいた。スノウが彼女を見つけて手招きした。

「ちょうど会いたかったのよ」ＭＣは言った。

「へえ、そうなのか？」スノウがドラフトビールを一口飲んで尋ねた。

ＭＣは赤ワインをグラスで注文してから、ふたたび彼のほうを向いた。「エンツェルの証拠物件について、新しい情報があるかなと思って」

「なんだ、僕の人間的魅力に興味があるのかと思った」

「はいはい、それで？」

「これといって新情報はないよ、残念ながら。窓は壊されていたことがわかった。窓についていた指紋は、室内側に少女と両親のものだけ。犯人が手袋をしていたことは間違いない」

「毛髪は？　繊維は？」

「それは僕の担当じゃない。写真について質問してくれよ」

「じゃあ、質問したってことで」

「今夜、帰りぎわにきみのデスクに置いてきた。どこに行っていたんだ？　トイレか？」

ＭＣはその質問を無視した。「どんな写真なの？」

「芸術作品だよ。巨匠になにを期待したんだ？」

彼女は目をくるりとまわした。「たいそうなうぬぼれだこと」

「よう、リッジョ」ソレンスタインが二人の会話に割って入った。「僕が好きなのは、市民の下腹部を相手にするバーだ」

「あっちへ行ってよ、この虫男」ＭＣはぴしゃりと言い返した。

ニック・ソレンスタインは鑑識課の法医昆虫学者だ。死体から昆虫や幼虫を集めるというラッキーな役目にある。この分野はかなり高度な訓練を要した——そして、彼は絶えずからかわれてきた。

スノウはビールを飲んだ。「ここにいるリッジョは、エンツェルの現場から採取された毛髪と繊維について質問していただけだよ」

「興味深い黒っぽい繊維のことか」ソレンスタインが言った。「寝具類と窓枠から採取された。やつは黒い服を着ていたんだな」

「あら、珍しい」

「猫の毛がごっそり」ソレンスタインはＭＣの皮肉を無視して、先を続けた。「あの家では、毛の長い、ウィスカーズという名の猫を飼っている。全部ラボに送った。分析には時間がかかるよ」

「時間はないわ」

MCの知らない男と大笑いしていたブライアンが彼女を見て、にっこりした。「おい、MC。おれの新しい友人を紹介するよ。ランス・カストル、ジ、ヴァンニだ」

名前をスムーズに言えないようすから、ブライアンが相当長い間バーにいたことがわかる。

「カストロジョヴァンニです」その男は言い直して、片手を差し出した。

MCはその手を握った。「メアリー・キャサリン・リッジョよ」

「せっかく知り合えたのに、僕は行かなければならないんだ。出番なので」

それからまもなく、MCは彼の言葉の意味を理解した。その日はコメディーナイトで、ランス・カストロジョヴァンニは出演者だったのだ。

MCは彼がおもしろいことを願った。たくさん笑いたかったからだ。

「あいつならベンチプレス代わりにできるかもな。やせっぽちだから」スノウが言った。

「試したら怒るだろうな、あいつ」

それを聞いて、酔っぱらいたちがどっと笑った。男たちが好む冗談だ、とMCは思った。だが、彼の言うとおりかもしれない。スコット・スノウ刑事は大男ではないが、力持ちだ。しょっちゅうジムで見かける。ベンチプレスで鉢合わせしたことも何度かあった。彼が持ちあげていたのは百十キロかそこらだ。

そして今、哀れな子供時代の話を一人でしゃべっているコメディアンは、ひょろりと背が高くて赤毛だ。

「実は」カストロジョヴァンニが言った。「僕の実家はイタリア系の大家族なんです」

それを聞いて、ＭＣはステージに目を向けた。

「そう、このあたりは独特ですよね。どこへ行っても必ず〝お仲間〟にでくわす。でも、僕を見てください。イタリア系に見えますか？」

見えなかった。それは彼が赤毛だからというだけではなく、肌が白いうえに、そばかすがあるからだった。

「僕は養子なんです」彼は話を続けた。「どうりでね。え、仲介人が嘘をついたって？　ええ、彼はイタリア人ですからね。正真正銘、間違いありません。赤ん坊のころの写真を見たんですけどね。このそばかすは生まれつきでした。じゃあ、髪はどうかって？　僕はこの色を、愛をこめて〝燃えるにんじん〟と呼んでいます。つまり、僕は乱暴者というより、そこの彼がくわえているマッチ棒みたいに見えるわけです。そんな僕がもてると思いますか？」

ＭＣはくすくす笑った。彼の言うことは一理ある。

「ぜんぜんもてません、僕が声をかけても――」カストロジョヴァンニがＭＣの兄のしそうなしぐさをしたので、彼女は大笑いした。「いつも尻を蹴られていました。努力はしましたよ。イタリア人になるためのね。彼らみたいな男になろうとしたんです。歩き方も練習しました。気取って歩く。いかにも男らしく。自信たっぷりに」

彼は腰を大きくゆらしながら気取って歩いてみせた。ＭＣの兄たちはみんなそんな歩き方をする。見たところ、そのコメディアンの歩き方は悪くないのだが、彼がやると滑稽(こっけい)だった。ＭＣは大声で笑った。

彼がＭＣのほうを見た。「そうそう、笑えばいいんです、僕の苦しみを。認めてもらうための涙ぐましい努力を」

ソレンスタインがＭＣを肘でつついて、コメディアンの見せ場から注意を向けさせた。

「ＳＡＫを名乗るやつがラングレンに電話してきたんだって？」

「えっ？　だれから聞いたの？」

「中央通報管理班(CRU)の友達からだ」

ＭＣにはそれがだれだかわかった。彼女は目を細めてブライアンを見た。ブライアンは、彼のお相手には若すぎる女性バーテンダーに年甲斐(としがい)もなくちょっかいを出していた。「いたずら電話でしょう？　暇で暇でしょうがない人がいるのよ」

「本当にいたずらだったのか？」これをきいたのはスノウだった。

「本当の殺人犯が電話してきて犯行を告白すると考えるより、いたずらのほうがはるかに納得がいくじゃないの。しっかりしてよ」

「奇妙なことがあるもんだな」

急にむしゃくしゃして、ＭＣは家に帰ればよかったと思った。「いいかげんにしてちょうだい」

MCはスツールをまわして、ステージのほうを向いた。

「怒ったのか？」ソレンスタインがからかった。

スノウが忍び笑いをした。「なんだ？　ラングレンにむかついているのか？」

「ぜんぜん。わたしはショーを楽しんでいるだけよ」

MCは彼らの笑い声を無視してワインを飲み、イタリア人社会の外で育って、たまに彼らを訪ねていたという、コメディアンのねたに聞き入った。

彼の話が終わると、MCは大きく拍手した。彼は彼女に満面の笑みを向け、お辞儀をしてステージを下りた。それからまもなく、彼はカウンターに戻ってきた。MCは彼にほほえんだ。「ありがとう。ああいうのが聞きたかったのよ」

「こちらこそ。そう言ってもらえるとうれしいよ」バーテンダーが明らかに店のおごりだというように、カストロジョヴァンニの前にビールを置いた。彼はゆっくり一口飲んでからMCに目を戻した。「おそらく、きみもお仲間だね」

彼が民族のことを言っているのだとMCにはわかった。黒い髪と目、オリーブ色の肌をしていれば、そう見えるだろう。百パーセント間違いなく。彼女はほほえんだ。「あなた、おもしろかったわ。すごく的を射ているんだもの」

「ありがとう、メアリー・キャサリン」

「MCと呼んで。ねえ、ご家族はあなたのねたについてどんな反応を示した？」

「僕の面倒を見るために、アンクル・トニーを雇ったよ」

「アンクル・トニー？」彼女はにやりとして、きき返した。「用心棒ってこと？」

「そんなもんじゃない。スーツに身を包んだ悪徳弁護士だ。そいつは僕を名誉毀損で訴えると脅したんだ」

「冗談でしょう？」

「大まじめだよ。僕はどうぞと言っておいた」彼はビールを飲んだ。「きみのことを教えてくれないか？」

「わたしは六人きょうだいの末っ子。一人娘よ」

「じゃあ、僕はお姫様の隣に座っているわけだ」彼はおどけてお辞儀をした。「プリンセス・メアリー・キャサリン」

「刑事の姿をした、ね」

彼はグラスを掲げ、乾杯するしぐさをした。「反抗し、はずれ者となった同志に」

はずれ者？　MCは自分のことをそんなふうに考えたことはなかったが、その呼び方はぴったりだった。彼女は家族の一員であり、愛されていたが、彼らとは違った。それはただ単に、彼女が型破りなタイプだからではない。彼女が違うのは、その仕事ゆえ、生き方ゆえでもあった。彼女が日々目のあたりにしている、暴力と非情な行為のせいだった。

「これは秘密のパーティかい？　それとも、だれでも入れてもらえるのかな？」

ブライアンだった。どうやらバーテンダーを口説くのはあきらめたらしい。MCは潮時とばかりに立ちあがった。「あなたたち二人のパーティよ。わたしは退散するわ」

ＭＣは歩いていく途中で、ランス・カストロジョヴァンニを振り返った。彼女の視線を受けとめて、彼はほほえんだ。ＭＣはほほえみを返し、もう一度彼に会えるだろうかと考えた——そして、会えることを願った。

11

二〇〇六年三月九日　木曜日
午前七時二十分

キットは早朝の肌寒さに震えながら墓前に立った。
墓石にはこう書かれている。

わたしたちの愛する〝ピーナッツ〟
セイディ・マリー・ラングレン
一九九〇年九月十日――二〇〇一年四月四日

キットは少なくとも週に一回はセイディのもとを訪れた。墓に新鮮な花を供え、枯れた花を片づける。今日の花はデイジーだった。
キットは灰色の空を見あげ、本格的な春の到来が急に待ち遠しくなった。明るい日差しと青い空が恋しい。

「いやなことが起きたのよ、スイートハート。あいつが戻ってきたの。女の子たちを殺したあの男よ。ママはね……」

キットは喉にこみあげる悲しみの塊をこらえて話した。あれからずいぶん時間がたったというのに、まだこんなふうに喉がつまるときがある。

「ママはほかの女の子たちのことが心配なの。でもね、自分のことも心配。だめよね……またお酒を飲みはじめては。あんなものに……あいつに人生を乗っ取らせてはいけないわ。べつに乗っ取られたわけでは……」

キットは頭を振って、その考えを断ち切った。そんな話をするつもりはなかった。かわいい娘を母親の問題で悩ませてはいけない。

「あなたが幸せでいてくれるといいな。そっちがいいところだといいわね」キットはふっと口をつぐんだ。「ママはあなたのことを毎日思っているのよ、ベイビー。愛してるわ」

立ち去りがたくて、キットは腰をかがめて花の位置を直した。ここにいれば娘が戻ってくるのではないかと、心の底から期待しながら。彼女はやっとの思いで墓石の前から一歩下がった。背を向けて、歩いていく。

歩道へ出たところで携帯電話が鳴った。キットは電話に出ると同時にうしろを振り返った。

「ラングレンです」

「やあ、キット」

うなじの毛がぴんと立った。ＳＡＫだ。どうやってわたしの携帯電話の番号を手に入れたのだろう？

「わたしは不利だわ」キットは言った。「あなたはわたしの名前を知っているのに、わたしはあなたの名前を知らない」

「きみは僕がだれだか知っているよ」

「わたしが知っているのは、あなたが名乗っている名前よ」

「そのとおり」彼は一瞬、口をつぐんだ。「で、僕の要求は通ったのかな？」

「刑事部長には話したわ」

「それで？」

「彼はあなたの要求を重く受けとめているわ」

「でも、きみに事件をまかせるほどではないわけだ」

「警察はそういうふうには動かないのよ」

「また少女が死ぬよ。きみなら、それをとめられる」

「どうやって？」キットは尋ねた。鼓動が速くなる。「どうすればとめられるの？」

「僕は完全犯罪をやった。あいつはちんけな模倣犯だ。すぐに行動を起こすだろう。せっかちすぎるんだ。計画的じゃない。きっとミスをするだろう。模倣犯は僕の秘密は知らないんだ」

「どんな秘密？」キットは電話機を握り締め、高ぶる気持ちを声に出さないように気をつけた。声に落ち着きと冷静さを失わないようにした。「教えて。そうすれば力になれるわ」

「僕はきみの秘密を知っているよ、キット」

彼の声はふざけた調子に変わっていた。キットは眉をひそめた。「どんな秘密かしら？」

「きみは僕を捕まえられたかもしれない。だが、酔っていた。だから、ころんだ。あのとき、僕はつまらないミスをした。でも、僕は失敗を繰り返さなかっただろう？」

キットは言葉が出なかった。当時のことがいっきによみがえり、喉を締めつける。警察に一本の電話が入った。娘がＳＡＫに狙（ねら）われていると、ある母親が訴えた。娘があとをつけられていると。

当時はそのたぐいの電話がたくさんかかってきた。何百本も。警察はそれらをすべて調査したが、ロックフォードに住む九歳と十歳の少女全員を見張るだけの人手はなかった。

しかし、その母親の話と少女について、キットはなにかが引っかかった。刑事部長は気にかけず、キットの精神状態が不安定であることを指摘した。

その前の週にセイディを埋葬したばかりだったからだ。

そこで、彼女は警官の職務の原則を破った――単独行動をとったのだ。彼女は勤務後に張りこみをした。

連日、夜になると、その少女の家の外に座った。小さな携帯用フラスコ瓶を手に。それは寒さよけのためだった。

少なくとも、当時のキットは自分にそう言い聞かせた。もちろん、口実だった。そのフラスコ瓶は苦しみを忘れるためのものだったのだ。

張りこむこと一週間、キットは彼を見つけた。その家の者ではない男を。応援を呼ぶべきだった。ところが、彼女はそうせずに、追いかけてしまった。

というか、追いかけようとした。そのころには、キットは足元がおぼつかないほど酔っていた。転倒し、頭を打って気を失った。意識を取り戻したときには、男はとっくに消えていた。

彼は二度と逮捕のチャンスを与えなかった。

刑事部長は激怒した。キットはSAKに殺されていたかもしれない。犯人が銃を奪い、それを彼女やほかの人々に向けたかもしれないのだ。

キットは当面のことに集中した。これはなにを意味するのか。彼が名乗ったとおりの人物だということだ。署内であの夜の真相を知っているのは二人だけ。サルとブライアンだ。

あのときはまた少女が一人死に、SAKは姿を消した。今日まで。

「オーケー」キットは言った。「わかったわ。あなたは模倣犯を知っているの？」

彼は遠慮がちに笑った。「そうかもな」

「だったら教えて。そいつをとめるわ」

「教えたら、おもしろくないだろう？」

キットはジュリー・エンツェルの遺体を思い浮かべた。彼女の両親の嘆き悲しむ声を思い出した。その声がどんなふうに頭の中にこだましたかを。

「こんなこと、おもしろいわけないでしょう、このげす野郎」

彼はくすくす笑った。喜んでいるようだ。「でも、僕には楽しいゲームだよ。そろそろさよならを言う時間だ」

「待って！　あなたをなんと呼べばいいの？」

「ピーナッツと呼んでくれ」彼は小声で言った。

次の瞬間、電話は切れた。

12

二〇〇六年三月九日　木曜日
午前七時二十五分

キットは携帯電話を耳にあてたまま立ちつくした。懸命に息をする。ピーナッツ。そのニックネームをつけたのは、セイディがとても小さかったからだ。白血病のせいで。あの化け物が大切な娘の名前を使うなんて！　彼の口から聞くのは不愉快だった。あいつがそばにいたら、殺してやりたかった。

キットは携帯電話をしまい、足早に車へ戻った。ドアの鍵(かぎ)を開け、シートにすべりこんだが、エンジンをかけようとはしなかった。あの男はわたしをもてあそんでいる。どんな手を使ったか知らないが、わたしの携帯電話の番号を知った。娘のニックネームも。それがわたしを本気にさせるボタンであることも。

あいつはわたしについて、ほかになにを知っているのだろう？

すべてだ。少なくとも、そういう前提のもとに、わたしは動かなくてはならない。あいつはこれを〝楽しい〟と言った。〝ゲーム〟だと。そして巧妙なプレーヤーらしく、わざわざ対決相手の弱点まで手に入れた。

キットは深呼吸した。少し落ち着きを取り戻して、先ほどの電話をざっとおさらいした。それから携帯電話を取り出し、サルの携帯電話の番号を押した。彼はすぐに応答した。

「サル、キットです。彼がまた電話してきました。これから署に向かいます」

キットが公安ビルに到着したのはサルのすぐあとだった。エレベーターを待っている彼に追いついた。エレベーターが来て、二人は乗りこんだ。サルは二階のボタンを押してから、彼女に向き直った。

「それで？」

「彼は本物です、サル。あの夜のことを知っていました。わたしがころんだことを。なぜころんだかを」

サルが唇を引き締めた。「続けろ」

「彼はまた少女が死ぬと言いました」

エレベーターは二階でとまった。二人は降り、廊下を進んで凶悪犯罪課へ向かった。

「いつ死ぬと？」

「はっきりとは言いませんでした。模倣犯はせっかちなぐらい、すぐに行動を起こすだろう。彼の犯罪をまねしているのが何者であれ、そいつはミスするだろうと言いました」

二人は凶悪犯罪課に着いた。ナンが伝言メモの束を差し出しながら、元気に言った。

「おはようございます」

　サルは挨拶（あいさつ）を返して、メモの束をめくりはじめた。「急ぎの伝言は？」ナンに尋ねた。

「署長がミーティングを三十分遅らせてほしいそうです。それと、アレン刑事がインフルエンザでダウンしました。彼の奥さんから電話がありました」

　サルはうなずいた。「リッジョとホワイトを呼んでくれ。わたしのオフィスに大至急だ。ハース巡査部長は来てるか？」

「彼のオフィスにいます」

「彼も呼んでくれ」

「かしこまりました」ナンがキットのほうを向いた。「ラングレン刑事、あなたにも伝言があります。古いお友達から。あとで電話するとのことです」

　キットは眉をひそめた。ナンがピンク色のメモを渡した。

「〝ピーナッツ〟と名乗っていました。テレビであなたの姿を見るのを楽しみにしていると伝えるよう言っていました」

　キットは言葉を返さなかったが、サルのオフィスに呼ばれた者たちが集まるころには、怒りに打ち震えていた。ふてぶてしい男に腹が立ってきた。

　サルが口火を切った。「SAKを名乗る男が、またラングレン刑事に連絡してきた。今度は携帯電話にだ」彼はキットのほうを向いた。「きみが話すか？」

　キットはころんだことに関する部分は省いて、男との会話を順を追って、くわしく説明した。「彼は〝ピーナッツ〟と呼んでくれと言いました」

サルがさっとキットに目を向けた。「きみの娘のニックネームだろう?」

キットは冷静な声を保った。「ええ。彼は今朝、ここへも電話してきました」例のメモをサルに渡した。「こんなものがわたしを待っていました」

サルは悪態をついた。キットはほかの者たちに目を向けた。「つまり、彼はオリジナルの事件と捜査について、犯人しか知りえない詳細を知っているということです」

MCが眉をひそめた。「携帯電話にかかってきたときは、〝完全犯罪〟とも言ったんでしょう。明らかに、彼にとってはそれが重要なのね」

「うぬぼれが強いのよ」キットは言った。「彼の仕事をまねた犯人にいらだっている――」

ホワイトが口をはさんだ。「それと、そのいいかげんなやり方に」

「というのが、その男の意見ね」MCがつぶやいた。

「ええ」キットはふと口をつぐみ、そして言った。「わたしは模倣犯を知っているのかと尋ねました。そうしたら、〝そうかもな〟と答えました」

サルが両手の指先を合わせた。「彼は本当に知っていて隠しているのだろうか? それとも、あやしんではいるが、確信が持てないのだろうか?」

「現時点ではわかりません。憶測でしかありませんが、隠しているんだと思います」

「あなたとゲームをしているからね」MCも同じ考えだった。「言葉のゲームを」

「ええ。彼は〝楽しい〟ゲームだと言ったわ」

「ピーナッツの言うとおりに模倣犯がミスをすれば、そいつを捕まえられるな」

別の刑事がセイディのニックネームを使ったことに慣れなければいけないとわかってはいても、キットはぎくりとした。このような機会はこれが最後ではないだろう。

「でも、また少女が死ぬことになる」ホワイトが言った。「一人ではすまないかもしれない」

キットは咳（せき）ばらいをした。「わたしたちは、もうひとつのことを忘れているわ。彼の話が本当なら、捕まえるべき殺人犯は二人。SAKと模倣犯よ」

室内が静まり返った。ハース巡査部長が上司のサルを見た。「ご意見は？」

「彼の要求どおりにしよう。調子を合わせるんだ」

MCが割って入った。「お言葉ですが、わたしは反対です」

サルがMCのほうを向いた。「彼は今朝、ここへ電話をかけてきた。キットをテレビで見ることを楽しみにしているそうだ」

「テレビで？」ホワイトがきいた。「それはどういう意味ですか？」

「記者会見だよ」サルが答えた。「理由はどうあれ、彼はキットに事件を担当させたがっている。そして、我々が彼の要求に応じたという証拠を欲しがっている」

MCが声をあげた。「明らかに、この男はラングレン刑事について調べあげています。彼女をこの〝ゲーム〟に巻きこむためには労を惜しまなかった」彼女はキットを見た。

「なぜかしら？」

「さあ」

「それを突きとめることが重要に思えます」

「同感だな」サルが全員を見まわした。「トム、きみには一時的にコンビをはずれてもらう。リッジョ、きみとキットがこの件にあたれ。指揮はキットがとる」

　ＭＣが異議を唱えた。「キットが？　これはわたしの事件です。彼女に手伝わせるならまだしも——」

「わたしの決定は絶対だ。悪いな、リッジョ」サルはキットに向き直った。「これでいいんだな？　まだ第一ラウンドにすぎないし、彼はきみの娘のニックネームを名乗っている」

「大丈夫です」

　サルはうなずいた。「では、仕事にかかろう。今日の午後に記者会見を開く。簡単にな。情報公開だけをする」

　一同はオフィスからぞろぞろと出た。サルに聞こえないところまで来ると、キットがＭＣを呼びとめた。「大変なことになりそうね。協力し合うことが大切になるわ、ひとつのチームとしてね」

「お説教はいらないわ。優先すべきことはわきまえているから」

「それを聞いて安心したわ」

「そうは言うけど、あなたこそ、こんなに大きな殺人事件の捜査を指揮できると本気で思っているの？」

「大丈夫と言ったら、大丈夫よ」

ＭＣは首を振った。「それがなにを意味するかさえ、わからなくなってるんじゃない？　署内中からのきびしい監視の目にさらされるのよ？　マスコミに追いまわされるのよ？　世間に結果を求められるのよ？　しかも、これはただの事件じゃない。あの事件なのよ」

胸の中で小さな不安の種が芽生えたが、キットはひるまなかった。「大丈夫よ」重ねて言った。

ＭＣはキットのほうに体を傾けた。「わたしもこの事件に懸けているの。わたしが必要としているのは、影口をたたかれないように、背後を見張ってくれる相棒よ」

「見張ってあげるわ」キットはつぶやいた。「これまでのどの相棒よりしっかりとね」

「どういうわけか、その言葉を信じられないのよね」

キットはＭＣが立ち去るのを見送った。ＭＣが懐疑的になるのも無理はなかった。わたしが彼女なら、こんな自分を相棒にしたいだろうか？　過去を知りながら？　信頼できるだろうか？

とんでもない。

しかし、これはキットが仕向けたことではなかった。殺人犯が楽しいゲームのために、彼女を指名した。参加を要求した。なんのためかは、まだわからない。

その要求を断ることはできた。協力すると見せかけることもできた。だが、キットはそのどちらかを選ぼうとさえ思わなかった。また子供が殺されたとわかった瞬間から、彼女はこの事件にかかわりたかったのだ。

わたしは客観的な、正しい選択をしているのだろうか？　それとも、この男を捕まえたい一心で、捜査を引っかきまわしているのだろうか？

ブライアンは署内のだれよりもキットのことを知っていた。二人は長年コンビを組んできた。キットがどんどん酒びたりになり、絶望に陥っていく間も、彼はそばにいた。

キットはブライアンに全幅の信頼を置いていた。彼なら遠慮なく意見してくれる。

ブライアンは同じ二階の彼のオフィスにいた。先ほど異動を命じたサルのオフィスからは目と鼻の先だった。

キットはドアをノックした。「ねえ、ちょっといいかしら？」

「きみのためにか？　時間ならいつでもあるぞ」ブライアンは手招きした。キットが椅子に腰を下ろすと、彼はトレードマークの満面の笑みを向けた。「どうした？」

「意見を聞きたくて」

「話してみろ」ブライアンは椅子の背にもたれて待った。

「例の男がまた電話してきたの」

「SAKを名乗っているやつか？」

「まさにそいつよ。わたしの携帯電話にかけてきたの。ピーナッツと呼んでくれだって」

ブライアンは、そのことがもたらす影響を分析するかのように、しばらく黙りこんだ。

「それを聞いて、どんな気分だ?」

「すごくむかつく」

彼はうなずいた。「続けて」

キットは携帯電話での会話について、男がどのようにしてSAK本人であることを証明したかを話した。

「サルはきみを事件の担当にした」

それは質問ではなかったが、とりあえずキットは答えた。「ええ」

「そして、リッジョはそれをよく思っていない」

「控えめに言えばね」キットは視線をそらして、顔をしかめた。「それでここへ来たわけ。わたしの行動は正しいのかしら? 流れにまかせていいの? 覚悟ができているのかしら?」

「選択の余地はなさそうだ。好むと好まざるとにかかわらず、きみはかつぎ出されてしまった」

「そうかもね」キットは立ちあがり、数枚の写真が飾られた壁に近づいた。二人で写っている写真があった。市長から表彰されたときのものだ。それはずいぶん前のことだった。去年ブライアンと鑑識課のスコット・スノウが記者会見したときの写真もあった。キットはその会見を覚えていた。休職中に仲間たちと見たのだ——五時のニュースで。警察は、ロックリバー川から引きあげられた〝浮流死体〟の指紋を遺体から皮膚をはぎ取る方法で採取した。被害者は著名な市の職員の妻とわかった——身元の判明によって、すぐさま夫が妻の殺害容疑で逮捕された。

　マスコミはこぞってそれを報じた。

　そしてブライアンは警部補に昇進した。

　キットは写真に背を向け、ふたたびブライアンの前に座った。「自分の勘に自信がないのよ、ブライアン。勘に頼るのがこわい。この前は——」

「あの少女の命を救ったじゃないか、キット」

「でも、犯人を取り逃がした。別の少女が死んだわ」

「あと二人死んでいたかもしれない。わからないじゃないか」

「わたしはへまをした」

「そうだったな。でも、今日はどうだ?」

　キットは沈んだ声で言った。「どういう意味かわからないわ」

「今日はへまをしたのか?」

「とんでもない」

「じゃあ、過去のことは忘れろ。きみはすばらしい相棒だったぞ、キット。おれは頼りにしていたし、セイディが亡くなって、きみの世界が崩壊するまで、きみはおれの期待を裏切ったことはなかった」

「わたしはあのころのような刑事じゃない。あんなふうになれるかわからないわ」

「それで？」ブライアンは身を乗り出した。「もっとましな刑事になれるかもしれないと思ったことはないのか？」

ないわ。

「これから実力を見せつけてやるべきだな、キット。リッジョに。サルとほかの刑事たちに。だが、だれよりも、きみ自身を納得させるんだ」

「わたしはこの事件を担当するしかないのね？」

「おれはそう思う」ブライアンは口をつぐんだ。ふたたび口を開いたとき、彼の低い声には心がこもっていた。「慎重にやれよ。自分の勘を信じろ。でも、やみくもに信じてはだめだ。相談に乗る。なにかあればな」

キットは礼を言って立ちあがった。ブライアンが彼女の欲しかった自信を与えてくれたかどうかはわからないが、それで満足するべきだろう。

結局、殺人犯に指名されたのは事実だ。参加するしかない。

13

二〇〇六年三月九日　木曜日
午後五時五分

男はバーのカウンター席に座っていた。彼の前にはよく冷えた生ビールとプレッツェルが入ったボウル、その横にはたばこの箱が置かれている。彼は仕事帰りの人々で混雑する前に来て、店のいちばんいい席――カウンター越しの上方に置かれたテレビの正面――を確保した。

彼は実のところ興奮していた。不安でもあった。

僕の子猫ちゃんは画面に登場するだろうか？

彼はそうであることを願った。もしも彼女がもう一度無視するようなことがあれば、自分は腹を立てるだろう。

たばこに火をつけて、煙を吸いこむ。彼にとって喫煙は即効性のある鎮静剤だった。彼はほほえみ、娘の墓前にいた彼女のことを思い返した。悲しい姿だった。そして、不思議といとおしかった。彼は彼女をこそこそかぎまわったことをうしろめたく思うべきだった。知った情報を彼女に対して利用したことを。

だが、彼はうしろめたく思わなかった。

彼はそういう男なのだ。

たばこをふかしながら、男は腕時計を見た。ピーナッツと呼んでくれと言ったのは天才的だった。あれで彼女はかっとなった。猛烈に。彼女の携帯電話に連絡したこともそうだ。その両方で、彼の本気を証明できた。彼の自信と、欲しいものを手に入れるためなら、ためらわずに汚い手を使うことを示すことができた。

天才。彼はその響きが好きだった。

いまいましいことに、自分が自分でいることが好きだった。

五時のニュースが始まった。その日のトップニュースは〝SAKの復活〟だった。ジュリー・エンツェルの写真が映った。次に、彼が手を下したかわいいエンジェルたちの写真が紹介された。映像に重ねてナレーションが入った。ありがちな報道だ。

画面は急に記者会見に切り替わった。すると彼女が現れた。子猫ちゃんだ。男は彼女の言葉に聞き入った。警察は手がかりひとつひとつを捜査している。すべての証拠を丹念に調べあげている。同一殺人犯であるという証拠は得ていない。

かくかく……しかじか……。

彼女のそばには別の刑事がいた。メアリー・キャサリン・リッジョだ。めだたないようにしている。子猫ちゃんの隣で黙って立っている。表情は硬い。こわい顔だ。この展開を少しも喜んでいない。出世のための大切な事件を鼻先からかっさらわれたことを快く思っていないのだ。男は大声で笑いそうになった。

もちろん、模倣犯についてはなにも触れられなかった。ＳＡＫを名乗る者から電話があったことも発表されなかった。これっぽっちも。

彼女は、警察は必ずやこの化け物を逮捕すること、この憎むべき殺人犯が逃げきれないことを断言して、簡単な会見を終えた。

でも、僕はすでに逃げきったぞ。

男はほくそえんで立ちあがった。いい子だ、子猫ちゃん。注意をそらすなよ。お楽しみはまだまだたくさんあるぞ。

14

二〇〇六年三月九日　木曜日
午後七時三十分

キットが〈アルコホーリックス・アノニムス〉という、アルコール依存症からの回復をめざす自助団体が行うプログラムに参加して、一年半になる。警察署の精神科医が、復職にはその団体の十二段階のプログラムを完了する必要があるとしたため、刑事部長も同様に判断したのだった。

本人は本当はそんなものは必要ないと思った。参加したのは命じられたからにすぎなかった。キットは人生がめちゃくちゃになるまで、アルコールに溺(おぼ)れたことはなかった。だから、自分は違うのだと思った。本当はアルコール依存症ではないのだと。

少しずつ、彼女は自分の間違いがわかってきた。

自分もほかのアルコール依存症仲間の助けと理解を必要としていることに気づいた。その仲間たちは一種の家族代わりになった。彼らは、キットのもっとも知られたくない考えや感情、彼女を追いまわす悪魔と切々たる願いを知っていた。

キットは〈AA〉のメンバーの中でも、とくに三人と仲よくなった。失業中のウォリーは、機械工場の主任だったが、仕事中の飲酒のせいで、仕事と二本の指を失った。主婦のサンディは、飲酒が原因で、子供たちから引き離された。三人の中で最年少のダニーは、バイクの事故で親友が死んだことで、自分の問題に気づいた。運転していたのはダニーだった。

四人が親しくなったのは、アルコール依存症だったから――そして、喪失感を理解していたからだった。

「やあ」ダニーがキットの隣に座り、口をゆがめてにやりと笑ってみせた。

キットはほほえみ返した。「今夜はごきげんね」

「人生はすばらしい」

「いいことがあったんだな」ウォリーがキットを間にはさんだ反対側から言った。

「今夜で禁酒一周年なんだ」

サンディがダニーの手を握り締めた。「やったじゃないの」

四人は集会が始まるのを待つ間、小声でおしゃべりをした。サンディは子供たちを訪問できるよう弁護士と前向きに話し合い、ウォリーは仕事を見つけたという。

グループのリーダーが集会を始めると、ダニーがキットのほうに体を傾けた。「あとでコーヒーでもどう？」

「いいわよ。なにかあったの？」

「きみをニュースで見たよ。そのことについて、話をするべきだと思ってさ」

声の調子から、ダニーが心配していることがわかった。お願いだから、おとなしく待っていてちょうだい。

二人がふたたびその話をしたのは、〈アント・メアリーズ〉という近所の食堂のブース席で向かい合って腰を下ろしてからのことだった。

「あの事件を担当するなんて心配だな、キット。本当にもう大丈夫なのか？」

「いやだわ。その質問は聞きあきた」

「質問されるだけの理由があるってことを、きみは考えるべきだ」ダニーは身を乗り出した。「なにが自分の引き金を引くかはわかっているだろう、キット。自分から飛びこんでいっちゃだめだ」

任務のプレッシャー。監視の目。ストレス。失望。あきらめ。

「もうすぐセイディの命日よ」キットは言った。

「そうだね、キット。僕が言いたいのはそれだよ。きみはまだ今回のことに対処できる準備ができていない」

キットはしばらくコーヒーカップの中を見つめた。「わたしはやらなくちゃいけないのよ、ダニー。理由をすべて説明するわけには――」

ダニーはテーブル越しに手を伸ばして、彼女の手を握った。「説明しなくていいよ。理由はわかっているから」

キットは重ねられた手を見つめるうちに、急にきまりが悪くなった。そっと手を引き抜く。「個人的な理由だけではないわ。くわしくは言えないけれど、わたしじゃないとだめなの」

ダニーはふと黙りこみ、それからうなずいた。「わかった。覚えておいてくれ。いつでも相談に乗るよ」

彼はずっとそうしてきた。二人は同時期に〈AA〉に参加し、ずっと一緒にいた。キットは彼が好きだった。友達と呼べるぐらいに頼りにしてきた。

ダニーは、もっと深い関係になりたがっていることを隠したことはなかった。しかし、キットは彼の友情を大切に思うあまり、恋愛に踏みきることはできなかった。しかも交際相手が十二歳も下では、かなりの年の差を感じてしまう。

「ジョーが再婚するの」

ダニーはフォークに刺したアップルパイを口へ持っていきかけて、手をとめた。「残念だね」

「すごくショックだった。でも、祝福してあげるべきよね。彼は幸せになる資格があるわ」

「無理するなよ」ダニーはフォークを置いて身を乗り出した。「悲しめばいい」

キットは彼にほほえんだ。「人生は進むものだと自分に言い聞かせているの。進むべきなんだって。だから、わたしは忘れないといけないのよ」

「忘れちゃえよ」ダニーは言った。「きみだって幸せになる資格はあるんだ」

「もっと若い男性とね」

キットはおどけて言った。ダニーの目はそうではなかった。「僕の気持ちはわかっているだろう。チャンスをくれよ」彼はキットの手を握った。「過去は忘れて。未来があることを認めようよ」

キットは嗚咽(おえつ)がこみあげた。目頭が熱くなった。彼の言うとおりだ。わたしはなにをためらっているの？　セイディが死んで五年。ジョーは歩きだしているわ。

「きみが心配なんだ、キット。僕はきみがどんな人か知っている。きみが好きだよ。強くて、傷つきやすくて、頑固で、心が広い。僕たちは同じ苦しみを味わってきた。たがいを理解している。二人でうまくやっていけるよ」

「あなたはわたしには若すぎるわ」

ダニーは手に力をこめた。「生物学的な年齢は意味がない。僕は精神年齢が高いんだ」

キットはためらった。

するとダニーはさらに考えを述べた。「僕たちの年齢が逆だったら、きみは気にしないだろう」

それはそうだ。男と女では年齢のとらえ方が異なる。

気にするべきではないのだろう。わたしも少しは楽しむべきだ。

「あなたの友情を失いたくないの。わたしにとってはとても大切なのよ」

「失うわけないよ。約束する。だから、せめて考えてくれないかな？」

「先に事件を解決させて」キットは本気で言った。「それから考えるわ」

それからしばらくして、キットはバスルームの化粧台の前にショーツとTシャツ姿で立ち、先ほどの約束について考えた。ダニーと付き合う。交際すればセックスすることになる。それが自然な流れよね？

そう考えて、キットはうろたえた。彼女はジョー以外の男性と交際したことがなかった。二人は高校生のときから恋人どうしだった。二十歳で結婚。四十五歳で離婚。男性との交際を考えるのは、離婚してから今回が初めてだった。これまでは、その時間もエネルギーもなかった。この一年は自分の生活を保つための闘いだった。

キットはセラピストに勧められて、まめに日記をつけてきた。何度も腹が立ったり、自意識過剰に陥ったりしたが、書くことが怒りや恐怖や悲しみのはけ口になった。そうするうちに、希望も綴れるようになった。

そのうち、こんなことも書くのだろう。ダニーとディナーに出かけた。そのあと、彼をうちに誘って夜を過ごした。

とんでもない。

キットはそう考えて、わき起こった思いをなんとか振りはらった。間違いなく、ジョーと婚約者は……親密な関係だろう。

ヴァレリーはジョーより若いのだろうか？　おそらくそうだろう。十歳も？　ジョーの好みとは思えないが、そういう好みの男性は多い。べつにいいじゃない？

べつにいいじゃない？〈AA〉のメンバーの離婚経験者の二人は、〝若い愛人〟をつくることについて、いつも冗談を言っている。三十六歳のダニーならぴったりだろう。

キットは鏡を見て、ダニーの前で服を脱ぐところを想像した。

考えるだけでぞっとした。出産経験あり。四十歳の誕生日を迎えたどころか、五十代も目前だった。キットはTシャツをめくり、年齢を重ねた体を見つめた。太ってはいないが、体形は崩れていた。垂れてはいけないところが垂れ、引き締まっているべきところがたるんでいる。ああ、なによ、この膝は？　いつからこんなことに？

キットはTシャツを下ろして、鏡に背を向けた。最後に運動したのはいつだろう？　はっきりとは思い出せない。たしかセイディが亡くなる前。最後に走ったのもそれぐらいだ。情けない。わたしは警官よ。どうやって容疑者を追いかけるの？　攻撃をかわすの？

〝ピーナッツと呼んでくれ〟

キットは目を細めた。あのくそ野郎は本気だ。あいつは人殺しだと名乗った。そして、わたしを楽しいゲームの相手に指名した。異常なゲームの相手に。

キットはクローゼットへ行き、ランニングシューズを引っ張り出した。それから靴下とジョギングパンツをとりにドレッサーへ向かった。

弱くて傷つきやすいのは昨日までのことだ。キットも本気だった。

支度ができると、キットは催涙ガスの缶スプレーをウエストのベルトにはさみ、足首にホルスターを巻いた。油断はできない。頭のおかしなやつにつけまわされているのでは。三ブロック離れた高校に、照明設備つきの陸上トラックがある。そこまでの道はじゅうぶんに明るく、人通りが絶えることはめったにない。キットは鍵(かぎ)を持って、家を出た。

彼女は走って、くたくたになった。最後のほうは心臓が胸を突き破るかと思った。脳内の鎮痛物質といわれるエンドルフィンの作用で、痛みを感じなくなるまでにはいたらなかった。脚と腰が痛み、息があがって汗だくになった。

メアリー・キャサリン・リッジョが今の姿を見たらどんな顔をするか、キットには想像できた。男たちもしかりだ。一日中、陰で冗談のねたにされるだろう。

みっともないったらないわ。

キットは暗くなったことをありがたく思いながら、家路についた。おかげで、傷ついたプライドをこっそりなめることができた。明日はジムに行こう。射撃練習も悪くない。

家のそばまで来ると、玄関ドアになにかがとめてあるのが見えた。メモ用紙だ。

キットは階段を上がってドアに近づいた。メモにはこう書いてあった。

〝テレビできみを見た。いい子だ。また電話する。

愛をこめて、ピーナッツ〟

15

二〇〇六年三月十日　金曜日
午前零時三十分

エンジェルはやっと眠った。枕に広がる金色の髪、ていねいに着せられたフリルつきのガウン。これでいい。

少女は眠った――が、美しくなかった。完璧ではなかった。青い目が恐怖で見開かれている。完璧な弓形の口がうめくようにゆがんでいる。

恐ろしい。不気味だ。

震えながら、彼はリップグロスを塗っていった。はみ出したところを直そうとしたが、手の震えがひどくて、よけいに汚くなった。目につんとこみあげる涙を、彼は必死にこらえた。

泣いてはいけない。体液を残してはならない。

彼はベッドから離れて壁に寄りかかった。床に座りこみ、膝を胸に引き寄せる。膝を抱える手が、薄いゴム手袋の中で汗ばんだ。気分が悪い。頭がくらくらする。彼はエンジェルを起こしてしまった。彼女はこわがった。ひどくおびえた。抵抗した。おびえて抵抗したために無残な姿になった。醜くなった。

もう一人のあいつは怒るだろう。かんかんになって。

あいつはいつも監視している。僕を裁いている。叱（しか）りつけようと待ち構えている。あらさがしをする。

彼はそんなことにはうんざりだった。それに、疲れた。くたびれ果てて、目を閉じれば永遠に眠れてしまいそうに感じるときもあった。

やってみたらどうなるだろう？　眠りについて、二度と目覚めない。僕らのかわいいエンジェルたちのように？　もしも僕が夜の闇（やみ）にまぎれて姿を消してしまったら？　そうしたら、あいつはどうするだろう？　僕はどうすれば生き延びられるだろう？

さまざまな考えが彼の脳裏をよぎった。心臓が狂ったように打った。部屋がかすかに回転する。彼は膝に頭をのせて、落ち着こうとした。深呼吸した。ゆっくりと。もう一人のあいつに言われたことをひとつ残らず思い出しながら。

落ち着け。まず考え、そして行動しろ。なにも残していかないように気をつけろ。

あいつは巧妙な手口をすべて見せてくれた。それを思い出すと、彼は落ち着きを取り戻した。少しずつ、鼓動が遅くなった。汗が引いた。

エンジェルのベッドわきに置かれた時計がショッキングピンクに光っていた。彼は針が時を刻むのを見守った。待たなければならなかった。手のために。手にポーズをとらせるために。

その手のポーズは僕の、僕独自のものだ。重要なんだ。サプライズってやつさ。

そう、僕はあいつを驚かせた。むずかしい、なかなかできない芸当だった。その後の怒りにも、罰にも、僕は耐えた。

だが、奇妙なことに、最後にあいつは喜んだ。

やってみなきゃ、わからないじゃないか？　今夜のサプライズも、あいつは喜ぶかもしれない。

16

二〇〇六年三月十日　金曜日
午前七時十分

MCは、牧場主の家をまねた平屋建ての家の前に車をとめた。巡査たちがすでに周辺を封鎖していた。一人が立ち入り禁止線に立ち、もう一人は被害者宅の中にいた。

MCに事件発生の電話が入ったのは、シャワーから出たときだった。彼女は髪を乾かす時間もとらなかった。カフェインが必要だった──どうしても。だが、現場へ来る途中で飲んだインスタントコーヒーだけで我慢するしかなさそうだった。

MCは急いで車から降り、濡れた頭にひんやりと冷たい朝の空気に身を震わせた。ジャケットの中で体を縮ませ、寒さに腹を立てながら春を待ち遠しく思った。

チュールロックス・ウッズ。SAK──または模倣犯──が選ぶにしては奇妙な場所だ。前回とまるで違う。西のはずれのうっそうとした木々におおわれたその地域は、かなり辺鄙なところだった。

目的があって来る場所、と考えて、ＭＣは眉をひそめた。通り抜けられる道に面しているわけでもなく、そういう道がそばにあるわけでもない。見慣れない車があれば、かなりめだつだろう。

ＭＣが高校生のころ、このあたりに住む友達が何人かいた。彼らは近所のクラブハウス、〈パウワウ・クラブ〉で何度かパーティを開いた。そのうちの一人は、殺人もののミステリーを書きつづけている。

ここで殺人が起こるとは、痛いところを突かれたものだ。

ＭＣは車のドアをばたんと閉めて、歩道を歩いていった。彼女の背後で、ほかの人々が到着する音が聞こえた。たぶん鑑識課、ラングレン、お偉方だ。

ＭＣは立ち入り禁止線にいる巡査がだれだかわかった。ジェンキンズだ。本当に若い。射撃の名手だ。

ＭＣは記録簿にサインした。「被害者は？」

「十歳の少女です。マリアン・ヴェスト。窒息死のようです」

「両親は？」

「離婚しました。発見したのは母親。かなり取り乱しています。牧師がこちらへ向かっているところです。今は隣人が付き添っています」

「ほかに家にいた人は？」

「いません。少女の姉は友達の家に泊まりに行っていました」

「運がよかったわね。ほかに知っておくべきことは？」

ジェンキンズはためらった。「ありません」

ＭＣは目を細めた。「本当に？」

「ちょっと、あの……」彼は視線をそらした。「とてもむごい状態です」

ＭＣはうなずいた。「なるべく中に人を入れないようにしましょう。なにか疑問点があれば、わたしに言って。またはラングレンに」

ＭＣは最後の一言をしかたなしに言った。それが声にも表れるのがわかり、ジェンキンズにもそう聞こえただろうかと考えた。彼女は家の中に入った。焦げたトーストのにおいがする。母親がキッチンのテーブルにつき、コーヒーカップにおおいかぶさるように背中をまるめていた。ショックで無表情になっている。

母親のうしろで落ち着きなく立っている隣人は、気分が悪そうだった。

ＭＣは右へ曲がり、廊下を進んだ。被害者のベッドルームを見つけるのはむずかしいことではなかった――警官がドアの外に立っていたからだ。

ＭＣは彼のそばへ行って、うなずいた。「ほかに中に入った人は？」

「いません」

「あなたはなにかに触った？」

「彼女の脈をとっただけです」

ＭＣはベッドへ目を向けた。戸口から、被害者の両手がまたしても奇妙なポーズをとっているのが見えた。右手は中央の三本の指が伸び、左手は拳に握られている。

ＭＣは興奮と期待で震えを覚えた。犯行直後の現場。犯人逮捕の新たな絶好のチャンス。今度こそ、犯人はへまをやっているかもしれない。

「おはよう、リッジョ刑事」

彼女は振り返った。スコット・スノウ刑事だった。鑑識課一番乗りだ。きっと刑事部長は鑑識課全員を送りこんだのだろう。スノウはカメラとビデオレコーダーを持っていた。部屋が刑事でごった返して現場が荒らされる前に、最初の写真を撮りたがっていた。

「刑事」

スノウがベッドルームのほうを指し示した。「これから週末だっていうのに散々だな。まったくもってありがたいよ」

「冗談はよしなさいよ。写真を撮りたいんでしょう?」

「撮ってもいいならね。手短にすますよ」

「取りかかって」

スノウはドアを入ってすぐのところで立ちどまった。「ラングレンが来るよ。彼女とチャンネル十三の報道ワゴンが同時に到着した」

「どうしてマスコミはこんなに早くかぎつけたのかしら?」

その言葉は質問の形をとったにすぎなかったので、スノウは答えなかった。

彼が写真を撮る間、ＭＣはほかのベッドルームを手早く調べた。ベッドルームは全部で三つ。ティーンエイジャーの姉の部屋は、竜巻が襲ったようなありさまだった。マスターベッドルームはそれより少しはましだったが、別な意味で混沌(こんとん)としていた。洗濯した服はまだたたまれず、いくつもの籠(かご)に詰めこまれたままだ。ナイトテーブルにはペーパーバックの本が積みあげられている。ロマンス、ミステリー。読み物としては一般的なジャンルだ。その横には空のワイングラスがふたつ。

MCは眉根を寄せた。ゆうべ、あの母親はだれかと一緒だったのだろうか？　かがんで、どちらのグラスにも触らずににおいをかぐ。ワインだ、間違いない。両方とも白ワインだ。

MCはベッドの反対側へ視線を移した。だれかと一緒だったとしても、明らかに二人はクイーンサイズのベッドの半分は使っていなかった。きれいに整っていた――そのうえ、書類でおおわれていた。ミセス・ヴェストは不動産業者に違いない。その書類は、ちらし、名簿、無料招待状などだった。

「なにか変だと感じるものはある？」

MCは振り返った。キットが戸口に立っていた。「今のところないわ。遅かったわね」

「外はマスコミでサーカス並みの大にぎわいよ。あるいは、そろそろそうなるかしら」

「そのサーカスを仕切りたがったのはあなたよ。ちょうどよかったわね。おめでとう」

感心なことに、キットはそれを聞き流した。「どうやら三大ネットワークの支局に、殺人について匿名電話があったらしいわ」

「近ごろは匿名電話がはやっているようね」

「十歳の少女を殺すこともね。またSAKの模倣犯の仕業かしら?」

「そのようだけど、わたしもまだあの部屋には入ってないの。先にスノウに写真を撮らせているわ」MCはふっと口をつぐんだ。「また犯人は手にポーズをとらせたのよ。戸口から見えたわ」

キットはうなずいた。そして二人は被害者のベッドルームへ向かった。MCはキットが足を引きずっていることに気づいた。「どうしたの? 脚の悪い馬みたいな歩き方だわ」

キットはMCをじろりとにらんだ。「ゆうべランニングに出たのよ。家に帰ったら、メッセージが待っていた。玄関に画鋲(がびょう)でとめてあったわ」

「ピーナッツから?」

MCは、キットがその名前を聞いて顔をしかめるのを目にした。「そう。テレビでわたしを見たそうよ。また連絡するですって。そのメモを袋に入れて、今朝、鑑識課に持っていったわ。ちなみに、わたしが遅くなったのはそのせいよ」

MCはなにも言わなかった。二人は少女の部屋に着き、中へ入った。数名の鑑識課員がすでに到着していた。みんな黙ってベッドのまわりに立っている。

「まさか、こんなふうだとは思わなかったよ」スノウが言った。

キットとMCもそれに加わった。二人のほうを見たスノウは、明らかに動揺していた。なにがと尋ねるまでもなかった。スリーピング・エンジェルは、予想に反しておぞましい姿だった。生前は美しかったに違いない少女の顔は恐怖の叫びにゆがんでいる。

キットは強烈な感情に気おされたかのように、一歩あとずさりした。MCは一歩も動かなかったが、それは楽なことではなかった。彼らはこれまで、もっとおぞましい現場で働き、どこの部分かもわからないほどに切断された遺体や、殺害の前またはあとに屈辱的に扱われた被害者たちを見てきた。だが、顔に恐怖が凍りついたこの少女に、どういうわけかいつも以上にぞっとした。よけいに恐ろしかった。

「この子は犯人が来るのを見たんだな」スノウがつぶやいた。

MCは咳(せき)ばらいをした。「運がよければ、犯人に反撃したかもしれない。引っかいたり、髪を抜いたり」

スノウがしゃがみこみ、奇妙に曲がった指をまじまじと見た。「肉眼ではなにも見あたらない。監察医が爪の間を調べてくれるだろう。ほら、やっと来た」

MCは振り返り、当番がフランシス・ロゼッリだとわかって喜んだ。経験できることなら、なんでも経験したいからだ。

年配の監察医はベッドのそばへ来て、声をもらした。

「ひどいもんだな」

フランシスは眼鏡をはずし、レンズをふいて、かけ直した。MCは彼が動揺をしずめようとしているのだと感じた。

「写真は撮ったか？」フランシスはスノウに尋ねた。

すでに撮りおえていたので、スノウとほかの鑑識課員たちは次の仕事にかかった。

フランシスはＭＣとキットを見た。「刑事さん？」

「なにか気づいたことはありますか？　彼女の表情以外で」ＭＣが尋ねた。

「まだない」フランシスが言った。「彼女の両手を袋で包みたい。それから遺体検分だ」

二人は礼を言い、フランシスに作業をさせた。

「母親とはもう話したの？」キットは尋ねた。

「まだよ。話を聞きましょう」

ミセス・ヴェストはまだキッチンにいたが、今は長身の、中年男性が付き添っていた。首にかけた鎖にぶらさがる十字架と彼の前に置かれた聖書から、ＭＣは牧師だと判断した。

「ミセス・ヴェスト？」ＭＣは声をかけた。顔を上げたその女性は、苦悩の表情をあらわにしていた。「いくつか質問があります。お答えいただけますか？」

ミセス・ヴェストはうなずいたが、答えられそうには見えなかった。

「ゆうべ、お嬢さんは何時にベッドに入りましたか？」

「九時です。娘は……いつもその時間に寝ていました」

「あなたが寝かしつけたんですか？」

ミセス・ヴェストの目に涙がこみあげ、唇が小刻みに震えた。彼女は首を振った。「いいえ……わたしは仕事中だったので、だから……」

彼女は泣き崩れた。牧師が慰めるようにその肩に手を置いた。ＭＣはキットが顔をそむけたことに気づいた。

「だから、なんですか、ミセス・ヴェスト?」

「ただ……おやすみを言っただけです」

「どちらでお仕事をしていたんですか?」

「ベッドで」

「明かりを消したのは何時ですか?」

「十一時」蚊の鳴くような答えを聞くために、MCは耳をそばだてなければならなかった。

「明かりを消すときに、お嬢さんのようすは見ましたか?」ミセス・ヴェストの苦しげな表情で答えはわかった。MCは彼女に同情した。「ミセス・ヴェスト、ゆうべはどなたかと一緒でしたか?」

「一緒?」ミセス・ヴェストはまるめたティッシュを目に押しあてた。「意味がわかりませんが?」

「訪問者です」

ミセス・ヴェストは首を振った。「いたのはわたしたちだけです。長女のジェイニーは親友のところへ泊まりに……」彼女は牧師を見あげた。「あの子になんて言えばいいの……あの子はまだ……ああ、神様」

MCはミセス・ヴェストを泣かせたまま待った。牧師が慰める。いくらか落ち着きを取り戻したようなので、MCはもう一度尋ねた。「ゆうべはだれかが訪ねてきましたか?」

「すみません。なんですか?」

「今でなくてはいけませんか？」牧師がきいた。

「はい」キットが穏やかに答えた。「申し訳ありません」彼女はミセス・ヴェストの前にしゃがんだ。「ミセス・ヴェスト、つらいのはわかります。でも、こんなことをした犯人を捕まえるには、あなたの協力が必要です。質問はあと少しです。お願いできますか？」

ミセス・ヴェストは牧師の手を握り締めてうなずいた。

MCは質問を続けた。「あなたの部屋のナイトテーブルの上にワイングラスがふたつありました、ミセス・ヴェスト。本当にだれもいなかったんですね？」

ミセス・ヴェストは理解していないかのように、しばらくきょとんとMCを見つめ、やがてうなずいた。「あれは両方ともわたしが使いました。わたしは……とても忙しくて、片づけていなかったもので」

「ゆうべはなにか物音を聞きましたか？」

ミセス・ヴェストは悲しげに首を振った。

「よく考えてください。車が通り過ぎたとか、犬が吠(ほ)えたとかは？」

「ありません」

「夜中に目が覚めましたか？」

ふたたび彼女は首を振った。

キットが口をはさんだ。「お嬢さんは、あとをつけられているというような不安を口にしませんでしたか？　だれかに見られている気がするとかは？　同じ見知らぬ人を二回以上見かけたとか言いませんでしたか？」

　それはオリジナルのＳＡＫの被害者たちと、キットが張りこみをした家で被害者になりかけた少女に見られた事例だった。母親が〝いいえ〟と答えると、キットはまた質問した。

「ここ数週間で変わったことは起きませんでしたか？　近所で見慣れない車に気づいたことは？　いつもよりセールスやなにかの電話が多くありませんでしたか？　訪問販売員は来ませんでした？　気になったことはありませんか？」

　なにもない。まったくなかった。

　その後、現場を離れると、ＭＣはいらいらしながらキットを見た。「犯人はだれ？　マジシャンのフーディーニかしら？」

「彼は特別な力があるわけじゃないわ」キットはうんざりした声で答えた。「わたしたちが彼に特別な力を与えているだけよ」

　ＭＣは立ちどまり、キットに顔を向けた。「それはいったいどういう意味？」

「わたしたちはみんな、多忙な生活にかまけて、なんにも気づかない。歩きながら眠っているようなものよ！　犯人はそれに乗じているの。わたしたちがそんな状態でなければ、彼は少女たちを傷つけることはできなかった——」キットは鋭く息を吸った。「さっきの母親がいい例よ。自分を責める。やり直せればと願う。もしもわたしの娘が生きていて、この獣（けだもの）がまだ少女たちを殺しているとしたら、わたしは絶対に娘から目を離さないわ。ベッドに寝かしつけなかったですって？　わたしだったら一緒に寝るわ！　でも、これはわたしの問題じゃないのよね？　もう違うんだわ」

キットの声が震えた。見た目にも震えている。被害者宅では、キットは徹底したプロ意識で自分をコントロールし、ＭＣにさえ深い苦悩の色をちらりとも見せなかった。彼女はどんなに感情的に追いつめられていることか。

今になってＭＣはそれがわかった。どう答えるべきかわからない。

ＭＣに考えつく暇を与えず、キットは踵(きびす)を返して歩き去った。

17

二〇〇六年三月十日　金曜日
午後三時

キットは自分の席にいた。おなかがぐうぐう鳴り、頭痛がした。まるで一日中亡霊たちを追いかけていたかのような気分だった。亡霊たち、複数形だ。不可能を可能にしているように思える殺人犯だけでなく、彼女自身を苦しめている亡霊たちだ。

メアリー・キャサリン・リッジョとは、感情を吐露して以来、まともに顔を合わせていなかった。二人は別々に行動していた——キットは近隣の聞きこみ、MCは被害者の父親と姉、その他の関係者に話を聞いた。

キットはミーティングに出るのがこわかった。おそらくMCは、サルとハース巡査部長に話してしまっただろう。キットは、彼らの信頼を損ねるにたる情報をみずから与えてしまったのだ。

あろうことか、自分で自分が信用できなくなってしまった。

キットは頭に手をやり、痛むこめかみをマッサージした。ばかばかしいわ、まったく。最初の日、エンツェル殺人事件で、わたしはMCに〝あなたをどうこう言っているんじゃない〟と諭した。

だが、MCはずっと冷静な客観性を保ってきた。それを失ったのはキットのほうだ。MCをどうこう言ったのは自分だった。この事件を担当しても大丈夫だなどと、よくも思えたものだ。

キットは昨夜のことを思い返した。ドアに画鋲(がびょう)でとめてあったメモのことを。残っているかもしれない指紋を損なわないように、慎重にそのメモと画鋲を袋に入れ、朝一番に鑑識課へ持っていって指紋を調べさせた。鑑識課長のカンポ巡査部長は、キットの家に部下を一人派遣して、玄関ドアの指紋も採取させた。なにかが見つかるとは思えなかった。とても慎重な〝ピーナッツ〟が手がかりを残すような愚かなミスをするはずがない。

〝また電話する〟

キットは電話に目を向けた。でも、いつ電話してくるつもりだろう?

手が震えていることに気づき、彼女は両手を膝に置いた。いかにも依存症だとわかるその震えのせいで、飲酒に走った時期もあった。飲んで落ち着くのだ。以前は車のダッシュボードの小物入れと、ロッカーのブーツの中に、携帯用フラスコ瓶を隠していた。

今はそんなことはしていない。二度と繰り返してはいけない過去の一部だった。

「おなか、すかない?」

　相棒の声に、キットは顔を上げた。MCが茶色の紙袋を手に戸口に立っていた。紙袋の油染みから察するに、中身は向かいのデリカテッセンのものだろう。

「ぺこぺこよ」キットは用心深く答えた。MCが〝それはよかったわね〟と言って、その袋から大きなサンドイッチを取り出して、目の前で食べてみせるのをなかば予想していた。ところが、MCはデスクへ来て、椅子を引き寄せて腰かけた。「あなたも食事がまだだったなと思って」彼女は袋に手を入れて、サンドイッチをふたつ取り出した。「リューベン・サンドイッチにする？　それとも、ライ麦パンにパストラミとスイスチーズがのったのにする？」

　MCの気づかいに面食らって、キットは軽く眉をひそめた。「あなたが選んで」

　MCはパストラミとスイスチーズのほうをキットに渡した。「ポテトチップもあるわ。もちろん、〈ミセス・フィッシャーズ〉よ」

〈ミセス・フィッシャーズ〉というのはロックフォードの食品会社で、そこが製造するケトルフライ製法の厚みのあるポテトチップは地元で親しまれている。キットが子供のころは、母親が工場から十リットルのブリキ缶に入ったのを買ってきたものだった。

　キットとMCはサンドイッチの包みを開いて、食べはじめた。どちらのサンドイッチも、大きなディル・ピクルスがにょきっと頭をのぞかせている。

「聞きこみでなにかわかった？」MCが脂ぎったサンドイッチをほおばりながら尋ねた。

「なにも。犬が吠えたかさえわからなかった」キットはサンドイッチを水で流しこんだ。

「犯人が狙ったのは辺鄙な場所にある家よ。袋小路に車を四時間もとめているのに、だれも気づかない。だれも物音を聞いていない。夜中にトイレに行きたくなる者もいないし、窓のそばを通るときに車を確かめもしない。この犯人はだれなの？」

キットはなにか見落としはないかとさがしながら、メモ帳をめくった。そして首を振った。なにもなかった。「かわいそうに、一カ月前に十歳になったばかりよ」

MCは水のボトルの蓋を開けて、一口飲んだ。「犯人は近所に住んでいるのかもしれないわ」

「なるほど。車に乗ってきたのではなく、歩いてきたわけね」キットはポテトチップの袋を開けた。「そうだ、ありがとう。いくらだった？」

「いいわよ。次のときにおごってちょうだい」

メアリー・キャサリン・リッジョは驚きの宝庫だわ。

「なぜそんなに親切なの？」キットはサンドイッチをほおばりながら尋ねた。

「わたしはマザー・テレサじゃないわ、ラングレン。本音を言うと、あなたの頭がきちんと働いてくれないと、わたしが困るの。もっと体を大事にしなさいよ」

あら、やっぱり驚きの宝庫というわけでもないみたい。

「チュールロック・ウッズの十六歳以上の住民の経歴を調べましょう」

「もう始めているわ」キットがポテトチップをひとつ口にほうりこんで、椅子の背に寄りかかった。「彼は僕の秘密を知らないんだ」しばらくして、キットはつぶやいた。「彼はミスをする。すぐに行動を起こす」

MCはもう一口水を飲んだ。「なにをぶつぶつ言ってるの？」

「SAKがわたしに言ったことよ」キットは相棒と目を合わせた。「電話をしてきたとき、彼は自分の犯罪を〝完全犯罪〟と表現したわ」

MCは紙ナプキンで口をふいた。「そうね。だから彼は怒った。だれかが彼の手口をまねしたから。そして彼は、このだれかさんはそれを正しくやっていないと考えている」

「じゃあ、どうすれば完全犯罪になるの？」

「簡単よ。逃げきればいい」

「どんな人が逃げきる？」

「頭のいい人。用心深い人。計画性のある人」

「まさにそのとおりね」キットは興奮して身を乗り出した。「彼は言ったわ。〝この模倣犯はせっかちすぎる。計画的じゃない〟と」

MCも興奮しつつあるのがキットにはわかった。「急げば雑になる。失敗する。人に見られる。現場に物を残す」

「オリジナルのSAKの事件でいちばん腹が立つのは証拠物件がないことだった。彼は調べるものをなにひとつ残さなかった」

「彼は自分がしていることをわかっていたのね。とても用意周到だったわ」

二人は黙りこんだ。MCが腕を伸ばして、キットのポテトチップをとって食べた。「これまでのところ、この犯人もそうよ。なにも残していない」

「それはまだわからないわ」キットは訂正した。「それに、たしかにこの犯人は行動が早かったわ。三日間で二人よ」

MCはポテトチップを噛みながら考えこむような顔をした。「オリジナルのSAKの事件で、ほかになにがわかっていないの？」

「被害者を無作為に選んでいるところが大きな障害なの。被害者たちを結びつけるものがなにも見あたらなかった。もちろん、被害者はみんな金髪で青い目をした十歳の子供たちだけど、住まいは町のいろいろな場所だし、生い立ち、学校はとにかくばらばらだった」

通常、連続殺人の被害者は特定の地域に住み、犯人のよく知る人でよく旅行に行く人だ。または、売春婦のような、職業から選ばれた人だ。

なじみのない地域での犯行は、連続犯にしては異例だった。

「彼はどうやって被害者を選んだのかしら？」

「それなのよね」キットは相棒のためにポテトチップの袋を差し出した。「それと、忘れないで。彼は三回でやめたのよ。犯行を重ねるごとに捕まる可能性は高くなる。二十八件の殺人を認めたバンディは、もっと罪を犯したかもしれない。SAKはそうはならなかった」

「なぜやめたのかしら？」MCは疑問を口にした。「それも珍しいことだわ。通例、連続殺人犯はやめないものよ」

「逮捕されたのよ」キットは言った。「べつの犯罪で服役するはめになった。それで犯行がとまった」

MCはうなずいた。「ありうるわね」

「たぶん電話のあいつは模倣犯について本当のことを言っているわ。二人は刑務所で面識があるんじゃないかしら？」

MCはまた同意した。「ローレンス・ビトカーとロイ・ノリスの二人組は刑務所で知り合い、共謀してティーンエイジャーの少女を五人殺したのよ。あなたに電話してきた男はかなりのうぬぼれ屋だわ。彼が自分の〝仕事〟を隠すとは思えない。たぶん、どうやって犯行に及んだかを自慢したんでしょう」

「でも、自慢する相手はだれでもいいわけじゃない。信頼できるだれかよ。子供殺しは刑務所の中でも好かれないわ」

「今回の少女たちが模倣犯ではなく彼の犯行だと仮定しても、服役はまだ納得がいくわ。スリーピング・エンジェル殺人事件から五年だもの。州刑務所から最近出所した者のリストがいるわね」

キットは背もたれに寄りかかり、それら情報の断片について考え、声に出して言った。「オリジナルのSAKは三件の殺人を犯した。それぞれにきっちり六週間の間隔を空けた。そして彼はやめた」

キットは次に彼からの電話と、彼の言葉について考えた。

「彼は自分の犯罪は完璧だと思っている。それは彼にとって重要なのよ。たぶん、逃亡することよりもね。このことから彼についてなにがわかる？　この男は何者かしら？」

ＭＣは目を細めた。「彼は傲慢だわ。うぬぼれている。自分が一番であることを証明しようと躍起になっている」

「彼はすでにそれを証明したと考えているわ」キットが言った。「そこへこの〝模倣犯〟が現れた。ＳＡＫは腹を立てた。彼は、模倣犯には〝完璧〟にやってのけるだけの能力がないと考えている。模倣犯のせいで、本物が無能に見えるだろうと思っている」

「模倣犯はオリジナルのＳＡＫほど慎重ではなさそうよ」ＭＣは言った。「きっと証拠を残すわ。被害者を無差別には選ばない。自分をとめられない。三日で二人の少女を殺すことで、自制心が吹き飛んでしまったのよ」

〝あいつはこうなるとわかっていたのよ。はっきりと〟

〝あいつは模倣犯がだれなのか知っている〟

キットはそう言おうとして口を開きかけたが、ふと別のことを思いついて、先ほどの考えをのみこんだ。

〝自制心。それだわ〟

「なにを考えているの？」ＭＣが尋ねた。

「もしもＳＡＫが刑務所にいたのではなく、逮捕の危険性を減らすために意識的に犯行をやめたのだとしたら、彼は特異な連続殺人鬼だわ。衝動に関して並はずれた自制心がある」

「だとすると、なおさら危険な人物ということになるわ」

「たしかに」

ＭＣは立ちあがった。「証拠は証拠でしかない」

「彼が犯行をやめるのか、それがいつなのかは、知りようがない」

「だから、被害者の共通点を見つけることに専念するのよ」

「そのとおりね」キットもＭＣに続いて立ちあがりながら、椅子の背もたれからジャケットをつかんだ。「サルとハース巡査部長に報告しましょう。少女たちの親に話を聞くのはそれからよ」

18

二〇〇六年三月十日　金曜日
午後四時二十分

ジュリー・エンツェルの母親は、まだバスローブと室内ばきというでたちで、玄関に出てきた。二人を見て、目に浮かべた不安そうな表情は、次に期待に変わった。

「なにかわかったのですか？」彼女はきいた。

「まだなにも」MCは穏やかに言った。「もう少し質問をしたいのです」

マージー・エンツェルは打ちひしがれたように見えた。彼女はうなずき、無言でさらにドアを開けた。足を引きずるようにして、家の奥の狭いファミリールームへ向かう。テレビがついていた。天気予報専門チャンネルだ。

彼女はリモコンをつかんで音声ミュートのボタンを押してから、二人を見た。「このチャンネルを見るのが好きなのよ。考えなくていいから」

キットは理解を示す言葉をつぶやき、身を乗り出した。「ミセス・エンツェル、わたしはラングレン刑事です。このたびはお悔やみ申しあげます」

マージーの喉が動いた。彼女はなんとかしゃべった。「この間の晩にあなたをテレビで見たわ。今日は、またどこかで女の子が殺されたというのをテレビで見た」

「ええ」キットは相棒をちらりと見てから、マージー・エンツェルに目を戻した。「犯人はわたしたちが捕まえます。近いうちに。協力してください」

マージーは膝の上で両手を握り締め、決意の表情を浮かべた。「なにをすればいいのかしら？」

「わたしたちは、お嬢さんともう一人の殺された少女の関連を見つけようとしています。あなたはその少女、または家族をご存じでしたか？」

マージーは知らないと首を振った。キットとMCは、二人の少女に接点がありそうな場所のリストをひととおり読みあげた。学校、教会、小児科医、買い物をする店、よく行くレストラン。MCがメモをとる間、キットは耳を傾け、母親の記憶を呼び覚ました。

「この数カ月の間に、普段は行かないところへ立ち寄ったり、いつもとは違う出来事があったりしませんでしたか？」

マージー・エンツェルはきびしい表情で必死に考えた。「女子ソフトボールチームの入団試験。わたしのおじのエドワードの七十歳の誕生日……ジュリーの誕生日パーティ」

「それはいつでしたか？」

「ジュリーの誕生日は一月二十一日。土曜日よ。あの子は……大喜びだった。誕生日の当日にパーティを開くことに。そんなこと……めったにないので」

マリアン・ヴェストの十歳の誕生日は二月だった。彼女はまだ関連に気づいていなかった。

キットはMCにちらりと目を向けた。「パーティを開いたんですか？　どちらで？」

「〈ファン・ゾーン〉です。あの子がそこでやりたがったので」

マージーはティッシュの箱から一枚引き抜いて、目にそっと押しあてた。

今度はMCがキットを見た。キットが軽くうなずいてみせると、MCもうなずき返した。

MCはメモ帳を閉じて立ちあがった。「あちらのご家族にも話を聞いて、このリストと照合します。どこかで接点があればいいのですが」

キットは立ちあがって手を差し出した。「ありがとうございました、ミセス・エンツェル。また連絡します」

マージー・エンツェルはキットの手を握った。マージーの手は湿っぽかった。「もっとお力になれればいいんだけど」

「ご自分で思われる以上に参考になりましたよ。ほかになにか思い出したら、遠慮なく電話してください」

キットとMCは車に戻るまでしゃべらなかった。キットはエンジンをかけてからMCを見た。

「ジュリー・エンツェルの誕生日は一月、マリアン・ヴェストは二月。偶然かしら？」

「偶然とは思えない。というか、偶然だといいわねと言うべきかも」

それから一時間もしないうちに、二人の予感は正しいことがわかった。マリアン・ヴェストも十歳の誕生日パーティを〈ファン・ゾーン〉で開いていたのだ。

19

二〇〇六年三月十日　金曜日
午後五時四十分

〈ファン・ゾーン〉は、二歳から十四歳の子供を対象とした屋内遊戯施設だ。年少の子供用には乗り物型の遊具、たくさんのカラーボールで遊べるボールピット、迷路がある。年長用には、レーザーを使った戦闘ゲームやロッククライミングが楽しめる施設、小さな大学のキャンパスぐらいの広さのゲームセンターがある。おまけに、栗鼠(りす)のサミーとスージー・スキレルという〈ファン・ゾーン〉のマスコットが歩きまわっては、抱っこやサインをしてくれる。

キットとMCは、正面入り口の係員のティーンエイジャーに警官バッジを見せ、支配人への取り次ぎを頼んだ。係員の少女は入り口を入ってすぐのチケット売り場を指さした。支配人はミスター・ズバという人物だそうだ。

MCはその名前を聞いて眉をつりあげた。「どうしたの？」キットが尋ねた。

「兄のマックスがズバという名字の人と同じ学校だったわ。名前はゼッド」

キットは首を振った。「子供にゼッド・ズバなんて犬みたいな名前をつけるとは、なんて親なの？」

ＭＣは肩をすくめた。「当然、本人はＺＺと名乗っていたわ。ロックバンドのＺＺトップの大ファンだったから。たぶん別人だろうけど、ＺＺはお騒がせ者だった。親を困らせてばかりだったのよ」

「名前のうらみを晴らしてもおかしくないわ」

二人は、子供を四人連れた家族のうしろに並んで待った。四人の子供たちは同時にしゃべっていた。施設内の騒々しさと活気は気が遠くなるほどなので、幼児四人はその場にとけこんでいた。

キットとＭＣが列の先頭になり、カウンターの向こう側にいる退屈そうなティーンエイジャーに、ミスター・ズバを呼ぶように頼んだ。その少女はうなずき、肩越しに振り返って呼びかけた。「ＺＺ、お客さんですよ！」

チケットブースの奥に立っている男が振り返った。彼は視線を二人に注いで、相手がだれだかわかると、ぱっと顔を輝かせた。

「驚いたな！　メアリー・キャサリン・リッジョだろう？」

「ＺＺ」ＭＣがほほえんだ。「マックスに電話で泣きつかれて、ベロイトまで迎えに行ったとき以来ね」ウィスコンシン州ベロイトはロックフォードから車で三十分ほどの、州境を越えてすぐにある大学町で、ロックフォードのティーンエイジャーたちに人気があった。

「あなたはべろべろに酔っぱらっていたわ」

「そしてきみは僕らを迎えに来てくれた。慈悲深いエンジェルだ」ZZは首を振った。

「あのころはどうかしていた。今はすっかり落ち着いたよ。子供が二人いるんだ。息子と娘だ」彼はMCの背後に目をやった。「家族と来たのか？」

「いいえ」MCは警察バッジを見せた。「こちらは相棒のキット・ラングレン刑事。ちょっと話を聞きかせてもらえる？」

ZZはかすかに青ざめた。「いいよ。ちょっと待ってくれ」

彼は先ほどの少女にてきぱきと指示をしてチケットブースから出てくると、二人についてくるように合図した。

「いつもこんなふうなの？」MCはZZに聞こえるよう、声を張りあげた。

「金曜日の夜は大盛況だ。次が土曜日の午前十時から午後二時まで」

ZZはドアの鍵(かぎ)を開けた。ドアの向こうは倉庫室が並び、こちらはずいぶん静かだった。

MCは心の中で助かったとつぶやいた。オフィスに着くと、ZZは二人に椅子を勧めた。

デスクの上に、妻と子供たちが写った一枚の写真が見えた。美しい女性。かわいい子供たち。MCがZZにそう言うと、彼はにっこりした。

「ジュディとはロック・ヴァレーで出会ったんだ。すごい美人だろう？　そして、あれがゾーイ」彼はかわいらしい、黒髪の幼児の写真を指さした。「今二歳だ。そしてこの赤ん坊。ザッカリーだ」

ゾーイ・ズバにザック・ズバ。MCの頭に考えられるニックネームが浮かんだ。ZZ二世、Zガール、帰ってきたZZ、ズーパー・キッド。

MCは彼をゆすぶって、〝なんてことを考えたの？〟と問いただしたくなった。そうする代わりに、彼女は尋ねた。「うるさくて気が変にならない？」

「ぜんぜん。僕は子供が大好きなんだ。それに、子供たちは楽しんでいるだけだよ」

あのZZがね。だれが想像できただろう？

「なにがあったんだ、MC？」

「わたしたちは、最近起きたスリーピング・エンジェル殺人事件を調べているの。どうやら、どちらの被害者も、ここで誕生日パーティを開いたらしいわ。エンツェル家の娘は一月。ヴェスト家の娘は二月」

ZZが不安そうにMCとキットを交互に見た。「テレビでその二人を見たときに、見覚えがあるなと思ったんだが、僕はたくさんの子供を見ているからな。どうりで……ああ、ちくしょう、とんでもないことだぞ。それで、僕になにをききたいんだ？」

「求職者については、どんな選考を行っているの？」

「犯罪歴を州警察で調べて、薬物検査をする。推薦状を持ってくるように言って、それを見る」

「ここには子供を連れていない大人もたくさん来るの？」

「その点にはとても気をつけているんだ。〈ファン・ゾーン〉は子供たちにとって安全な場所であることを誇りにしている。それがセールスポイントなんだ」

ＺＺはデスクのいちばん上の引き出しを開けて、リストバンドの包みを取り出した。

「これには番号が打ってある――家族またはグループで同一の番号をつけることになっている。退場するときにリストバンドをチェックする。子供は登録された番号以外の大人とは絶対に退場できない。それに加えて、子供を連れずに一人で来た大人には、どのパーティまたはグループに参加するのか質問するよう、入り口の係員には指導している。どこにも参加しない場合は、係員に僕か僕のアシスタントたちに連絡させて、僕たちからその人に、ふさわしくない場所に来たことを告げるんだ。だってさ、こんなところへ遊びに来るなんて、どんな大人だよな？　まったく」

「監視ビデオはどうなっていますか？」キットが尋ねた。

「正面入り口とトイレに設置してある。レジのそばにも」

「テープは残してありますか？」

ＺＺは首を振った。「七十二時間ごとに更新してしまうんだ。主に保険債務用だから」

ＭＣは身を乗り出した。「今あるテープはすべて提出してもらうわ。それと、たった今から重ね撮りはしないで」

「でも――」

ＭＣは彼に反論のすきを与えなかった。「それと、従業員の名簿がいるわ。現在のと去年くびにした人の分よ」

ＺＺはこのとき初めて不安そうにした。椅子の上で身じろぎした。「ＭＣ、さっきも言ったとおり、〈ファン・ゾーン〉は子供たちにとって安全な環境を誇りにしている。もしも――」

「もしも、なにかしら、ＺＺ？　もしもジュリー・エンツェルとマリアン・ヴェストを殺した犯人が彼女たちを見つけたのがここだとしたら、マスコミには知られたくない？　商売に悪影響が出るかもしれないものね？」

彼は顔を真っ赤にした。「そりゃそうさ。でも、うちの従業員は潔白だ。第一、ほとんどがティーンエイジャーだよ」

「じゃあ、あなたはなにも心配する必要はないわ。そうでしょう？」

ＺＺは電話に手を伸ばした。「ミスター・デールに連絡させてくれ。彼がオーナーなんだ。だから判断を仰がないと」

ＭＣはミスター・デールと話すはめになった。事実上、警察の要請であるということで、最終的には納得させた。彼は支配人であるＺＺに、警察が必要とするものはすべて提出するように指示した。ＭＣは、〈ファン・ゾーン〉の名がマスコミに流れないよう、最善を尽くすと約束した。

ＭＣとキットは〈ファン・ゾーン〉のアルバイトと正社員の名簿、被害にあった二人の少女のパーティが開かれた日の日誌、遊戯施設を録画した四十八時間分の監視ビデオのテープを持って外に出た。

　二人がＭＣのフォード車に乗ってシートベルトを締めると、キットはＭＣを見た。「慈悲深いエンジェルですって？　悪いけど、そんなふうには見えないわ」

「彼は忘れているのよ。二人が十五ドルずつ払うまで車に乗せなかったことを」

「それでこそ、わたしが知っているメアリー・キャサリン・リッジョだわ」

「あら、それが両親にばれて大目玉をくらったのよ。マックスなんて一生外出禁止になるところだったわ」ＭＣは歩道のわきからゆっくりと車を発進させた。「ところで、子供は絶対にいらないとつくづく思うわ」

　キットはＭＣのほうを向いた。「どうして？」

「あそこを一回訪れただけで、そんなに悪いところじゃないわ。子供はあそこが大好きだし、ある意味、癒(いや)されるわ」

「自分の子供と行けば、もうたくさん」

　ＭＣは顔をしかめた。「やっぱり、子供はいらない」

「本気なの？」

　ＭＣは甥(おい)のベンジャミンのことを思い出した。どんなに彼を愛しているかを。「もちろんよ。だれが子供なんかいるもんですか。あなたも認めるべきだわ、子供は面倒なだけ――」

　その言葉が口から出たとたん、ＭＣは自分の過ちに気づいた。

「ごめんなさい、キット。わたしったら、考えもせずに――」

「気にしないで」キットは顔をそむけた。

ＭＣは、キットの手が膝の上で拳に握られていることに気づいた。自分を蹴飛ばしてやりたい。愚かで無作法で無神経このうえないことを言ってしまった。「わたしってだめね。本当にごめんなさい」

キットは首を振った。「もういいわよ。事件の話をしましょう」

ＭＣは得意の――そして気づまりのない――分野の話に飛びついた。「もうすぐ七時よ。あなたが決めて。このまま続ける？　それとも今夜はお開きにする？」

「この名簿をコンピューターで検索するに一票。どんな結果が出るかやってみましょう」

「そうこなくちゃ」ＭＣは答え、ホイットマン・ストリート・ブリッジへ向かった。「金曜の夜なんてくそくらえだわ」

20

二〇〇六年三月十日　金曜日
午後十時三十五分

名簿の四分の三ほどまで調べたところで、ＭＣは終わりにしようと提案した。疲れて空腹なうえに、もっとも胸を躍らせた検索結果が酒気帯び運転だったのだ。キットは同意し、翌朝に再開することにした――世間が注目する殺人事件の捜査にどっぷり首までつかると、週末なんてものはなくなってしまう。

ＭＣはぬか喜びだったと思いはじめていた。実際には、〈ファン・ゾーン〉はまだ手がかりではあるが、容疑者は子持ちの殺人鬼かもしれなかった。自分の子供を連れてきて、表彰されそうなほどいい父親に見せかける。その間ずっと、次のかわいい犠牲者を物色しているのだ。

そのシナリオだと、ますます捕まえるのがむずかしくなる。

ＭＣは自宅の私道にゆっくりと駐車し、ギアをパーキングに入れたが、エンジンを切ろうとも、車を降りようともしなかった。キットをコンピューターの前に残してきたが、それはキットが五分後には帰ると言ったからだった。

　MCは長々と息を吐きながら、今日一日のことを考えた。キットのことを。キットが娘のこと、そして悲しみを口にしたときに目と声に表れた苦悩のことを。

　それと、帰り際に聞いたキットの言葉を。

〝ねえ、リッジョ〟MCは立ちどまって、キットを振り返った。〝はっきり言って、母親になって最高によかったわ〟

　MCは胸がいっぱいになった。マリアン・ヴェストの姿が脳裏に広がり、すぐ次に、午後四時にバスローブと室内ばき姿でいたジュリー・エンツェルの母親の姿が浮かんだ。彼女たちを思い出すと、自分のささいな出来事など、とてもちっぽけなものに思えた。

　MCはごくりと唾をのみ、暗い家に目を向けた。ポーチの明かりはつけておかなかった。彼女は犬も猫も、そのほかの生き物も飼っていない。

　MCが育った家には騒々しい五人の兄たちと、ペットや友達や床を這う珍獣のような親戚の子供たちが常にいたので、いつか一人きりで暮らす日を楽しみにしていた。自分だけの空間を持つこと、必要なときには、待つことなくいつでもバスルームが使えること、シャワーのときに湯がなくなる心配をせずに、好きなだけ浴びていられることを。

　静寂。平穏。まさに望んだとおりだった。

　だったら、なぜ家に入っていきたくないの？

今夜はその静寂に向き合えないからだった。とにかく、まだだめだ。人が恋しい。少し笑いたい。お酒を一、二杯飲みたい。四杯はいけるかもしれない。

でも、どこへ行こう？〈バスターズ・バー〉にしよう。ＭＣは決めるとすぐに、行動に移した。バックミラーでうしろを確認して、ギアをリバースに入れ、バックで私道を進んだ。

ＭＣは町を横切り、十五分でファイブ・ポイントに着いた。この前の夜とは違い、店は満員だった。ステージでは、コメディアンのランス・カストロジョヴァンニの代わりに、カントリーウエスタンの歌手がシャナイア・トウェインの《エニー・マン・オブ・マイン》に挑戦していた。

ＭＣは人々の間を縫ってバーカウンターへ向かった。そこにブライアン・スピラーレと彼の同僚たちがいるのが見えた。笑い声の騒々しさからいって、しばらく前から店にいるようだ。

ブライアンがＭＣを見つけて手招きした。彼らは席を空け、ブライアンが彼女のためにワインを一杯注文した。「ちょうどきみのことを考えていたんだ」彼は言った。

歯が浮くようなせりふだと思って、ＭＣは聞き流した。「本当ですか、警部補？」

「ずいぶん堅苦しいじゃないか？」ブライアンはかすかに足元がふらついていた。「金曜の夜だぞ。力を抜けよ」

「わたしには、あなたはじゅうぶん力が抜けているように見えます」バーテンダーがＭＣ

の前にワイングラスを置いた。彼女は代金を払ったあと、ブライアンのほうを向いた。「奥様もご一緒ですか？　ぜひご挨拶（あいさつ）したいわ」

「いや。今夜、あいつは女だけで出かけた。おれは自由の身さ」

あらいやだ。わたしがこの人のあまたいる愛人の一人だったなんて信じられないわ。世間知らずの新人だろうとなかろうと。「奥様は幸せね。失礼、警部補、わたしは――」

ブライアンは彼女の腕をつかんだ。「話がある、MC。二人きりで」

「また今度にしてもらえませんか？　疲れているの。それに、警部補もおっしゃったとおり、金曜の夜なのよ」

「SAKの件についてだ」

MCは眉をひそめた。「どんな？」

「ここでは話せない」ブライアンはカウンターの裏手の、化粧室に続く廊下を指し示した。

気が進まなかったが、MCはうなずいて彼についていった。

ブライアンは廊下の突きあたりで立ちどまり、彼女に向き直った。「きみはまだ、おれとやりたくてしかたないんだ。それを知らせておきたかった」

MCは耳にした言葉が信じられなくて、ブライアンをまじまじと見た。「わたしを口説いているの？」

「正直に言っているだけさ」ブライアンは彼女の手をつかんだ。「わざわざ教えてやっているんだよ。きみのために」

ＭＣはうんざりした声を出した。どうやら二人の〝正直〟の定義はずいぶんと違っているらしい。彼女の定義には、ごまかしや不誠実は含まれない。

ＭＣはぐいっと手を引っこめた。「これはセクシャル・ハラスメントよ、警部補。あなたがそんなことをしたがるとは思えないわ」

「おれたちはどうなってしまったんだ？」ブライアンはＭＣのほうへ体を傾けて、彼女をうしろへ押しやりながら尋ねた。「二人で仲よくやっていたじゃないか？」

そのときＭＣは、ブライアンがどんなに酔っているかに気づいた。酔っぱらいすぎて、理性に耳を傾けることができないのだ。「あなたは結婚していた。今だってそうよ」

「でも、楽しかっただろう？」

「やめて、ブライアン。あなた、酔っているわ」

「たいして酔ってないさ」ブライアンの声は弱々しくなった。「いいじゃないか。また楽しめるよ」

「そこにいたのか、ＭＣ」ランス・カストロジョヴァンニがブライアンの背後から近づいてきた。「遅くなってごめん」

ＭＣはその助け船にありがたく飛び乗った。「彼とデートなの」彼女はひょいと身をかわして、あっけにとられている警部補の横をすり抜けた。「ブライアン、ランスを知っているわね。これで失礼するわ」

ランスはＭＣに腕をまわし、彼女を連れて廊下から離れた。

ＭＣは彼のほうへ体を傾けた。「ありがとう。だんだんいやなムードになってきたところだったの」

「助けが必要そうに見えたんでね」ランスは隅のテーブル席を指さした。「一瞬、彼にぼこぼこにされるかと思ったよ」

「ブライアンは体は大きいけれど、危害は加えないわ」

「僕にはそうは見えなかったな」二人はテーブル席についた。ランスが椅子を引き、ＭＣはそれに腰かけた。「きみたちは同僚じゃないのか？」

「同僚よ。彼は上司でもあるわ――それと、わたしが新人のころに過ちを犯した相手」

「おやおや」

「本当よ。もちろん、彼は警部補ではなかった。でも、わたしも刑事ではなかったの」

「若者は過ちを犯すものだ。僕もそうだった」

ＭＣはグラスを掲げた。「過ちと、幸運に」

「幸運？」ランスは尋ねた。

「あなたがここにいたことよ。だって、わたしが過去にブライアンと関係を持ったこと、そして警察での彼の地位のせいで、わたしはとても気をつけなければいけないから」

「つまり、彼の金玉に膝蹴（げ）りをくらわせてはだめってこと？」

ＭＣは笑った。「絶対にだめよ」

ランスは楽しげな表情で彼女のほうに体を傾けた。「実はきみはさほど幸運ではなかったんだよ、リッジョ刑事」

「違うの？」

ランスは首を振った。「いつもなら、僕は仕事でなければ、こういうやっかいなところへは来ない。煙と絶望が多すぎるから」

「それだと、あなたをここで見つけたのは、とても幸運だってことになるわね」

「ただし……僕はここできみをさがしていたんだ」

「おもしろい」

ランスはMCと目を合わせた。今や彼の目は真剣だった。「僕はそういうことはしないんだ。本当だよ。実は、ここへ来たのはこれで三回目だ。今夜きみが現れなかったら、B計画に移るつもりだった」

「というと？」

「きみの職場に電話するつもりだった。気は進まなかったけど」

「あなた、なにか隠してるでしょう、ランス・カストロジョヴァンニ？　クローゼットの中に骸骨が一、二体あるんじゃない？」

「みんなそんなもんだろう？」ランスは笑った。「実は、告白ついでに言うと、警官というとおどおどしちゃうんだ。もちろん、きみは例外だよ」

「それは光栄だわ」

「世界一おいしい手作りのクリームパイを出す終夜営業のダイナーを知ってるんだ」

「イタリア人ぽくないわね」ＭＣはからかった。「おごるよ」

「そうなんだ」ランスは手を差し出した。「おごるよ」

「そういうことなら、話は決まりね」

二人はそれぞれの車を運転していくことにした。そのダイナーは〈メイン・ストリート・ダイナー〉といい、にぎわいも下火になってしまったノース・メイン・ストリートとオーバーン・ストリートが交わる角にあった。

二人が明るい店内に入っていくと、カウンターの向こうにいた女性――白髪まじりのショートボブにネットをかぶった中年女性――が、ランスの名前を呼んで挨拶した。それを聞いて、厨房から男が顔を出した。

「おい、ランス、どこへ行っていたんだ？」

「仕事だよ。なかなかいい稼ぎになった。おかげで懐があったかいよ」

「お連れさんはだれだい？」

「友達だよ。メアリー・キャサリン・リッジョ、こちらはボブ・ミュラー。彼の奥さんのベティ。メアリー・キャサリンは刑事だから、愛想よくね」

「おれはいつだって愛想はいいぞ」ボブは言った。

ベティが鼻を鳴らした。「むしろ、いつも愛想が悪いのよ。だから奥に閉じこめているの」

ちょうどそのとき、騒々しい若者の一団が足元をふらつかせながら店に入ってきた。Ｍ

Ｃには、彼らがぐでんぐでんに酔っていることがわかった——運転手役で、いらだっているように見える一人を除いては。その女性は、車のキーがついた鍵束をぶらぶらさせながら、目をくるりとまわした。

ランスは若者たちが席を選ぶのを待ってから、彼らからいちばん遠い席を選んだ。

「あなたはこの近くに住んでいるのね」ＭＣが言った。

「そう、すぐそこだ。最低でも一日に一度はここで食べる。もっと多いときもあるよ」

「彼らがオーナーなの？」

「うん。夜をまかせられる人が見つからないんで、自分たちでやっているんだ。いい人たちだよ。まじめで」

「そのようね」

ランスはメニューをＭＣに渡した。「ちなみに、全部おいしいよ」

「見なくていいわ。有名なクリームパイを食べないと、来月になっても頭から離れないわ。どれがお薦め？」

ひとつだけには決められないと彼は言い、全種類をひとつずつ頼んだ。ココナツ、チョコレート、ストロベリー、レモン、それとコーヒーをふたつ。ベティが注文したものを持ってくると、ＭＣは驚きの声をあげた。パイはとても大きく、厚みが少なくとも十五センチはあった。

「おなかがすいているようだね」ランスは言った。

それからの数分間、二人はパイを次々とまわし合った。ランスはまず、ＭＣに全種類の味見をさせた。騒々しい若者たちも、ＭＣたちがずらりと並べたパイに明らかに影響されて、パイを四つ頼んだ。

「そうね、認めざるをえないわ。今まで食べたパイの中では最高よ」

「どれが好き？」

「ココナツ。次が僅差でチョコレート」

ランスがほほえんだ。「僕と同じだ。でも、一番はレモンだな」

ＭＣはもう一口ココナツパイを食べて、次の一口を食べるのは一息ついてからにしようとフォークを置いた。

「仕事はどう？」ＭＣは尋ねた。

「笑っちゃうよ」

「それって、職業ねた？」

「つい口に出るんだ」ランスはフォークいっぱいにパイを切って口に運んだ。「順調だよ。忙しい。きみのほうはどう？」

「殺人的よ」

ＭＣがまじめくさった顔で言うと、ランスがはやしたてた。「職業ねたか？」

「そのとおり」

「刑事をやっているって、どんな感じ？」

「コメディアンをやっているって、どんな感じ？」

ランスは質問で返されたことを不愉快には思っていないようだった。「やりがいがあって、つらくて、うきうきするし、落ちこむこともある。お客さんに受けたときは最高にいい気分だ。受けないと、これ以上ないってほどぞっとする。そういう気持ちのはざまで、いろいろ感じながら金を稼いでいる。コメディアンを続けていくために――食べていくためにね」

「どうしてなの？　なぜコメディアンを続けているの？」

「そうしなければいけないから」ランスはあっさり答えた。「おかげで正気でいられる」

MCはランスの正直さに好感を抱いた。彼が自分以外の何者かを装ったり、自分を大きく見せようとしたりしないところが好きだった。

MCの携帯電話が鳴り、彼女は人さし指を立てながら電話に出た。「リッジョです」

「キットよ。彼を見つけたわ」

MCは背筋を伸ばし、即座に事件に集中した。「彼って？」

「デリック・トッド、性犯罪で登録されているわ」

「〈ファン・ゾーン〉で働いているの？　すぐにそっちへ行くわ」

MCは通話を終えて、電話機をしまった。ランスが残念そうに言った。「行かなければならないんだね」

「ごめんなさい」MCはコーヒーを飲んで立ちあがった。「おいしかったわ。ごちそうさま」

ランスは彼女のあとについてきた。「また会えるかな？」

ＭＣはためらわなかった。「もちろんよ。楽しみにしているわ」

彼女は公安ビルに到着して初めて、ランスに電話番号を教えなかったことに気づいた

――もう一度会いたければ、彼はＢ計画を実行するしかないだろう。

21

二〇〇六年三月十一日　土曜日
午前零時五分

ＭＣは、デスクでプリントアウトした紙に目を通しているキットを見つけた。「すぐに帰ると言ったじゃないの」ＭＣは自分でもいらだっているのがわかった。でも、なにに対してだろう？　相棒のせいで残業になったこと？　それとも、楽しい夜から呼び戻されたこと？

キットが顔を上げた。彼女の興奮が見て取れた。「そのつもりだったわ。〝あと一人だけ〟とキーボードを打ちつづけながらね。デリックの名前は名簿の下のほうよ。実際には、いちばん下」

キットはプリントアウトした書類を手渡した。「二十四歳。〈ファン・ゾーン〉の整備士。技術は檻(おり)の中で覚えたようね。子供への不法行為で〈ビッグ・マディ・リバー〉に二年入っていた」

〈ビッグ・マディ・リバー〉は性犯罪者に対する治療プログラムを行う矯正施設だ。「いつ出てきたの？」

「出てからまだ一年もたっていない。それだと、ＳＡＫと模倣犯がその施設で出会ったというわたしたちの仮説が成り立つわ」

ＭＣはプリントアウトをめくりながら顔をしかめた。どれも微罪だった。万引き。不登校。飲酒運転。麻薬所持。それと、性犯罪。

だが、それは坂をころがり落ちる子供の実体を表していた。

「彼は登録の更新をしなければならないはずよ。たぶん、三カ月ごとに」〈ファン・ゾーン〉のようなところで働くのは規則違反で、学校から百五十メートル以内に居住することや、ボランティアでリトルリーグのコーチをすることも違反行為となる。

ミスター・トッドは施設へ戻ることになる。すぐにでも。

「いったいどうやって〈ファン・ゾーン〉の調査をすり抜けたのかしら？」ＭＣは尋ねた。

「いい質問ね。答えを知る方法がひとつあるわ。ＺＺは起きていると思う？」

「いいえ。でも、ぜひとも起きてもらうわ。古い友達だもの、迷惑なもんですか」

実際にはものすごく迷惑であることがわかった。玄関に出てきたＺＺの妻は、二人が刑事だとわかると、卒倒しそうになった。妻に呼ばれて、ＺＺは眠そうな困惑顔で、ふらふらとベッドルームから出てきた。その騒ぎで、赤ん坊が起きて泣きだした。おかげで幼い上の子供まで目を覚まし、泣きながら階段の上に現れた。

「メアリー・キャサリンか？」ZZは目をしばたたいてMCを、それからキットを見た。「刑事さん？」

キットがその場を仕切った。「こんな時間にすみません、ミスター・ズバ。朝まで待てない質問がいくつかあるんです」

階段を上がりかけていたZZの妻の表情が恐怖でこわばった。「ゼッド？」

「なんでもないよ、ジュディ。子供たちを頼む」

ジュディは一瞬ためらったが、最後の数段を駆けあがって幼児を抱きあげた。彼女の姿が見えなくなると、ZZは二人に向き直った。

「キッチンへ」彼は指さした。

二人はZZのあとについていき、オーク材のまるいテーブルを囲んで座った。そこには、とても幼い子供たちが夕食をとった形跡がまだ残っていた。

寝ぼけまなこのZZは二人を見た。「妻が死ぬほどびっくりしたじゃないか。いい話に違いない」

「ミスター・ズバ」キットが言った。「重ねてお詫びします、こんな時間にすみません。でも、必要なのです。こういう捜査は一刻を――」

「争うの」MCが口をはさんだ。「被害者があなたの子供だったらどう？　みんなが八時間めいっぱい眠るまで、警察に待ってもらいたい？」

ZZの不機嫌な表情がやわらいだ。「とんでもない。コーヒーかなにか飲むか？」

　二人は断った。ＭＣが話しはじめた。「デリック・トッドについてなにか知ってる？」

「デリック？」ＺＺはきき返したが、心底驚いたようすだった。「とくに問題はないよ。無口だけど。人付き合いをしない」

「あなたが彼を雇ったの？」

「いや、オーナーだ。強力な推薦があってね」

「だれから？」

「知らない」

　ＭＣは眉をつりあげた。「でも、そのときの〈ファン・ゾーン〉の支配人はあなただったでしょう？」

　ＺＺはうなずいて、あくびをした。「でも、なりたてだったからな。着任したばかりだった。よく覚えていないけど、数カ月ってところだったかな」

「通常の採用審査はしたの？」

　ＺＺはわずかに背筋を伸ばした。やっとまともに目が覚めて、事態を把握したようだ。

「たしかなことは言えない。僕は着任したてで、デリックはオーナーが雇った」

「整備士のデリック・トッドは〈ファン・ゾーン〉の客とどれぐらい接点があるの？」

　ＺＺは居心地悪そうに身じろぎした。「彼は頻繁に店内に出る。整備士の担当分野はいろいろあるから。守衛室。遊具の修理。音響システム、両替機、飲み物の自動販売機。大がかりではないが、ほら、ちょっとした修理さ。彼はそういうのが上手なんだ」

「デリック・トッドが性犯罪の登録者だと教えたら、あなたはなんと言うかしら？」

もしもこんな状況でなかったら、支配人の表情は滑稽(こっけい)だっただろう。「まさか。デリックは無愛想なときもあるけど……子供にはやさしいよ、扱いがうまくて……」

彼は言葉を濁した。おそらく、それがどんな印象を与えるかわかったのだろう。もしくは、小児性愛者の統計資料について耳にしたことがあるのかもしれない。彼らが子供を愛し、子供と接触できる職場や職業を選び、更生は不可能であることを。

「ゼッド？　なにか問題でも？」

三人は戸口のほうを見た。そこには心配顔のジュディが立っていた。それも、しかたあるまい。ＺＺは今にも吐きそうに見えた。

「なにも問題ありません、ミセス・ズバ」キットが立ちあがりながら答えた。「お子さんたちまで起こしてしまって申し訳ありません」

「殺されたあの少女たちと関係があるんですか？」

「デリックが性犯罪の登録者だそうだ」

ジュディが口に手をあてた。「まあ。彼はこの家へ来たことがあるのよ」

ＭＣはキットに続いて立ちあがった。旧友が座る椅子のうしろを通って、彼の肩をぽんぽんとたたいた。「マックスに電話してあげて。きっと喜ぶわ」

ＺＺはうなずいたが、腰を上げなかった。この情報が外部へもれたらどうなるかを考えるので精いっぱいなのではないか、とＭＣは思った。それどころか、万が一、デリックがジュリー・エンツェルとマリアン・ヴェストを殺したのだとわかったら、いったいどうなるのだろうか、と。

MCはキッチンの入り口まで来たところでZZを振り返った。「〈ファン・ゾーン〉のオーナーのミスター・デールの住まいはこのあたりなの？」

ZZの妻が答えた。「町の東側です。あのおしゃれな地域、ブランディワイン・エステートよ」

それからまもなく、MCとキットは外へ出て車へ向かった。「興味深いわ」MCが言った。「〝強力な推薦〟を受けてボスに雇われた。朝になったら、ミスター・デールに話を聞かなくちゃ」

「今夜できることを、なぜ明日にするの？　彼がまだ起きていなくても、あと数分後には目を覚ますことになるわ」

ZZが電話をしたときに。MCは、旧友が事態の展開を雇用主に知らせるのに一分たりとも無駄にはしないだろうと思った。ZZの話が本当で、保身のために嘘をついたのではないといいが。

二人はエクスプローラーまで来ると、ドアの鍵を開けて乗りこんだ。「ミスター・デールにはちょっとぐらい気をもませておきましょうよ。それに、彼みたいな金持ちには、むかついたときに電話できる弁護士団がついているものよ」MCはエンジンをかけた。「彼の家ではなく、例の若者のところへ行きましょう」

デリック・トッドが借りている部屋は、〝安っぽさ〟を追求した界隈にあった。そこへ向かう途中で、二人はランスの行きつけのダイナーのそばを通った。店の前を過ぎたとき、MCは一人でほほえんだ。

「なによ?」キットが尋ねた。

「べつに」

キットは明らかにあやしんで、眉をつりあげた。「わたしが電話したとき、あなたはなにをしていたの? 家で寝ていたんじゃないわよね」

「食べていたのよ、クリームパイを。四種類」

「だれかさんは甘いものについて問題があるようだわ。助けを求めようとしたことはある?」

「どうしてわたしが甘いものに問題を抱えていると思うの?」

「彼について話したいんじゃない?」

「ぜんぜん」

「名前ぐらい、いいんじゃない?」

「だめ」

「このコンビのそういうところ、大好きよ」キットはそっけなく言った。「分かち合いと友情」キットは前方の交差点を指さした。「そこを右へ曲がって」

二人はものの数分で目的のアパートメントに到着した。今にも崩れそうな建物だ。敷地には雑草が生い茂っている。いかにも二十四歳の前科者が住んでいそうだった。

　ＭＣはその建物の前にゆっくりと車をとめた。いくつかの部屋の窓には明かりがともっていた。「中へ入るべきかしら？」

「わたしはそのつもりよ」キットは武器を確かめた。「あなたは？」

「もちろん行くわ」

「懐中電灯はある？」

「ええ」ＭＣはグローブボックスを開けた。「あるわ」

　二人は車を降り、歩道を歩いて正面玄関へ向かった。建物は大きな長方形の箱のようだった。煉瓦（れんが）造り。一九四〇年代に建てられたものだろう、とＭＣは推測した。おそらく当時はいいところだったのだろう。高級ではなくとも、現在のごみためのようなところではなかったはずだ。

　中に入ると、切れていない電球がひとつ、廊下を薄暗く照らしているだけだった。じゅうぶんな換気が必要なほどかびくさく、どこかの部屋の夕食のにおいもした。

　キャベツかしら、とＭＣは思った。気持ち悪い。幸いにも、イタリア人は調理したキャベツはあまり食べない。

「三階よ」キットがささやいた。「Ｄ号室」

　二人は階段を上がり、Ｄ号室へ向かった。廊下をはさんだ向かいの部屋から音楽がもれてくる。キットはトッドの部屋のドアを軽くノックした。かちりと音をたててドアが開いた。

　キットがMCをちらりと見ると、彼女はうなずいた。キットは武器を抜き、もう一度ドアをノックしながら、足で大きく押し開けた。「デリック・トッド?」彼女は呼びかけた。「警察です」

　応答はなかった。MCはペンライトをつけて、室内を照らした。ひどい散らかりようだった。トッドには家事をしてくれる人もいないのだ。

　キットが確認のためにまたMCを見た。MCはうなずいた。「ドアは開いていた。正当と認められる侵入よ。わたしたちは彼の健康状態を心配していたの」

　キットは室内に目を戻した。「入りますよ、ミスター・トッド。あなたの安否確認をするだけです」

　ええ、そうよ。MCは銃を抜いた。二人は奥へ進んだ。

　居間のほかは、部屋らしい部屋はなかった。トッドが使っているのは汚らしいフトンベッドだった。狭いバスルームはバスタブすらなく、立って浴びるシャワーがあるだけだ。室内はめちゃくちゃだったが、犯罪があったことを示すような荒れ方ではなかった。

　MCはこの機に乗じて、本格的な家宅捜索を始めたくてしかたがなかった。だが、そんなことをすれば、見つけたものは証拠として採用されなくなってしまう――それに、二人はかなりやっかいな立場に追いこまれるだろう。

　トッドの容疑が濃厚だとわかれば、捜索令状ぐらい、簡単にとれるだろう。MCは彼が容疑者だと確信していた。

廊下へ戻ると、キットはペンライトをベルトにはさんだ。二人が発見したときと同じように、ドアを元に戻す。近くの部屋からは、まだ音楽が大音量で聞こえていた。それを除けば、その階は静かだった。

二人は階段を下りて外へ出た。車に乗りこんだあと、キットはMCのほうを向いた。

「ぶらぶらしてみる？　トッドが現れるかどうか確かめる？」

「そうするわ」

「この車に食べ物はある？」

「ナッツが一袋と、大豆チップがあるわ」

「大豆チップ？」キットが鸚鵡返しに言った。「刑事らしくないわね。まあ、豚の皮を揚げたスナック菓子かプレッツェルだったらわかるけど」

MCはグローブボックスを開けて、スナック菓子の袋をふたつ取り出した。「母のパスタばかり食べているから、なにかでバランスをとらないとね。そんなにまずくないわよ」

「ナッツをもらうわ。ありがとう」

MCが見ていると、キットは袋を開けてナッツを食べはじめた。午後遅くにサンドイッチとポテトチップを食べて以来、おそらくなにも口にしていないに違いなかった。

おもしろい人、とMCは思った。キットは以前MCが分析したように、〝頭がいかれている〟わけではない。集中力は並々ならぬものがある。頭がいい。野心家だ。それらの側面が、条件が整ったときに、いかにして強迫観念へと発展するか、ＭＣには理解できた。条件が整ったとき。我が子の死、ほかの子供たちの殺害事件、なかなか捕まらない殺人犯、プレッシャーのかかる捜査。

キットは袋を振ってナッツを出し、口にほうりこんだ。「カシューナッツ。大好き」

「わたしも。うしろめたい楽しみだけど」

キットはナッツを噛みながらうなずいた。「わたしは体重を心配したことがないわ。理由はわからないけれど。食べることが楽しいの」

「わたしが太りやすいのは遺伝よ。イタリア系の女は気をつけていないと、ある年齢に達すると太るの。まるまるとね」

「あなたのお母さんは？」

「太ってる。ものすごく」

「うちの母は死ぬまで細かったわ」

「いつ亡くなったの？」

「二年前よ」

娘。結婚生活。母親。キットはほんの数年の間に、それらすべてを失った。ＭＣには想像もつかなかった。「お気の毒に」

ＭＣはそう言ってはみたものの、自分でもまぬけに聞こえた。この場面にそぐわない。キットは答えなかった。二人は黙りこんだ。

しばらくしてキットが尋ねた。「どうやって張りこむ？　交代制にする？」

「それでいいわ」ＭＣは腕時計をちらりと見た。「一時間ごと？　二時間ごと？」

「二時間にしましょう。あなたが先に眠って。わたしはぜんぜん眠くないから」

ＭＣも眠くはなかったが、同意した。あれこれと考えごとをしながら、頭をヘッドレストにあずけて目を閉じる。隣では、キットがとても小さな声で鼻歌を口ずさんでいる。子守り歌だ、とＭＣは気づいた。

ＭＣは耳を傾けながら、キット・ラングレンを突き動かしているものはなんだろうかと考えた。

22

二〇〇六年三月十一日　土曜日
午前八時三十分

デリック・トッドは現れなかった。キットはその理由を何通りかあげることができたが、当面心配だったのは、また少女が死んだという電話連絡が入ることだった。

なにしろ、模倣犯はただ殺人を犯すだけでなく、被害者と一晩過ごすのだ。

キットとMCは、制服警官にトッドのアパートメントを見張らせて、自分たちはその場を離れて捜査を進めたほうがいいと判断した。刑事部長に報告し、トッドの家宅捜索令状と逮捕状をとり、〈ファン・ゾーン〉のオーナーに話を聞く必要がある。食事とシャワーと着替えも、キットのするべきことの優先事項の上位を占めていた。二人はいったん解散し、署で落ち合うことにした。

キットは署に先に着いたので、待っている間にミスター・デールの住所をコンピューターで調べ出した。

「コンプレックスを感じてきたわ」

キットは肩越しにMCを振り返った。「なにについて?」

「あなたはゆうべ、わたしを差し置いて残業し、今朝は光速並みのスピードで食事をして、シャワーを浴びて、着替えまですませてきた。どうやっているの?」

キットはほほえみながら立ちあがった。「着替えはここのロッカーに置いてある。シャワーは女子更衣室で浴びて、自動販売機で買ったピーナッツバター・クラッカーを食べて、目覚ましの一杯は、ゆうべドリップしてそのままになっていたコーヒー」

「がんばりすぎだって、言われたことはない?」

「一、二回あるわ」明らかにMCは負けず嫌いだ。キットはおもしろがりながら、彼女のそばへ行った。住所が書かれた紙を差し出す。「ブランディワイン・エステートよ。ZZの奥さんが言ったとおりだわ。あなたが運転する? それとも、わたしがしたほうがいい?」

「わたしがするわ」MCはその紙をさっと奪い取った。「それから、朝食にお菓子なんて、健康的な一日の始まりとはいえないわよ。一時間もすれば、おなかがすくわ」

キットの席とは通路をはさんで反対側にいたロイ・リンドがくすくす笑ったので、MCはけわしい視線を彼に向けた。

「なにがそんなにおかしいの?」

「べつに」彼は攻撃されまいとするかのように両手を上げた。「僕はただ、暇つぶしに見せ物を見物しているだけさ」

それを聞いて、ほかに何人かいた男たちがげらげら笑った。そのうちの一人が言った。

「どうやら、だれかさんにライバルができたらしい」

ロイがまた甲高い声で言った。「むきになるなよ、リッジョ。ワンダーウーマンだって、力が及ばないときがあるんだからさ」

キットは相棒の顎がこわばるのがわかったが、男たちが廊下に出てエレベーターのほうへ行ってしまってから口を開いた。「アドバイスしてほしい？」

「べつに」

「どのみち、わたしはアドバイスするわよ」

「できれば、しないでほしいわ」

「そんなふうになにもかも深刻に受けとめちゃだめよ。たまには、気を楽に持ちなさい」

MCは立ちどまり、信じられないという表情でキットを見た。「あなたがわたしに、気を楽に持てですって？」

「そうよ。なにか問題でも？」

「あたりまえじゃないの」

「あたりまえ？」キットは声をひそめた。「たとえば、それはわたしが仕事であなたを出し抜いて、捜査で抜け駆けするから？　それとも、わたしが笑って受け流せるから？」

MCは顔を真っ赤にした。「ちょっといいかしら、熱心な刑事さん。あなたはSAK事件にかかわるうちにブチ切れちゃって、その事件をはじめ、ほかでもいろいろとへまをして、酒びたりになったあげく、休職したのよ。神様の思し召しか、相当なコネを使ったんだか、あなたは復職して、わたしはあなたを押しつけられた。ええ、そうですとも、あなたに気を楽に持てと言われるのは納得できないわ」

二人はにらみ合った。キットは怒っていることを認めた――それはMCへの怒り同様、自分自身への怒りだった。わたしはMCを自分に縛りつけ、〝分別ある先輩〟という役まわりを始めてしまった。メアリー・キャサリン・リッジョがユーモアのない、いけ好かないやつになりたいなら、それはそれで彼女の人生だ。

「いい、リッジョ？　わたしたちは一緒に働かなくてはならないの。だから我慢して」

キットはMCに言い返すすきを与えなかった。体の向きを変えて、エレベーターのほうへ歩きだした。MCはキットと並んで同じ歩調で歩いた。二人はエレベーターに到着し、同時にボタンを押した。エレベーターに乗ってからも、同時に階数ボタンを押した。

二人は黙りこんだまま、しばらく町の中を走った。沈黙を先に破ったのはキットだった。

「わたしは娘を亡くした。結婚生活は破綻した。うまくやっていけなかった。それをあなたは〝ブチ切れて〟と言った。どうでもいいわ。過去のことだもの。少なくとも、今はうまくやろうとがんばっているわ」

しばらくMCは答えなかった。やっと答えたとき、彼女の声は張りつめていた。「大騒ぎしすぎたわ。わたしにとっては、まともに扱ってもらうのは重要なことなの。そのためにずっと闘わなくてはならなかったんだもの」彼女は息をついた。「あんなこと、あなたに言うべきじゃなかった」

「結局のところ、わたしたちはどちらも嘘（うそ）はついていなかったわけね」キットは答えた。

MCはふとほほえんだ。「わたしたちが暗号で話すことになったら、あなたは〝ブチ切れる〟を使うのよ」

「じゃあ、あなたは〝笑って受け流す〟ね」

「でも、わたしはまだ、背後の見張りをまかせられるほど、あなたを信頼していないわ」

「わたしも同じ意見よ」

それから先は沈黙が続いた。しかし、今度はぴりぴりした雰囲気はなく、キットはその間にシドニー・デールへの質問をまとめた。

二人が見つけ出したミスター・デールの家は広々とした現代建築だった。その家は美しく造園された土地に立っていた。二エーカー以上あるだろう、とキットは推測した。プールと更衣室、岩がごつごつした滝のある天然の池がある。

二人は、円を描く私道に駐車してある白いコンバーチブルのBMWのうしろに車をとめた。玄関のほうへ歩いていったが、チャイムを鳴らす前にドアが勢いよく開いた。魅力的な十代の少女がひょいと身をかわし、ブロンドのポニーテールをゆらしながら二人のわきをすり抜けた。足早にBMWに近づき、ドアを開けて乗りこんでエンジンをかけた。

エンジンがうなりをあげたとき、男が玄関から飛び出してきて、キットは危うく突き飛ばされそうになった。「サム！」男が叫んだ。「出かけていいとは言ってない――」

「行かなくちゃ、パパ。遅刻しちゃう！」少女はアクセルを踏み、私道を飛ばした。

キットはおもしろがりつつも、なかばあきれながら、それを見守った。典型的な生意気ざかりな十代だわ。わたしが成長するときも、追いかけてきた父か母に、思いきりお尻を蹴（け）られたものだった。

「ミスター・シドニー・デールですか？」MCが尋ねた。

男はたった今存在に気づいたかのように二人を見た。「そうですが？」

デールはとくに魅力的というわけではないが、大柄だった。顔の中で鼻の占める割合がとても大きく、あばただらけの肌から、十代のころはにきびだらけだったことがうかがえた。

彼の娘には、にきびのトラブルはなかった。当然のことながら、近ごろの裕福な親たちは、甘やかされた子供のためなら金を惜しまない。美顔、プロによるマニキュアとペディキュア、キットには手が届かないような美容室での髪のセット。高校の卒業祝いが豊胸手術だという話も聞いたことがある。

驚いた。わたしの母がくれたのは十金の十字架のネックレスだったわ。

キットはデールに警官バッジを見せた。「ロックフォード警察署のラングレン刑事です。こちらはパートナーのリッジョ刑事」

MCはバッジをちらりと見せた。デールは目もくれなかった。「いついらっしゃるのかと思っていました。先に言っておきますが、すでにこの件は弁護士に相談してあります」

いやな金持ちの典型ね。「この件というのは？」キットが質問した。

「もちろん、うちで雇ったデリック・トッドの件です。その件でいらしたんでしょう？」

「そうです。わたしがとまどった原因は、一人の従業員に関するいくつかの質問のために、なぜ弁護士に相談する必要があると考えたのか、と思ったからです」

デールは眉をひそめた。「ふざけないでください、刑事さん。あなただって、わたしみたいな者がこのような件で弁護士に相談する理由はわかっているはずです。嘘つき、詐欺師、たちの悪いマスコミから受ける被害は甚大ですからね」

それはそうだ。キットは彼の正直さに感心した。「それで、弁護士からはどうするようにアドバイスされましたか、ミスター・デール？」

「質問に正直に答え、わたしにできる方法で協力して、あなたたちにお帰りいただく」

「それで結構です、ミスター・デール」

彼はうしろ手にドアを閉めた。「妻はまだ寝ているんです」

運のいい奥さんだ。キットはらせん綴じのメモ帳を取り出した。「あなたは〈ファン・ゾーン〉のオーナーですね」

「はい。あそこはいくつかある投資先のひとつです。雇用も解雇も含め、運営は支配人にまかせています」

「ミスター・ズバですね」

「はい」

「〝雇用も解雇も〟支配人まかせとおっしゃいますが、常にそうとは限りませんよね？」

デールはほんの少しためらった。「たまには提案もしますよ」

「デリック・トッドのときのように？」

またしても彼はためらった。「ええ」

「ミスター・ズバによると、ミスター・トッドにはあなたの〝強力な推薦〟があったそうですね」

「ええ。彼は、うちで何年も庭とプールの管理をしていました。働き者で、いい青年に見えました。また学校に通うようになって辞めたんです」

「どこの学校に？」

「RVCです」

ロック・ヴァレー・カレッジ(R V C)は地元の短期大学だ。このあたりの高校を卒業した者の多くが〝ザ・ロック〟と呼ばれるその学校に通ったあと、別の四年制大学へ編入する。その短大には、職場でのよりよいチャンスを期待する年齢の高い学生たちも通う。

「いつのことでした？」

デールはしばらく考えた。「四年、四年半前です」

キットはMCにちらりと目を向けた。MCはデールを注意深く観察しており、ボディランゲージと目の動きから、彼が嘘をついていないかを判断しているところだった。

「その後、なにが起きたんですか？」

「彼が就職のことで接触してきました。わたしは、うちの事業でどこかないかさがしてみると約束しました。ちょうど〈ファン・ゾーン〉を始めるときでした。それでミスター・ズバに推薦したんです」

「それだけですか？」

「はい」

「支配人にはあなたの推薦だけでミスター・トッドを雇うように言いませんでしたか？」

「経歴と犯罪歴をチェックせずに？　そんなばかな。そう思いませんか？」

「思いますよ、ミスター・デール。しかし、どういうわけか、そうなってしまった」

「わけなんて、わたしは知りませんよ」デールは目をそらし、そしてふたたびキットに目を戻した。「おそらく連絡の行き違いかなにかでしょう」

キットの胸に怒りがこみあげた。デールの声はうんざりだと言わんばかりだった。「その〝連絡の行き違い〟で、少女二人の命が犠牲になったんですよ」

デールがすばやく三回まばたきした。キットの言葉に反応したのだ。なぜだろう？　罪の意識？　それとも恐怖？

「つまり、デリック・トッドがあなたのところを辞めたあとに法を犯したことは知らなかったのですね？」

「知っていたら、推薦したと思いますか？」

デールは髪を逆立てんばかりに憤慨した。キットは眉をつりあげた。「わたしにはわかりません、ミスター・デール。あなたは推薦したでしょうかね？」

「これ以上話すことはありません、刑事さん。もっとわたしに協力できることがあれば、そうするんですが」

そうでしょうとも。ありえないことだけど。

二人はデールに礼を言って、MCの車へ戻った。シートベルトを締めて車が発進すると、キットはMCを見た。「わたしたちがトッドを調査している理由について、デールが一切触れなかったことに気づいた？　後悔も不安も否定の言葉も、一度も口にしなかった」

「ええ、気づいたわ。言い逃れに精いっぱいだった。最低なやつ」

キットはうなずいた。車はリバーサイド・ドライブに入った。「もしもトッドが例の模倣犯だとわかったら、デールはあなたの友達のZZに責任をなすりつけるに決まってる」

「ZZの話に矛盾はなかった、それは間違いない。世話の焼ける子ね」

「ミスター・デールをコンピューターで照会してみましょう。彼がわたしたちに信じこませたいような人物かどうか、確かめるのよ」

MCはうなずいた。「それよりまず、〈ファン・ゾーン〉に寄って、ZZともう一度おしゃべりしましょう。ちょっと脅してやるの。それで言うことが変わるか見るのよ」

〈ファン・ゾーン〉には営業が始まる前に到着した。土曜日なので、ZZと従業員は金切り声をあげる子供たちの受け入れ準備に大わらわだった。

ＺＺは二人を見ても、うれしそうではなかった。

「人のいないところで話せる？」

彼はうなずいた。「奥へ来てくれ」

三人がＺＺのオフィスに入ると、ＭＣは遠慮がちに言った。「ＺＺ、問題が起きたの。あなたの上司は、トッドを推薦しただけだと言ったわ。雇えとは言わなかったそうよ。選考の手順を省略しろなんて、とんでもないですって」

ＺＺは顔面蒼白になった。「それは嘘だ。彼ははっきり〝雇った〟と言ったんだ。太鼓判を押してもいいと」

「彼の話は違うのよ。残念だけど」

ＺＺは見るからに動揺して、髪をかきあげた。「どうしてだろう。理解できない」

ＭＣは彼の目を見た。「ＺＺ、正直に言ってちょうだい。デリック・トッドが殺人犯だとわかったら、大変なことになるわ。大騒ぎになる。保身のために話をねじ曲げたのなら、今すぐにそう言って」

「そんなことはしていない。誓うよ」

キットはＺＺを観察した。なぜ彼が嘘などつくだろう？　それに、彼にはいきなり質問した。一方、デールはＺＺから知らされていた。話を用意する時間はたっぷりあったわけだ。

「ありがとう、ＺＺ。また連絡するわ」

「待ってくれ！」支配人は困惑の表情だった。「ミスター・デールはなんでそんな話を？」

「彼に直接きいたほうがいいんじゃない？」

ＺＺはほっとした顔をした。理解したのだ。上司は彼を陥れようとしている。万が一に備えて。

部下に罪をなすりつける。たいして不思議なことではない。

キットはＺＺが気の毒になった。現実を知るとは、とんでもなくむごいものだ。

キットの携帯電話が鳴った。電話を取り出して耳にあてがう。「ラングレンです」

「キット、サルだ。デリック・トッドが現れたぞ。ピーターソン巡査が連れてきた」

「よかった。取調室に入れておいてください。これからそちらへ向かいます」

23

二〇〇六年三月十一日　土曜日
正午

　デリック・トッドは怒れる若者だった。すこぶる態度が悪い。知性が乏しい。頭が悪いとまではいかないまでも。頭がいいか悪いかは、ＭＣにはわからなかった――彼にはその線引きをさせない程度の知能はあった。

　どうやら彼は、いつも間違った選択ばかりをして、それを人のせいにするタイプの若者のようだ。

　そういうことを繰り返すと、結局は無駄に刑務所で過ごすことになる――もっと悪い結果になりうることもある。

　キットはコーヒーを入れたマグカップと新聞と箱入りドーナツを持って取調室に入った。ドーナツとは月並みだが、そこが肝心なのだ。このあまり聡明でない若者が警官に反感を抱いていることは想像できたし、すぐに反感を買うことになるだろう。

キットはMCと打ち合わせたとおり、『レジスター・スター』紙の最新版をトッドの視界に入るよう、テーブルにぽんと置いた。紙面には〝模倣犯か否か――再襲撃はあるのか？〟の見出しが躍り、ジュリー・エンツェルとマリアン・ヴェストの写真が載っていた。それよりは小さいが、オリジナルのSAKに殺害された被害者たちの写真も載っていた。

連続犯のほとんどはめだちたがりだ。新聞に載った自分の記事を読むのが大好きだ。読むことで犯行を思い出すのが大きな楽しみ、快感なのだ。そして、人々をパニックに陥れ、警察をきりきり舞いさせているという事実に悦に入る。

デリック・トッドが殺人犯なら、その新聞の見出しを見たら、目が離せないだろう。この心理的手法はFBIの行動科学班が開発したものだ。新聞のほかに、犯行現場にあったものや被害者の写真、殺害に使用された凶器も効果がある。

MCが以前、初めてこの手法を試したとき、殺害された女性がかぶっていたラベンダー色のニット帽をよく見ようと、容疑者の男は椅子を動かした。

MCとキットは、まずは穏やかに事を運ぼうと決めていた。デリックを落ち着かせ、油断させる。MCが〝悪い刑事〟を、キットが〝よい刑事〟を演じることになっていた。

キットはドーナツの箱を新聞の上に置いた。「遅くなってごめんなさい。ちょっと休憩していたものだから」

「まったく、サツってやつは」デリックはつぶやいた。

「なにかしら？」

彼はふてぶてしい表情で椅子の背にもたれた。「絶対に期待を裏切らない、それだけさ」

「ドーナツはいかが？」キットは箱を指し示した。「ご自由にどうぞ」

「いらない」

「MCは？」

「もらうわ」MCはこれ見よがしにひとつ選んで、かぶりついた。

「どうして僕がここに？」

「理由はわかっているはずよ、ミスター・トッド」

「〈ファン・ゾーン〉に就職したことか。ずいぶんな騒ぎだな」

「ゆうべはどこにいたの、ミスター・トッド？」

「外に」

「外のどこ？」

「友達のところだ」

「その人の名前は？」

「知らない。バーで会った女だ」

たで食う虫も好き好き。「なんていうバー？」

デリックは口ごもった。「〈グーグル・ミー〉だ」

「よく覚えていないみたいね」

「ちゃんと覚えてるさ。出入り先をサツに知られたくないだけだよ」

またしてもIQが低い証拠があがった。銃を携帯している者、しかも自分の運命を握る者を軽んじる行為がそれだ。

　この男らしい。

　MCはキットに目を向けた。トッドを熱心に観察しているキットの目つきはけわしかった。考えは想像がつく。〝新聞を見なさいよ〟

　しかし、トッドは見なかった。わざとらしいぐらいに。こちらのたくらみがばれたのだろうか？　感づくほどの知能が彼に備わっているとは思えないが、それをこのテストで確かめる必要があった。

「キット、外で話せるかしら？」

　キットはMCの目を見るなり、彼女がなにをたくらんでいるかがわかった。二人は取調室を出て、ドアの鍵（かぎ）をかけた。監視室に向かう廊下の角を曲がる。そこでは、ハリー・ポッターのような眼鏡をかけた、まだ三十代だというのに早々に髪が薄くなっている地方検事補、そしてサルとハース巡査部長がビデオモニターを見ていた。

　殺人事件の取り調べはすべてビデオテープにおさめられる。そうするようになったのは、この警察署ではわりと最近のことだ。そのビデオテープがあれば、取り調べの内容をあとでじっくり検討できるし、人権侵害や暴力行為を訴えられたときの防衛手段になる。

　三人はキットたちのほうをちらりと見た以外は、モニターから目をそらさなかった。MCは椅子を引き寄せて座った。キットは立ったままでいた。トッドは指でテーブルをたたいた。立ちあがって歩きまわった。そしてまた座り、カメラを見て中指を立てて挑発した。

だが、新聞は一瞥（いちべつ）しただけだった。

「たぶん、彼は字が読めないのよ」MCはつぶやいた。

「犯人じゃないんだわ」キットが言った。「彼は殺人はしない」

「そこまではっきりとはわからないくせに」MCが言い返した。

「わかるわよ！」

「ちょっと待て」地方検事補が言った。「彼が餌（えさ）に食らいつきそうだ」

MCはすぐさまモニターに目を戻した。たしかに、トッドが新聞のほうへ椅子を少しずらした。全員が見守るなか、トッドは身を乗り出した。ドーナツの箱のまわりの見出しを読もうとしているかのように、首を伸ばす。

MCは息をとめた。箱を動かして。新聞をよく見て。全部読みなさいってば。

ところが、彼は箱の中に唾（つば）を吐き、ふたたび椅子の背にもたれてほくそえんだ。

「くそがきめ」サルがつぶやいた。「ドーナツをひとつもらおうと思っていたのに」

MCはキットを見た。「容赦なくやりましょう」

キットはかすかに顔をしかめた。「それは打ち合わせと違うわ」

「だから？」

「だから、打ち合わせどおりにやる」

MCは不満の声をあげた。「もっときびしくやらなくちゃだめよ」

キットは先輩風を吹かせた。「あと一、二分待ってから、それぞれの役割を演じましょう」

MCは反論したかったが、サルのしかめっ面が目に入った。彼は、部下が取り調べ方法についてもめることは許さないだろう。しかも、こんな重要な局面で。「いいわ、行きましょう」

二人は取調室に戻った。トッドがほほえみかけた。「ドーナツでもどうだい、刑事さん？」

「あなたって、とんでもないくそがきよね？」

トッドは肩をすくめた。「まあね」

「まあね」MCは口まねをしながら椅子を引いて、トッドの正面に向けた。「〈グーグル・ミー〉とかいう店をかばおうとするなんて奇妙ね。要は、自分のことを調べ（ググ）られたくないんでしょう、ミスター・トッド？」

「うるさい」

「あなたが一夜をともにした女性は、あなたが性犯罪で登録されていると知っていたら、近寄らせたかしら？　ひょっとして女性ではなかったとか。ゆうべの〝友達〟は何歳だった？」

トッドが答える前に、キットが口をはさんだ。静かな口調で、相棒のようなとげとげしさはなかった。「あなたを〈ファン・ゾーン〉に雇ったのはだれ？」

「オーナー。シドニー・デールだ」トッドはその男の名を冷ややかに口にした。

「嫌いなの？　前科者に仕事をくれたのに？」

「嫌いか。そうかもしれない。あいつはまぬけだ」

「あなたを雇ったとき、彼はあなたの経歴を知っていた？」

トッドは肩をすくめた。「さあね、僕の知ったことじゃない」

ＭＣがその先を引き継いだ。「そうかしら？　子供の遊戯施設は、子供の敵が働くには奇妙な場所のようだけど。そうでもないか……少なくとも、性倒錯者から見ればね？」

トッドの顔が赤くなった。「僕は子供の敵じゃない！」

「陪審員の意見は違うんじゃない？」

ＭＣは新聞をつかんで、第一面を上にして、彼の目の前にほうり投げた。ジュリーとマリアンの写真をこつこつたたく。「この二人のうち、どちらかでも見たことはある？」

「ない」

「間違いない？」

トッドは新聞に目を凝らした。大見出しを見る。やっと合点がいったらしい。そして彼は今にも吐きそうな顔をした。

「やっと本気になった？」

「やっぱり見たことない」

「一月二十一日の土曜日は仕事だった？」

「覚えてない」

「その件はわたしが助けてあげる」キットが言った。「ミスター・ズバにタイムカードを確かめてもらったの。出勤していたわ」

「二月十一日の土曜日は？」

「覚えてないけど、たぶん仕事だった」

「そのとおり」キットが機嫌よく言った。

「だから？」

トッドはさっきまでのように自信たっぷりにふるまおうとしたが、代わりに恐れと不安が漂ってきた。

「この少女たちは〈ファン・ゾーン〉で誕生日パーティを開いたの。ジュリー・エンツェルは一月。マリアン・ヴェストは二月。すごい偶然だと思わない？　性犯罪で有罪になった人が働いているところで、殺された二人の少女が誕生日パーティを開いたなんて？」

トッドは顔面蒼白になった。鼻の下に玉の汗をかいている。「弁護士を呼んでくれ」

「そのほうがよさそうね、ミスター・トッド」ＭＣは背筋を伸ばした。「さあ、キット、この世間知らずさんに弁護士を呼んであげましょう。明らかに、彼には必要だわ」

「僕はなにもしていない！」

キットは母親のようなだめ役にまわった。「デリック、これはまずいわ。わかるでしょう。わたしはあなたの力になりたい。この少女たちを殺めた人物を捕まえたいの。もしあなたがやったのでないのなら――」

「僕じゃない、誓うよ！　〈ファン・ゾーン〉でこの子たちを見かけたこともない。あそこでは、誕生日パーティなんてしょっちゅうやっているんだ！」

「じゃあ、なぜあなたは〈ファン・ゾーン〉で働いているの？　わたしたちはそのことをどう解釈すればいいのかしら？」

「仕事が必要だったからだ！」トッドは叫んだ。「デールには貸しがある。それだけだ！」

「デールに貸しがある？　どういう意味かしら？」

「知ってるぞ、僕には権利があるんだ！　もう、一言だってしゃべるもんか――」

「弁護士が来るまでは」ＭＣはトッドの代わりに最後まで言い、そして立ちあがった。

24

二〇〇六年三月十二日　日曜日
午前九時二十分

息を切らし、汗をかいて、キットはペースを落とした。体形を元に戻すという誓いは守ってきた。初めの数日はのんびり寝ていたかったが、自分よりずっと若いメアリー・キャサリン・リッジョを思い浮かべると急に奮い立ち、四十八歳の重い腰を上げていた。MCと張り合おうなんて、ばかげているのはわかっているが、自分を抑えられなかった。彼女を見ると、二十年前の自分の姿がダブった。自信たっぷりで、目の前には出世の道が続いていた。明るい人生が広がっていた。

キットは、トッドの取り調べで自分とMCの違いを実感した。MCはどんどん先へ進みたがった。主導権を握りたがった。キットは強引になりすぎないよう、ゆっくりと事を進めたがった。

それは、そのほうがふさわしいやり方だったから？　それともミスを恐れたから？

わたしは暗闇(くらやみ)を手さぐりで歩きまわるような気分にならずにはいられないのだろうか？　トッドの取り調べのあと、捜査は行きづまった。彼は州の性犯罪者登録法違反で調書をとられた。彼のアパートメントと車を捜索したが、エンツェルとヴェストの殺害につながるものはなにひとつ見つからなかった。

キットはそのことにさして驚きはしなかった。理論上では、あの若者は有力な容疑者に見えるが、彼は警察が追っている犯人ではないとキットは直感した。

それは第一に、トッドが餌(えさ)に食らいつかなかったからだ。第二に、彼が犯人ならば、初めからもっとましな態度をとるはずだからだ。

それに加え、トッドはすでに未成年者に性器を露出したとして有罪になっていた。自慰行為を見せたのだ。順を追って考えれば、次にするのは子供への性的虐待だろう。だが、SAKと模倣犯の被害者たちにその形跡はなかった。

自宅が見えてきた。玄関ポーチにだれかが座って待っている。近づいてみると、ダニーだとわかった。新聞を読みながら、〈スターバックス〉のベンティ・サイズのカップに口をつけている。

「あなただったの」キットはそばへ行って声をかけた。

ダニーは顔を上げてほほえんだ。「そろそろあきらめるつもりだったよ。待つのは三十分が限界だ」

キットは彼の隣に座った。「あきらめないでいてくれてよかったわ。それはわたしへのおみやげ？」彼女はもうひとつの〈スターバックス〉のカップを指さした。

「そう。バニララテだ」ダニーはそれを彼女に渡した。「砂糖なしのスキムミルクで注文するべきだったかな？」

「そんなことをしたら、ただじゃおかなかったかも。わたしが体を鍛えているのはライバルに負けないためよ。やせるためじゃないわ」

キットはラテを飲み、舌に広がる、ほのかに温かくて甘い味に満足げに声をもらした。

「ライバルって、パートナーのこと？」

「うん。メアリー・キャサリン・リッジョ」

「まるで彼女は恐ろしい蛇で、その名前を口にしたら噛みつかれると言わんばかりだな」

キットはうしろに肘をついてもたれた。「すでに噛みつかれたようなものよ」

ダニーは唇をすぼめた。「そのこと、話したい？」

「たぶんね。それもおみやげ？」

彼はペストリーが入った袋を渡した。「その残骸。待っているうちに腹がへっちゃってね」

袋をのぞきこむと、食べかけのマフィンが見えた。「ありがたくないわけじゃないけれど、ダニー、遠慮するわ」

「べつにいいよ」彼はにっこりして、マフィンの残りを食べた。

「で、どうかしたの？」キットはダニーに目を向けて尋ねた。

「きみがどうしているか確かめたくてさ。ようすを見に来た」

「まだくたばってはいないわよ。そういう意味の質問ならね」キットは自分の警戒するような口調に顔をしかめた。

「べつに、くたばるのを待っているわけじゃないよ、キット。きみにはそんなふうになってほしくない」

「わたしがくたばったときのために、ここにいたいのね？」

「そうじゃない」ダニーはキットの皮肉をやさしくたしなめた。「きみが僕を必要とするときのために、ここにいたいんだ。きみはもっと僕を理解してくれているはずだよ」

たしかにそうだわ。「ごめんなさい。たぶん、ストレスでいらいらしているんだわ」

「パートナーに、かもよ」

パートナー。そのとおりだわ。キットはラテを飲んだ。「彼女は若いの。頭もいいわ」

「魅力的？」

「ええ、それもある」

「どうしていらいらするんだ？」

「理由はわかりきっているわ」

「僕にはわからないな」

「ふざけないで」

「きみは頭がいいよ、キット。こう言ってはなんだが、すごく魅力的だ」

「友達だもの、あなたはそう言わざるをえないわ。それに――」キットは片手を上げて、彼の言葉をさえぎった。「わたしは若くない」

「でも、きみには知恵がある」

ダニーはにっこりして、そう言った。キットはうなった。最高。おばあちゃんの知恵ってやつね。「わたしなんてだめよ」

「きみは自分を哀れんでいるだけさ」

キットは一瞬黙りこみ、たしかに彼の言うとおりだと思った。「なんだか、彼女は苦もなくやってのけているように見えるのよ」

「仕事を？」

「いいえ。自分を信じることを」

ダニーはなにも言わず、キットを軽く抱き締めただけだった。「行かなくちゃ」

彼が立つと、キットも立ちあがった。「もう？」

「友達の引っ越しを手伝うと約束したんだ」

ダニーが歩き去るのを見送ってから、キットはくるりと向きを変えて玄関まで歩いていった。そして鍵（かぎ）が開いていることに気づいた。

彼女は眉根を寄せた。開けたまま、出かけたはずがない。

そうよね？

記憶をさぐり、自分の行動をたどる。鍵をかけたかどうか、はっきりとは思い出せない。

だが、いつもは無意識にしていることだ。なにしろ、警官なのだから。

キットはドアと鍵穴を調べた。こじ開けられたり、力が加えられたりした痕跡はなかった。わたしは鍵をかけるのを忘れるほど、うわの空だったのだろうか？

そうだったかもしれない、とキットは気づき、愕然とした。もっとしっかりしなくては。玄関を入り、ドアを閉めて、入念に鍵をかける。シャワーを浴びて、きちんと朝食をとろう。それまでは、さっき飲んだラテで間に合うだろう。

キットはベッドルームに入りながら、汗に濡れたTシャツを脱いだ。それを洗濯籠に投げ入れ、そこでぴたりと動きをとめた。うなじの毛が逆立つ。

ナイトテーブルの引き出しが半開きになっていた。銃をしまう引き出しだ。

頭の中で血がどくどくと音をたてて流れはじめた。警官は常に銃を持ち歩く。ジョギングの間、キットはウエストポーチか足首のホルスターに入れることにしている。今日はウエストポーチだった。

だが、その引き出しを開けっぱなしにした覚えはなかった。

キットはナイトテーブルに近づき、引き出しを最後まで開けた。日記。ペン。セイディのお気に入りの写真が数枚。空いたスペースはグロック銃の指定席だった。

何者かが家に入ったのだ。だれだろう？　キットは玄関ポーチで待っていたダニーを思い浮かべた。彼のはずはない……。

ピーナッツだ。

あいつはわたしの家を知っている。間違いなく、家に押し入る技術を持っている。あいつはこれまでとは違う方法で、わたしをもてあそぶことにしたのだ。

まだ家の中にいるかもしれない。

キットはウエストポーチを開け、グロック銃を取り出して、手際よく家の中を捜索した。

結局、先ほどの引き出しと玄関ドアの鍵が開いていたこと以外に異常はなかった。

思い違いだろうか？　わたしは玄関の鍵をかけ忘れ、ナイトテーブルの引き出しを開けっぱなしにしたのだろうか？

わたしは頭がおかしくなりつつあるのだろうか？　またしても？

いまいましいことに、キットは自信が持てなかった。自分のことも、自分の勘も信用できなかった。それは彼女にとって、ＳＡＫのような化け物が一ダースも自分の家に侵入したと知るよりも、はるかに不安なことだった。

25

二〇〇六年三月十三日　月曜日
午前八時

キットはいれたてのコーヒーをすすった。昨日、あのあとは、なにごともなく過ぎた。彼女は一日の大半を、ＳＡＫが家に侵入したか否かについて考え、その疑問をＭＣかサルに打ち明けようかどうしようかと悩んで過ごした。

そして、打ち明けないことにした。過度にぴりぴりしているように見られたり、精神状態に疑問を抱かれたりすることだけは、なんとしても避けたかった。

おかげで、じゅうぶん動揺させてもらったわ。

ちょうどそこへＭＣが出勤してきた。少し眠そうな目をしている。

「休みはどうだった？」キットは尋ねた。

「正直言って、最悪。洗濯、掃除、請求書の支払いで終わったわ」

「楽しいことは刑事のところへは来てくれないのよ。例の若者の弁護士から伝言があるわ」

「あら、そう？　なんだって？」

「もちろん、トッドは無実ですって」

「そうこなくちゃ。彼は最有力の容疑者だもの」

「実際には、〈ファン・ゾーン〉が一番の手がかりだとは思う。おかげで被害者どうしがつながったんだもの。オリジナルのＳＡＫ事件ではできなかったことだわ。ところで、サルがあそこに潜入捜査官を送りこむことにしたの。あなたが適任だそうよ」

　それを聞いて、ＭＣは完全に目を覚ました。「適任？　子供はたいてい、わたしをものすごくこわがるのよ。それに、あんなところに十分もいたら、自分の行動に責任が持てないわ」

「サルにはそう伝えたわ。念のために、わたしたちは二人とも、この事件に関連して、テレビに映ってしまったこともね」

「それで？」

「シュミットに白羽の矢が立った」

「ラッキーなシュミット。監視ビデオのテープもサルに渡っているの？」キットがうなずくと、ＭＣはさらに言った。「あなたに借りができたわね」

「なんのための相棒なの？」

　ＭＣが答える前に、キットのデスクの電話が鳴った。「ラングレン刑事です」

「いとしのきみはぐるぐる走りまわっているところかな？」

あいつだ。キットが合図すると、すぐさまＭＣが中央通報管理班(CRU)に電話し、逆探知を指示した。

「あなたはだれ？」

「わかっているくせに。きみの愛するピーナッツだ」

彼のふざけた口調に、キットは歯を食いしばった。「いつ電話をくれるのかと思ったわ。取り決めを守らないつもりかと思ったくらいよ」

「約束は守るさ」

「よかった。あなたの要求はかなえたわ。今度はあなたの番よ。模倣犯の名前を教えて」

ＭＣはまだＣＲＵに電話していた。腰をかがめ、目の前のデスクの上にあったフォルダーに〝携帯電話〟と書いた。

くそっ。あと五分はもたせないと、逆探知できない。

「あなたのせいで、また少女が死ぬことになるという気分はどう？」キットは尋ねた。

「僕のせいじゃない。きみのせいだ、子猫ちゃん」彼は笑った。「べつに、僕のせいでもいいよ。子供が死んでもかまわない。だが、きみはよくない」

「わたしのせいだなんて思わないわ」

「そうかな？　きみの娘はどうだ？　娘が死んだのはきみのせいじゃないのか？」

キットはなんとしても注意をそらしてはならなかった。気をそらすのが彼の狙(ねら)いだ。彼は主導権を握ることを楽しんでいる。彼の思うつぼにはまってはいけない。約束は守ってもらうわ。あなたは情報をくれる約束をした。約束は守ってもらうわ」

「わたしのことは関係ないわ。あなたは情報をくれる約束をした。約束は守ってもらうわ」

　彼はまた笑った。なんだか卑劣な笑い声だった。「捜査の進み具合はどうだ？」

「とても有力な手がかりを追っているわ」

「だれのことだ？〈ファン・ゾーン〉のがきのことか？」

　キットは不意を突かれた。そのことを声に出さないように必死になった。「トッドのことをどうやって知ったの？」

「僕はなんでも知っている。僕は全知全能(オムニポテント)なんだ」

「失礼、今、勃起不全(インポテント)と言った？」

　キットは、口に手をあてて笑いをこらえているMCのほうにちらりと目を向けた。

　彼を怒らせるのはいい考えではないだろうが、キットは彼の限界を試したかった。彼の感情のスイッチを入れるボタンをさがし出して、彼に逆らうとどんな反応を示すかを確かめたかった。

　そうするうちに、なにが彼のスイッチを押すのかがわかった。

「二度とそんなことを言うな」彼の声はかすかに震えた。

　彼は怒っている。

　自分のことにはむきになる。

キットはMCを見て、自分の腕時計を指さした。MCは指を三本立てた。

あと二分だ。

朝飯前だわ。キットは自分に言い聞かせたが、実のところ、今は二分が永遠に思えた。

「悪かったわ。ときどきユーモアのセンスがなくなるのよ」

「そんなことは二度と起こらないでもらいたいな」

情報は課内に伝わり、仲間たちが集まってきた。キットは彼らにちらりと視線を向けただけだった。「会えないかしら、二人きりで。もっとおたがいを知りましょう」

「いい考えには思えないな、子猫ちゃん」

「わたしは一人で行くわ。一、二杯飲んで、話しましょう」

「心配だな、きみの健康が。僕は大丈夫だ。この通話を逆探知しているのはわかっている。だから、いいかげんなことを言うな。〈ラブズ・パーク・セルフストレージ〉。七番倉庫」

ピーナッツは電話を切った。キットはさっと立ちあがった。「突きとめた？」

MCは片手を上げ、そして悪態をついた。「だめ。五分にはちょっとたりなかったわ」

「くそっ！」キットはジャケットをつかんだ。「彼が言った貸し倉庫の捜索令状がいるわ」

「手配中よ」

「パトカーを最低でも二台用意して。鑑識に連絡を。倉庫で落ち合うわ」

26

二〇〇六年三月十三日　月曜日
午前九時四十分

ラブズ・パークはロックフォードの北側に隣接する小さなコミュニティだった。よく言われる冗談に、ラブズ・パーク出身の女はみんな髪がぼさぼさで、男は大きなピックアップトラックを持っているというのがある。

その冗談がどんなきっかけで言われはじめたのか定かではないが、双方のコミュニティの境には線が引いてあるわけでもなく、小さな看板があるだけだった。単純にロックフォードのほうが評判がいいだけで、キットが思い出せる限りでは、ずっとそんな調子だった。〈ラブズ・パーク・セルフストレージ〉は、中華料理店とハンバーガーショップにはさまれていた。キットが車から降りると、脂っこいにおいが鼻をついた。まだ朝の十時だというのに、なにかを揚げているのだ。一緒に連れてきた大勢の男たち──三組の警邏(けいら)隊と鑑識課のほぼ全員──が、すでに昼食について考えていることは間違いなかった。中華、それともハンバーガー？

それは正午までここにいればの話だ。だれにもわからないではないか？　貸し倉庫は空っぽかもしれない。あの情報は罠かもしれないのだ。明らかにピーナッツは、キットに試練を与えておもしろがっている。

とはいえ、倉庫になにかが入っている可能性もあった。捜査の鍵となるものが。模倣犯に直接結びつく手がかりが。あるいはSAKに結びつくものかもしれない。

「欲しいものは全部サンタクロースが持ってきてくれますようにとお願いしているの？」車の反対側からMCが言った。

「まあ、そんなところよ。行きましょうか？」

二人は車の間を縫って、同じ足取りで進んだ。背後では仲間たちが続々と到着する音がした。

家宅捜索には多くの人員が必要だ。わくわくする瞬間ともいえる。勝ち誇った気分になる。なぜなら、刑事なら〝これだ〟とわかるからだ。この極悪人は、どんな悪事を働いたにせよ、もうすぐ捕まることになる。はっきりとわかるのだ。刑事の勘で。

警官であることに、いやけがさすときもある。罪のない第三者のせいで。家族や恋人は、どんな蛆虫と一緒に暮らしていたかにまったく気づいていないか、若すぎて気づけないかのどちらかなのだ。

その板ばさみになってあらゆる経験もした。凶器を取り出したり、逃亡をはかったりする容疑者、葛藤、訴訟。

二人は貸し倉庫の事務所に入った。そこには、デスクとファイルキャビネットと休憩所があるだけだった。とても狭い。実用本位だ。

「おはようございます」キットがデスクの向こうの女性に言った。彼女の髪はぼさぼさどころか、つややかな短いボブヘアだった。

固定観念にもほどがあるわ。

「なにかご用でしょうか？」その女性はほほえんだ。

「残念ながらそうです」キットは女性に近づき、捜索令状を渡した。「わたしはロックフォード警察署のラングレン刑事。こちらはリッジョ刑事。七番倉庫の捜索令状が出ています」

若い女性は困惑し、そして取り乱した。「すみません。理解できないのですが」

「捜索令状です。七番倉庫の中身と、借り主の情報を調べるための。すべてはその令状に書かれています」

「上司に連絡して、許可をとらなければなりません」

彼女は電話に手を伸ばした。その手が震えていることにキットは気づいた。「かけたければどうぞ」キットは言った。「でも、すでに裁判所の許可は得ています。ところで、法律では、捜索の間、あなたか経営者の同席を命じています。あなたが無理なら、ほかの人を呼んでください」

「待って！　わたしは南京錠の鍵を持っていません。どうやって開けるつもりですか？」

キットは戸口で立ちどまって振り返った。「ご心配なく。手配済みですから」

キットが七番倉庫に着くまでに、すでに同僚が南京錠を切断し、金属のシャッターを上げていた。開いた入り口から日差しが入るにもかかわらず、内部は薄暗かった。三人の制服警官が懐中電灯をつけた。

「投光機が必要ね」キットは言った。

MCはうなずいた。「手配するわ」

キットが見たところ、その倉庫は満杯だった。懐中電灯で内部を照らす。家具から自転車、本が詰まった箱、婦人服用のマネキンまで、ありとあらゆるものがあった。

それからの二時間、キットをはじめとする捜索チームは丹念に荷物を調べ、箱を開け、たたまれた衣類や本をめくった。なにかが出てくるのを期待して。写真、家庭用の大判の聖書や名前が刻印された本、武器、身体の一部など、それとわかる犯行の記念品が出てくることを。

ここにはなにかがある。そう感じる。

それとも、そう語りかけているのは、役立たずになったわたしの勘だろうか？

キットはスノウに近づいて声をかけた。「どう思う？」

スノウは野球帽をうしろ前にかぶり直した。「ここにあるものを全部調べるには何日もかかる。数週間かもな」

キットも同じことを考えたが、もしかしたらもっと早くわかるかと期待したのだ。

「そんな余裕はないわ」

「僕らに奇跡は起こせないよ。起こせればよかったんだけど」

「品物の一覧表だけならどう？」

「分析なしで？　それなら時間はかからない。二、三日だな」

民間人は《ＣＳＩ：科学捜査班》のようなテレビ番組を見て、すべての事件があんなふうに注意深く扱われると考える。そうならいいのだが。

都市部の警察署は常に数百の事件を捜査しており、次々と新たな犯罪が起こるが、人員と予算には限りがある。ところが、ＳＡＫとその模倣犯による殺人事件のような世間の注目を集める事件でさえ、時間と金の制約に直面しているのだ。

「仕事を続けて。わたしは借り主を追うわ」キットは制服警官を手招きした。「借り主の情報を手に入れて、データベースに照会して。だれなのか知りたいわ。住所と前科の有無も」

警邏隊の各組はモバイル・データ・ターミナルを携帯している。それがあれば、容疑者のほぼすべての情報が手に入る。

警官はうなずいた。「了解しました、刑事」

ＭＣがそっと近づいてきた。「話があるの」

キットは自分の体が緊張するのがわかった。「なにかしら？」

「これは罠のような気がする。あいつはまたあなたを困らせようとしているんだわ」

キットはむきになりそうになるのをこらえた。「どういうこと？」

「ここが舞台セットのように感じるの。整いすぎているわ」

キットは荷物とそれらが作る光景を見渡した。婦人服用のマネキン、向かい側の壁に立てかけられたシュウィン社製の古い二台の自転車。旅行用の箱型トランクと壊れた鏡。

まるで映画のセットだ。

なんとかストーリーの一部になろうとしている。

「あいつはあなたをおちょくっているのよ、キット」

「でも、ここにはなにかがある。そう感じるの。彼が置いたものよ」

「そうだったとしても、隠してあるわ。あなたをてこずらせるために。あなたに亡霊を追いかけさせておくために」

亡霊を追いかける。セイディ。ジョー。スリーピング・エンジェルたち。

「自分の胸にきいてごらんなさいよ、どういうことかを」MCは言った。

キットの考えは違った。「ここを捜索するべきじゃないというの？」

「違うわ。ただ……」MCは目をそらし、それからまた戻した。彼女がなにかと闘っているのだとキットは感じた。もしくは、やり慣れないうえに、気が進まないことをやろうとしているのだろう。「用心しなさいよ」MCは口をつぐんだ。

MCには驚かされる。彼女が気づかいを口にするとは、キットにとってはまったく予想外だった。「心配してくれてありがとう」キットはかすれた声で言った。「でも、ＳＡＫや模倣犯のせいで不安になることなんて、なにひとつないわ。わたしは十歳の子じゃないし、最近髪がずっとブロンドなのは、美容師の腕がいいからよ」

　ＭＣはにこりともしなかった。「あなたは人生を失うだけじゃないのよ、キット」

被害者が人生のほかにも多くのものを奪われたことは、二人ともわかっていた。

　ＭＣが気づいていないのは、キットがすでに人生の大部分を失ったということだった。

「ラングレン刑事？　借り主がわかりました」

　二人の女性警官がパトカーから急いで降りてきた。「アンドリュー・スティーヴンズ。二十八歳。〈サンドストランド〉のエンジニア。住まいはボールダー・リッジ・ドライブ。前科なし。交通違反さえありません」

「よくやったわ」キットはＭＣを見た。「一緒に来る？」

「もちろんよ」

　二人は期待どおり、スティーヴンズを職場で捕まえることができた。彼は正直そうな顔立ちをしていたが、それはなにも知らないということにはならなかった。

「僕の財布のことですか？」キットたちの自己紹介が終わると、スティーヴンズがきいた。

「財布？」キットが尋ねた。

　彼は残念そうな顔をした。「盗まれたんです。クリスマスの翌日に。盗難届けは出しました。音沙汰(おとさた)なしです」

「お気の毒に、ミスター・スティーヴンズ。今日来たのは、あなたが借りている倉庫のことです」

「どこの倉庫ですか？」

「〈ラブズ・パーク・セルフストレージ〉。七番倉庫。あなたが一月三日に借りた」

スティーヴンズは眉をひそめて、一瞬、二人を見つめた。「倉庫なんて借りていませんし、財布は盗まれたままです。なにかの間違いじゃありませんか？」

まいったわね。「そう思うのもしかたありません」キットは賃貸契約書のコピーを彼に渡した。「でも、これによると、あなたが借りたことになっています」

彼はその書類をざっと見て、顔をしかめ、そしてコピーをキットに返した。「僕じゃない。ありえません」

「なぜですか？」ＭＣは尋ねた。

「一月三日はサンフランシスコにいました。ハネムーンで」

27

二〇〇六年三月十三日　月曜日
午後三時

午後三時を迎えるころには、キットはすっかり頭にきていた。ＭＣは歩きまわるキットを見守った。「このぶんだと、床か靴に穴があくわ」

「どっちもくそくらえよ。また行きどまりよ。ちくしょう！」

「りんごでも食べる？」ＭＣは尋ねた。

キットは歩きまわるのをやめた。「クラッカーのほうがいいわ」

「ジャンクフードはだめ」ＭＣはりんごをキットにぽんと投げた。「ただでさえいらいらしているんだから」

キットはりんごを受け取った。「あいつはわたしをもてあそんでいるのよ。だんだん鼻についてきたわ」

「だから、そう言ったじゃないの」

「今はその話はやめて。いらいらの種はひとつでたくさん」

「立場が逆よ。わたしは若くて、かっとなりやすい。あなたはじゅうぶん大人で、わたしの相談に乗る経験豊富なベテランなのよ。忘れたの？　元気を出せですって？　流れに身をまかせろですって？」

キットはりんごをかじった。歯ごたえと酸味がある、好きな味だった。「流れに身をまかせろなんて言ったことないわ」

「じゃあ、言ったことにしましょう。さあ、自分のアドバイスどおりにやりなさいよ」

「もう一度言っていただけます？」

MCは立ちあがった。「たしかに、あいつはあなたをもてあそんでいるわ。それも、巧妙にね。そう思わない？　あんなやつのために気をもむのはやめましょう。駆けずりまわったり、いらいらしたりするのはやめましょう」

「あなたって、ものすごくむかつく」

MCはほほえみ、あまのじゃくにも喜んだ。「あいつより、わたしに腹を立てるほうがましよ」

キットはもう一口りんごをかじったが、その間もMCから目をそらさなかった。「それでも、あそこにはなにかがあると思うわ」

「なにがあるというの？　借りたのはスティーヴンズではなかった。彼の話については調べたわ。財布の盗難届けは出ていた。彼はクレジットカードを全部とめたし、家の鍵も変えた。航空会社はアンドリュー・スティーヴンズ夫妻の搭乗を確認したし、ホテル側も夫妻がサンフランシスコの部屋に一月二日から六泊して、八日にチェックアウトしたと認めたわ」

「つまり、殺人犯が財布を盗んだ。入っていた身分証明書で倉庫を借りた。一年分を前払いして」

「でも、どちらの仕業かしら？　模倣犯？　それともピーナッツ？」

MCは、そのニックネームを聞いたキットが無意識に顔をしかめるのを目にした。ピーナッツはキットの怒らせ方を心得ている。それは間違いなかった。MCは二度とその名で彼を呼ばないよう、心に書きとめた。

「わからないわ」キットは眉根を寄せて考えこんだ。「彼はだれの倉庫かは言わなかった。だから、てっきり――」

「模倣犯が借りたと思った。あなたならそう思いこむと、あいつにはわかっていた」

「ところが、それもあいつのゲームの一部だった」

「あそこは舞台セットのようだったけれど、まさにそうだったのよ。あなたにごみあさりみたいなことをさせたんだわ」

キットはデスクの端に寄りかかった。MCは腹を立てていたことなど忘れてしまったようだ。「つまり、あそこに隠された手がかりを見つけるかどうかは、わたししだいってことよ」

「うめられた、よね。干し草の山にまぎれた針みたいなものよ。なにかがあればの話だけど」

「あるわ、絶対に」キットはりんごの芯をデスクの下のごみ箱に捨てた。「だって、なにも手がかりがないなら、彼はずるをしたことになる。そんなことをして、なにがおもしろいの？」

MCは納得できずに眉をつりあげた。

「考えてみなさいよ。あいつはわたしとゲームをしているのよ。それを楽しんでいる。〝おもしろい〟と言ったのよ。ずるはおもしろいものじゃないし、公正でないゲームに勝っても達成感はないわ」

「あなたにとってはね。今話しているのは殺人犯のことよ」MCは自分の分のりんごをかじり、しばらく噛み砕いてからまた話しはじめた。「こじつけもいいところだわ、ラングレン。悪いけど」

「そんなことはわかってる。でも、この件については自信があるわ」

「本当に勘を信じて大丈夫なの？」

キットは一瞬、苦しげな顔をした。その一瞬で、MCは、相棒が本当はどんなに傷つきやすいか、どんなに迷いがあるかがわかった。

刑事としてはきわめてよくない状態だわ。

MCはふうっと長いため息をついて、そうした情報の断片すべてを自分なりに解釈した。

「彼の言うことには疑問を持つべきよ。ゲームなんだから、そのつもりで言葉のひとつひとつを確かめるべきだわ。なぜかを自問してみて。まずは、なぜあなたなの、キット？」

「オリジナルのＳＡＫ事件の責任者だったから」キットは早口に言った。「対戦相手にふさわしいと考えた。簡単に負かすことができる、とかね。それは重要な問題じゃないと思うわ」

ＭＣはキットのもっともらしい理由づけには賛成しなかったし、キットが標的になったことに大きな意味がないはずはないと思った。ＳＡＫがキットに電話してくる理由は、とてつもなく重要だ。

「あなたを巻きこんだのには明確な理由があるのよ」ＭＣは言い張った。「考えてみて。電話の相手はわたしでも、警察内部のほかのだれでもよかったはずよ。でも、彼はあなたを選んだ」

キットはうんざりした声をあげた。「その理由がどうだからって、なにかが変わるの？　わたしは彼と模倣犯がどうやって知り合ったかのほうに興味があるわ」

「知り合いじゃないかもよ。二人は同一人物かもしれない。共犯かも。その二人が対戦しているのかもしれないわ」

「わたしはただのゲームの駒（こま）なの？」キットは親指の付け根で目を押さえた。「それでは振り出しに戻ってしまう。七日たって、もう一人少女が死んだというのに、以前に比べても、ぜんぜん答えに近づいていない」二人は黙りこみ、ＭＣは考えにふけった。しばらくして、キットはMCを見た。「彼がデリック・トッドを知っていたことについてはどう思う?」

いい質問だ。そのことについては、二人ともあまり考えたことがなかった。

これまでは。

「わたしたちを尾行したのかもしれない」MCは言った。「事件の関係者かもしれないわ」

「警官かしら?」

「考えにくいわ。でも、なにも除外できない」MCは唇をすぼめて考えた。「だれがトッドのことを知ってる?」

「はっきりと? あなたとわたし。刑事部長。ZZ。彼の妻。そしてシドニー・デール」

MCはうなずいた。「デールは責任逃れをしている感じよね。トッドを推薦し、通常の安全対策をとらずに雇った。トッドはデールに貸しがあると言ったわ。なぜかしら?」

「その答えの究明をすることをリストのいちばん上に入れましょう」

「リストといえば」キットがつぶやき、MCの背後を指さした。「こんなにラッキーなことがあるかしら?」

MCは肩越しに振り返った。スノウ刑事が歩いてくるところだった。やけににやにやしている。

「リストができた」スノウは二人のそばへ来て言った。それをデスクの上にそっと置く。「ソレンスタインと僕でほぼ一晩かかった。そのわりには、なるべくくわしく書いたよ」

　ＭＣはリストをめくった。すき間なくぎっしりタイプされた表が十五ページ分あった。

「借りができたわね」

「まったくだ。今度、一杯おごれよ」

「そうするわ」

　スノウは歩きだしたが、立ちどまってＭＣを振り返った。「〈バスターズ・バー〉にいたコメディアンを覚えているか？」

「ランス・カストロジョヴァンニね。彼がなにか？」

「何分か前に階下（した）で見かけた。受付できみを呼び出すように言っていたよ。ファンができたらしいな」

　アレン刑事が仕切りで区切られた席から顔を出した。「ボーイフレンドか、リッジョ？てっきり、おまえとラングレンはできているのかと思ったのになあ」

　ＭＣは不愉快そうな声をあげた。「大人になりなさいよ、坊やたち」

　ＭＣは部屋を出ていき、五分後にはロビーを横切って、ランスが座っているところへ向かった。どう見ても、彼は場違いだった。

「迷子になった？」ＭＣはそばへ行って声をかけた。

　ランスは立ちあがってほほえんだ。「さっきはね。でも、今は違うよ」

　彼の声の響きに、ＭＣはなんだかいいことをした気分になった。「獣（けだもの）の懐に入ってくるなんて、どうしたの？」

「近くまで来たから……まあ、ちょっとそこまでなんだけど、きみを訪ねてみることにしたんだ。面と向かってなら、断りにくいだろうと思ってさ」

「断るって、なにを？」MCは尋ねたが、いい予感がした。

「デートを」

「どんなデートを考えてきたの？」

「きみと僕で、飲み食いする。ちょっと笑ったりして。できれば、ちょっとよりも多いほうがいいな」

MCはそれを聞いて笑った。「いつ？」

「今週は毎晩仕事で、空いているのは水曜日だけなんだ」

ということは、家族の晩餐（ばんさん）を欠席しなければならない。母親に質問攻めにされるわ。ランス・カストロジョヴァンニは、なんてタイミングがいいのかしら。

MCはほほえんだ。「ここで足どめされない限りは、それでいいわ」

28

二〇〇六年三月十四日　火曜日
午前七時三十分

コーヒーハウスの喧騒（けんそう）が彼のまわりで渦巻いた。彼は人ごみにいるのが好きだった。人ごみにまぎれ、人と交流する。

だれも気づかない。僕がだれなのかを。僕にどんな才能があるのかを。

僕の秘密に気づく者は一人もいない。

子猫ちゃんでさえ気づかない。彼女だからこそ、かもしれない。

彼は椅子の背にもたれて、エスプレッソを飲み、視線を向けてくる女性にほほえんだ。

彼はよくこうして遊んだ。人間観察――たとえば、あの女性のような他人を観察して、正体を明かしたら彼女はどうするだろうかと想像した。彼女の目に表れる恐怖と、彼女があげる声を想像した――おびえる鼠（ねずみ）がたてるような、小さな悲鳴を。

そう考えるだけで、股間が硬くなりそうだ。

ラングレンに言われた言葉——勃起不全（インポテント）——をふと思い出して、快感を覚えた。

彼女は僕をすごく怒らせた。

それどころか、彼女はそれを承知していた。ふたたび主導権を取り戻すまで、僕は彼女の思いのままだった。

あのとき僕は無力だった。

彼女のやり方はうまかった。僕を驚かせ、感嘆させた。だが、同時に怒りも買った。

このまま彼女を許すわけにはいかない。代償は払ってもらわなくては。彼女の反撃は初めてなので、今回は小さな犠牲で許してやろう。だが、痛みを感じないほど、小さいものというわけにはいかない。警告を与えるかなにかして、楽しむことにしよう。

だが、なにを警告しよう？

隣の席にいた女性と目が合い、彼女がまたほほえんだ。彼女にきいてみようか？〝僕はある人を震えあがらせる必要がある。相手は女性だ。警告の形をとりたい。態度が悪いから罰を与えるんだ。どんな方法がいいかな？〟

いや、きくだけ無駄だろうが、想像するのは楽しい。彼はエスプレッソを持って、その女性に近づき、自己紹介した。

29

二〇〇六年三月十四日　火曜日
午後四時三十分

毎年春になると、アメリカ白血病協会の地元支部は、この病気にかかった子供たちのためにお祭りを開催する。ロックフォードのディスカバリー・センター・ミュージアムで開催されるお祭りでは食べ物がふるまわれ、ゲーム、出し物、入札式のオークションが行われる。キットはつらくても、欠かさず参加した。ほかの子供たちが病気を克服する手伝いができるなら、つらさを味わうだけの価値はあった。

今年は初めて、一人で参加した。過去二年間は、離婚してはいたが、ジョーと一緒に来ていた。個人的な行き違いはあれ、二人はたがいにすがっていたのだ。

おそらく今年は、ジョーは婚約者にすがっていることだろう。

会場で彼に会うだろうか、とキットは考えた。ヴァレリーも一緒だろうか、と。

ジョーがわざわざ来るだろうか。これもまた、彼が忘れようと決めた過去のひとつかもしれない。

キットは会場を歩きまわった。するつもりのないゲームのチケットを買い、欲しくもないものにいくつか入札し、たいして食べたくもないピザを食べた。

最後に、セイディのためにルミナリアを買った。毎年、このお祭りでは、白血病の犠牲となった人たちの慰霊のために、メモリアルガーデンを作る。ルミナリアは、白い紙袋――それにサインペンで愛する人の名前を書き、装飾を描く――と、その中に入れる小さなキャンドルでできている。

キットはセイディの好きな紫色のペンで、その紙袋に〝セイディ・マリー・ラングレン〟と書いた。つらすぎて、それ以上はペンが進まなかった。

メモリアルガーデンはメインホールの真ん中にあり、白い柵(さく)で囲われていた。ふさわしい場所だとキットは思った。白血病の犠牲者が、治療法を見つける推進運動の中心にいるように思われるからだ。

キットは係員にセイディの紙袋を渡し、その女性がそれを置いて、キャンドルをともすのを見守った。

セイディのためにキャンドルをともしたのは、わたしが最初ではないのね。

ジョーが来たんだわ。

キットは胸がいっぱいになり、娘の名が書かれたふたつめのルミナリアを見つめた。

〝僕たちのピーナッツ。セイディ・マリー〟

とうとう涙がこみあげた。目が熱くなる。ああ、セイディが恋しい。ジョーも。母親でいることも。

「キットか？」

キットは家族がなつかしかった。

ジョーだわ。キットは泣いているところを彼に見られたくなかった。彼が一人でないのなら、なおさらだ。まばたきで涙を抑え、彼女は向き直った。

「ジョー」キットはぎこちなく言った。「こんにちは」

彼女はジョーの隣の女性に視線を移した。彼よりも十歳は若く見える、薄茶色の髪と目をした女性だった。

ジョーの婚約者は、わたしとはぜんぜん似ていない。体形すら違っていた。キットは背が高くて細身、ヴァレリーは小柄で曲線が美しかった。キットはなぜそのことに驚いたのかわからなかった――なぜそのことにとても不愉快になったのかも。たぶん、ジョーがキットと似た女性を選ぶと思っていたのだろう。彼がまだキットに未練があるがゆえの、身代わりみたいなものだと。

「キットです」なんとかそう言って、彼女は手を差し出した。

「ヴァレリーです」その女性はほほえんで、キットの手を握った。「あなたのことはよくうかがっています」

感じのよさそうな声だった。まじめそうに見える。キットは彼女を嫌いになれればいいのにと思ったが、そのせいで、よけいに不愉快になった。

かわいらしい、金髪の少女がヴァレリーに駆け寄った。興奮で顔が上気している。少女は半分ほど水が入っているファスナーつきのビニール袋を持ちあげた。その中で、貧弱な金魚が泳いでいた。

キットはその子を見つめながら、九歳か十歳ぐらいだろうと推測した。指先がしびれてくる。頭の中に激しい血流の音が響き渡った。

ヴァレリーには子供がいる。

ジョーはまた父親になるのだ。

「この子は娘のタミー。タミー、こちらはラングレン刑事よ」

少女はキットをちらりと見たあと、母親のわき腹に顔をうずめた。

「ごめんなさいね」ヴァレリーが言った。「すごく恥ずかしがりやなの。それというのも――」

キットは最後まで言わせなかった。涙で目がかすみ、踵(きびす)を返して出口へ急いだ。

ヴァレリーには子供がいる。娘がいる。

ジョーはセイディを置き換えたんだわ。

「キット、待てよ！」

キットはジョーから離れたい一心で駆けだした。それと、薄茶色の目をした、恥ずかしそうにほほえむ少女からも。

ジョーは正面ドアのすぐ外でキットに追いついた。肘をつかんで、彼女を自分のほうに向かせた。

「放して、ジョー！」

「話をするまではだめだ」

「なにを話すの？　あなたはわたしたちの娘を置き換えようとしているの？」

「そうじゃない」

「あの子はいくつ？」

ジョーの表情がすべてを語っていた。そして、キットはしゃくりあげた。

「どうしてこんなことができるの？」

「僕はもう一度生きたいんだ、キット。前に進む必要がある」

「新しい人生を始めるのね」キットは苦々しく言った。「新しい家族をつくって」

ジョーは彼女のもう一方の腕をつかんだ。「生きたいと思うことは、娘の思い出に泥を塗ることにはならない。称（たた）えることになるんだ」

「放して。あなたの身勝手な自己弁護なんて聞きたくない」

「セイディは、僕たちがこんなふうになってしまったことを残念に思うはずだ。今のきみを嫌うだろう。よく考えてみろ」

キットは腕を振りほどき、激しい怒りと裏切られたという思いに打ち震えた。「こんなことをしたあなたを、わたしは絶対に許さないわ、ジョー。絶対に！」

しばらくの間、二人はにらみ合ったままでいた。キットは立ち去ることができなかった。ジョーの腕の中に飛びこんで、失ったものすべてのために泣きたかった――そして、ヴァレリーと結婚しないでと懇願したかった。

とうとう、ジョーのほうが彼女から一歩離れた。「本当に申し訳ない、キット。でも、僕はもう……もう、こんなことはできない」

ジョーは背を向けて立ち去った。キットは打ちひしがれて彼を見送った。

わたしの結婚は終わった。もうすぐジョーは別の女性のものになる。別の家族の一員になる。

苦しみの声が喉をつまらせた。今、この瞬間まで、キットはまだジョーを自分のものだと思ってきたのだ。

「どうぞ、美しい人」

キットは近づいてきたピエロに視線を向けた。彼はペイントを施した顔にまじめな表情を浮かべ、売っている風船をひとつ差し出した。ピンクの風船を。

キットは視界がぼやけ、しゃべることができずに首を振った。

ピエロはかたくなに風船を差し出した。「あなたがまたほほえむために」

彼はキットとジョーのやりとりを見たのだ。会話も聞いたのだろう。キットを哀れんでいた。

しかし、それはキット本人が自分を哀れむほどではなかった。

しかたなく、彼女は風船を受け取った。ピエロがお辞儀をすると、オレンジ色のかつらがゆれた。そして彼は足をするようにして去った。

ピンクの風船を手に、キットはだれもいない家に帰った。

30

二〇〇六年三月十四日　火曜日
午後十一時

電話の甲高いベルの音で、キットは目を覚ました。ぱっと目を開けると、めまいがした。彼女は困惑して、暗い室内を見まわした。

ふたたび電話がけたたましく鳴った。キットは手を伸ばした拍子に、ナイトテーブルの上にあったなにかを倒した。グラスだ、と気づいた。

空のグラス。

その中にはウオツカが入っていたはずだ。

キットは受話器を耳にあてた。「もしもし。ラングレンです」

「キット？　きみなんだね？　ダニーだよ」

「ダニー？」キットはきき返し、頭の中のもやもやを必死に振りはらおうとした。アルコールの影響を消そうとした。

その日の夕方、キットはころがり落ちるように車を降りた。裏切られたという思いと絶望に負けた。なんと愚かで、弱虫だったのだろう。

「大丈夫か?」ダニーがきいた。

「大丈夫よ。眠っていたの」キットは咳(せき)ばらいをして、時計を見ようと体を起こした。「今、何時?」

「十一時ぐらいだ」真夜中みたいな気がするけど」

ダニーの声には失望が聞き取れた。疑念も。アルコール依存症の患者は、他人が酔っぱらっているとわかるのだ。

「なにかあったの?」キットは普段どおりの口ぶりを心がけた。しらふに聞こえるように。

ダニーは一瞬沈黙した。「べつに。きみのことを考えていたんだ。日曜から話していなかったから……きみが変わりなくやっているか確かめたかっただけだよ」

「わたしなら絶好調よ」自分の口から嘘(うそ)がすらすら出てくることに、キットはいやけがさした。「というか、まあまあ元気にやってる。わりとね」

「元夫が婚約して、きみを追いつめた例の事件をそっくりまねた事件に巻きこまれているわりには、だろう?」

「そのとおり」キットは目を閉じて、酒を飲んだのかと質問されないことを祈った。本当のことを答えられるかどうか、自信がなかった。

「電話してくれればよかったのに、キット。禁酒会のほかのメンバーでもいいからさ」

「なんの話かよくわからないわ」

「わかったよ」ダニーは考えをまとめるか、彼女に答えを変えさせる機会を与えるかのように口をつぐんだ。「僕たちはもっと仲がいいと思ったのにな。心を打ち明ける気になったら電話してくれ」

「ダニー、ちょっと待って――」

しかし、彼は電話を切った。しばらくの間、キットは座ったまま、電話の発信音を聞いていた。自分はどうしようもないくずだと思った――身体的にも精神的にも。一年間の禁酒が水の泡だ。一杯のアルコールで、自分でも忌み嫌っていた行為にあっという間に逆戻りしてしまった。酒を飲んだだけではなく、言い逃れをして嘘をついた。

キットは両手に顔をうずめた。手が震えている。吐き気がする。これを乗りきるには、ダニーの協力が必要だ。禁酒会の仲間と、支援システムが必要だ。

キットはふたたび鳴りはじめた電話に飛びついた。ダニーだと思った。彼が二人の関係をこのままほうっておけるはずがなかった。

受話器を取りあげる。「ダニー、あなたの言うとおりだったわ。本当にごめん――」

「ダニーだって？　僕はやきもちをやくべきかな、いとしのきみ？」

わたしの友達ではない。

あいつだ。

「なんの用？」キットはぴしゃりと言った。

「ずいぶんなご挨拶だな、子猫ちゃん」

「愛想よくする気分じゃないのよ」

「それは僕がいろいろやったからだな」

「いろいろってなによ？　わたしの手をわずらわせたこと？　ありがたいわ」

　彼はくすくす笑った。「きみにはそう見えるかもしれないな。信念を持つしかない」

「信念ならあるわ。あなたと模倣犯を見つけて、刑務所でくたばらせてやるってね」

「今夜はきみらしくないな。風船は気に入らなかったか？　あれでは元気にならなかったか？」

　一瞬のめまいを覚えながら、キットは聞き違えたかと思った。だが、そうではなかった。彼はあそこにいたのだ。

　待ち伏せされていた？　彼はそこまでわたしの習慣を知っているのだろうか？　ピエロだ。まさか、彼はあの格好で犠牲者をさがしたのだろうか？

「急に黙りこんだな、子猫ちゃん？」

　彼の悦に入ったような口ぶりに、キットの腕に鳥肌が立った。「地獄へ落ちろ」そう言うなり、彼女は電話を切った。

　ほとんど間髪入れずに、また電話が鳴った。予想どおり、彼だった。

「こんなことは二度とするな」彼の声は激しい怒りで震えていた。「わかったか？　後悔することになるぞ」

キットは勝利の感触にほほえんだ。彼にとっての興奮のもとは、彼女を恐怖で抑えつけて操り、彼女の心の動きに先まわりすることだ。あんなふうに電話を切られるのは予想外だったはずだ。キットは一瞬にして、彼の優勢をもぎ取ったのだ。

もう一度それができれば、彼のミスを誘うことができるだろうか？　話すつもりのないことを聞き出すことができるのではないか？

「どんな後悔？」

「そうせかすなよ」ライターをつける音と、たばこにしゅっと火がつく音が聞こえた。「僕はきみがどこに住んでいるのか知っている、キット・ラングレン。そして、きみがなにに傷つくのかも」

キットは手が震えていた。少し前に飲んだウオツカを呪(のろ)うと同時に、もっと飲みたくなった。「あなたが思うほど、あなたはわたしのことを知らないわ。保証する」

「そうやって自分に言い聞かせていればいいさ。それで安心するならな」

「あなたに操られておびえるのはもうおしまいよ。ねえ、あなたって最低だわ。大悪党になりたがっているけれど、ただの臆病(おくびょう)者じゃないの」

電話を切られるのではないかとキットが思ったそのとき、彼の息づかいが聞こえた。また腹を立てたのだ。「ほかにもいる。死んだ人たちがほかにも。完全犯罪だ。僕がやった」

キットは息をのんだ。「ほかにも子供たちを？」

「きみはその犯罪を僕に結びつけなかった。だれもそうしなかった」

「ほかにもというのは子供なの？」キットはもう一度きいた。「言いなさい！」

「風船は気に入ったか？　あれでセイディを思い出したか？　それとも殺された少女たちを思い出したか？　風船をあげるなんて、僕は親切だと思わないか？」

「ほかというのはだれ？」キットはふたたび尋ねた。「言いなさいよ、くそったれ！」

「ぐっすりおやすみ、子猫ちゃん」

彼は電話を切った。キットは逆探知は無理だと確信して、悪態をついた。そのあとすぐ、彼女の電話をモニターしていた係員が逆探知できなかったことを認めた。

キットは電話をベッドにたたきつけた。

こんちくしょう。

キットはベッドから出て、大股でバスルームへ行った。脚に力が入らず、手は震えた。冷たい水で顔をばしゃばしゃ洗ったあと、キッチンへ向かった。半分まで空になったウオツカの瓶が彼女をあざわらった。キットは激怒して、それをにらみつけた。その怒りは負けてしまった自分に対するものだ。ジョーへの怒りだ。子供を殺す化け物に対する怒りだ。

怒りにあと押しされて、キットはシンクに近づき、残りのウオツカを捨てた。そしてシンクをすすいで、においを消した。あんなやつらには負けない。だれにも負けるものか。

ポットにコーヒーが入る間、キットは歩きまわった。あいつはほかにも人を殺したと言った。複数形だった。子供だろうか？　キットは疑問に思ったが、その考えを除外した。子供が殺された事件をロックフォード警察署が見逃すはずがない。

でも、子供ではないとしたら、だれだろう？

コーヒーがごぼごぼと音をたてた。カフェインが必要とばかりに、キットはポットのほうへ行った。アルコールのもやもやを追いはらう必要があった。彼女はマグカップにコーヒーをつぎ、砂糖とミルクを入れ、ピーナッツバターのサンドイッチを作った。

それらをおなかに入れる間、彼女は頭を切り替えて、彼が話した別のことについて考えた。彼はチャリティイベントに来た。彼女に風船を渡したピエロだと言った。キットは彼の容姿をくわしく思い出してみた。

背は高い。百八十センチぐらいだ。体つきは普通。白人。顔立ちはピエロの扮装でわからなかった。真っ白な顔、大きな赤い鼻、驚いて大きく見開いたように見せた目。青だ、とキットは思った。彼の目の色は間違いなく青だった。髪の色は派手なオレンジ色のかつらでよく見えなかった。

どうしよう？　キットは壁の時計を見た。真夜中まではじゅうぶんに時間がある。MCがもう寝てしまっていても、起きてもらわなければならない。

朝まで待っていられない。

キットはベッドルームへ戻り、コードレス電話をつかんだ。相棒の携帯電話の番号にかける。二回の呼び出し音のあと、MCは警戒するような声で電話に出た。

「起きてた？」

「キットね？」うめきともつかない言い方だった。「いい知らせだといいけど」

「それはあなたしだいよ。またあいつから電話がかかってきたの。ほかの犠牲者たちのことを口にしたわ。わたしたちが彼と関連づけていない犠牲者よ」

ＭＣがはっと鋭く息を吸う音が聞こえ、次にベッドから這い出すような音がした。「彼が本当のことを言っていると思う？」

「わからない。今から署に向かうわ。コンピューターでなにが出てくるか見てみる」

「犠牲者はどこへも行かないわ。朝でいいじゃないの」

「そうだけど、どうせ眠れないもの」キットは咳ばらいをした。「それだけじゃないのよ。どうやら、今日、わたしは彼と顔を合わせたみたい」

「なるほどね。あなたの家は署までの通り道だわ。迎えに行く」

31

二〇〇六年三月十五日　水曜日
午前零時五分

直線距離にすると、キットとＭＣの家はさほど離れていなかった。ＭＣはキットのコテージ風の家の私道にエクスプローラーをとめ、車を降りて玄関まで行き、チャイムを鳴らした。

何分かして、やっとキットが出てきた。彼女の髪は濡れ、顔は上気していた。

「早かったわね。少なくとも十五分はかかると思ったわ」

「先に言っておくべきだったわね。わたしはまだ起きていたし、服も着ていたのよ」

「気にしないで。ちょっとシャワーを浴びたの。髪を乾かすのにもう少しかかってもかまわない？」

「どうぞ。これはコーヒーの香り？」

「ポットに満杯に入ってるわ。ご自由にどうぞ。キッチンは突きあたりよ」

MCはキッチンを見つけ、それからマグカップがしまわれたキャビネットもさがし出した。カウンターには、蓋(ふた)が開いたままの甘味料の箱が置かれていた。キットが一杯飲んだことは間違いない。そして、シンクに空の皿があることから判断して、なにかを食べたことも明らかだった。

電話をかけてくる前に？　MCは疑問に思った。それとも、あとかしら？

MCはマグカップにコーヒーをつぎ、甘味料を入れて飲んだ。ほかの部屋からへアドライヤーのぶーんという音が聞こえた。

MCは冷蔵庫に近づいた。マグネットでとめられた六枚の写真が扉を飾っていた。セイディだ、とMCは気づいた。それと、ジョーだ。

MCはその写真を一枚ずつ、じっくりと見た。セイディは美少女だった。金色の髪と青い目、えくぼのできる愛くるしいほほえみ。ジョーも金髪でハンサムだった。体つきはたくましく、仕事で常に動きまわっているような印象だ。セイディのえくぼがだれから受け継がれたものかは一目瞭然(りょうぜん)だった。

MCはコーヒーをすすった。しかし、なにより驚いたのはキットの写真だった。キットだとわからないほど、写真の中の彼女は若く見えた。とても陽気そうだった。

家族を失うとは、いったいどんな気分だろう？

MCは父を亡くした。それは最悪の気分だった。でも、自分の子供を亡くしたら？　そのうえ、結婚もだめになったら？　その苦しみは想像もつかなかった。

「コーヒーにありついたのね」

MCはくるりと振り向いた。コーヒーがカップの縁を越えて、彼女の手と床にこぼれた。

キットはキッチンに入ってきて、ペーパータオルを破り取り、MCに渡した。「ごめんなさい。驚かせちゃったわね」

MCはこぼれたコーヒーをふき、キットに向き直った。写真に視線を向けるキットのせつなげな表情は、見ているほうがつらかった。

「お嬢さんは美しかったのね」

キットの唇がかすかにほころんだ。「中も外もね」

「本当にお気の毒に。きっと……すごくつらいに違いないわ」

キットは答えなかったが、シンクへ行って皿とカップをすすいで食器洗い機に入れた。

「まだ眠っていなかったと言ったわね。例の青年と出かけてたの?」

「仕事よ。倉庫のリストを見直していたの」

「なにか目についたものでもあった?」

「いいえ。がらくたの寄せ集めよ。服、本、古いカレンダー、マネキン、アルミニウム製のクリスマスツリー、古いLPレコード。それがほんの冒頭部分よ。だれかの家の屋根裏部屋にありそうなものばかりだわ」

「だれのかしら?」

「だれのでもないかもしれない。あなたの匿名のお友達はバザーかガレージセールにでも行って、あなたをうんざりさせるために、山のようにがらくたを集めたのよ」ＭＣはシンクへ行き、飲み残しのコーヒーを捨ててカップをすすいだ。「ごみ箱はこの中？」彼女はシンクの下の扉を開けた。

「だめ！　ごみなら、わたしが――」

ＭＣはキットが隠そうとしているものがなにかわかった。ウオツカの空き瓶。安物だ。酔っぱらいがよく買うたぐいの酒だ。

ＭＣはその瓶を見つめ、その意味に気づいた。それは、二人がコンビを組むと決まったときに恐れたことだった。キットは依存症から立ち直ると約束した。ＭＣはそれを信じるほど愚かだったというわけだ。

約束を破ったのは、これが初めて？　それとも、ずっとこの調子だったのだろうか？　どちらでも同じことじゃない？

ＭＣは濡れたペーパータオルをごみ箱に捨て、瓶を手にとった。キットに向き直り、瓶を持ちあげた。腹を立てながら。「これはなに？」

キットは打ちひしがれた表情で瓶を見つめた。

「なによ、キット！　飲んでいたのね」

「これにはわけがあるの」

「いいえ、ないわ。あなたはアルコール依存症なのよ。飲んじゃだめなの。絶対に」

「わかってる」キットはＭＣに一歩近づいて、手を差し出した。「話を聞いて。お願い」

「このことはサルに報告しなければならないわ」

「二度と飲まないわ。約束する」

「そんな約束は無理でしょう。それに、あなたにこの捜査をだいなしにされるわけにはいかないのよ」

「停職にされてしまうわ。わたしにはもう……刑事でいることしか残ってないのよ」

「一本空ける前に考えるべきだったわね」

「そうじゃない……。これは――」

「コンビは解消よ、キット」

「ジョーが再婚するの！」キットは叫んだ。「相手の女性には娘がいる。セイディと同い年よ。彼は……。わたしは今日知ったの。彼らは家族になる。彼らは――」

キットは言葉をのみこんだが、〝彼らはわたしが失ったものをすべて手に入れる〟というようなことが続いたのだろうとMCは想像した。

MCはキットに対する同情を抑えこもうとして、胸がいっぱいになった。気の毒に思うだけならいいが、捜査をだいなしにさせるわけにはいかない。MCには、警察と世間――そして上司たち――の信頼に対する責任があった。

MCが見ていると、キットはテーブルと椅子のほうへ行った。椅子にぐったりと腰を下ろし、両手に顔をうずめた。

「つらかったのよ」キットはささやいた。「ジョーにそんなことができると思うと。あんなふうにセイディを別の子に置き換えるなんて。わたしを……置き換えるなんて」

MCは戸口に向かおうか迷い、結局キットのほうへ行った。彼女の前にしゃがみこみ、やさしく言った。「なにが起きたのか話して。聞いてあげるわ」

「小児白血病のためのチャリティイベントがあったの。わたしたちは毎年行くの。そこでジョーにでくわしたのよ。婚約者が一緒だった。ヴァレリーよ。そのときに聞いたの」キットは深く息を吸った。「彼女の娘のことを。タミーというの。ジョーと喧嘩したわ。わたしはすごく腹が立った。ひどく……裏切られた気がした。家に帰る途中で店に寄って、ウオツカを買って……そのほとんどを飲んだわ」

キットはごくりと唾をのみ、それからMCを見あげた。

「セイディが死んだときもそうした。胸の空洞をうめるために飲んだ。苦しみをやわらげるために。あの子を失った痛みを鈍らせるために。それ以前は、飲まなかったのよ。ときおり、付き合い程度に飲むだけ。飲むということは、私が育った生活の中になかったの。父方の祖父がアルコール依存症だったから、そのせいで、父は決して飲まなかったのよ」

キットは両手を拳に握り締めた。MCはその指の関節が白くなるのを目にした。

「そのあと、あいつが電話してきた。今夜のことよ。ずいぶんご満悦だったわ。得意そうに笑って、すごく横柄だった。彼はあそこにいたのよ。あのイベント会場に」

「彼がそう言ったの？」

「ええ」

「わたしにピンクの風船をくれたの」キットは、ジョーとの喧嘩のあと、ピエロが風船を持って近づいてきたときのようすを説明した。「電話で、風船を気に入ったかときかれたわ」

ピエロ。そうやって犠牲者を選んだのだろうか？

MCは立ちあがった。「彼はほかになんて言った？」

「ほかにも犠牲者がいる、警察が彼とは関連づけていない犠牲者たちがいるって」

「でも、ほかに今日のことは言わなかったのね？」

「ええ」キットは両手の指をからめた。「わたしは一年間禁酒したわ、MC。今夜は取り返しがつかないことをしてしまった。自分がいやになったわ。でも、こんなことは二度としない」

MCはアルコール依存症についてあまりよく知らなかった。ありがたいことに、彼女の家族には酒に溺れる者はいない。アルコール依存症が病気であることは知っていた。なかには遺伝的になりやすい人がいて、意志の力だけでは治らないということも。

キットにもう一度チャンスを与えるべきだろうか？　わたしにそんな余裕がある？

まったく、こんな役割はうんざりだわ！

「今回だけ」MCは気づくと、そう言っていた。「大目に見てあげるわ。でも、これっきりよ。あと一度でも酔っぱらったら、刑事部長に報告するわ」

その言葉を口にしながらも、MCは大きな過ちを犯しているのではないかと思った。自分が大きな犠牲を払うことになりかねない過ち——出世の階段をいくつか踏みはずすだけではない。

人生をも犠牲にするかもしれなかった。

32

二〇〇六年三月十五日　水曜日
午前三時三十分

もう一人のあいつは喜ばなかった。すごく怒った。ものすごく、非情なまでに。

男は洗面台の上にかけられた小さな鏡をのぞきこんだ。シャワーの蒸気で曇っている。彼は片手でその曇りをふき取った。はっきりと顔が見える前に、鏡はまた曇った。どうしてあいつは僕をこんな目にあわせることができるのだろう？　僕らはたがいの一部なのに。二人ではなく、一人なのだ。僕が物心ついたころからそうだった。

二人ではなく、一人なのだ。

男は震える両手で顔をおおった。僕はもうじゅうぶんに苦しんだんじゃないのか？　まだ安らげない。目を閉じると、この前のエンジェルの姿が浮かんでくる。あの画像が僕を苦しめる。昼も夜も。

恐ろしい、恐ろしい。

あの子が獣(けだもの)になったのは、僕のせいだ。

獣。彼はもう一人のあいつをひそかにそう呼びはじめていた。あいつに聞こえないと、はっきりしているときに。

それは、あいつがそういうやつだからだ。獣。それに意地悪だ。

怒りが挑戦するように彼の体を駆けめぐった。よくものしってくれたな！　あいつはあの刑事とゲームをする許可を得たのか？　彼女に電話して、情報を喜んで分け与える許可を得たのか？

いや、絶対に得ていない。

もう一人のあいつが僕らの運命を支配すると、だれが決めた？　僕じゃない、絶対に。

獣め！　こんちくしょう！

男は両手を下ろした。曇った鏡がとらえた、すばやく動く姿に目がとまり、彼はさっとうしろを振り返った。

彼はバスルームに一人きりだった。ドアは閉まっていたが、鍵(かぎ)はかかっていない。彼は想像力をめぐらせていた。いや、想像だろうか？　もう一人のあいつが偵察に来たのは、これが初めてではないだろう。

それがどうしたっていうんだ？　おそらくあの子――おぞましい姿になったあの子――が、彼がやったことへの復讐(ふくしゅう)に来たのだろう。

男は床に座りこんだ。セラミックのタイルが裸の尻にひやりとした。彼は壁のほうへにじり寄り、ドアとは反対側の隅に背中をぴったりとつけた。

そのまま数分が過ぎた。彼の心臓は猛烈な速さで打っている。とうとう目がひりひりして、彼はまばたきした。するとあの少女の姿が脳裏を満たした。おぞましい、醜い顔つきが。彼はすすり泣き、身をすくめた。喉元に苦いものがこみあげる。

彼女のことを忘れなければ。でも、どうやって？　どうすればいい？

もう一人。別のエンジェルを彼女の代わりにするのだ。

完璧（かんぺき）に、美しく。

あいつなんかくそくらえだ。僕には自分以外に許可を求めるべき者はいない。

33

二〇〇六年三月十五日　水曜日
午後六時

　MCは自分以外のだれにも認めようとはしないが、かなりの臆病者にほかならなかった。少なくとも、母親に対してはそうだ。悠然と構えることができれば、家族の晩餐を欠席すると母親に電話できるだろう。デートがあるのだと。

　そう告げたあとに続く質問攻めにも、余裕の構えで対処できるだろう。

　ところが、MCは卑怯な手段に訴え、自分の代わりに兄に母に告げる役目をしてもらうことにした。

　マイケルは午後五時に最後の予約患者の治療を終え、五時四十五分には、時計のように正確に自宅に着いた。MCはいつも、患者をよく教育したものだと冗談を言った。

　マイケルが住んでいるのは、チャーチヒル・グローヴという、昔ながらの美しい住宅街だった。彼が購入した家は、一九二〇年代に建てられ、長年の間に少しずつ改築されてきた。

　ＭＣはコロニアル風の正面階段をのぼり、玄関に近づいてチャイムを鳴らした。マイケルはファミリーサイズのアイスクリームとスプーンを持って出てきた。

「そんなもの食べたら、太るわよ」ＭＣは言った。

　マイケルは大きくドアを開けた。「食べるか？　チョコチップとくるみ入りのバナナ味（チャンキー・モンキー）だ」

「ほどほどにね、マイケル」ＭＣは爪先立ちになって、兄の頰にキスをした。「また昼食抜きで仕事をしたの？」

「ああ」マイケルは妹が中に入るとドアを閉め、キッチンまでついてくるように合図した。

　室内はレモン洗剤のにおいがした。「今日は清掃業者が来たの？」

「うん、ありがたいよ」二人は、リフォームされたばかりだが、いまだに以前の魅力を備えたキッチンにやってきた。ＭＣのお気に入りは、レトロ調の黒と白のタイル張りのカウンターと床だった。

　マイケルはアイスクリームを冷凍庫に戻してから、ＭＣに向き直った。「僕のお気に入りの妹が来てくれた。なんてうれしいんだろう」

　それは暗に、なにか頼みごとがあるのはわかっているぞ、早く言え、と言っているのね。

「妹はわたししかいないじゃないの、マイケル」

「それでも、お気に入りであることには変わりないよ。ビールでも飲むか？」

「ええ、ありがとう」

　ＭＣは、すっかりくつろいだようすでキッチンを歩きまわる兄を眺めた。彼は冷蔵庫からコロナビールの瓶を取り出し、栓を抜いて彼女に渡した。それから自分の分も取り出した。

「チャンキー・モンキーのあとはビール？　マイケル、あきれたわ」

「ばかにするのは試してからにしろよ。捜査の進み具合はどうだ？」

「死にもの狂いでやってるわよ」

「新しい相棒ができたらしいな。例の女性だろう」

「キット・ラングレンよ。今は彼女が捜査の指揮をとっているわ」

「残念だったな」

　ＭＣは肩をすくめ、ビールを飲んだ。「わたしや彼女の能力とは関係なく、いろいろわけがあって、彼女にまかされたの。しかたないわ」

　二人はしばらく黙って立っていた。マイケルは明らかに、妹が訪ねてきた理由を打ち明けるのを待っていた。ＭＣは、それを打ち明けたら質問攻めにされるとわかっていた。

　リッジョ家には取り調べの才能が受け継がれているのだ。

「今夜の晩餐は欠席するわ。そのことをママに伝えてくれたらいいなと思ったの」

　マイケルは眉をつりあげた。「まずいよ、メアリー・キャサリン。水曜日の夜に、それは許されないぞ」

「ママにはデートだと言っておいて」

「それは本当なんだろうな？　おまえの代わりに嘘（うそ）はつきたくない」

兄さんは絶対に嘘をついてくれない。子供のころでさえそうだった。この裏切り者。

「本当よ」

「男とか？」

マイケルがにやにやしてみせるので、ＭＣは彼をたたいた。「そうよ、男の人と」

「連れてこいよ。ママもほかのみんなも会いたがるぞ」

「そうでしょうね。でも、わたしはできればその前に彼ともう一度会いたいのよ」

「そいつについて教えてくれないか？」

「まだだめ」

「名前は？」

「まだ教えない」ＭＣはほほえんだ。「ごめんなさい」

「これだけでも。イタリア系の名前か？　そうすれば、ママになにかしら伝えられるだろう？」

ＭＣは笑い、もう一口ビールを飲んだ。「しかたないわね。名前も家柄もイタリア系よ」

それ以外は違うけれど。でも、それはまた別の問題だ。

マイケルはビール瓶を両てのひらにはさんでころがしながら、黒い目に考えこむような表情を浮かべた。「そいつが好きなのか？」

「さあ。たぶんね」

マイケルは唇をすぼめた。「おまえはあまりデートをしないからな、メアリー・キャサリン。用心しろよ」

ＭＣはランスを思い浮かべて笑った。「わたしは刑事よ、マイケル。護身術の訓練は受けたし、黒帯二段のうえに、実弾入りのグロック銃を携帯しているわ。わたしがデートするからって、心配しなくていいのよ」

マイケルはほほえまなかった。「おまえも知っているじゃないか。弾丸を撃っても世界中の護身術教室に通っても、防げないたぐいの危険は数々あるんだよ」

涙がつんとこみあげた。「やさしいのね、マイケル」ＭＣは兄を抱き締めた。「わたしも兄さんが大好きよ」

マイケルの言ったとおりだった――わたしはあまりデートをしない。これまではそうだった。自分が女であることにたまらなく反発を覚えて、男性に関心を寄せる気にならなかったのだろう。そう、多くの女性のように抑えきれないほどの興味を持つことはまずなかった。

または、反発する気持ちがあまりに強すぎたから、男性がわたしに興味を持たなかったのだろう。

どちらにしても、その領域についてのＭＣの経験はかなり限られていた。〝かなり〟というのは、まったく経験がないわけでもないからだ。デートしたことはあるし、何人かと交際してセックスをしたこともある。

それでも、とMCは本屋の駐車場を横切りながら思った。ランスと出かけることに同意するなんて、いったいわたしはなにを考えていたのだろう。署でキットと事件の捜査に没頭するべきなのに。笑わせてくれるということ以外に、ほとんどなにも知らない相手とデートするためにほっつき歩いているなんて。

待ち合わせは本屋のカフェだった。それはあたりさわりのないふさわしい選択だったので、ランスの株は上がった。MCは騒がしい場所にはいたくなかった。店に入ると、水曜日の夜にしては人が多いように思えた。彼女はカフェに向かった。

先に来ていたランスの姿が見えた。入り口からよく見える席にいる。

彼はMCを見て立ちあがった。MCはほほえみ、手を振って彼のほうへ行った。

「ごめんなさい、遅くなって」

「かまわないよ」

ランスは彼女のために椅子を引き、紳士らしいふるまいでMCを驚かせた。「兄の家に寄って、ママにあやまってくれるように頼まなければならなかったの」

「ママに?」

「水曜日の夜は、実家でパスタを食べることになっているの」

「家族との晩餐をあきらめたのか? ごめん、予定があると言ってくれればよかったのに」

　ＭＣは首を振った。「本当に迷惑ではなかったのよ。たとえて言うなら、水曜日の夜は
……裁判なの」

「裁判のことはさっぱりわからないよ」

　ランスは真顔で言ったが、ＭＣは笑った。それは、彼女がランスのねたを聞いたことがあり、ランスも彼女がなにを話しているのか、ちゃんとわかっているからだった。

「兄のマイケルが、あなたを連れてきなさいですって」

「今からでも間に合うよ」

「あなたは自分の言っていることの意味がわかっていないのよ。最悪の敵だって連れていこうとは思えないわ」

「今の話だけでもじゅうぶん新しいねたになりそうじゃないか？」

「二回分にはなるわ。それに、ひょっとしたらあなたとは二度と会えなくなるかも。わたしの家族との食事会に耐えられたボーイフレンドは一人もいないのよ」

　ランスは急にマイクを拾いあげるまねをして、たった一人の観客に向き合って漫談を始めた。「僕はゆうべ、初めてガールフレンドの家族に会いました。なんとまあ、この家族はどうかしているというぐらい〝おもしろい〟んです。ママはおっぱいがついたイタリア製の戦車。しかも眉が一本につながっている。彼女はその眉の手入れに毛抜きは使いません。取り出すのは、植木用の刈りこみ鋏（ばさみ）です。いや、待てよ。それは彼女の口ひげ用だ」

ＭＣは笑った。「あなたはわたしの母に会ったことがあるんだわ」

ランスはにっこりした。「もっと聞きたいところだが、それはコーヒーを買ってきてからにするよ」

それからの一時間、二人の会話ははずみ、ＭＣは自分の家族について話し、ランスはその一人一人、出来事のひとつひとつについてよどみなくねたを披露し、おなかがよじれるほど彼女を笑わせた。ときにはありのままに辛辣に、ときにはアレンジして語った。

ＭＣは閉店のアナウンスを聞いて初めて、どんなに時間がたったかに気づいた。

二人は立ちあがり、カップをくずかごに捨てて出口に向かった。

外に出てみると、その夜は暖かく、空に星は出ていなかった。ランスはＭＣを車まで送った。車のそばまで来ると、彼女はランスに向き直った。

「とても楽しかったわ。最後にこんなに笑ったのはいつだったかしら」

「最後にこんなに人を笑わせたのはいつだったかな」ランスは声をひそめた。「終わりにしなければならないのが残念だ」

「わたしもよ」

「キスしたら、僕に銃を突きつける？」

「キスしなかったら、銃を突きつけるわ」

そういうわけで、ランスはやさしく、ゆっくりとキスをした。彼の唇が離れたとき、ＭＣは膝に力が入らなかった。

「おなか、すいてる？」ランスが尋ねた。

ええ、とっても。「ぺこぺこよ」

「僕のお気に入りの店に食べに行く？　それか……〈ママ・リッジョ〉の最高においしいピザなら、うちの冷蔵庫に残ってるよ」

「それは兄たちのレストランよ」

「シカゴ郊外では一番のピザだ」

ＭＣはためらった。帰るべきだとわかっていた。だが、なんと、それは彼女がしたいことではなかった。

「わたし、ピザが大好きなの。うちのレシピなら、なおさら好き」

34

二〇〇六年三月十五日　水曜日
午後九時三十分

キットはコンピューター端末の前に一人で座っていた。MCは数時間前にデートに行ってしまった。その相手は〝おもしろい男〟とMCが呼ぶ人物だった。勤務時間は午後六時三十分で終わったので、この時間ともなると、凶悪犯罪課にはだれもいなかった。事件も少なかったようだ。

キットとMCは今日一日のほとんどを、迷宮入り事件のファイルの調査に費やした。オリジナルのSAK事件が起きた二〇〇一年の分から調べはじめて、現在の分まで終わった。

これといって目を引く事件はなかった。集団殺人。遺体で発見された売春婦。身元不明の遺体もあった。連続殺人のように見えるものはなかった。SAKの手口とおぼしきものもなかった。

そこでキットは、SAKが言った〝死んだ人たちがほかにもいる〟というのはスリーピング・エンジェル事件よりも前の犠牲者だと考えて、過去にさかのぼった。

壁の時計を見る。頭と首と肩が痛い。目がじんじんする。

おしまいにして、家に帰りたくてしかたがなかった。

でも、なんのために帰るの？　家にはだれもいないのよ？　テレビを見るため？　キットはほかの刑事たちの行きつけのバーにさえ行けなかった。アルコールのそばでは安心できないからだ。今はだめだ。昨夜のことがあったあとでは。

キットはコンピューター端末に注意を戻した。あと三十分で終わりにしよう。家に着くころには、くたくたになっているだろう。ピーナッツバターのサンドイッチを作って、カモミールティーをいれて、それからベッドに入ろう。

そして眠るのだ。運よく眠れたら。眠れなければ、医者から処方された睡眠薬をのんでもいい――でなければ、何時間でも天井を見つめていたってかまわない。

〝一九九九年四月三日。マルグリット・リンズ。八十二歳。撲殺〟

その記載を見つめて、キットは眉根を寄せた。撲殺された老女はさっきも一人いた。ほんの数分前に読んだやつだ。

その記載まで画面を戻す。〝一九九九年二月六日。ローズ・マクガイア。七十九歳。撲殺〟

突きあげる興奮を抑えようと、キットは深呼吸した。老女たちの撲殺事件とスリーピング・エンジェル殺人事件では似ても似つかない。どう見ても関連性はなさそうだ。

キットは画面をさらに前にたどった。そしてまた一人、ジャネット・オルセンという被害者を見つけた。またしても撲殺だ。

これで三人だ。もっといるかもしれないが、キットの勘はいないと告げた。彼女は範囲を広げて検索をかけ、コンピューターが必死に読みこんでいる間に、正式な事件記録をとりに行った。

キットはファイルをかき集め、自分のデスクへ戻る途中にある自動販売機にちょっと立ち寄り、スナック菓子とダイエットコークを買った。わきにファイルをはさみ、菓子の袋を破って開け、クラッカーサンドを口に押しこんだ。

むしゃむしゃ口を動かしながら、袋のラベルに目を通した。半硬化油。ブドウ糖果糖液糖。黄色六号。MCの言うとおりだ。こんなごみのようなものを食べるのはやめなければ。トランス脂肪と砂糖が入っていて、たんぱく質はゼロ。よくない炭水化物がたっぷりだ。明日だ。明日から正しい食生活を始めよう。

キットがコンピューターの前に戻るまでに検索は終わり、類似した殺人事件はほかに見つからなかった。

つまり、被害者は三人。オリジナルのスリーピング・エンジェル殺人事件と同じだ。

キットはデスクの椅子に腰を落ち着けると、最初の被害女性のファイルを開いた。〝ジャネット・オルセン。七十五歳。自宅にて撲殺。性的暴行の痕跡なし。物取りが目的ではない〟

ほかの二人の被害者も同じような感じだった。二人とも粘着テープで口をふさがれていた。

キットはダイエットコークを飲んで最後のクラッカーを喉に流しこんだ。当時捜査にあたった刑事は連続性のあるものとして扱ったが、それらの事件を結びつけるものは見つからなかった。殺人犯は現場を奇妙なまでにきれいにした。物的証拠が乏しかったために捜査は滞り、迷宮入りとなった。

キットは犯罪現場の写真を取り出した。現場は凄惨で、血だらけだった。犯人は、老女たちがだれだかわからなくなるほど殴りつけていた。めちゃくちゃになった顔に貼られた光沢のある銀色の粘着テープが不気味だった。

犯人はそのテープを殺したあとに貼ったのだ。

キットは姿勢を正した。持っていたダイエットコークをどんと机に置く。つまり、犯人は彼女たちを黙らせるためにテープを貼ったのではなかった。

彼女たちはすでに黙らされていた。永遠に。

キットは立ちあがった。部屋を行ったり来たりしはじめた。頭の中で、それらの犯罪を比較する。SAKは殺したあとにリップグロスを塗った。老女の殺害犯はテープを貼った。口に。口。どういう意味だろう？

キットには、これらの事件とスリーピング・エンジェルたちの死を、だれも関連づけなかった理由がわかった。似ても似つかないからだ――犯行も、被害者の選択も。

それらの違いにはパターンがあった。年寄り対子供。激しい対穏やか。醜い対美しい。似ているところもあった。三人の犠牲者。死後に手を加えている。証拠が乏しい。

キットは勘に突き動かされて、自分のデスクへ行き、三件の殺人が起きた日付をメモしてからカレンダーを取り出した。

〝おばあさん〟殺人事件はきっちり八週間ごと。

ＳＡＫ事件は六週間ごと。

この犯人はかなり計画的なやつだ。

このくそ野郎。小心者。弱い者を苦しめることで、優越感を得るんだわ。

写真の画像がキットの脳裏に次々と浮かんだ。まずは老女たち、それから少女たち。

キットは激しい怒りで息ができなかった。

怒りに震えながら、携帯電話をつかみ、模倣犯の事件のファイルを手にとった。それを開き、さがしているものを見つけた。〝ピーナッツ〟が彼女にかけてきたときの電話番号リストだ。

キットはどきどきしながらその番号を見つめた。番号はかけてくるたびに違った。使いおわったあとの電話機は処分したに違いない。どうしてとっておくだろう？

だが、とっておいたところで、どのみち彼の正体がわかるわけではなかった。

キットは感情にまかせ、手続き違反になることは気にもとめずに、彼が最後に使った番号に電話した。彼がまだその電話機を持っていて、電源が入っているとしたら、キットの番号だと気づいて電話に出るはずだ。キットはそう踏んだ。

　呼び出し音が鳴った。キットはその間、怒りに震えながら待った。そして彼がまだ、電話機を破壊して別の電話機を手に入れていないことを願った。彼女はこのくそ野郎に電話に出てほしかった。彼の声を聞くために。そうすれば、彼について考えたことをそっくりそのまま伝えられる。

　しばらくして、キットの願いはかなった。「今度は電話してくれたのか？　子猫ちゃん、光栄だな」

「わたしはここに座って、あなたの作品の写真を見ているわ。それで電話しようと思ったの。あなたのせいで、わたしがどんなに吐き気を覚えたかを教えてやろうと思ってね。どんなにむかついたかを」

「傷つくなあ。本当に」

「老女と少女？　それでいい気になっているの？」

「つまり、きみは見つけたんだね」

　老女の事件は彼の仕業だ。「そんなに大変じゃなかったわ。無力で反撃できない犠牲者をさがしただけよ」

「口に気をつけろよ、刑事」

「その程度？　自分では身を守れない獲物を見つけて、あなたは自分の犯罪を〝完璧〟と呼ぼうというの？」

「僕の犯罪は完璧だ。ふさわしい獲物を見つけることが第一段階――」

キットは怒りに震える声で、彼をさえぎった。感情をコントロールするように自分に言い聞かせながらも、彼をののしった。「救いようがないわ。あなたは本当に、自分に才能があると信じているのね」

「僕は、きみと警察署全体に無駄骨を折らせた。きみたちに勝った！　捜査官だと？　刑事だと？」彼はキットに吐き捨てるように言った。「ばかだ！　まぬけだ！」

「あなたは臆病者よ。選ぶ犠牲者は抵抗できない人。眠っている子供と老人？　なぜそこでとまるの？　障害者はどうしたの？」

「黙れ」

「下半身不随の人を殺すのは楽しそうよ。彼らは闘ったり逃げ出したりできないわ。目の見えない人にそっと近づくのはどうかしら？　なんてやりがいがあるの！」

「ハンデをなくさせたいのか、子猫ちゃん？」彼の声は怒りで震えた。「もっと健康な人を選べと？」

「そうよ。わたしなんてどう、このろくでなし？　リスクを大きくしましょう。かかってきなさい」

「そうするかもな。おそらく僕は……」彼は言葉をのみこんだ。「きみは死にたいんだろう？　きみは自分のことなどどうでもいいからな。死のうが生きようが。違うか？」

痛いところを突かれた。キットはそれを必死に表に出さないようにした。「明らかに、あなたの好きな色は臆病者を示す黄色よ。あなたなんてこれっぽっちも尊敬できないわ」

「うまくやってくれたな。僕はもう少しでだまされるところだった」彼の声が楽しそうになった。「正直言って、きみは死んだほうがいいと思う。子供はいない。結婚をしていない。生きがいもない」

「生きがいならあるわ、おかげさまで。あなたみたいな不愉快なやつを捕まえることよ。わたしはあなたが刑務所に入るのを見るために生きているの」

「それは違うな、子猫ちゃん。きみの関心は子供たちにある。少女たちに」

彼の言うとおりだわ、ちくしょう。形勢が逆転してしまった。

「刑務所に入るという考えはお気に召した？　子供殺しの犯人を、ほかの服役囚たちがどう思うか知ってる？　でかいやつ（ビッグ・ババ）というの名前のボーイフレンドを持つというのはどうかしら？」

彼はキットがしゃべらなかったかのように話を進めた。「僕はリスクを大きくするべきかな？　今はきみのそばに少女はいないか？　身のまわりには？　きみはその子を守れるほど強いか？　賢いか？　一人の少女を救うために、どれぐらい速く力強く走れる？　もう一人のセイディを救うために？」

キットはかっとなった。体の中でなにかがぷつんと切れた気がした。苦々しい怒りの言葉が口をついて出た。「このくそ野郎！　今回の殺人犯がだれかを知っているくせに。言いなさいよ！　そいつの名前を教えなさい。さもないと、あなたをずたずたに引き裂いてやる！」

彼は笑った。その声は甲高く、喜んでいた。「電話をありがとう。すごく楽しかった。少女たちから目を離すなよ、なにをするときも……まばたきするな」

「こんちくしょう！　捕まえたら――」

「いつでも電話してきな、子猫ちゃん。バイバイ」

35

二〇〇六年三月十六日　木曜日
午前九時

MCは自分の席に座り、宙を見つめて、昨夜のランスとのデートを思い出していた。なんと、彼と寝てしまった。初めてのデートで。いったいわたしはなにを考えていたのだろう？　考えていなかった。とにかく、理性的には。彼にすっかり魅了されてしまった。笑い声と、彼のすべてに。

MCは思い出して、デスクの下で脚を組んだ。笑いながらオーガズムに達することができるなんて、だれが考えただろう？

そして、それが組み合わさると、すばらしい快感になるなんて？　笑うことですでに収縮していたおなかの筋肉が、オーガズムでさらに引き締まった。それはまるで快感の爆発だった。死んでしまうかと思った。一時的な恍惚（こうこつ）感に、彼の上に文字どおり倒れこんだ。

あとになってランスは、そのことでMCをからかった。しかし、いとおしげなその言い方に、MCは自分が魅力的で美しいという気になった。

　でも、それは大きな勘違いだ。そして、残念ながら、そんな気持ちになることは二度とないだろう。

「見つけたわよ」

　MCはまばたきをして目の焦点を合わせた。すでにキットは目の前まで来ていて、胸に何冊かのファイルを抱えていた。

　MCは眉をひそめた。「どうしたの？　ひどい顔よ」

「眠らなかったの」

「一睡もしていないの？」

「そんなことはどうでもいいわ」キットは首を振った。「見つけたの。ほかの被害者たちを」

　MCはやっと、やる気になって背筋を伸ばした。視線をファイルに向ける。「たしかなの？」

「ええ、間違いないわ」

「子供？」

「いいえ。自分で見て」キットはファイルをMCの目の前のデスクに置いた。

　MCは一冊目のファイルを開いて読みはじめた。その間、キットはぶらぶらと歩きまわった。

三冊目のファイルを閉じて、ＭＣはキットと視線を合わせた。「手口がぜんぜん違う」

「最初はわたしもそう思ったわ。でも、まさにその違いに関連性があるの」

「あなた、もっと睡眠をとるべきだったのよ」

「ちゃんと聞いて。事件は三件、明らかに同一犯よ。よく考え抜かれた犯罪だわ。スリーピング・エンジェル殺人事件みたいに」

ＭＣは心ならずも興味を引かれてうなずいた。「続けて」

「考えてみて。激しい対穏やか。年寄り対子供。醜い対美しい。これらの事件の間隔はきっちり八週間、ＳＡＫは六週間。そして粘着テープが使われた。リップグロスと同じように、死後に施されたのよ」

「死後に？」ＭＣがきき返した。「それは興味深いわ。調べる価値がある」

キットはデスクにてのひらをついてＭＣのほうへ身を乗り出し、声をひそめた。「あいつの犯行よ。彼が認めたわ」

「電話がかかってきたの？」

「彼が認める前からわかっていたわ。表面上は似ても似つかない。でも、あいつのサインがあらゆるところにあった」

ＭＣは目を細めた。「なにか隠しているわね？」

「シドニー・デールのことを考えていたの。彼ともう一度話したいわ。訪ねてみようと思ったのよ。今度こそこっちの質問に答える気になったかどうか、確かめたくて」

MCは椅子の背にもたれた。明らかに、キットは昨夜の電話について話す前に、この部屋を出たがっている。なぜだろう？

理由はどうあれ、MCは協力することにした。「デールについてはコンピューターで照会したわ。前科なし。きれいなものよ」

「少しも手を汚さずに、あれほどの金持ちにはなれないわ」

「そうだけど、そういうことは警察のデータバンクには載らない」

「彼は信用ならないわ。事実、トッドを雇った。支配人には彼を〝雇った〟と言った。なぜかしら？」

「本人が言うには、デールはトッドが事件を起こす前から彼を知っていた。ZZがきちんと身元調査と薬物検査をすると思った、とね」

「あなたはそれを信じるの？」

「まさか。デールは嘘(うそ)をついていた。少なくともZZに言ったことについては」

キットはデスクの端に腰をのせた。「もしも、トッドが前科者で性犯罪者として登録されていることを、デールが知っていたとしたら？　なぜ雇うのかしら？」

MCはキットがなにを導き出そうとしているのかぴんときて、両手を上げた。「ちょっと待って。デールが嫌疑をそらすために、あえてトッドを雇ったというの？　警察が少女たちと〈ファン・ゾーン〉のつながりをさぐりあてた場合に備えて？」

「身代わりよ。そう考えることになにか問題がある？」

「デールはまじめな市民よ。立派なビジネスマンだわ。おそらく彼が通う教会の助祭だってやっているわ」

「テッド・バンディもそうだった。ＢＴＫ連続殺人犯のデニス・レイダーもそう」キットはもう一度ＭＣのほうに身を乗り出した。「デールは頭がいいわ。ずる賢い。それに、嘘をついている。もう一度おしゃべりしてみる価値はあるわ」

「シュミットは、監視ビデオのテープか〈ファン・ゾーン〉の張りこみで、なにか見つけた？」

「収穫はゼロよ」

ＭＣはキットをまじまじと見た。彼女を信じるべきではないかもしれない――でも、彼女の目にはある種の炎が燃えていた。ＭＣはその炎に反応した。

ＭＣが、とっくに燃え尽きたとレッテルを貼ったその女性は、一緒に働いたことのあるどの刑事よりも情熱があった。「あなた、今朝はコーヒーを飲みすぎたのね。それに、睡眠がたりなかったのよ」

「やっとわかった？」

「ええ。わたしだってわかろうとしているのよ」ＭＣは立ちあがってデスクから離れた。「行きましょう」

　ＭＣは運転手を買って出た。キットはＭＣが安心できるように、その申し出を受け入れた。二人は駐車場に行き、ＭＣのＳＵＶ車に乗りこんだ。シートベルトを締めて車を発進させると、ＭＣはキットをちらりと見た。

「今は二人きりよ。ゆうべのＳＡＫとの会話について、さっき署で言わなかったことはなに？」

「彼が電話してきたんじゃないの。わたしが電話したの。自分の携帯電話から」

　今言ったことをＭＣが理解するには時間が必要だとでもいうように、キットはしばらく口をつぐんだ。

　時間が必要なのは当然のことだ。

　キットは話を続けた。「彼が電話機をまだ持っていて、わたしからだとわかれば、出るに違いないと思ったのよ」

「番号はどうしてわかったの？」

「前回かけてきた番号にかけてみたの」

　たっぷり十秒間、ＭＣはなにも言わなかった。キットの行動はあまりに向こう見ずだった。厳重注意ものだ。

「中央通報管理班（ＣＲＵ）と一緒にやったの？」

「いいえ」

「ほかに警官はいた？」

「いないわ」

「つまり、録音されていないのね」前方の信号が変わった。ＭＣはスピードをゆるめて停止した。「なにやってるのよ、キット！　それがどんなに間違ったことかわかる？　そのときに明らかになったことは、あなたの言葉でしか残らないのよ。気がついているの？」

「ええ。重々承知しているわ」

「いったいなにを考えていたのよ？」

「考えていなかった。あいつがあのおばあさんたちを殺したことがわかって、すごく腹が立ったの。だから、いちかばちか電話をかけた。成果はあったわ」

「まったくもう！　ほかに収穫は？」

「彼のことがさらによくわかったわ。彼がなにに腹を立てるかが」

「言い換えると、ほかに収穫はなしね」

「まったくゼロではないわ。彼に通話を続けさせた。もう一度できるわよ」

「それは希望的観測でしょう」ＭＣはハンドルを握り締めた。「飲んでいたの？」

「いいえ、ぜんぜん。そのことは約束したし、約束は守るつもりよ」

なにはともあれ、キットはそのつもりだとＭＣは信じた。しかし、キットは行動が伴っていない。衝動的。向こう見ずだ。

「彼は犯罪を完璧(かんぺき)にすることに執着していたわ」キットは話を続けた。「その点については、信じられないほど自信満々だった」

執着。それだ、とＭＣは思った。それでキットの行動や目の輝きに説明がつく。長時間労働と、彼女が冒した危険も。

以前キットが正気を失って、ころがり落ちるようにアルコールに手を出したときも、こうだったのだろうか？

ＭＣはまた赤信号で車をとめ、キットのほうを見た。「事件に入れこみすぎよ、キット」

「ちゃんと客観的にとらえているわよ」

「あらそう？」

キットの頬が上気した。「彼の犠牲者の選び方を非難したのよ。子供や年寄りを選ぶなんて臆病者だと責めたの。もっと強い者を選べと言ってみたわ。もっと、能力がある者を」

うしろの車がクラクションを鳴らした。信号はすでに青に変わっていた。ＭＣはゆっくりと車を出した。「あなたみたいな人を？」

「そう」

「彼は話に乗ってきた？」

キットは一瞬ためらい、それから首を振った。「いいえ。怒ったわ。彼は自己弁護したの。ふさわしい被害者を選ぶことも完全犯罪の一部だと言い張っていたわ」

「つまり、感情的に選んだのではないということね。被害者は理性的に選ばれた」

「そういうこと」キットはＭＣのほうに顔を向けた。「知性を満足させるためだけに連続殺人を犯す人間はいないわ。感情の流れる向きは別なのよ」

　車はリバーサイド・ドライブに入った。その道はブランデーワイン・エステートへと続く。「あなたは彼を追いつめた。怒らせた。すると彼は反撃に出た。どんなふうに？」

「彼が反撃に出たって、どうしてわかるの？」

「追いつめられた動物は身を守ろうとするものよ」ＭＣは簡潔に答えた。

　キットは黙りこんだ。ＭＣは高級住宅街を通る曲がりくねった道に車を進め、キットに答えをまとめさせた。

　キットが口を開いたとき、その声には固い決意がみなぎっていた。「彼は少女たちをねらうと脅かした。わたしが大切に思っているかもしれない少女たちを。でも……そんな子は一人もいない」

　彼はキットに勝った。なぜなら、彼女と違って、電話の相手は感情的になっていないからだ。

　シドニー・デール宅の私道に入り、ＭＣは車をわきに寄せた。車をとめて、キットのほうに顔を向けた。「彼がなにに腹を立ててるかがわかったと言うけど、彼もあなたについて同じように学んでいるのよ、キット。わたしには、危険な状況に思えるわ」

36

二〇〇六年三月十六日　木曜日
午前十時十分

シドニー・デールは留守だった。しかし、彼ご自慢の、ブロンドヘアの若妻は家にいた。彼女はすてきなシルクのパンツスーツ姿で玄関に現れた。そして、マルフォード・ロードのはずれにある〈ストラスモア・プロフェッショナル・コンプレックス〉内にある夫のオフィスへ行くように言った。

二人が向きを変えて立ち去ろうとしたそのとき、キットは足をとめて、若妻を振り返った。「デリック・トッドについて教えてもらえますか？」

若妻の表情がかすかに変わった。「だれのことかしら？」

「四年前にあなたとご主人のために働いていた若者です。庭とプールを――」

「わたしは後妻なの」彼女はあくびをしながら言った。「そのころはいなかったわ」

「前の奥さんはどこにいるかわかりますか？」

「シドニーにきいて。わたしは彼女の消息は知らないわ」

車に乗りこむと、キットはMCを見た。「あの後妻さんはずいぶん若いわ。トッドがここで働いていたころは、たぶん十代よ」

MCは眉をつりあげた。「いったい何人のミセス・デールがいたのかしら?」

「しかも、再婚のたびに若くなっていくとしたら?」

それから十分間のドライブは沈黙のまま過ぎた。デールのオフィスがある建物に着くと、部屋番号に近いところに駐車して、二人は車を降りた。

「わたしにまかせてもらえる?」キットは駐車場を歩きながら尋ねた。

MCはためらい、それからうなずいた。「やる気満々のようね。どうぞ、楽しんで」

受付係の女性はデールの後妻と同じぐらいに若くて魅力的なブロンド娘だったので、彼がオフィスを未来の妻たちの選考の場にしているのではないかとキットは思った。

キットがうすうす予想していたとおり、デールは二人を見ても喜ばなかった。「刑事さん」彼はかろうじて迷惑であることを隠した。「これは驚いたな」

「デリック・トッドについて、もう少し質問がありまして」

「どういうことでしょう。彼なら解雇しました。当然でしょう。それ以上、なにを聞き出したいんですかね」

「あなたがなぜ、性犯罪の登録者を雇って子供のそばで働かせたのか、その釈明を」

「それは説明しましたよ」

「しかし、あまり納得がいきません」

「わたしは弁護士に連絡する必要はありますか？」

「あなたが必要と感じるなら、どうぞ」キットは口をつぐみ、デールに考える時間を与えた。キットは話を続けた。「なぜ支配人に、身元調査をせずにミスター・トッドを雇うように言ったのか、もう一度説明してもらえますか？」

「ミスター・ズバに、通常の身元調査をするなとは言ったことはありません」デールは両手を広げた。「典型的な連絡の行き違いですよ」

「問題は、ミスター・ズバのほうが、あなたよりも納得のいく説明をしていることです」

「それはあなたたちの理解の問題でしょう、刑事さん。わたしは関係ない」

「実のところ」MCが口をはさんだ。「これはあなたの問題です。なぜなら、わたしたちは納得しないと、ほじくりつづけるからです。骨をくわえた犬並みにね、ミスター・デール。感じのいいものではありませんよ」

「わたしを困らせると脅しているのか？」

「とんでもない。単に、捜査の手順をちょっとお知らせしただけです」

「前の奥様にも話をうかがう必要があります」キットが言った。「彼女の名前と住所を」

「本当にそんなことをする必要があるんですか？」

「残念ながらね」キットはメモ帳の上にペン先を浮かせて待った。

デールは受付係をちらりと見てから、自分のオフィスを指さした。「こちらで話しましよう」

　二人は彼のあとについてオフィスに入った。デールがドアを閉めた。

「トッドに職を与えたのは、彼女が嘘をついたからです」

「だれが嘘をついたんですか、ミスター・デール？」

「わたしの娘です。トッドが下半身を見せて有罪になった相手というのが娘なんです」

　BMWのエンジン音も高らかに走り去った美しいブロンド娘のことを、キットは思い浮かべた。「サムですか？」

「いいえ。ジェニファーです。彼女は今、母親と住んでいます」

　キットはちらりとMCを見た。MCは眉を上げた。

「お嬢さんが嘘をついたと、なぜわかるのですか？」

「娘の日記を見つけたんです」デールは心底不愉快だという顔をし、MCは初めて彼を人間らしいと思った。「彼女の母親とわたしの離婚はいろいろやっかいなことがありました。生活はめちゃめちゃでした。娘たちは精神的に傷ついた。ジェニファーは、わたしたちのよりを戻そうと、いろいろ画策しました。サムと離れないためにも」

「それはうまくいかなかった、というわけですね」

「ええ。前妻は結婚生活を続ける気はありませんでした」

「奥様のほうが？」

「そうです」デールは顔をそむけ、それからまた戻した。「あなたたちの考えはわかります。顔に書いてありますよ。わたしは妻を愛していました。あなたたちには関係のないことですがね。彼女がほかの男のもとへ行ったんです。わたしが別の女に走ったのではありませんよ」

キットは、まさにその結論に飛びついた罪悪感で胸がちくりと痛んだが、なんとも答えなかった。

MCはふたたび口をはさんだ。「わたしたちは、あなたの私生活を裁くためにここへ来たのではありません、ミスター・デール。デリック・トッドと〈ファン・ゾーン〉での彼の仕事について、真実を突きとめるために来たんです」

「そのとおりです」キットも言った。「真相がわかったとき、あなたは地方検事のところへ行きましたか？　彼を早く釈放してもらうために？」

デールは首を振った。「わたしは……その結果どうなるかがこわかった。トッドからなにをされるか。州当局からも」

訴えられるのがこわかったのね。

この男の人物像がまたしてもあやしくなった。

「つまり、ミスター・トッドは、あなたが彼の無実を信じていることを知らないんですか？」

「ええ。彼には、ジェニファーが言ったことにはなんとなく納得がいかないと話しました。そして、仕事を与えました。彼は感謝していましたよ」

感謝して当然だろう。そのたぐいのレッテルを貼られて生きていくのは簡単ではない。それに、仕事をさがすのがきわめてむずかしくなる。

キットはデリック・トッドのことを思い出した。愛想の悪さと警察に対する怒り。あからさまな軽蔑。

どうりで。彼はやってもいない犯罪を認めさせられたのだ。身の潔白を天に誓って訴えたに違いない。なのに、矯正施設送りになった。檻の中で神のみが知ることに耐え、それからの十年間、性犯罪者の汚名をこうむらなければならない。

今、彼は仕事を失い、またしても、やってもいない犯罪について疑われている。トッドが憤慨するのも無理はなかった。そんな立場になったら、おそらくキットも反社会的な態度をとるようになるだろう。

キットは急に、トッドの顔から憎たらしいにやにや笑いをはたき落としたいという気持ちがなくなり、彼を哀れに思った。

「その日記は持っていますか？」ＭＣが尋ねた。

デールはためらってからうなずいた。「銀行の貸し金庫に入っています。いつか必要になるときのためにとっておきました」

「その〝いつか〟が来たんですよ、ミスター・デール。今日、その日記帳を取り出して、警察に届けてください。ご理解ください。わたしはこの情報を伏せておくつもりはありません。トッドにも、彼の弁護士にも、そして州当局にも」

デールはきまり悪そうにうなずいた。

帰り際に、キットは立ちどまってデールを振り返った。「ところでミスター・デール、今月の六日と九日はどちらにいましたか？」

デールは眉をひそめた。「はっきりとはわかりません。ナンシーがわたしの行動表をつけています。見に行きましょう」

彼は二人を連れて待合室へ戻った。受付係がデールのスケジュール帳を取り出した。六日は出張で町にはいなかった。一泊している。九日は妻とともにバーピー博物館の資金集めの催しに出席後、帰宅して就寝した。

「両日について、証拠書類と目撃者の名前を提出していただけますね？」

このとき初めて、デールはおびえたようすを見せた。「もちろんです」

「ありがとうございました、ミスター・デール。今日中に提出してください」

キットとMCは黙って車へ歩いていった。エクスプローラーまで来て乗りこみ、シートベルトを締めると、キットはMCのほうを向いた。「デールの話を信じる？」

「残念ながら、信じるわ」

「トッドについて考え直さなければならないようね？」

「そして、わたしたちは振り出しに戻るのよ」

「わざわざ言ってくれてありがとう」キットはつぶやき、そして首を振った。「いいえ、振り出しではないわ。〈ファン・ゾーン〉にはまだつながっている」

ＭＣはエンジンをかけた。「偶然かもしれないわ」

「そうかもね。でも、わたしはそうは思わない。とりあえず、今のところは」

二人は押し黙ったまま数ブロックを過ぎた。リバーサイド・ドライブとマルフォード・ロードの交差点の信号をすべるように進んだとき、キットが小声で言った。「ゆうべのデートはどうだったの？」

「それは内緒」

「じゃあ、とても楽しかったに違いないわ」

ＭＣは刺のある視線をキットに向けた。「どうにでも解釈して」

「相手はだれ？　署まであなたに会いに来た、あのランスという人？」

「そうよ。満足した？」

明らかにＭＣはそのことについて話したくなさそうだった。そうなると、キットはよけいに話してほしくなった。「彼と寝たのね。そうでしょう？」

「なんですって？」

キットはほほえんだ。「わたしにはいろいろな才能があるの。詮索好きだし、超能力もあるのよ」

「いろいろと困った人のようね」

「どうにでも解釈して」キットはＭＣに言われた言葉をそのまま返した。

それから数分間、二人は押し黙った。すると、公安ビルに近づいたところで、ＭＣがいらいらしたように言った。「認めるわよ。なぜわたしが彼と寝たことがわかったの？」

「簡単よ。今朝、部屋に入っていったときに、あなたが夢見心地で宙を見つめて、一人でにやにやしていたから」

「にやにやなんかしてなかったわよ！」

「あの満ちたりた小さなにやにや笑いが、おおいに物語っていたわ」

MCは言い返そうとするように口を開け、そして閉じた。

キットは笑った。「かわいいと思うわよ」

「わたしはかわいいと思われたいなんて考えたこともないわ」

「その人が好きなのね」

それは質問ではなかった。MCはとにかく答えた。「そうよ、好きだわ。でも、それを認めるのは、あなたに口を閉じてほしいからよ」MCは窓の外を見てから、キットに目を戻した。「これからどうする？」

「個人的な意見としては、あなたはセックスを控えて、彼をもっとよく知るべきよ。でも、それはわたしの世代の意見ね」

「ありがとう、ママ。でも、わたしが言っているのは、あなたとわたしがどこへ行くかということよ。この捜査で」

「刑事部長に話しましょう。最新情報の報告よ」

「そのあとはどうする？」

「さあね、知らない」

「あら、ずいぶんはっきり答えるのね」

「あなたがきくからよ。それに、次にどうすべきか、刑事部長が強く意見するとは思えない。彼はいつもそうよ」

「刑事部長はあなたがしたことにあきれるわよ」

〝ピーナッツ〟の優位に立とうとした。先に許可をとらずに電話した。

命令系統に逸脱した――またしても。

「知らせる必要はないわ」キットは言った。

「それでどうやって、リンズ、マクガイア、オルセンの三人がSAKの犠牲者に違いないと説明するつもり？」

「そう話すだけよ」

その言葉が理解されるには一、二秒を要したように、キットの目には映った。「わたしがあなたのために嘘をつくかもしれないと思うなんて、あなた、どうかしているわ」

「そんなこと頼まない」

「あなたは取り返しのつかないことをしたのよ、キット。その結果を受けとめたうえで行動しなさいよ」

「わたしはそんなふうには考えていないわ。優秀な刑事は自分の勘に従うものよ。その行動が手続きに違反する場合もあるわ」

「手続きに違反する？　とんでもない。わたしは出世したいのよ、その逆なんていやだわ。わたしがそのミーティングに出るとしたら、知っていることを全部明らかに――」

「じゃあ、出るのはやめて」

「いいかげんにしてよ」MCは公安ビルの駐車場に車を入れて、エンジンを切り、キットのほうを向いた。見るからにMCは怒っていた。「あなたはおかしくなっているわ。手遅れにならないうちに、大きくうしろに一歩下がりなさい」

MCは車のドアを開けた。キットは彼女の腕をつかんで引きとめた。「あの人と寝たのは賢明だったと思う？」

「それとこれとは一切関係ないわ」

「あなたは自分の本心に従った。後悔しようがしまいが、それがあなたのしたことよ」

「それは私的なことだわ。これは仕事よ。別物だわ」

「いいえ、別ではないわ。わたしたちは本能や本心に従って、日々行動しているの。人々に対して。どの仕事を引き受けるかということから、どの人を信用するかということにいたるまで。優秀な刑事はそうした本能に周波数を合わせ、それに従うものよ」

「あなたって、最低で最悪ね、キット」MCはキットの手を払いのけた。「わたしは、優秀な刑事がなぜあなたみたいな末路をたどるのか、しばらく考えた。やっとわかったわ」

37

二〇〇六年三月十六日　木曜日
午後三時四十分

彼はその少女が遊ぶのを見ていた。完璧(かんぺき)だ。完璧なエンジェルだ。屈託がない。かわいらしい。これまでの二人よりずっと完璧だ。

なぜだろう？　彼は首をかしげた。彼女はブロンドと青い目で、可憐(かれん)だ。だが、ほかの二人もそうだった。

いや、この少女が特別なのは、キットゆえだった。彼は警告した。そして、宣言した。子猫ちゃんのまわりにいる少女たちが危ないと。

そして自分に誓った。勝つことを。いかなる犠牲を払ってでも。

キットは少女たちを大事に思っている。少女たちを傷つけることは、キットを傷つけることだ。そして、この少女を傷つければ、キットは自分を責めるだろう。

おかしなものだ。キットに罰を与えると決めた今になって、それがいかに効果的であるかに気づくとは。僕は彼女に腹を立てているわけではない。そう、キットはまたしても僕に逆らった。また僕を挑発した。だが、僕はそれを闘志と理解した。本当に彼女らしいと思った。

彼は公園のベンチの背もたれに寄りかかり、そよ風に吹かれた。この少女が死んだら、キットにとってなんと大きな衝撃となることか。哀れな子猫ちゃん。彼女はそれを克服できるだろうか？　またアルコールに手を出すことになるのだろうか？　今度は警察から支給された武器に手を出すかもしれない。

頭に一発撃ちこめば、すべての苦しみは消える。

一方では、キットにはそうしてほしい気もする。すでに彼女は、あまりにも多くの苦しみに耐えてきた。だがもう一方では、闘いつづける彼女を応援していたい気もする。

僕がこんなふうに愛着を持ってしまうとは興味深い。こんなふうに彼女の奮闘にかかわっているとは。

きわめて残念なことに、このシナリオが導く結果はただひとつ――キット・ラングレンの死だった。

38

二〇〇六年三月十六日　木曜日
午後六時二十分

　ＭＣはキッチンの窓辺に立ち、先ほどメロディが持ってきてくれた昨夜の残り物を電子レンジで温めていた。メロディとベンジャミンは、アニマルクラッカー持参で立ち寄り、おしゃべりをしていった。ベンジャミンは当然のことながら、おしゃべりよりもクラッカーのほうに興味津々だった。ＭＣは、欠席した昨夜の晩餐（ばんさん）で、自分のことが母の最大の関心事だったと知った。

　電子レンジが鳴り、ＭＣはカネロニを取り出した。それを皿にのせてテーブルへ運んだが、食べなかった。実は、さほど空腹ではなかった。ＭＣはキットのせいで置かれた自分の立場が気に食わなかった。彼女はアルコールに手を出したキットを見逃してしまった。キットは現状も見逃すことを期待している。次はなにが起こるのだ？

　ＭＣはキットの警告どおり、刑事部長への報告の場には出なかった。ささいなことだが、サルは心に書きとめるだろう。欠席はしたが、それが正しい行動だったのかはまったく自信がなかった。

そう、キットは手続きを無視して行動した。しかし、それは勇気のいることだった。〝勇気なくして栄光はない〟的な行動は、ときとして大きな成果をあげる。

MCはギャンブラーではなかった。冒険などしている余裕はない。無謀で大胆な警官は、刑事たちを監督する立場にはなれないし、ましてや署長になどなれない。なぜなら、大胆な賭(かけ)に出れば、大きな成果をあげるのと同じぐらいの確率で、裏目にも出るからだ。出世の階段をのぼる刑事は堅実だ。規定に従い、策略にすぐれ、根まわしがうまい。もちろん、そこにいたる道のりは長いが、MCには時間があった。目標を見失わなければ、達成できるだろう。

玄関のチャイムが鳴り、一瞬、MCは電子レンジの音かと思った。玄関まで行き、明かり取りの窓から外をのぞいた。ブライアン・スピラーレがポーチに立ち、色あせたブルージーンズのポケットに両手を突っこんでいた。

MCはドアを開けた。「ブライアン？　ここでなにをしているの？」

「入っていいかな？」

MCはためらったが、ドアを大きく開けた。ブライアンが中に入ると、MCはドアを閉めた。「どうしたの？」

「だれかに話をする必要があってね。信頼できる人に」

どうやら、考えが伝染したらしいわ。この瞬間、キットの話をするのに、ブライアンほどふさわしい人物はいなかった。なにしろ、彼はキットとコンビを組んでいたのだ。

MCはほほえんだ。「偶然ね。わたしも話があるの。コーヒーでも飲む？」

「もっと効くやつはないのか？」

ブライアンらしいわ。「ビールでいい？」

「完璧（かんぺき）だよ」

ブライアンはMCのあとに続いてキッチンに入った。戸口に立つ彼の姿に、記憶がよみがえった。不愉快な記憶だが、それを現在の関係に持ちこむのはふさわしくなかった。

「すごくいいにおいがする」

「残り物のママのカネロニよ」

MCはブライアンにそれを出そうかと思ったが、誤解されたくなかった。狭いキッチンで一緒に食事をするのは、親密すぎて居心地が悪い。

MCはグラスは出さずに、首の長いビール瓶を渡した。ブライアンはいつも、瓶から直接飲むほうを好んだ。彼の場合、それは男根崇拝のようなものだとMCは確信していた
――この男は本当に下半身がすべてなのだ。

「ありがとう」彼はビールを受け取った。二人の指が触れ、MCは手を引っこめた。

「きみは飲まないのか？」ブライアンが尋ねた。

「ええ。今夜は飲まないわ」

ブライアンは両てのひらで瓶をはさんで、ころがした。「アイヴィに追い出された」

「いつ？」

「二日前」

「お気の毒に」MCは言い、本当にそう思った。アイヴィのことは責められない。ばか騒ぎが好きな刑事の妻でいる年月には、いろいろと我慢があったはずだ。「よりを戻してくれるんじゃない？　前はそうしたでしょう」

「おれは戻したくない」ブライアンはもう一口ビールを飲んだ。「ほかの女を見つけるさ」

夫婦生活二十数年で三人の子供がいるというのに、〝ほかの女〟なんてことを言わずにはいられないのだろうか？　どうりで追い出されるわけだ。よくやったわ、アイヴィ。

「なにか、とくに話したいことでもあるの？」MCは尋ねた。

「おれたちのことを」

「やめてよ」MCはむっとしてカウンターから離れた。「そんな話をする暇はないわ」

ブライアンは彼女の腕をつかんだ。「とにかく聞いてくれないか？」

「ブライアン――」

「きみを忘れたことはなかった」

MCは立ちすくみ、いらだちを抑えこもうと努力した。「それは興味深いわ、ブライアン。奥さんに追い出されたとたんに、わたしを忘れたことはなかったなんて」

「本当なんだ」

ＭＣは首を振った。ブライアンと彼の子供っぽい態度にはうんざりだった。彼と関係を持った自分に。そして今夜、彼を家に入れてしまった自分にも。

「わたしたちは何週間かセックスを楽しんだだけよ」

「でも、すばらしいセックスだった」

ＭＣは彼の手を払いのけた。「大人になりなさいよ、ブライアン」

彼は少々おぼつかない足取りで一歩前に出た。「そんなふうに思われていたとは傷つくな」

彼は飲んできたんだわ。まったく、家に入れる前に、なぜ気づかなかったのだろう？

「もう帰ったほうがいいわ」

「そんな水くさいことを言うなよ、ベイビー」

ブライアンにつかまれそうになったので、ＭＣはよけた。この状況には大きな問題がある。この男は上司だ。署内ではとても好かれ、顔も広い。ＭＣを困らせることだってできる。それは、彼女の出世に響きかねない、やっかいなことかもしれなかった。

ＭＣは玄関のほうへゆっくりと移動した。「わたしには付き合っている人がいるの」

「それは愛とは限らないよ。ただの楽しみかもしれない」

「どうでもいいことだわ、警部補。帰って」

ＭＣは玄関まで移動した。ドアノブを両手でつかむと、その上にブライアンが手を重ねた。「デートの相手はだれだ？　まさか、バーにいた、あのひょろっとしたコメディアンか?」

「知りたいのなら教えるわ。その人よ」

ブライアンは鼻を鳴らした。「あいつのどこがいいんだ?」

「彼は笑わせてくれるわ。手を放してよ、ブライアン」

「でも、あいつはおれほどよくないぞ」

「あなたは自分を英雄だと思いこんでいるだけよ。でも、ほかの人はそうは思わない」

ブライアンは口を引き結んだ。MCをつかもうとするので、彼女はさっとよけて彼の腕をつかみ、急所に膝蹴(げ)りをくらわせた。

彼はうめきながら体をふたつに折り、ののしりの言葉を延々とつぶやいた。それはMCと彼女の性別に向けられた言葉だった。

「ごめんなさい、ブライアン。こんなことはしたくなかったけれど、あなたのせいでこうするしかなかったの」彼が体を起こしはじめると、MCはドアを開けて彼を押し出した。「今夜のことはなかったことにするつもりよ。でも、またこんなくだらないことをしようとしたら、その程度ではすまないわよ」

39

二〇〇六年三月十六日　木曜日
午後十一時

MCは宣言どおりの態度をつらぬいた。わたしは一人で刑事部長を相手にしていたため、相棒の不在はとくに目を引いた。サルは目ざとい。なにかが起きているのではないかと疑っても、口出ししないほうが賢明だと理解するぐらいには、長く刑事たちを監督してきた。どのみち、ほとんどの問題は刑事自身で解決するのだ。そうでなければ、彼が当然のごとく介入してきた。

知らなければ、彼が傷つくこともないだろう。少なくとも、この大事な局面では。キットはそう自分に言い聞かせた。

彼女はMCの決断を非難しなかった。この件がキットの目の前でばれるにしても、MCは一緒になじられたくはないだろう。本人が言ったとおり、MCは野心家だから。

だが、この事件が解決して、SAKと模倣犯を逮捕すれば、MCもその功績を認められることになる。たとえそれが、ＭＣが強く反対した〝手続き違反〟の直接的な結果だとしても、彼女は昇進するのだ。

キットは彼女と一緒に喜ぶだろう。だれもが勝利することになる——とくに、子供たちが。

キットは自宅のキッチンのテーブルにつき、自分のまわりにファイルを広げた。次々にいろいろなことが思い出された。刑事部長は同意した——オルセン、リンズ、マクガイアの事件ファイルを調べ、これらの事件とＳＡＫの事件との共通点や、各事件について担当刑事の見落としをさがし出すことを。老女たちの事件を担当したのは、ブライアンとハース巡査部長だった。キットとブライアンがコンビを組む直前のことだ。当時、サルは巡査部長だった。

キットは眉をひそめた。この犯人のことがわかってきた。今度こそ捕まえる。これが生涯最後の仕事になっても、刑務所にぶちこんでやる。

キットは椅子をうしろに引いて立ちあがり、伸びをした。体が痛み、首と背中の筋肉が凝った。キットは凝りをほぐそうと肩をまわし、頭を左右に傾けた。

それですぐに凝りはほぐれ、キットはぶらぶらと歩きはじめた。

三人の老女、撲殺。残忍な殺人。身の毛もよだつほどだ。そのわりに、現場は驚くほど清潔。住まいは、一人は介護つきのコミュニティ、もう一人はアパートメント、あとの一人は一軒家。全員一人暮らし。性的暴行の痕跡はない。盗みが目的ではない。目撃者なし。

犯人の毛髪、指紋、体液なし。

沈んだ気分で、キットはくるりと向きを変え、テーブルへ戻った。玄関のチャイムが鳴ったので、時計に目を向けた。十一時をまわっている。人が訪ねてくるには遅い時間だ。

ダニー。玄関へ行って、彼だとわかった。ライトが照らし出す円の中に彼が立っていた。疲れ、緊迫したようすだ。

「ダニー？」キットはドアを開けて言った。「ここでなにをしているの？」

「入ってもいいかな？」

「もちろんよ」キットがわきへよけると、ダニーは狭い玄関に入った。キットは彼の背後でドアを閉め、キッチンのほうを顎で示した。「コーヒーをいれてあるわ」

ダニーは彼女のあとに続いてキッチンに入ったが、コーヒーは遠慮した。「コーヒーの飲みすぎなんだ」

キットは自分用にコーヒーをカップにつぎ、ダニーにじっと見られていることに気づいた。すると彼は、事件のファイルのほうに目を向けた。

「手が震えているよ」ダニーが言った。

キットはほほえんだ。「わたしもコーヒーの飲みすぎなんだわ」

「だったら、控えたほうがいいんじゃないか？」

「することがたくさんあるのよ。がんばるには、カフェインが必要だわ」

「僕はきみが心配だ、キット」

「わたしが？　なぜ？」

「今日は何曜日？」

キットはダニーを見つめて、何曜日かわからないことに気づいた。というか、それを知る手立てがなかった。

「木曜日だよ、キット」

「ごめんなさい。〈アルコホーリックス・アノニムス〉の集会をサボってしまった。仕事をしていて……すっかり忘れてしまったわ」

ダニーはキットのカップを奪い取り、それをカウンターの上に置いてから、彼女の両手をつかんで、きつく握り締めた。「この前の夜、僕が電話したとき、きみは酔っぱらっていた」

キットは否定したかったが、そうすることは酒を飲むのと同じぐらいに悪いことのような気がした。「ええ」

「そして今夜は集会をサボった」

「忘れたのよ。サボったわけじゃない。ぜんぜん違うわ」

ダニーはなにも言わなかった。しゃべるまでもなく、彼の表情がすべてを語った。

キットはあわてて彼を安心させた。「こんなことは今回きりにするわ、約束する。もう二度としない」

「酒に手を出す前にも、きみは二度と飲まないと誓わなかったか？　自分でなんとかできると?」

「それは以前のことよ……特別なことがあったの。ジョーが……彼の婚約者に娘がいたの。十歳の子が」

ダニーが理解を示して表情をやわらげた。そして哀れに思った。彼女のことを。「キット、なんていうか……すごく残念だよ」

ダニーはほかの〈AA〉の仲間と同じように、キットの気持ちを知っていた。彼らはキットの心の傷と不安をすべて知っていた。彼女がそもそもアルコールに手を出さざるをえなくなった理由のすべてを。

ダニーはキットに腕をまわした。彼女は彼の胸に頭をあずけると、急に感情がこみあげた。

そして、疲れを感じた。とても疲れた。

「すごく傷ついたわ」キットは小声で言った。「わたしは……裏切られた気がしたの」

ダニーはやさしく彼女の背中を撫で、こわばった筋肉に一定の動きで指をすべらせた。

「彼はセイディの身代わりを立てようとしている」キットはダニーを見あげて、つぶやいた。「そんな考えには耐えられないわ……彼らが一緒に暮らすなんて、家族になるなんて」

「でも、酒を飲んでも、事態はよくならないよ。苦しくなるだけだ。そして、酔いが覚めたときに、もっといやな気分になる」

「そうね、ダニー、約束するわ。わたしはあの落とし穴に戻りはしない」

ダニーは彼女の表情をうかがった。「きみは今、とても傷つきやすくなっている。きみには僕たちが必要だよ、これまで以上に」

「大丈夫よ。わたしは――」

「大丈夫だって？　大丈夫なもんか！　キット、きみはアルコール依存症なんだぞ。そう簡単に気持ちを切り替えられるわけがない。きみはまた酒びたりになって――」

「そんなことにはならないわ。コントロールできているもの」キットは、ダニーが反論しようとするのがわかって、話を続けた。「今は、事件のことしか考えられないの。起きているときはそのことで頭がいっぱいよ。わたしは彼を捕まえなくてはいけないの、ダニー」

ダニーはキットから一歩遠ざかった。「自分の心の言葉に耳を傾けろよ。自分のしていることがわからないのか？　自分の身になにが起きているか、気づかないのか？」

「いいえ、気づいているわ。わたしは生き返ったの。目的があるわ。決意がある。それに、聞いてくれる？　わたしはこの状態が気に入っているの」

「それは依存行為だ。きみは、ある衝動を別の衝動で代用している」

「あなたは警察の仕事の性質をわかっていないのよ」

「そうかもしれないが、依存症の性質ならわかっている」キットは背中を向けようとしたが、ダニーがそれをとめた。「眠っているか？　食べる時間をとっているか？　ジャンクフードではなく、ちゃんとしたものを食べているか？　休みのときはどうしてる？　映画を見たり、友達に電話をしたりしているか？」

「殺人事件の捜査の真っ最中なのよ。映画や女友達に割く時間はないわ」

ダニーはキットとの距離を縮めた。「ちくしょう、キット、きみのせいで頭が――」

彼はキスをした。ほんの一瞬、キットはショックのあまり反応できなかったが、すぐに激しく彼を押しのけた。「いったいなんのつもり？」

ダニーの顔が真っ赤になった。彼は怒っているように見えた。「なんでもないさ。べつに――」

彼は最後の言葉をのみこみ、踵（きびす）を返して玄関へ向かった。

「ダニー、待って！　ちゃんと話しましょう」

彼は足をとめず、まもなくドアがばたんと閉まった。キットは彼を追いかけて、玄関からポーチへ出た。

「ダニー！　ねえ――」

間に合わなかった。キットの見ている前で、ダニーはエンジンをかけ、車は低いうなりをあげて縁石から離れた。彼女はテールライトが見えなくなるまで見送り、それから体の向きを変えて、家の中に戻った。

玄関に入るとドアに鍵（かぎ）をかけ、夜気で冷えた腕をさすった。明日電話しよう、彼の頭が冷えたころに。わたしが拒絶したせいで彼が感じた、まぎれもない怒りと落胆から立ち直ったころに。

まいったわ。彼の友情を失いたくない。大切にしているのに。でも、わたしは彼に惹かれてはいない。それはこれからも変わらない。

キットは急に疲れを感じた。なぜダニーは、今このことを引っ張り出さなければならないのだろう？　わたしにはそんなことに費やす時間もエネルギーもない。殺人犯を捕まえなければならないのだ。あの二人の殺人犯を――そのうちの一人は、直接わたしにその任務を与えた。

〝それは違うな、子猫ちゃん。きみの関心は子供たちにある。少女たちに〟

彼は形勢を逆転した。彼はわたしのことを知っている。わたしの大きな不安を。どうしてわかったのだろう？

キットは疲れも忘れて、うろうろと歩きはじめた。いらだちのエネルギーのようなものが、疲労に取って代わった。キットは彼が言ったことをじっくりと考えた。

〝一人の少女を救うために、どれぐらい速く力強く走れる？　もう一人のセイディを救うために？〟それからこうも言った。〝今はきみのそばに少女はいないか？　身のまわりには？　きみはその子を守れるほど強いか？　賢いか？〟

キットは歩くのをやめた。心臓がどきどきしていることに気づいた。両手が震えている。

少女たち。わたしの身のまわり。

〝きみはその子を守れるほど強いか？　賢いか？〟

そのとき、キットはぴんときた。ジョー。彼の婚約者の十歳の娘、タミー。白血病協会のイベント。ピエロと風船。

大変だわ。ＳＡＫはタミーのことを知っている。

タミーはわたしの身のまわりにいる少女だ。

キットは強烈な恐怖に取りつかれた。タミーの姿を思い浮かべる。恥ずかしそうな笑顔、きれいな茶色の目。ジョーに気をつけるように言わなくては。彼の婚約者に注意をうながさなければ。

キットは靴をさがし出して、はいた。次にスウェット生地のジャケットをはおり、車のキーをさがした。それが見つかると、彼女はバッグをつかんで、寒い夜の中へ出ていった。

キットがジョーと暮らした家があるハイクレスト・ロードまでは、遅い時間帯ということもあり、いつもほど時間がかからなかった。家は暗い。ジョーのピックアップトラックは私道にとまっている。キットは私道に車を乗り入れて、そのトラックのうしろにとめ、大きな音をたてて車を降りると、玄関へ走った。

チャイムを鳴らし、ドアをたたく。「ジョー！」キットは叫んだ。「わたしよ、キットよ。開けて！」

キットはもう一度ドアをたたき、必死に呼びかけた。

やっと鍵が開く音がした。まもなくドアが開いた。

ジョーはボクサーパンツをはき、ローブをはおっていた。「キット？　どうした――」

「タミーが危険なの。ヴァレリーに警告しなくちゃ」

ジョーは目をしばたたいた。たった今、目が覚めたところらしい。「タミーが」彼はき
き返した。「危険？」

「そうよ。ＳＡＫが狙(ねら)っている。わたしのせいなの」

ジョーは少しの間キットを見つめてから、ドアを大きく開けた。「寒いな。入れよ」

キットは玄関の中に入った。ジョーが背後でドアを閉めた。彼のにおいがする、とキッ
トは気づいた。もはや二人のにおいでも、家族のにおいでもなかった。

キットはジョーと向き合った。「ヴァレリーに電話するべきよ。今。今夜のうちに。そ
れほど重要なことなの」

「落ち着けよ、キット。なにを言っているのか、わからないよ。そのいかれた野郎が、ど
うしてタミーを知っているんだ？」

「白血病協会のチャリティイベントよ。彼がいたの。ピエロ姿で風船を売っていたわ」

ジョーが眉をつりあげた。「ピエロ？　風船を売っていた？」

「そうなんだってば！　彼はわたしたちのやりとりを目撃して、わたしにピンク色の風船
をくれた。あとになって電話してきて、風船は気に入ったかと尋ねたわ」

「そんなばかな」

「本当よ。わたしがおかしくなっているわけじゃない。彼に脅されたの」

「脅されただって？」

「少女たちが危ないと言われた。わたしが気にかけている、わたしのそばにいる少女たち

よ」

「キット――」

ジョーが彼女の名前を呼ぶ辛抱強い口調に、キットはかっとなった。まるで、わがままな子供か、頭のおかしな人間に語りかけるような口調だった。

「彼は〝わたしの身のまわりにいる少女たち〟と言ったわ。タミーのことを言っていたのだと、今夜気づいたの。わからないの？　タミーがわたしの身のまわりにいる少女なのよ。あの子しかいないの」

「いいかげんにしろよ、キット。黙れ！」

その言葉はジョーの口から激しく飛び出し、キットは驚いて一歩あとずさりした。ジョーはめったに毒づいたりしないし、このような言い方はしない。彼がかっとなってどなった回数は片手でたりた。

「またなんだな？　きみは前みたいなことになっているんだ。おかしくなりつつある。精神的にぼろぼろになってきているんだ」

「そうじゃないわ！　ちゃんと聞いて！」

「だめだ。自分を見てみろよ。眠ってないんだろう？　まともに食べていないんだ。きみは事件のことしか頭にないんだ」

「違う……違うわ……聞いてよ。あいつはわたしの家に入ったんだと思う。わたしをつけまわしているのよ。彼は知っている――」

「また飲んでいるのか？　今飲んでいないからといって、次もそうとは限らないからな」

「今のわたしは違うわ。そんなことにはならない」キットはジョーの手を握った。「間違いなくタミーが大変なの。わたしのせいで、殺人犯の注意が向いてしまった。わたしには耐えられないわ。万が一——万が一、タミーがわたしのせいで傷ついたりしたら。あの子になにかあったら」

ジョーはキットの手を握った。「セイディが死んだのはきみのせいじゃない。きみには救えなかった。あの化け物が殺した少女たちもそうだ。彼女たちの死はきみのせいではない」

「あなたはわかっていないわ、ジョー」キットは首を振った。「わかってない」

「きみは忘れなくちゃ」

「無理よ」キットはささやいた。「少女たちにはわたしが必要なの」

「僕がきみを必要だとしたら、キット？　きみはどうする？」

「あなたのことじゃないのよ、ジョー。タミーのことなの。彼女の身の安全にかかわることよ」

ジョーは指に力をこめた。「そう思いたいよ……たぶん、ひょっとしたら、きみが正気に戻ってくれたんじゃないかと。でも、きみはまだ戻っていない」

キットの身近にいる人はだれもが同じことを言っている——まともなものの見方ができなくなって、不安に取りつかれてしまったと。

それは間違いだ。なぜわかってくれないのだろう？　すべては現実に起きていることなのに。

キットはジョーにそう言った。ヴァレリーに電話するよう懇願した。

ジョーは電話すると言ったが、キットは信じなかった。それは、彼の目に哀れみの色が見えたからかもしれない。あるいは、ジョーが彼女を外に出したあとの、ぴしゃりというドアの閉め方のせいかもしれなかった。

キットの車は街灯の光が届かないところにとまっていた。運転席のほうへまわろうとした彼女は、助手席側のボディが目について立ちどまった。

傷がつけられていた。

違う、とキットは気づいた。ただ傷つけられているだけではない。メッセージが残されていた。あいつがメッセージを残したのだ。塗装を引っかいて、ドアとボンネットに記したのだ。

〝まばたきするな〟

40

二〇〇六年三月十七日　金曜日
午前一時四十五分

ＭＣは十四種類の表現で自分をあざけった。もうすぐ午前二時だというのに、彼女はここへ来ていた。ランスの家の玄関に。ＭＣは眠れなかった。考えずにはいられなかった。キットとの対立、ブライアンのくだらない誘い、捜査、生活全般について。

考えて楽しいのは唯一、ランスのことだった。依存症はこんなふうにして始まるのだろうか？　ＭＣは考えた。なにも考えられなくなるほど、もう一度楽しい経験をしたいというこの欲望がそうなのだろうか？　その欲望が満たされれば、神経が落ち着き、眠りや平穏、あるいは精神――または魂――が必要とするものがなんであれ、それが得られるというのか。

ランスが家にいることはわかった。表の道路に彼の車がとまっているのを見たからだ。ドアをノックすれば、起こりうることはふたつだった。中に入れてもらえるか、締め出されるか。

今日一日の流れからいって、ＭＣは今すぐ立ち去るべきだった。

ところが彼女はドアをたたいた。最初はためらいがちに。次に、それよりは力をこめて。

ランスがドアを開けた。室内からクラシックのような音楽が聞こえてきた。心安まる音楽だ。

ランスが眉をひそめた。「ＭＣ？　なにを――」

「しているのか、ここで？　あなたの勘はわたしと同じぐらい、あたるわ」

ランスがそれ以上ドアを開けようとしなかったので、ＭＣは客がいるのかもしれないと思った。彼はすでにベッドに入っていたかのようにも見えた――髪はぼさぼさで、シャツの前ははだけ、ズボンはボタンがはずれている。そう考えると、ＭＣはきまりが悪くなった。

「電話するべきだったわ」ＭＣは一歩あとずさりした。「ごめんなさい。わたしったら、なにを――」

「ばかだな」ランスはＭＣの両手をつかんで、彼女を室内に引き入れ、自分の胸で彼女を受けとめた。彼女の髪に顔をうずめる。「すごくいいにおいだ」

だれもいないのね。ＭＣは両腕をランスに巻きつけた。彼はとてもやせていて、肌が冷たかった。抱き締めているうちに、彼の体は温かくなった。

「具合が悪いの？」

「もう治った」

MCはほほえんだ。「わたしもよ」

ランスはドアの鍵を締めて、彼女を狭いリビングルームに案内した。家庭的なこざっぱりした趣味に、MCは驚いた。独身男性の部屋はたいてい〝家庭的〟ではない。

「いやな一日だったの？」MCは尋ねた。

「いやな夜だった」

「お客さんが笑わなかった？」

ランスは、まるでMCに平手打ちされたかのような顔をした。

MCは彼の頬に手をあてた。「どうなの？」

「うん。今夜はぜんぜん笑わなかった」

「残念ね。わたしは――」

ランスはMCの口に手をあてた。

彼はなにも言わずに、彼女をベッドルームへ連れていった。そこで二人は体を重ねた。

しかし、今回は笑い声はなかった。

声はまったくあがらなかった。

ランスは口と手で声を封じこめた。声をのみ、吸いこんだ。MCは彼に主導権を渡し、静寂によって彼女の喜びは高まった。彼女の中で叫びたいという欲望がふくらみ、妙に欲情に駆られた。まるでオーガズムの高まりと、解放へ向かう緊張は別物であるかのようだった。

そして、解放の瞬間、それは核爆発並みの威力で彼女の中に響き渡った。

こんなにエロチックな経験は初めてだわ。

先に沈黙を破ったのはランスだった。「すごいな」

MCはほほえみ、汗ばんだ彼の肩に顔をこすりつけた。「同感だわ」

「おなか、すいた？」

MCは軽く首を振った。「眠いわ。幸せな気分」

「さっきは違ったね。きみは不機嫌(グランピー)だった。次はスニージーかドクかって感じだった」

白雪姫に出てくる小人にたとえるのを聞いて、MCはほほえんだ。「わたしが多重人格障害だとでも言っているの？」

「女はみんなそうじゃないのか？」

ランスはMCにつねられて悲鳴をあげた。「わたしは刑事で、銃も持っているのよ。わたしがあなたなら、そのことを忘れないわ」

ランスはおどけて、ぶるぶる震えてみせた。

MCはあくびをして、彼に身をすり寄せた。「日夜疲れることばかりよ」

「そのことについて話したい？」

MCはちょっと考えてからふたたび首を振った。「ぜんぜん」

「じゃあ、なにがしたい？」

彼女は頭を上げてランスの顔に近づけた。「アイデア募集中よ」

ランスにはアイデアが山ほどあった。革新的で愉快なものが。

ＭＣはぱっと目を覚ました。なぜ目が覚めたのかはすぐにわかった。ランスがベッドを離れたのだ。

彼女は石のようにじっとしたまま、耳をそばだてた。彼はバスルームへ向かったのではなかった。軽くなにかを食べるためにキッチンへ行ったのでもなかった。自分の家でなくとも、ＭＣは彼の足音と歩数でそれがわかった。

刑事とはそういうものだ。仕事柄、周囲のことにかなり敏感になる。生き延びるには必要なことだ。

ＭＣはランスがどこにいるか突きとめられなかった。彼とは寝た――これで二回。だが、そのことに違和感がなくなるほどには、彼のことをよく知らなかった。彼女は頭の近くのマットレスの下に忍ばせておいたグロック銃を手に、静かにベッドから出た。シャツとショーツを床から拾い、それらを身につけた。

そっと寝室から廊下へ出た。ランスは裸のまま、玄関わきの窓辺に立ち、通りを見つめていた。ＭＣのほうを振り返ったとき、彼の表情は胸が痛くなるほど悲しげだった。

「どうしたの？」ＭＣは尋ねた。

「眠れなかった」ランスは銃に目をとめて、口元にかすかに笑みを浮かべた。「ちょっと物騒だな」

「念のためよ」ＭＣは銃をソファの背もたれの上に置いた。「どうして眠れないのか、話したい？」

「本当のことを？」

「本当のことがいちばんいいわ」

ランスはすばやく息を吸い、ＭＣは最悪の話に備えた。彼はなにに巻きこまれてしまったと考えているのだろうか？　解放されたいのだろうか？

君と寝たのは間違いだった、大きな間違いだったと言われるのは、これが初めてではない。

「きみがものすごく好きなんだ」

ＭＣはそんな言葉を聞けるとは、百万年かかっても予想できなかった。すっかり面食らって、ランスを見つめた。「冗談はやめてよ。おかしな人ね」

「冗談を言っているわけじゃないよ。今だけは」

ＭＣはランスのそばへ行き、彼を見あげて顔をのぞきこんだ。彼の表情をうかがい、目をまじまじと見た。冗談は言っていない、とＭＣは気づいた。

奇妙なことに、それは彼に拒絶されるよりもはるかにこわかった。二人はこれからどうなるの？　わたしは彼とどうなりたいの？　恋人どうしになりたいのだろうか？

そうよ、たぶん恋人どうしになりたいのよ。

ＭＣはにっこりした。「わたしもあなたがすごく好きなんだと思う」

「本当に？」まるで、ＭＣが冗談を言っているのではないという証拠をさがすかのように、ランスは彼女の目をさぐるように見た。そして納得してほほえんだ。「不眠症が役に立った」

ＭＣは笑い、ランスの肩に頭をのせた。「わたしにも役に立ったわ」

ベッドルームから、ＭＣの携帯電話の甲高い着信音が聞こえてきた。夜のこんな時間の電話が意味することはひとつしかない──だれかが死んだのだ。

自分が呼ばれているからには、最悪の事態かもしれない、とＭＣは思った。模倣犯がまた事件を起こしたのだ。

ＭＣはそれが思い過ごしであることを祈った。

ランスは両腕に力をこめた。「無視しちゃえば？」

「だめよ」ＭＣは彼の腕の中から出た。ふたたび電話がけたたましく鳴った。

ＭＣは途中で銃をつかんで、ベッドルームへ急いだ。電話機を手にとった。表示画面を確認すると、本当に警察署からだった。

ＭＣは電話に出た。「リッジョです」

「また少女がやられました、刑事」

予感があたり、ＭＣはうんざりした。

連絡係から情報を聞きながら、ＭＣは戸口のほうへ向き直った。ランスがついてきていた。彼は戸口で心配顔で見守っている。

「すぐに行くわ」ＭＣは電話を切った。

「行かなければならないんだね」

「ええ。そうじゃなければよかったんだけど——」

「わかってるさ。行けよ」

ＭＣは残りの服をかき集め、バスルームへ歩きだしたところで足をとめて、ランスを振り返った。「また少女が死んだの」

ランスは困惑の表情で両手を広げた。「かわいそうに。僕になにかできる?」

「わたしがいない間、わたしのことを考えて」

「きみのことだけを考えるよ」

ＭＣはランスのもとへ行って彼の口にキスし、それから身支度を整えに行った。

41

二〇〇六年三月十七日　金曜日
午前五時二十分

現場に到着したMCは、すでにキットが来ていることを知った。キットのトーラスの隣に駐車して、車を降りる。MCはトーラスのダークグレーの塗装に書かれた言葉を見て、顔をしかめた。〝まばたきするな〟なんのことだろう？

MCは玄関先の階段に座っているキットを見つけた。「あなたの車、どうしたの？」

「ピーナッツの仕業よ。わたしにメッセージを残したの」

キットの声には不思議と感情がこもっていなかった。「いつ？」

「ゆうべよ、たぶん。真夜中過ぎに気がついたの」

午前零時に車のところへ行くとは、どんな状況だったのかとききたかったが、それはさておき、MCはほかの質問をした。「あれはどういう意味？」

「少女たちに関する警告よ。警戒を怠るな。きちんと見張れ。でなければ、少女が――」

キットは言葉をのみこんだ。ＭＣにはその言葉がなにかわかった——死ぬ、だ。「この事件が起きたのはあなたのせいじゃないわ、キット」

キットは顔を上げた。目が赤い。「これで三人目よ」

ＭＣはうなずいた。「中に入った？」

「ちょっとだけね」

「リッジョ刑事？」その声の主は歩道の端に立っていた警官だった。

ＭＣはそちらを向いた。「はい？」

彼はクリップボードを上げた。「サインしてもらえますか？」

ＭＣは彼を素通りしてしまったことに気づいた。「もちろんよ。ごめんなさい」

サインをしながら、その記録簿に目を通す。鑑識課。サル。巡査部長。署長以外の全員が来ているようだ。万が一、署長が現れたとしても、驚かないだろう。「なにか聞いておくべきことはある？」彼女は尋ねた。

「ラングレン刑事に報告しておきました」

「そう。ありがとう」

ＭＣは相棒のほうに向き直った。「キット？　あなた、大丈夫？」

「茂みに吐いたわ」

「なんですって？」

「吐いたのよ」キットは髪を片手でかきあげた。ＭＣはその手が激しく震えていることに気がついた。「刑事部長にあのことを報告するの？　わたしを捜査からはずす？」

「その必要があるの？」

「さあね」

MCはなんと言えばいいかわからなかった。

しばらく沈黙が続いたあと、キットが咳ばらいをした。「被害者はこれまでの人物像とは違う。黒髪よ。真っ黒なの。目は茶色」

「黒髪」MCはそう言いながら、それが意味することを考えた。「犯人がルールを変えはじめた」

「もしくは、SAKのふりをするのをやめようとしているのかもしれない。警察が彼に迫っていることを知っているんだわ」

「わたしたちがSAKではないと疑っていることを、でしょう。ほかはすべて同じ？」

キットは立ちあがった。照明がじかに彼女の顔を照らし、MCはどんなにキットが疲れているかに気づいた。「わたしに言える限りでは、同じよ。ナイトガウン、リップグロス、ポーズをとらされた手。窒息死よ。犯人は窓から侵入したらしいわ」

「現場のようすは？」

「きれいなものよ」キットは深々とため息をついた。「母親は物音がしたと思って、娘のようすを見に行った」

「それはいつのこと？」

「四時ごろ。変わり果てた姿の娘を見つけ、通報した」

「父親は？」

「父親業から逃げた。六年になるわ」

「父親を疑う理由はないの？」

「ないわ、話を聞いた限りでは。彼は出ていったきりで、母親は〝いなくなってせいせいした〟ですって。娘の養育費を請求しようともしなかったそうよ」

「名前は？」

「ウェバー。娘はキャサリン。母親はマージ。今は友人が付き添っているわ」キットはウインドブレーカーのポケットに両手を入れた。「犯人が二人でやめるとは思えない」

「それはわたしたちにはわからないことよ、キット」MCはできるだけきっぱりと言ったが、キットはまったく答えなかった。MCは相棒が暗い考えにはまりこんでいるのだと感じた。


二人は家の中へ入った。質素だ。整頓されている。狭い玄関。右側にはそれと同じぐらいこぢんまりしたダイニングルーム、左側にはリビングルームがあった。

二人の女性がソファに座っていた。MCには被害者の母親がすぐにわかった。母親は顔をそむける前に、MCと目を合わせた。

二人は見つめ合った。母親の目つきに、MCは平手打ちをくらったような気がした。MCがなにが起きているのか理解せずにいるうちに、マージ・ウェバーは立ちあがって歩いてきた。そして彼女の腕をつかんだ。「こうなったのはあなたのせいよ！」マージは叫んだ。「よくもこんなことを」

MCは驚いてマージを見つめた。

「あの子は金髪じゃないわ！」マージは指に力をこめた。MCの腕に指がくいこむ。「目は茶色よ！　青じゃない！」

MCは声が出なかった。出せたところで、なんと言えばいいかわからなかっただろうが。

「マージ、ハニー」友人がなだめながらやってきた。「やめましょう、スイートハート」

「いや！　いやよ！」マージはヒステリックに声をあげた。「わたしのベイビー！」彼女は泣き叫んだ。「あいつがわたしのベイビーを奪ったのよ！」

友人はMCの腕からマージの指をようやく引きはがしたあと、マージを連れていった。MCが見ていると、マージ・ウェバーは友人の腕の中で泣き崩れた。

MCは自分が震えていることに気づいた。胸が締めつけられていることに。彼女は必死に息を整えようとした。息づまるほどの罪の意識をやりすごしたかった。

今になって、MCはキットのことが理解できた。彼女の執着、彼女の行動が。マージ・ウェバーがわからせてくれた。

「どんな手でも使ってやるわ」MCはつぶやいた。

「えっ？」

MCはキットを見た。「このくそ野郎を捕まえるためにそうせざるをえないなら、いくつ規則を破ろうがかまわない。絶対に捕まえてやる」

キットはしばらくＭＣの目を見つめ、それからうなずいた。「ええ。どんな手を使ってでもね」

42

二〇〇六年三月十七日　金曜日
午前十一時二十分

キットは自分の席につき、目の前に広げたメモを見つめた。彼女は付箋紙(ふせん)にメモを書くのが好きだった。それらのメモはパズルのピースのようだった。付箋紙をあちこちに動かし、順番を変え、ずらりと貼(は)り、時系列順に並べた。

MCはキットの向かいにぐったりと座りこみ、もの思いにふけった。二人は長いミーティングに耐えてきたばかりだったが、そこにいたのは巡査部長とサルだけではなかった――彼らの上司もいたのだ。四十分間、MCたちは、事件と捜査の進み具合――進んでいない具合――と最新の殺人事件について、きびしく追及された。

刑事部長はデリック・トッドが犯人でないことを認めたがらなかった。トッドは条件がそろいすぎていた。子供たちが集まる場所で働く性犯罪者。刑事部長は、もう一度その前科者を調べるように主張した。逮捕歴のある者が世間の信用を回復するには長い時間がかかるものだ。

あの哀れな不良青年が本当は事件を起こしていないことなど、どうでもいいのだ。

キットはデリック・トッドと書かれた付箋紙をはがして、まるめた。トッドはこの事件には無関係だ。彼にはこの最新の殺人事件は起こせなかった――性犯罪者登録法に違反したとして、収監されていたからだ。

もちろんキットは、トッドの拘留が長引くとは思えなかった。デールは例の日記を届けてきた。そして彼女は、トッドの弁護士にそれを渡した。

キットの席の電話が鳴り、彼女は受話器を上げた。「ラングレン刑事です」

「エンジェルはかわいそうだったな」あいつが言った。

キットは指を鳴らしてMCの注意を引き、それから〝ピーナッツの電話〟と書かれた付箋紙を指さした。MCはうなずき、中央通報管理班(CRU)に電話して逆探知を指示した。それがすむと、MCは一枚の紙に〝携帯――十一時四十一分〟と書いて、それをキットの前のデスクの上に置いた。

「あの子をやったのはあなたなの？」キットは尋ねた。

「僕が殺したのかって？　違うよ、子猫ちゃん、僕じゃない」

「それをあっさり信じろというの？　あんな警告を残しておきながら？」

「あれできみの車の価値が大幅に下がらないといいんだが。僕はクリエイティブでありたかった」

「今回は黒髪にしようと思いついたことが、あなたの言う〝クリエイティブ〟なわけ？」

「さっき言ったじゃないか。僕は今回の少女とは関係ない」彼は声をひそめ、かすれた声でもったいぶって言った。「僕なら、きみのそばにいる子を選ぶ。きみと関係のある子を」

タミーだ。「名前を教えなさいよ、くそったれ！」

「きみは人付き合いが下手だろう？」

「ふん。あなたのゲームにはあきあきしたわ」

彼はあからさまに喜んで笑った。「喧嘩(けんか)は好きじゃない。仲直りしないか？」

「わたしが知りたいことを教えれば、もう一度親友にしてあげるわ。わたしたちは仲間よ。模倣犯に殺人をやめさせたいんだから」

「実際には、同じ穴のむじなだ」彼は楽しそうに言った。「愛してくれるはずの人々に傷つけられた。裏切られた。だまされて、本来送るはずの人生を奪われた」

キットは試しに言ってみた。「そして、わたしたちは、二人とも戦士よ」

彼は一瞬、押し黙った。口を開いたとき、彼の声は低く響いた。「そうだ。戦士だ」

「じゃあ、協力して。お願い」

彼はその言葉を無視した。「自分の子供を埋葬するのはどんな気分だ？」

「娘のことは話したくない。模倣犯のことを話したいわ」

「でも、これは僕のショーだよ、子猫ちゃん。僕は欲しいものをもらう。そうすれば、たぶん……たぶん、きみが欲しいものを与えてあげられる」

　キットは興奮でうずうずした。時計に目をやる。「あなたは死をもたらすことにかけてはプロだわ。あとに残された人の気持ちを知るべきかもしれないわね。セイディの死で、わたしの心にぽっかりと穴があいたわ。その大きな穴をうめられるものはない。わたしは死にたかった。死んだほうがましだった。死のうと思ったわ。自殺を考えた」

「どうして死ななかったんだ？」彼は嬉々として尋ねた。

「わからない」キットはあっさりと、正直に答えた。「というか、たぶんやってみたのよ。酒を一杯ずつ飲むことで」

「どうやって立ち直った？」

「〈アルコーホリックス・アノニムス〉のおかげ」キットは口をつぐみ、ダニーを思い出した。昨夜のことや、自分がいかにして彼の気持ちを傷つけたかについて。「彼らが思い出させてくれたのよ。傷ついているのはわたしだけではないことを。わたしたちはみんな、たがいにつながっていることを」

「それと、セイディもきみに人生をあきらめてほしくないはずだということを」

　キットは動揺して黙りこんだ。彼はそれをどうやって知ったのだろう？「そうよ」

　MCはもう一枚の紙をデスクの上に置いた。十一時四十三分。

　あと三分だ。

　仲間たちが集まっていた。ハース巡査部長、そのほかの刑事たち、サル。全員が時計を見ながら、今度こそ彼が捕まることを祈っていた。キットは経験からそうだとわかった。

「あなたは、わたしのことをそれほどよく知っているつもりなのね？」

「そうだ」

「どうして？」

「おいおい、子猫ちゃん」彼はたしなめた。「まさか、僕が自分の秘密をすべて明かすとは思っていないよな？」

「なぜだめなの？　わたしは秘密を話したわ。今度はあなたの番よ。協力関係でしょう」

「協力関係か。気に入った。実を言うと、僕はきみが気に入っているんだ、キット。きみはへまばかりしているが、僕は尊敬しているよ」

「それがわかってうれしいわ。でも、あなたを逮捕しても、好きでいてくれるかしら？」

彼は笑った。「もっと好きになるかもしれない。もちろん、そんなことは起こらないが」

「ずいぶん自信たっぷりじゃない？」

「そりゃそうさ」

キットが相棒に目を向けると、MCは二本指を立てた。「なぜ？」

「僕はきみより優秀だからさ」彼は簡潔に言った。「気を悪くさせたら申し訳ないが、本当のことだ。僕はきみたちよりすぐれている」

「その言葉を挑戦と解釈するわ、ピーナッツ」わだかまりなくそのニックネームが口から出たことに、キットは驚いた。「でも、表向きはそういうことにしましょう」

「絶望しているときでも、負けず嫌いだな。途方に暮れているときでも。僕がきみに感心する理由がわかるか？」

「わたしは絶望していないし、途方に暮れてもいないわ」

「〝わたしはもうだめ〟」彼は茶化すように言った。「〝なにひとついいことも、思いどおりになることもないみたい。ときどき考える、終わりにするべきじゃないかって。でも、セイディのことを考えて思いとどまるの——自殺したら、死後にセイディのそばに行けないかもしれないから〟」

キットは気分が悪くなった。自分自身の言葉、考え、気持ちが、あざけるように自分に吐きかけられていると気づいたからだ。

その言葉はすべて、日記に書かれていたものだ。

やはり、彼はあの日、わたしの家に入ったのだ。一度だけではないだろう。

キットはそれを読みあげられたことで、どんなに裸にされた気分になったかを必死に表に出さないようにした。「やっぱり、わたしの家に入ったのね。そして日記を読んだ。それで偉くなったつもり？」

彼はその言葉を無視した。キットは、ライターがつくかちりという音と、たばこにしゅっと火がつく音を聞いた。「少女たちに気をつけるように言ったか？　きみのまわりにいる少女たちに？」

「わたしのまわりに少女はいないわ」

彼は舌を打ち鳴らした。「ゲーム気分でやっているのはだれかな、子猫ちゃん？」

「わたしじゃないわ」

「僕ら全員だ。実際、人生は大きなゲームだ。人はみんな競争している。めざすのは偉大な勝利者、勝ち犬、お山の大将だ」

「お山の女大将ね、大きなお世話よ。ちなみに、遊び半分の人生と本気の人生はぜんぜん違うわ」

「話し合いを続けたいのはやまやまだが、時間切れだ」

「だめ、待って！　約束したじゃないの――」

「僕は、たぶんと言ったんだ。約束はしていない」

「ずるいわ！　わたしはあなたの欲しいものを与えたのに――」

「人生とは不公平なものだよ。バイバイ」

彼は電話を切った。キットはMCのほうを振り向いた。彼女はすでにCRUと話していた。

MCは大喜びの表情で、キットと目を合わせた。「突きとめたわ！」

「パトカーを六台出せ」サルが命令した。「万全の対策をとれ。全員防弾チョッキを着用。しくじるなよ」サルはホワイトとアレンのほうを向いた。「ラングレンとリッジョをバックアップしろ」

全員が緊急出動した。突きとめた住所に到着する前に、アパートメントの建物には十二世帯が入っていることがわかった。キットが建物の前に車をとめたときには、警察署はその建物の全世帯の住所をコンピューターで照会していた。

　市街地にある最高にすてきな不動産でないことはたしかだ。

　パトカーはすでに到着し、警官たちは準備万端整えて銃を構えていた。

　キットは車を降りて命令した。「全員待機。鑑識課もよ」

　ホワイトとアレンも加わり、キットたちは建物に入っていった。廊下は暗く、小便くさかった。逆探知は住所を正確に突きとめたが、部屋番号まではわからなかった。

「普通、管理人は一階にいるものよ」キットは言った。「この建物に一階があればだけど」

　刑事たちは二人ずつに分かれて、廊下を別々の方向へ進んだ。

　キットとMCはすぐに管理人を見つけた。

　管理人はビール腹が印象的な、長年の日焼けによるしわが顔に刻まれた六十代の男性だった。キットは彼の両手に目をとめた——大きな、たこのある、魚の腹のように白い手だった。部屋の奥からテレビの音が聞こえてくる。『オール・マイ・チルドレン』だ、とキットは気づいた。休職中に、彼女もその昼の連続ドラマにはまっていたのだ。

「ラングレン刑事です」キットはバッジを掲げた。「こちらはリッジョ刑事。いくつかおききしたいことがあります」

　MCが口をはさんだ。「部屋はすべて使用されていますか？」

「二部屋以外は。そこの住人たちは二、三週間前に出ていきました。家賃も払わずに」管理人は目を細めた。「あなた方がさがしているのは三一〇号室の変態だと思いますよ」

「なぜです?」

「彼が子供たちの写真を見ているところを目撃したんです」

「子供たちの写真を?」

「ほら、児童ポルノですよ。吐き気がした。うちの子供たちは大きくなっていてよかった。この建物の子供のいる家庭には注意をうながしました」

前科者。性犯罪者だ。間違いない。

「彼の名前は?」

「ブラウン。ファーストネームはバディ」

「今、彼が部屋にいるかわかりますか?」

「さあ。ここ一週間ほど姿を見ていません。でも、彼は時間を問わず、こっそり出入りしていますから。変なやつですよ」

MCの携帯電話が鳴った。彼女は仲間から離れた。「リッジョです。ありがとう。了解」

キットは中座して相棒のもとへ行った。「署から?」

MCはうなずいた。「向こうもブラウンを突きとめたわ」

「性犯罪者なの?」

「いいえ。窃盗と暴行よ。ほかの住人の分はまだ照会中。今のところ、とくに情報はないわ」

「ブラウンに間違いない。そう感じるわ」キットは管理人のところへ戻り、彼に協力を感謝した。「安全のため、中へ戻ってください。退去の指示があるまでは外へ出ないように」

管理人は喜んでいるように見えた。キットは、彼がしばらくぶりに大興奮したのではないかと思った。楽しさは『オール・マイ・チルドレン』の比ではない。「その変態野郎は家賃を滞納しているんです」彼はキットたちの背中に呼びかけた。「部屋に入るのにわたしが必要なときは、大声で呼んでください」

キットとMCと二人の刑事は三一〇号室の前に集まった。

キットはドアをたたいた。「ミスター・ブラウン、開けなさい！　警察です！」

室内でガラスが割れるような音がした。

「行くぞ！」ホワイトがうしろに下がり、ドアを蹴った。四人は銃を構えてなだれこんだ。彼らの足元を猫が走り抜け、廊下へ飛び出した。そのほかには生き物の気配はなかった。「ミスター・ブラウン！」キットはもう一度呼びかけた。「警察よ！」

室内を捜索するまでもなく、だれもいないことはわかった。ブラウンはすでに姿をくらましていた。

とりあえず、四人は広がってワンルームの室内を調べた。室内は猫の糞と腐った食べ物のにおいがした。キットがさがしていたものは、玄関に近い窓のそばに敷かれたフトンベッドの上にあった。携帯電話だ。逃げるときに忘れていったのだ。

キットはそちらへ行き、ゴム手袋をつけてしゃがむと、最後にかけられた番号を調べた。警察署の代表電話。

キットは履歴をさかのぼった。膨大な件数だった。どれひとつとして模倣犯につながりそうもない。

MCがキットのそばに来た。「ホワイトとアレンはほかの住人の聞きこみに行かせたわ」

キットはうなずいた。「彼は逆探知されたことに気づいて逃げたのよ。この電話からわたしにかけたんだわ」

「その件はわたしが報告する。階下にいる隊に一帯を捜索させましょう。彼はこの近辺にいるかもしれない」

「彼は車を持っているの？」

「フォードのエスコートよ。建物の前にある」

「押収しましょう」

MCはうなずき、それから眉をひそめた。「猫用のキャリーケースがないわ」

キットは驚いて相棒を見た。そのことに初めて気づいた。

「餌や水用のボウルもないわ」

「ドアを開けたとたんに、あの猫が逃げ出したのも無理ないわ。かわいそうに」

「変ね」

「なにが？」

「野良猫が部屋の中にいたの？　ペット用の出入り口もないのに？　あの猫はブラウンが出ていったときに、なぜ飛び出さなかったのかしら？」

「それっていい質問よね？　あれはブラウンの飼い猫で、しばらくここにいたことは明らかだわ」

「ドゥーの量から見ると、そうね」

キットはその表現に眉をつりあげた。「〝ドゥー〟って？」

「ほら、うんちの〝ドゥー（ドゥードゥー）〟よ。糞ともいうわ。鑑識課を呼んで、徹底的に調べてもらいましょう」

「了解」

MCが連絡している間に、キットは周囲を調べてまわった。クローゼットのいちばん下に靴箱があった。キットは蓋（ふた）を開けた。

中身は黄色く変色した新聞の切り抜きだった。すべて同じ事件に関するもの――オリジナルのスリーピング・エンジェル殺人事件だ。

喉をつまらせながら、キットは慎重に切り抜きをめくっていった。記憶の中に焼きつけられているように、彼女はそのひとつひとつを思い出した。多くの記事で、彼女の名は事件の担当主任刑事として記されていた。

どの記事も、キットの名前に黄色の蛍光ペンで印がついていた。

「MC、これを見て」

MCは相棒のそばへ行き、その切り抜きをめくった。「だれかさんはあなたにお熱のようね」彼女は淡々と言った。

「おめでたい――」キットは言葉を切った。箱の底にチューブ入りのリップグロスがあった。メーカーはメイベリン。アメリカ中のすべてのドラッグストアで買える種類だ。

色は――プリティ・イン・ピンクだ。

43

二〇〇六年三月十七日　金曜日
午後三時五十分

　バディ・ブラウンの保護監察官は、キットとMCを見て喜びはしなかったが、それは二人のせいではなかった。また既決囚が仮釈放の宣誓に違反したとなると、書類仕事が増え、よけいにいらだち、関係職員との話し合いが増えることになるからだ。

　ウェス・ウィリアムズはデスクの前の椅子を指し示した。「ブラウンは刑務所にとんぼ返りするタイプには思いませんでした。なかにはそういう者もいますよ。ブラウンは心底、刑務所を嫌っていましたから」

　なかには？　キットはメモを見た。「週に一度の面談には来ていましたか？」

「時計並みにきっちりと。一週間前までは」

「今週、彼は現れなかったんですか？」

「ええ」

「それであなたはどうしましたか？」

「報告しました」

「仮釈放の宣誓に違反したことは、警察のコンピューターには出ませんでしたよ」

ウィリアムズは両手を広げた。「わたしにどうしろと？　お役所関係は仕事がのろいんですよ」

MCが口をはさんだ。「彼についてほかにわかることは？」

「しょっちゅう警察の世話になっていました。不良少年から悪い大人になりました」彼はページをめくっていった。「強盗。放火。麻薬」

「人殺しをするようなタイプに見えますか？　子供を殺すような？」

ウィリアムズの目つきが鋭くなった。「子供を殺す？　ブラウンが？」

「はい」

「わたしもこの仕事は長いので、どんなことにも驚きませんが、直感的な印象では……そんなタイプではありません」

「アパートメントの管理人は、ブラウンが児童ポルノを見ているところを目撃したそうです。ブラウンにはそういう傾向がありましたか？」

保護監察官は驚いた顔をした。「知りませんねえ。彼のファイルに記載はありません」

「頭はいいですか？」キットは尋ねた。

「ものすごく切れるわけではありません。頭がいいやつは捕まったりしませんから」

「どうして早期釈放になったんですか？」MCは尋ねた。

「みんなと同じですよ、刑事さん。もはや彼は社会への脅威ではないと、審査委員会が納得したからです。刑務所がパンクしそうなほど満杯なことも、マイナス要因にはなりませんでした。古い者を出して、新しい者を入れる」

明らかにこの人は長くこの仕事に携わっている。強烈な皮肉屋になるほど長く。

「彼はこれまでに何回刑務所に送られたんですか？」

「この間が二回目でした。三回目はただじゃすまなくなることはわかっているように見えたんですが、さっきも言ったとおり――」

「ものすごく頭が切れるわけではなかった」

「そのとおり」ウィリアムズはちらりと腕時計を見た。「数分後に約束があります。ほかになにか協力できることはありますか？」

キットは立ちあがり、MCもそれに従った。「ありがとうございました、ミスター・ウィリアムズ。彼から連絡が入ったり、ほかになにか思い出したりしたら、電話してください」

「彼は連絡してきませんよ、絶対に。でも、万が一そういうことがあれば、電話します」

二人はドアのところで立ちどまった。キットが振り返った。「彼が猫を飼っていたかどうか知りませんか？」

「猫？」その質問に、ウィリアムズは明らかに不意を突かれた。「わたしにはわかりません」

　二人が出ていこうとすると、彼が呼び戻した。

「待って。ひとつ忘れていました。彼の雇用主から電話があったんです。無断欠勤をしたので、くびにしたそうです」

「それは、ブラウンが週に一度の面談をすっぽかす前ですか？　あとですか？」

「直前です」

　興味深い。「その雇用主というのは？」

「待ってください」彼は書類をめくり、そして顔を上げた。奇妙な面持ちで。「〈ラングレン・ホームズ〉です」

44

二〇〇六年三月十七日　金曜日
午後四時二十分

　ＭＣは車に乗ってから口を開いた。「〈ラングレン・ホームズ〉って、あなたと関係があるの？」

「別れた夫の会社よ」

「なにか思いあたるふしは？」

　キットは首を振り、眉根を寄せて考えた。「まだ考えているところ」

　ＭＣはエンジンをかけ、縁石からゆっくりと離れた。たった今二人で耳にしたことについて考えはあったが、キットの心の準備ができるまでは口にするつもりはなかった。

「彼に話を聞く必要があるわ」

　キットはうなずいた。「先に署に戻りましょう。鑑識課が押収したものを確認するの。ホワイトとアレンも、ブラウンのアパートメントや近隣の聞きこみを終えているはずだわ。

なにか出てきたかもしれない」

ＭＣは同意し、車を中心街へ向けた。「ブラウンがＳＡＫというのが納得できないわ」

「それはブラウンのまぬけぶりとは関係ないのよね？」

ＭＣはその皮肉を無視した。「一部はあるわ。ＳＡＫがとても賢いことは確認済みよ。衝動に対する自制心は並たいていのものではないこと、彼が横柄であることも。バディ・ブラウンとは違うわ」

ＭＣが横目で見ると、キットはこめかみをマッサージしていた。

「それに、ブラウンは人を殺しそうもない」

「でも、わたしへの連絡に使われた電話機は見つかったわ。最後にかけた番号はわたし宛だった。それはまぎれもない事実よ。推測ではない」

「たしかに」

「オリジナルのＳＡＫ事件に関する新聞記事の切り抜きと、スリーピング・エンジェルに使われたと思われるリップグロスも見つかった」

「事実は、見た目どおりとは限らないわ」

キットはＭＣにしっかり顔を向けた。「考えていることをはっきり言いなさいよ！」

「あなたの前の夫はこの事件にどう関与しているのかしら？」

「彼はブラウンの雇用主だった」

「すごい偶然の一致だと思わない？」

「どういう意味？　ジョーがＳＡＫかもしれないってこと？」

　ＭＣは一瞬、口をつぐみ、それからつぶやいた。「わたしは手かげんしないわよ、キット。あなたはするの？」

　キットは怒りをあらわにした。「ジョー・ラングレンは、わたしが出会った男のなかでは、もっともまじめで思いやりのある人よ。最高の夫であり、父親だったし、絶対に子供を傷つけたりしない。絶対によ、ＭＣ」

「わかったわよ。じゃあ、これはどういう意味なのかしら？　情報をつなぎ合わせましょう。わかっていることはなに？」

「三人の少女が死んだ。スリーピング・エンジェル殺人事件とおなじ方法で殺された。何者かがわたしに電話をかけてきて、ＳＡＫを名乗り、自分の犯罪を奪われたと主張した。そして今日、その何者かが携帯電話を使い、バディ・ブラウンという名の前科者が借りていたアパートメントからわたしに連絡したことがわかった」

　キットはふっと口をつぐんだ。ＭＣは、キットがそれらの情報について考えをめぐらせ、情報を再度並べ直しているのだと感じた。

「ブラウンの刑期は、彼がＳＡＫだと考えると」キットはようやく口を開き、ゆっくりと言った。「時期的につじつまが合うわ」

　バスを追い越しながら、ＭＣはうなずいた。「事件がやんだのは、彼が刑務所に入ったから」

「そこで彼は信頼できる、別の服役囚と出会った。その人に秘密をすべて打ち明けた」

「彼は自信家よ。自分が成し遂げたことを誇りにしているわ。おおいに自慢したはずよ」

「彼らは二人とも釈放された。その友達のほうが〝完全〟犯罪を再現しはじめた。ブラウンは怒った。彼をとめたがっている」

「でも、なぜ自分でとめないの？　電話一本ですむことよ。なぜあなたを巻きこむの？」

キットは顔をしかめた。「わけがわからないわ」

「これが全部あなたのためだとしたら？」

「なんですって？」

MCは公安ビルの駐車場の警察車両用スペースに車をとめた。二人は車を降りて、同時にドアをばたんと閉めた。「模倣犯なんていないとしたら？　新しいほうの事件もSAKの犯行だとしたら？　ブラウンはただ操られただけだとしたら？」

MCはキットの困惑を目にした。その説を完全に無視したいが、できないというようすだ。

「いいわ、そういうことにしましょう。それがなぜわたしのためなの？」

「どうやらそれが当面の問題のようよ」

「ジョーが関係していると思うのね？」

「彼は、あなたと電話をしてきた男とをつなぐ手がかりよ。それは事実だとわかっている。それが意味することについては、まだ推測にすぎない」

二人は建物の中に入り、二階へ上がった。エレベーターを降りたところで、キットはぴたりと足をとめた。そのせいで、彼女のあとから降りてきた警官がコーヒーをこぼした。

「くそっ！」彼は叫んだ。

キットはあやまりながらも、MCをわきへ引っ張っていった。「タミーよ。〝ピーナッツ〟があの子を知った理由はそれよ。ジョーだわ」

「だれですって？」

「ジョーの婚約者の娘なの。思い出して、あいつはわたしの身のまわりにいる少女に注意をうながした。あの子しかいないのよ」

キットは決意に満ちた表情で、凶悪犯罪課のほうへ歩きだした。

「犯人はブラウンか、彼の同僚よ。タミーのことを知っているのは、ブラウンがジョーのもとで働いたからだわ。わたしの携帯電話の番号を知ったのも同じ理由よ。簡単だったはずよ！　ジョーはほとんどオフィスにいないの。オフィスマネージャーのフローは、いたりいなかったりよ。ジョーはとても人を信じやすいの。電話や化粧室なんかを使わせるために従業員を彼のオフィスに入れることに、ためらいはなかったはずよ」キットはまた立ちどまり、MCにくるりと向き直った。「だから、あいつはわたしのことをくわしく知っているんだわ！　多くの従業員は、長年彼のもとで働いている。セイディのことも知っていた。彼女のニックネームも。あの子の死をどんなにわたしたちが悲しんだかも。わたしがアルコールに溺(おぼ)れたことも。なにもかも！」

キットは踵(きびす)を返し、エレベーターのほうへ戻りはじめた。

「どこへ行くの？」ＭＣはあとを追って呼びかけた。

「ジョーに会いに行く」キットはＭＣを振り返った。「ブラウンは逃亡中よ。彼はタミーのことを警告した。わたしと連絡をとっていた男が彼なら、逆探知したことを裏切りと解釈するはずよ。その報復をタミーに向けさせるわけにはいかないわ」

45

二〇〇六年三月十七日　金曜日
午後五時三十五分

二人がジョーのオフィスを訪ねると、彼は帰り支度をしているところだった。書類をまとめる姿が疲れて見えた。キットは最後に会ったときよりも、彼の白髪が増えているような気がした。

「こんにちは、ジョー」キットは声をかけた。

ジョーは手をとめた。「キット？」彼はいかにも彼女を見て驚いたようすで言った。視線をキットからMCへ移す。「どうしたんだ？」

「こちらは相棒のリッジョ刑事。おたくの従業員について、いくつか質問があるの」

「うちの従業員？　だれだ？」

「元従業員です」MCは訂正した。「バディ・ブラウン」

ジョーの表情がこわばった。彼は二人に手招きした。「なにを知りたいんだ？」

「彼はどれぐらいの期間、働いていたの？」

「三週間だ」

「彼に前科があると知っていましたか？」ＭＣが質問した。

「ええ。でも、建設業の経験があったし、人生の再出発を望んでいるようだったから」

「なぜ、くびにしたんですか？」ＭＣは尋ねた。

「二日連続で無断欠勤したんだ。そういう連中にははっきり言っている。毎日出勤して、仕事をするように。さもなければ、くびだと。僕に必要なのは信頼できる人間だ」

「〝そういう連中〟と言いましたが、これまでも前科者を雇ったことがあるんですか？」

「もう一度チャンスは与えるべきだと思っているんでね」ジョーはキットに目を戻した。

「どうなっているんだ？　彼がなにかしたのか？」

「わたしに電話してきて、ＳＡＫを名乗っているのは彼だと信じるにたる根拠があるの」

ジョーの表情が当惑から驚愕に変わった。「ＳＡＫだって？　本当にバディ・ブラウンが……あの犯人だと考えているのか？」

「わたしに電話をかけてきている人物であることは間違いないわ」キットは言った。「ＳＡＫか否かを断定するには、どちらにしても証拠がたりない」

ＭＣが口をはさんだ。「あなたの婚約者の娘さんが危険かもしれません」

「タミーが……なんてことだ」ジョーは打ちひしがれた表情でキットを見た。「ヴァレリーに電話をしなかった。きみの言葉を本気にしなかったから。きみがおかしくなっていると思ったんだ、以前のように。まさか……」彼は電話に手を伸ばした。キットは彼の手の震えを目にした。「すぐに電話する」

キットは彼をとめた。「まずはわたしたちに話をさせて。そのほうがいいわ」ジョーが躊躇した。キットには彼の葛藤がわかった。「わたしにまかせて」

ジョーはうなずき、ヴァレリーの電話番号と住所をメモ用紙に書いて差し出した。「彼女は看護師だ。今は非番のはずだ」

「ありがとう、ジョー」キットはそのメモ用紙を受け取った。「ブラウンから連絡があったら、すぐにわたしたちに連絡して」

「そうするよ」ジョーは少しぼうっとしているようすだった。「僕に電話するよう、ヴァレリーに伝えてくれ。そうすれば、彼女の無事がわかる。彼女に伝えてくれ……」

ジョーは最後まで言わず、その言葉は力なく消えた。キットは、彼がなにを頼もうとしたのかと考えた。彼女に愛していると伝えてくれ、だろうか?

はっきりとはわからなかったが、キットはそう考えて、ひどく不愉快になったことを認めるだけの正直さは持ち合わせていた。

46

二〇〇六年三月十七日　金曜日
午後六時十分

ヴァレリー・マーティンはコテージ風の自宅のドアを開けた。そこはスプリングブルックのはずれの、短期大学のそばだった。今でもなかなか評判のいい地域だが、もはやかつてほどではなかった。ヴァレリーは制服姿だったが、靴は室内ばきにはき替えていた。ヴァレリーの表情から、彼女がだれだかわかったのではないかとMCは思った。

間違いなくキットもそのことに気づいたが、とにかく自己紹介した。「ヴァレリー、キット・ラングレンです。ジョーの前の妻です」

「覚えてるわ。白血病協会のイベントで会ったわね」ヴァレリーはMCを見てから、キットに視線を戻した。「なにかご用ですか?」

「こちらはわたしの相棒のリッジョ刑事です。今日は仕事でうかがいました。中へ入ってよろしいですか?」

「仕事で？」ヴァレリーは目を見開いた。「ジョーは……彼になにかあった――」

「ジョーは元気ですよ」キットは早口に言った。「入ってよろしいですか？」

「もちろんです」ヴァレリーはドアから離れた。

先にキットが入り、MCが続いた。内装は家庭的で落ち着きがあり、いくらか女性らしい雰囲気だった。タミーが床にあぐらをかいて座り、彼女の前のコーヒーテーブルの上には箱入りのマーカーペンとお絵かき帳があった。彼女はキットたちのほうに顔を上げなかった。

「こちらでかまわないかしら？」ヴァレリーは三人が立っている場所から見えるキッチンのほうに顔を向けた。「夕食の支度をしていたところなの」

キットたちはかまわないと言って、ヴァレリーのあとについてキッチンに入った。実際にヴァレリーは夕食を用意していた。残り物のスパゲッティとサラダのようだ。彼女はまな板のほうへ行って包丁を手にとり、作業に戻った。

「勤務先はヒルクレスト病院ですね？」MCは尋ねたが、それは質問ではなかった。ヴァレリーはまだ病院の名札をつけていた。

「ええ。小児科病棟です」

「もう長いんですか？」

「看護師になってからずっと」

キットは咳ばらいをした。「最近、十歳の少女三人が殺された事件は知っていますね？」

ヴァレリーは手をとめた。顔を上げ、しだいに不安な目つきになった。「ええ」

「タミーが危険かもしれません。そう信じるにたる根拠があります」

ヴァレリーの指から包丁がすべり落ち、まな板にあたって、がちゃんと音をたてた。彼女は無言で歩いていき、キッチンのドアを開けた。娘の無事を自分で確かめるかのように向こうの部屋をのぞき、それから二人に向き直った。

「どうして……なぜそう考えるのですか？」

ＭＣはその質問を無視して、さらに尋ねた。「最近、不審人物に気づいたことはありませんか？　このあたりをうろついている人、初めて見る人、不審な車などは？」

「ないわ」

「よく考えてください、ヴァレリー。前に見たことのある顔や、見張られているとか、あとをつけられていると感じたこととか」

「座りたいわ」ヴァレリーは朝食用カウンターへ歩いていき、そこにあったスツールにぐったりと腰を下ろした。

「やはり……ないと思うわ。なにも思い浮かばない」

「白血病協会のイベントで、ピエロが近づいてきませんでしたか？」

ヴァレリーはぽかんと二人を見つめた。ＭＣは、彼女が二人の言うことを整理しようとしているのだと感じた――それと、二人の言葉から導き出される結果を。

「ピエロは風船を売っていました」キットが付け加えた。

「タミーが風船を持っていたわ」ヴァレリーは言った。「ピンク色のを。ジョーが買ってくれたのよ、たぶん」

MCは相棒に目を向けた。さすがキットだ。彼女が感じているはずの動揺はまったく顔に表れていなかった。

「お願い」ヴァレリーは言った。「なぜタミーが危険かもしれないのか教えて」

「具体的な根拠はありません」キットはやさしく言った。「わたしの身のまわりにいる少女たちが危ないという脅迫を受けたんです。それに該当するのがタミーです」

ヴァレリーは唇を引き結んだが、少しほっとしたように見えた。

「わたしたちは慎重にならざるをえません、ミズ・マーティン。それを考慮したうえで、今はとくに用心してください。タミーを一人にしてはいけません。とくに夜は。犯人が捕まるまで、お嬢さんをあなたのベッドルームで寝かせてください」

ヴァレリーはうなずき、涙を流すまいとするかのように、すばやくまばたきした。「そうします。ありがとうございました。タミーになにかあったら、わたしはどうしたらいいか……」声が尻すぼみになり、彼女は頬をピンク色に染めてキットを見た。「すみません」

「あやまる必要はありません」キットは硬い口調で言った。「なにか思い出したり、異常に気づいたりしたら、遠慮なく電話してください」

ヴァレリーは二人を玄関まで送った。キットたちが近づくと、タミーは今度は顔を上げ、はにかんでほほえんだ。MCはほほえみ返した。彼女の甥も含め、子供というのはたいていテレビを大きな音でつけているものだ。子供がそれとは違う遊びをしているのを見るのは新鮮だった。

外は暗くなっていたので、ヴァレリーは二人のためにポーチの明かりをつけた。キットと歩きだしたところで、ＭＣは立ちどまって振り返った。「ミズ・マーティン、どうやって婚約者と出会ったのですか？」

ＭＣは目の端で、キットが驚いて自分のほうを見るのを認めた。

「病院で会ったんです」

「小児科病棟ではないですよね？」

「実は、そうなんです」ヴァレリーはほほえんだ。「ジョーは子供たちを喜ばせるために手品をしに来ました」

「手品？　彼は上手なんですか？」

「とてもうまいわ。素人にしては」

ＭＣはキットに目を向けた。キットは顔をしかめていた。「親切ですね」

「わたしもそう思いました。子供たちは彼が大好きなんです。入院していることを忘れさせてくれるから」

「彼は今も手品をしているんですか？」

「二、三週間に一回は来ます。少なくとも一カ月に一度」

ＭＣはもう一度ヴァレリーに礼を言い、キットとともに車へ歩いていった。車に乗りこむと、彼女はキットのほうを向いた。「あなたの元夫はマジシャンなの？」

「マジシャンなんて呼んだら、プロみたいに聞こえるわ。手品をするといっても、とても基本的な小手先のトリックよ。ただの趣味だわ」

「セイディが亡くなる前から、小児科病棟を訪問していたの？」

「セイディが入院していたときは、あの子を手品で元気づけていたものだった。ときどき、ほかの子も見に来たわ」

　ＭＣはなにも言わなかった。エンジンをかけ、ライトをつける。縁石からゆっくりと離れるときに、半ブロックうしろの車も同じようにしたことに気がついた。

　ＭＣは視線をバックミラーから通りへ移した。「あなたはつらかったに違いないわ」ＭＣは話題を変えた。「彼女があなたの別れた夫の婚約者であることとか、いろいろ」

「平気よ」キットのいらついた声はその逆を示した。「事件に集中してくれない？」

「そうね。ヴァレリー・マーティンは素直な人みたいね。娘をとても愛している、本当に人のいい女性という感じだわ」ＭＣは車の流れに乗り、ラッシュアワーが終わっていることをありがたく思った。「ジョーはあなたと結婚していたときも前科者を雇ってたの？」

「わたしの知る限りでは、ないわ」キットは眉をひそめた。「最初の話題が手品で、今度は前科者。あなた、なにが言いたいの？」

「どうも腑に落ちないのよ」

「なぜ？　ジョーが慈善事業をすることが？」

ＭＣはキットと言い合う気がしなくて、引きさがった。「食事していかない？」

「ありがとう。でも、やめておくわ。くたくたなの」

「じゃあ、いいわ。明日ね。いつもどおり、署で会いましょう」

キットは同意した。ＭＣは彼女を公安ビルで降ろしたあと、夕食をテイクアウトするために〈ママ・リッジョ〉に寄ったが、結局は店で食事をし、兄たちの悪ふざけの現場を取り押さえた。実際、トニーとマックスとフランクは、自分たちの独身の友達が店にやってきてＭＣに挨拶すると、すぐさま彼女が小学四年生のときの、みっともない写真を指さした。

なぜ兄たちをいまだに好きでいるのか、ＭＣにはまったくわからなかった。

ＭＣは店を出てエクスプローラーに乗りこみ、自宅へ向かった。駐車場を出るときに、彼女はそこにとまっていた別の車のライトがついたことに気づいた。まもなく、その車は流れに乗って、ＭＣについてきた。

ＭＣは眉根を寄せた。だれかにつけられているのだろうか？

運転しながら、彼女は〝道連れ〟に目を光らせていた。その車は用心深く、三台分の距離を保った。ＭＣはスピードを落とし、その車に追い越すチャンスを与えた。車は追い越すどころか、スピードを落として距離を保った。

前方の信号が黄色から赤に変わろうとしていた。ＭＣはとまるためにスピードを落とす代わりに、アクセルを踏んで走り抜けた。バックミラーをのぞいてみると、影のようにぴったりついてきた車は、信号でとまらざるをえなくなってしまった。MCは角を曲がり、それからさらにいくつかの角を曲がった。もはや尾行はいないと確信すると、彼女は家に向かった。

　数時間後、ＭＣは眠れなくて、通りに面した窓辺に立った。今日一日の出来事について考えずにはいられなかった。ジョー・ラングレンとバディ・ブラウンの関係が雇用主と従業員以上のものかどうかという疑問を振りはらうことができなかった。

　通りを眺めていると、彼女の家の前を一台の車がゆっくりと通り過ぎた。フォードだ。今夜、店を出たときにつけてきた車と同じタイプだった。それより前に、ヴァレリー・マーティンの家のそばにいた車もそうだった。

　覆面パトカーだ。

　だれかにずっと監視されている。

　だれだろう？

　ＭＣはポーチの明かりをつけずにこっそり家を出て、ポーチの端まで行った。よく見渡せるその場所からなら、街灯の下を車が通り過ぎるときに、疑問に答えられるだろう。

　長く待つ必要はなかった。彼女の家のあるブロックを一周してきたかのように、車がまた通り過ぎた。そして予想どおり、ＭＣには運転席にいる男がはっきりと見えた。

　ブライアン・スピラーレ警部補だった。

47

二〇〇六年三月十八日　土曜日
午前八時十分

　ＭＣが電話したとき、キットは三杯目のコーヒーで、いまだに消えない眠気を覚まそうとしていた。ほとんど睡眠をとらずに、ブラウンのファイルを見直していたのだ。徹底的に。ファイルには、たいした技能や知性を示すものはなにもなかった。二回の逮捕歴がある彼の所業は、すべて記載されているようだった。弁護士と法の抜け穴が存在しなければ、きっと人生の大半を鉄格子の向こうで過ごしたことだろう。

「もしもし」キットが電話に出た。

　ＭＣは単刀直入に言った。「ブラウンが見つかったわ。でも、喜ぶのはまだ早いわよ。彼は死んだわ」

　キットは理解するのにしばらくかかった。やっと理解すると、彼女はバスルームへ急いだ。「どうして？」

「わかっているのは場所だけ。ペイジ・パークよ」

「ちくしょう！」キットはパジャマのズボンを下ろして、便器に座った。「現場へ向かう途中なの？」

「身支度しているところ。あなた、おしっこしてるの？　やあね」

「緊急事態だったのよ」キットは立ちあがって水を流し、洗面台へ行った。「訴えるなら、どうぞ」

「考えてみるわ。向こうで会いましょう」

二十分後、キットはMCのエクスプローラーの隣に車をとめた。アナ・ペイジ・パークは町の北端に位置している。ロックフォードの公園で死体が見つかるとすれば、アナ・ペイジ・パークはリストの上位だろう。

キットはコーヒーが入った水筒を持って、おんぼろのトーラスを降りた。MCはエクスプローラーのそばで、ダウンベストのポケットに両手を入れて立っていた。

「ひどい顔」MCは言った。

「ごらんのとおりよ。あなたこそ」

MCは苦々しくほほえんだ。「この仕事を呪(のろ)うわ。最悪よ」

「これで女の子がどれくらいよく眠れるようになる？」

MCが突然にっこりしたので、キットは驚いた。「たしかに」

二人は巡査のもとへ行き、記録簿にサインした。屋外の犯罪現場の検証には特有の問題があった。雨や風で証拠が消える。野生動物が、死体を含め、犯罪現場を荒らすことは以前から知られている。天候によって腐敗の進行が変化する。

犯罪現場の検証といえば、なにより優先すべきは次のふたつだ——管理と封鎖。

「なにが発見されたの？」キットは尋ねた。

「排水溝に遺体です。あの木立のすぐ向こう側。ジョギング中の男性と彼の飼い犬が見つけました。被害者はバディ・ブラウン。財布を身につけていて、現金が入っていました」

「金額は？」

「七百五十ミリリットル瓶の安い酒か、〈マクドナルド〉でディナーを買うにはじゅうぶんといったところです」

強盗目的ではない。

「ほかには？」

「ほかの場所で殺されて、ここへ捨てられたようです」

「まあ、すてき」

「関係各所がこちらへ向かっています。僕の相棒は遺体のそばにいます」

二人はうなずき、太い松や細い広葉樹の木立のほうへ歩きだした。松葉や広葉樹の葉のほか、自然の堆積物(たいせき)が足の下でかさかさと音をたてた——それと同じ堆積物の下に、殺人犯は遺体を隠そうとしたのだ。

キットとＭＣは斜面を下りはじめた。制服警官が片手を上げて挨拶(あいさつ)した。二人は彼のほうへ行って、自己紹介した。

「お二人が一番乗りですよ」

「縁起がいいわ」キットは遺体のそばへ行って、しゃがんだ。ブラウンは仰向けに横たわり、黒いシートをかけられていた。犯人はわざわざ穴を掘らずに、落ち葉をかぶせただけだった。

犯人は遺体が発見されることをあまり気にしてはいなかったのだ。

キットはファイルにあったブラウンの写真から、本人だとわかった。中肉中背、二十代なかば。肌の色は黒くも白くもない。目と髪は茶色。

キットはブラウンを見つめ、彼女のことをあざわらい、ピーナッツと名乗った人物として想像しようとした。自信満々で、自分の犯罪を〝完璧（かんぺき）〟と表現した男として。

ブラウンは、ごく普通の、とるにたりないほかの犯罪者と同じように見えた。

「死んでから、しばらくたっているわ」MCがキットのそばにしゃがんで言った。

「うーん」たしかに腐敗はかなり進行している。

「どれぐらいかしら？」

「変化させる要因が多すぎるから、あてにはならないけど、昨日でないことはたしかよ」

つまり、バディ・ブラウンはキットに電話をかけてきた人物ではないということだ。

そうなると、またしても事態は劇的に違ってくる。

正確に彼がいつ死んだのかは、監察医によって確定されることになる。キットは被害者に視線を移した。「銃創なし、出血なし」

二人の背後から、鑑識課が到着した音が聞こえてきた。キットは肩越しにちらりと見た。ソレンスタインとスノウだった。監察医はフランシス・ロゼッリだ。

キットは立ちあがり、MCもそれにならった。「遅いわよ」キットは叫んだ。「ベッドから抜け出せなかった？」

「うるさい」ソレンスタインが答えた。「今日は土曜日なんだぞ」

彼らがそばへ来ると、監察医を除く二人が少し青ざめているようにキットには見えた。被害者の腐敗臭は彼らの元気づけにはならなかった。

「ゆうべ、飲みすぎたんじゃない？」キットはからかった。「自業自得よ」

「くそくらえ」スノウがうなるように言った。

「こいつがきみの追っていた容疑者か？」ソレンスタインが尋ねた。「例の前科者？」

キットは眉を上げた。「悪いニュースは伝わるのが速いわね」

「首が折れている」監察医が言った。しゃがんで、指さす。「頭の角度を見てくれ」

「それが死因？」

「すでに死んでいる人間の首を折るというのはあまり意味がないが、なんとも言えないな」

「どれぐらいこの状態だったのかしら？」

監察医はしばらく沈黙した。「乾燥していた。それに涼しかった。だから、腐敗はゆっくり進む。二週間から三週間ってところだな。解剖でもっと正確な時間が出るよ」彼はソレンスタインに目を向けた。「それと、この気の毒なちんぴらをごちそうにしているやつらを調べれば」

スノウは笑った。「虫まみれになる覚悟はいいか、相棒？」

ソレンスタインはジャケットの下でますます縮こまった。「くそっ、こんな仕事、大嫌いだ」

キットとMCはうしろに下がって、彼らにその場をまかせた。

二週間から三週間ですって？　三週間前なら、ジュリー・エンツェルは生きていたわ。

MCはキットに向き直った。「今度はなに？」

「突きとめるのよ、SAKと模倣犯とバディ・ブラウンの関係を」

「それと、あなたとの関係もね」MCは付け加えた。

それと、わたしとの関係も。キットは心の中で同意した。

48

二〇〇六年三月二十日　月曜日
午前八時四十分

キットは公安ビルに入った。ロビーをまっすぐ進み、エレベーターで二階へ上がった。週末は忙しかった。フランシス・ロゼッリは遺体を解剖し、死後二週間前後と断定した。これでブラウンは、模倣犯の殺人事件とキットへの電話とは無関係となった。

彼の首は折れていた。そんなことをするには、殺し屋側に力と技量を要した。解剖では防御創が見つからなかったことから、犯人はブラウンの不意を突いたのだろう。

それは暗に、ブラウンが犯人と顔見知りだったことを意味した。

二人は刑務所で出会い、バディ・ブラウンはキットに電話をかけた人物、つまり、ＳＡＫに殺された。キットはそんな気がしてならなかった。

ＳＡＫはバディ・ブラウンを殺したあとかその前に、彼の住まいを乗っ取った。リップグロスは、ＳＡＫと模倣犯の被害者たちからとったサンプルと比較するためラボに送られ、新聞の切り抜きは鑑識課によって指紋の採取が行われていた。

キットは大あくびをしながらエレベーターを降りた。ブラウンの刑務所仲間で、現在釈放中の者については調べた。キットとMCは日曜日の大半を費やして、その男たちの消息を追った。

キットは凶悪犯罪課に着き、ナンに挨拶してコーヒーポットのほうへ向かった。

ナンが挨拶を返した。「リッジョ刑事は一号取調室です。まだ始まったばかりですよ」

キットは肩越しにナンを振り返った。「だれがなにを始めたばかりですって？」

「容疑者の尋問です。ハース巡査部長とリッジョ刑事が」

「容疑者？　どの事件の？」

ナンは、キットがおかしくなったとでもいうように彼女を見た。「模倣犯の殺人事件の」

二人で真夜中近くまで取り組んでいる事件だ。

リッジョはいったいだれを連れてきたの？

キットはコーヒーに入れるものを入れたあと、取調室へ歩きだした。「ありがとう、ナン」

「あのう、刑事？」

キットは振り返った。ナンは伝言メモの束を持ちあげた。「これはあとにしますか？」

「いいえ、受け取るわ。ありがとう」キットは戻ってそのメモを受け取り、ジャケットのポケットに入れた。「取調室にいるわ。用があるときは、携帯電話にかけて」

全部で五つある取調室は、すべて同じ廊下に面していた。テーブルと椅子、窓つきのドアに加え、一号取調室には天井にビデオレコーダーが備えられている。

キットは一号室まで来ると、窓から中をのぞいた。立っているMCで視界がさえぎられ、容疑者は見えなかった。巡査部長が無表情で座っている。

キットは窓ガラスをたたこうと手を上げた。そのとき、MCが動いた。キットははっとした。

ジョーだ。ジョーが尋問されている。

困惑しながら、キットは元夫を窓越しに眺めた。あの椅子に座っているのはジョーのはずがない。まじめで、穏やかで、やさしいジョーのはずがない。わたしのジョーのはずが。

キットはMCに視線を移した。彼女はいつ、こんなことをすると決めたのだろう？　こんなふうにこそこそやるのをわたしが許すと、彼女は本気で考えているのだろうか？

キットは急激にこみあげた怒りと闘いながら、窓をこつこつとたたいた。三人が彼女のほうを見た。震えるほどに憤って、キットは相棒をにらみつづけた。ジョーと目を合わせれば、正気を失ってしまいそうだったからだ。

キットは出てくるようMCに合図した。彼女が出てきてドアを閉めたとたん、キットはドアのそばから彼女を遠ざけた。

「やっと来たわね」MCが言った。「あなたが来るまで、ハース巡査部長に同席してもらったわ」

「ごまかさないで。いったいどうなっているの？」

「尋問のために、ジョーを連れてきたのよ」

「わたしに相談もなく、ね。わたしたちは相棒でしょう。指揮官はわたしよ。こんなこと許可できないわ」

「驚きがあるほうがうまくいくと思ったのよ」

キットは顔が赤くなるのがわかった。「驚かすのはわたし？　それともジョー？」

「正直に言うの？　どっちもよ」ＭＣは声をひそめた。「別れた夫のこととなると、あなたは大騒ぎする。それはわかりきっていたわ」

「どういうつもり？」

「事実に目を向けなさいよ、キット。あなたの元夫はバディ・ブラウンの雇用主だった」

「だから彼が殺人犯になるわけ？」

ＭＣはその言葉を無視した。「あなたたちが夫婦だったころ、夫は前科者を雇わなかった。あなたがそう言ったのよ」

「わたしは、〝知る限りではない〟と言ったのよ。雇っていたのかもしれないわ」

「夫婦だったころは、手品はただの趣味だった。今はそれで病気の子供たちを喜ばせている」

「いいかげんにして！　そうするのは当然だわ。彼はセイディの入院中に、手品がどんなに子供たちの救いになるかわかったのよ」

「ヒルクレスト病院でぴんときたの。それで、ちょっと事件ファイルを調べてみたわ。三カ月前、ジュリー・エンツェルのいとこのサラがあそこに入院していたの。まる一週間、小児科病棟にいたわ」

「ジョーが模倣犯だと思うの？」まったく信じられないというその声は、状況が違っていれば、滑稽(こっけい)に聞こえたことだろう。

「それと、あなたに電話をかけた人物ね。ええ、思うわ」

「でも、わたしは彼のことを知っているわ」キットは反論した。「彼と一緒に育って、二十五年近くも夫婦でいたの。あなたが言っているようなことは、断じてありえない」

MCはキットのほうへ体を傾けた。「なぜかしらね、キット？　わたしはずっと不思議だったわ。なぜあなたは巻きこまれたの？　これなら合点がいくわ」

「わたしには合点がいかないわ」キットは大急ぎで考えをめぐらせ、わずかな希望にしがみついた。「白血病協会のイベントにいたピエロについては？　彼は風船をくれて、あとから電話してきた。でも、ジョーはあの場にいたわ。彼には無理――」

「ジョーは、ピエロがあなたに風船を渡すところを見たのよ」MCは片手を上げて、否定しようとするキットをさえぎった。「彼の声に聞こえなかったことについては質問しないでよ。知ってのとおり、声を変える機械なんて、パソコンが使える人ならだれでもインターネットで買えるわ。なかには高性能なやつもある」MCは続けた。「ジョーはあなたに罰を与えているのよ。彼をほったらかしにしたから。彼ではなく、事件にばかり目を向けたから。彼や結婚生活よりも少女たちのことを心配したから。〝少女たち〟のところにはだれを入れても同じ。だれでもあてはまるわ」

キットはMCに背を向けた。ジョーはわたしのことならなんでも知っている。わたしの希望と不安。わたしがころんで頭を打ったこと。酔っぱらっていたこと。

彼はわたしのすべてを知っている。

そう。そんなことありえない。

「ジュリー・エンツェルの母親に電話したの」

キットは肩越しにMCを振り返った。

「ジュリーはジョーのマジックショーを見たそうよ。すっかり心を奪われたって」

冗談じゃないわ。

表面的に見えるものとは違うのに。

「あなたにできる？」MCはきいた。「それとも、このまま巡査部長にいてもらう？」

「できるわよ。ちょっと時間をちょうだい」

MCは答えなかった。取調室のドアがかちゃりと閉まる音がキットの耳に届いた。彼女は目を閉じた。どうしてこんなことを受けとめられるだろう？　あそこに入っていって、重要な質問をするだけの客観性を、どうしてかき集められるだろうか？

いったいどうやってジョーの目を見ろというの？

キットは指を折り曲げた。MCが言ったことはすべて図星だった。あの部屋の中に座っている人物がほかのだれかだったら、正面から向き合うだろう。

キットはMCに言われたことを整理した。ジョーはバディ・ブラウンと物理的なつながりがあった。わたしとブラウンの間にもあった。ジョーは被害少女の一人ともつながった。わたしへの電話についても、MCがもっともらしい動機を提供した。ジョーには、ピエロの存在が自分への疑いをそらすいい機会に見えたのかもしれない。タミーが危険かもしれないと警告したとき、わたしはピエロについて話した。風船のことも。ピエロが電話してきたことも。

でもジョーは、あの子に風船を買ってやったとは一言も言わなかった。

その事実に、キットはぞっとして鳥肌が立った。いいえ、わたしにはなにひとつ納得できない。なにひとつ、わたしが知っている――愛している――男性と結びつかない。

しかし、容疑者の家族が愛する者の所業についてショックや驚きや疑念を表すことは、なんとよくあることだろう？

たいていそうなのだ。

キットは心を強く持とうと、深呼吸した。それでも、MCに裏切られたという思いは変わらなかった。しかし、するべき仕事があるし、キットはそれをするつもりだった。たとえ取り調べがどんなに意に沿わないほうへ向かおうとも。最重要容疑者との個人的なつながりがあるとなれば、キットは捜査からはずされるだろう。だが、現段階では、取り調べをするにあたって、彼女はおおいに役に立てる。

キットは歩いていって、ドアを引き開けた。「交代します、巡査部長」

ハースはうなずいて立ちあがった。出ていく途中で、励ますようにキットの腕を強く握った。キットは彼がMCの裏切りに加担したのだろうかといぶかったが、そうでないことを願った。

「ごきげんよう、ジョー」キットはジョーの向かい側に腰を下ろした。

「キット？」ジョーの声に表れた安堵感に、キットは身がすくんだ。「どうなっているんだ？」

「いくつか質問するだけ。それだけよ」

「質問ならもうしたじゃないか。なぜここで？　僕はどんな質問にもオフィスで答えるよ」

「ここにいるリッジョは、正式なことが好きなの」

いかにも悪い刑事だ。

キットは詐欺師の気分になりながら、安心させるようにほほえんだ。「なにも心配することはないわ」

「わかったよ」ジョーはうなずいた。「じゃあ、始めよう。従業員が僕を待っている」

リッジョが口火を切った。「あなたの婚約者から聞きましたが、お二人が出会ったのは彼女が勤める病院だそうですね？」

「そうだよ」

「小児科病棟でなにをしていたんですか、ミスター・ラングレン？」

ジョーは顔をしかめた。「ヴァレリーから聞かなかったのか？　子供たちに手品を見せているんだ。あそこでショーを開いたんだよ」

キットが口をはさんだ。「いつから始めたの、ジョー？」

「一年ぐらい前。寂しくて……セイディが恋しくなって……」ジョーは咳ばらいをした。「僕には自由な時間がたくさんあった。それをうめるために、手品を練習した。病院の子供たちがどんなに喜んだかを思い出して、数週間に一回のショーをやろうと病院に問い合わせた」

「訪問しているのはヒルクレスト病院だけ？」

「いや、〈ロナルド・マクドナルド・ハウス〉にも行くよ。小児病院にも。介護施設でも何箇所かやっている」

キットはMCがメモをとるのを見た。それらの施設を調べて、ほかの被害者たちとのかかわりがないか確かめるつもりなのだ。

「奉仕活動ばかりで、仕事をする暇がなさそうですね」MCが言った。

「仕事がすべてじゃないよ、刑事さん。人生は還元するためのものだ」

「あなたが模倣犯の犠牲になった子供に会ったことがあると言ったら、あなたはなんと答えますか？」

ジョーはキットからMCに目を移した。「あなたの勘違いだと答える」

「ジュリー・エンツェル。彼女はあなたのマジックショーを見ました」

「ヒルクレスト病院で」キットがつけたした。

ジョーの顔から血の気が引いた。「知らなかった。新聞で写真は見たけど……気がつかなかったよ。あの病院の子供たちの一人だなんて……」

彼の声が尻すぼみに消えた。キットは、ジョーがジュリー・エンツェルとは関係ないと言ったことを思い出した。会ったことがない、とさえ言った。

ジョーは気分が悪そうだった。ＭＣは話題を変えた。「バディ・ブラウンについて話しましょう」

ジョーはなにも言わずに、ただうなずいた。

「あなたのもとで働きはじめた経緯は？」ＭＣが尋ねた。

「彼が連絡してきたんだ。いくらか仕事の経験があった。だから雇った」

「彼はあらかじめ過去のことを話しましたか？」

「ええ」

「心配ではありませんでした？」

「いいか、そういう者たちは、だれかが雇わなければならない。自分で生活を支えられなかったら、どうやって更生するんだ？」

「つまり、あなたはそれを市民の義務だと考えるんですね？」

ジョーは眉根を寄せた。「そうでもない。一日分の給料には一日分の労働を期待する。

僕は寛容じゃないもんでね」

「三月六日と九日と十六日の夜はどこにいましたか？」

「スケジュールを確認してかまわないか？」

MCはかまわないと言い、ジョーは携帯用端末を取り出した。メニューからスケジュールをたどったあと、彼は言った。「九日の夜はヴァレリーと一緒にいた」

「一晩中？」

キットは目をそらしたかったが、そらさなかった。ジョーは明らかに居心地が悪そうに、座ったまま身じろぎした。「いつもは泊まらない。でも、その夜はタミーが彼女の祖母の家に泊まったから」

「あとの二日間はどうですか？」

「べつにこれといっては。六日はヴァレリーとタミーと外食した。十六日は自治会の会合があった」

「帰宅したのは何時でした？」

ジョーはちょっと考えた。「どちらの日も、午後十時。それより遅くはない」彼はキットを見た。「弁護士を呼んだほうがいいのか、キット？」

MCが急いで代わりに答えた。その事実は、キットが相棒に信用されていないことをまたしても証明した。「もちろん、あなたには弁護士を呼ぶ権利があります。まあ、あなたが必要とするなら、ですが」

弁護士を呼べば罪を認めることになるかのような疑念を起こさせる手口だ。たしかにキットもずいぶんその手を使った。

なのに、今はとてもいやな気分になるのはなぜだろう？

ＭＣは立ちあがった。「すみませんが、少し時間をもらえますか？」

ジョーは不満もあらわに腕時計を見た。「あとどれぐらい――」

「長くはかかりません」

ジョーはふたたび安心を求めるかのようにキットを見た。キットは安心させてあげたかったが、それはできなかった。

「きみと話ができないか？」ジョーはキットに尋ねた。「二人だけで」

「ごめんなさい、ジョー。無理よ。今はだめ」

ジョーの顔になにかがよぎった。彼は理解した。気づいた。傷ついた。

「弁護士に電話したい」彼は硬い口調で言った。「きみが言ったとおり、これは権利だ」

ＭＣは鋭くキットを見た。「もちろんです。すぐに電話できるよう、手配します」

「うちの現場監督にも電話したい。そうすれば、彼は仕事を始められる」

「問題ありません」ＭＣはドアのほうを指し示した。「廊下へ出て、キット。さあ」

二人は部屋を出て、ドアから離れた。

ＭＣはくるりと向きを変えて、キットと向き合った。「いったいさっきのはなに？」

「なんのこと？」

「彼に合図かなにかした？」

とうとうＭＣはキットを怒らせた。「失礼よ。わざわざ答える気にもならないわ」

「あなたを見たとたん、彼は弁護士を呼ぶ権利を持ち出した。あなたなら、どう思う？」

「賢明だと思うわ。いいかげんにしてよ、ＭＣ。彼は刑事と二十五年間も一緒に暮らしたのよ。わたしが取り調べの話をしなかったと思う？　彼が警察のやり方を知らないと思う？」

ＭＣは言い返そうとするかのように口を開けたが、キットはそのすきを与えなかった。

「わたしたちが今後もコンビを続けるなら、たとえこの事件の捜査の間だけでも、おたがいを信用しなければならない。あなたにできる？」キットは先ほどＭＣに言われた言葉をそっくりそのまま返した。

長い間、ＭＣは黙っていた。だが、キットができると答えたのとは裏腹に、ＭＣはつぶやいた。「やってみるわ。今はそれがわたしにできる最善策よ」

49

二〇〇六年三月二十日　月曜日
午前十時十分

　ＭＣは大至急ヴァレリーの尋問にだれかを送りこむつもりだった。ジョーが婚約者に注意をうながし、嘘をついてくれるよう頼む機会を与えたくないことは、キットに話す必要はなかった。それと、もしもヴァレリー・マーティンがアリバイを証言しない場合、ジョーの逮捕状を請求することも、キットに話す必要はなかった。

　結局、ＭＣは自分でヴァレリー・マーティンを訪ねることにした。ホワイト刑事を連れていき、キットを署に残して、ジョーが弁護士と面会するようすを観察させることにした。キットはそれを信頼の証と受けとめた。そうでなかったとしても、ありがたいことに、頼りになるビデオカメラがある。

　キットは、ジョーが容疑者となったことで、この事件におけるＭＣとの立場が逆転してしまったことをひしひしと感じた。今ではＭＣが捜査の指揮をとっている。そうなって当然ではあるが、キットはＭＣに対する憤りを完全にしずめることができなかった。ＭＣはきっと、自分が間違いを犯すことなど決してないと確信しているのだろう。

キットは腕時計を見ながら、どうなっているだろうかと考えた。ヴァレリーが、二人はその夜一緒に過ごしたというジョーの話を裏づけなければ、ジョーはきわめてやっかいなことになる。どちらにしても、ＭＣは家宅捜索の令状を請求するだろう。そして、裁判所がそれを拒否するとはキットには思えなかった――たとえアリバイがあっても、警察には令状をとるだけの理由があった。

ジョーの弁護士はまだ来ていなかった。キットは待つ間、〝ピーナッツ〟からかかってきた電話の会話を起こした文書を見直すことにした。最初に録音された会話を読み直し、彼の言葉の組み立て方、言葉の選び方に着目した。

ジョーはこんなふうには話さない。たしかにボイス・チェンジャーで声は変えられる。だが、話し方まで変えることはできない。

キットは目を細め、次に会話の内容について考えた。彼はデリック・トッドについて知っていた。どうやって知ったのだろう？　彼は全知全能だと明言した。彼女が無駄な努力をしていることについてのコメントで会話を始めた。

ピーナッツは警官かもしれない？

それなら筋が通る。キットの過去は警察では秘密ではない。それ相応の質問をして、かぎまわれば、彼女の個人情報がわかるだろう。

それに、明らかにＳＡＫは現場検証というものを理解していた。彼は現場を元どおりの状態にしていった。いつも、次の手順がなにかを知っているかのように思えた。

もちろん、連続殺人犯が犯罪や警察を熟知している例は珍しくない。警察無線を聞いている者がいることもよく知られている。

キットは二番目の記録に移った。ごく普通だ。彼は風船のことで彼女をからかった。それと、彼女の機嫌についても。

〝それは僕がいろいろやったからだな〟と彼は言った。

〝いろいろってなによ？　わたしの手をわずらわせたこと？　ありがたいわ〟

〝きみにはそう見えるかもしれないな。信念を持つしかない〟

信念を持つ。彼を信じろというの？　彼が与えた手がかりを？　それとも、その両方だろうか？

「キット？」彼女は振り返った。サルが渋い顔で戸口にいた。「わたしのオフィスへ」

キットは立ちあがり、サルについていった。

「ドアを閉めてくれ」二人が中に入ると、彼は言った。「報告してくれ」

「お気づきでしょうが、ＭＣはジョーを尋問のために連れてきました。彼は弁護士を要求しました。九日の夜のアリバイを主張しています。ＭＣが今、確認に行っています」

「きみには捜査からはずれてもらいたい。ただちに」

「わかりました。ＭＣが戻る前に弁護士が到着したら――」

「ハース巡査部長かわたしが同席する」サルは表情をやわらげた。「残念だよ、キット」

「わたしを捜査からはずすことができますか？」キットは自分の声が苦々しく聞こえることに驚きはしなかった。彼女が驚いたのは、急に胸がいっぱいになったことだった。

「いや、きみをはずす理由だ」

「ジョーは関係ありません、サル」

「たしかなのか？」

「もちろんです。それに、そう思う理由は、個人的な関係によるものではありません」

しばらくの間、サルはキットの視線を受けとめていた。それから彼女の思いを認めるかのように、かすかにうなずいた。「ジョーの疑いが晴れたら、また担当してもらう。この件に関しては、選択の余地がない」

「理解します」キットは背を向けて、ドアのほうへ歩いていった。戸口まで来ると、彼女は立ちどまって振り返った。「ジョーとは関係のない証拠の徹底調査を許可願います。とくに、例の倉庫にあったものの調査を」

「いい時間の使い方のようだな。それからキット、それはそれとして、ジョーについてはきみの言うとおりであることを願うよ」

キットは礼を言い、自分の席に戻った。電話の会話文を見つめ、急にある思いに取りつかれた。友達に会いたいという思いに。

ブライアン、とキットは思った。だれかが理解してくれるとしたら、それは彼だ。

　キットはブライアンのオフィスに向かった。オフィスの前まで行ってみると、ドアが閉まっていた。キットはドアをノックしようと手を上げたが、ＭＣの声が聞こえてきて、凍りついたように動きをとめた。「うんざりなのよ！　わたしをつけまわすのはやめて」

「なんの話だかわからない」

「嘘ばっかり。この前の夜、あなたがうちのそばを車でゆっくり通り過ぎるのを見たわ。それと同じ日の夕方にも、わたしをつけていた。こんなことは刑事部長に報告したくない」

「当然だよな」ブライアンは忍び笑いをした。「凶悪犯罪課に配属されるためにおれと寝たなんて、だれにも知られたくないはずだ」

　ＭＣが鋭く息を吸いこむ音が聞こえた。「それは嘘よ。不愉快だわ」

「署内では噂がどんなに速く広まるか知っているだろう。光速並みだ、ベイブ」

　二人が肉体関係にあったことは間違いない。いつのことだろう？　ブライアンはＭＣを凶悪犯罪課に配属するために権力を利用したのだろうか？

「やってみなさいよ」ＭＣは言った。「後悔させてあげるわ、絶対に」

「おれを脅迫しているのか？」

「どうとでも好きなように言えばいいわ。もうやめて」

　最後の一言はうなるように発せられた。キットは手を下ろして、一歩あとずさりした。もはやそれ以上聞くまでもなかった。キットは二人の同僚への敬意を急速に失ってしまった。

キットはもう一歩下がった。ドアが勢いよく開いた。ＭＣが飛び出してきて、キットを見つけて立ちどまった。

「キット！」ＭＣは叫び、顔を真っ赤にした。「なんて偶然なの。ちょうどさがしに行こうと思っていたところよ」ＭＣはドアのほうをちらりと見てから、キットに目を戻した。

「ジョーのアリバイは確認されたわ」

「そうなるだろうと思ったわ」

「彼が潔白だという意味ではないわよ」

「家宅捜索令状を請求しているのね」

それは質問ではなかった。だが、とにかくＭＣは答えた。「ええ。一時間以内には令状が出るはずよ」

「サルに捜査からはずされたわ。一時的に」

ＭＣはうなずいた。その件を知らなかったとしても、予想はしていたようだ。「捜査の進捗状況は知らせるわ」

「そうしてくれるとありがたいわ」

キットはＭＣが立ち去るのを見送ってから、ブライアンの部屋のドア枠をとんとんとたたいた。彼は電話中で、入るように手招きした。

「じゃあ、電話してくれ」ブライアンは言った。「きみに会えなくて寂しいよ。わかるね？」

　ブライアンは悲しくてしかたがないという顔で電話を切った。

「どうしたの、ブライアン？　親友を失ったような顔をして」

「アイヴィと別居したんだ。彼女の考えでね」

　ブライアンはいい刑事だし、すばらしい相棒であり友人だった。だが、決して結婚したい男ではなかった。彼は重症のピーターパン症候群だった。

「それは残念ね。なにかわたしにできることはある？」

　ブライアンは両手で髪をかきあげた。その手が震えているのがわかった。キットは彼の豊かな赤毛がどれほど白髪になったかに気づいた。いつからそうなったのだろう？

「あればいいんだが。今度ばかりは……たぶん、アイヴィは本気だ」

　はるかに若いＭＣと浮気したから？　それとも、ほかになにか——だれか——原因があるのだろうか？

　ブライアンは見るからに気を取り直して、さっと立ちあがった。「今しがた、きみのパートナーが来たぞ」

　キットは彼が選んだ話題に、片方の眉を上げた。「見たわ」

「彼女はジョーのことを話したよ」

　彼女が？　変ね。「正確には、なんと言ったの？」

「彼が容疑者だと。おおいに疑わしいと。それから、きみが捜査からはずされることも」

「一時的によ」キットは訂正した。「ジョーの疑いが晴れるまで」

「残念だよ、キット。本当にひどい話だ」

「彼は事件には関与していない。わたしにはわかる」

ブライアンはいらいらしたようすで歩きまわりはじめた。「彼女はきみがはずされて満足そうだった。不思議だな。きみたち二人はうまくいっていると思ったのに」

キットは眉をひそめた。立ち聞きした会話は、ジョーとはまったく関係のないものだったのに、なぜブライアンは嘘をつくのだろう？

「たがいによく我慢しているわ」

少なくとも、今朝まではそう思っていた。

ブライアンは立ちどまり、くるりとキットに向き直った。「アドバイスしてもいいか？」

「いつでもどうぞ、ブライアン」

「あの女には用心しろ。彼女は野心家だ……なんだってするぞ。だれかれかまわず、欲しいものを手に入れるためなら」

言いたいことを言って、ブライアンは安心したようだった。彼はデスクの端に腰を下ろして、胸の前で腕を組んだ。

「ここへは無駄話をしに来たのか？　それとも、とくに話したいことでもあったのか？」

「あなたの意見を聞きたくて」

「話してみろ」

「わたしとピーナッツとの会話を見直していたの。ＳＡＫが警官だという可能性はないかしら？」

「警官だと？　おいおい、キット、なぜそんなふうに考えるんだ？」

「彼の話しぶりよ。彼はデリック・トッドを知っていたわ。考えてみて」キットは身を乗り出した。「彼は捜査手順を知っているのよ。だから逃げおおせているんだわ」

「なるほど。でも、動機は？」

「冷遇されている感じがするとか？　昇進からはずされた？　くびになった？　きびしく叱られた？」今度はキットが立ちあがって歩きまわりはじめた。そうしながら、情報の断片をつなぎ合わせ、考えを声に出した。「彼は自信家だわ。自分の〝完璧な〟犯罪を誇りにしている。わたしたちが無駄骨を折っているとかなんとか言った」

ブライアンはゆっくりとうなずいた。「理論的には、いくらか筋が通るな。でも、警官か？　不正に金を受け取ったり、好意を受けたり、コーヒーをおごってもらったりする警官はあちこちにいるかもしれないが、連続殺人犯だぞ？」

キットは引きさがらなかった。「警官だって斧を研ぐわよ」

「なぜきみを巻きこんだ？」

「優越感を持ちたかったから。模倣犯の登場に彼は怒ったから。もしくは、わたしが堕落した警官の象徴だからかもしれない。完全に落ちぶれた警官のね」

「そうかもしれない」ブライアンは顎を撫でた。キットは彼がひげを剃っていないことに気づいた。それと同時に、着たまま寝てしまったかのような服にも気づいた。

「思いあたる人はいないかしら？」キットは尋ねた。

ブライアンはしばらく考えてから首を振った。「この件はサルに話したか？」

「まだよ。先にだれかに話してみてからと思って」キットはほほえんだ。「それで旧友を選んだというわけ」

「信任投票ありがとう」ブライアンはほほえみ、そして立ちあがった。「いいかい、サルになにかを話す前に、おれにじっくり考えさせてくれ。記録を調べて、思いあたる名前がひとつ、ふたつないか考えてみる」

キットは礼を言って、ドアへ向かった。戸口へ来たところで、SAKが殺したという三人の老女のことを思い出した。「あなたとハース巡査部長が九八年と九九年に担当した三つの事件について、きくつもりだったんだわ」

「なんでもきいてくれ」

「三人の老女が撲殺された事件よ。死後に粘着テープが口に貼られていた。覚えてる？」

ブライアンは顔をしかめた。「忘れられるもんか。なにを知りたいんだ？」

「その三人の女性につながりは見つかった？」

「いや。三件とも同一人物の犯行であることはわかったが、わかったのはそれだけだった」

「SAKが自分の犯行だと主張しているの」

これにはブライアンも驚いた。「手口がまったく違うぞ」

「そうよ。でも、それがポイントなの」キットはその三つの事件を見つけた経緯と、自分の考える〝陰陽〟理論を説明した。「彼を問いつめたら、自分がやったと言ったわ」

ブライアンはうなずいた。「しかも、被害者は三人。不思議なほど証拠がない現場」

「そのとおりよ」

「SAKの捜査の間、老女の事件と関連があるとは考えもしなかった。ああ、情けない」

「だれが関連を考える？　彼が冗談まじりに、ほかにもやったと言わなければ、わたしだって調べなかったわ」

「おれに手伝えることは？」

「参考人のなかで、とくに奇妙で目についた人がいなかったか思い出してくれる？　疑問に思って調べてみたけれど、なにも出てこなかったことはなかった？　尋問した人のなかで、言うことがあいまいだったとか、あまりしゃべらなかったとかいう人を覚えていない？」

ブライアンは、事件をもう一度くわしく思い返しているかのように黙りこんだ。彼は首を振った。「あれは大変な事件だった。だれもがその凶暴さに唖然（あぜん）とした。ジョナサンとおれはほとんどの時間を費やして、老女たちのつながりを見つけ出そうとした。それが殺人犯につながるかもしれないと考えて」彼は両手を広げた。「なにも見つからなかった」

「ありがとう、ブライアン。もう一度事件のファイルを見てみるわ。もしも疑問が出てきたら――」

「ここへききに来い」彼はほほえんだ。しかし、キットはオフィスから出たところで、彼の口角の上げ方がなんとなく不自然だったような気がした。

50

二〇〇六年三月二十日　月曜日
午後三時三十分

　MCの予想どおり、判事はジョー・ラングレンの自宅、車、業務に関する捜索令状を交付した。令状の文言は明確でなければならない。法の執行者は気軽にがさ入れに行くわけにはいかないのだ。捜索の対象となる住所や車は令状に明記されなければならない。でなければ、立ち入ることはできない。同様に、具体的すぎる令状というのも、捜索する側にとっては足かせとなりかねない。

　捜索は会社から始めた。その理由は、ジョーが〈ラングレン・ホームズ〉を介してブラウンとかかわったからにほかならない。押収したのは従業員の記録、イリノイ州仮釈放委員会との連絡文書、携帯電話の請求書、銀行の口座収支報告書、ジョーのパソコンだった。

　MCは、ブラウンに支払った給与の明細や、キットに電話した携帯電話の領収書、その他キットに電話をかけた人物またはブラウン――さらに言えば、ほかの犠牲者たち――の殺害とジョーをつなげるなにかが見つかることを願った。

　捜索は会社からハイクレスト・ロードにあるジョーの自宅へ移った。ＭＣは、そこが彼とキットが夫婦だったときに、ともに暮らした家だろうかと疑問に思った。生活感漂うカリフォルニアのコテージ風の一軒家を見る限りでは、たぶんそうだろう。

　ＭＣはリビングルームに立ち、暖炉の棚の上に飾られた家族写真を眺めた。すべてはセイディが亡くなる前の、まだ家族だったころのものだ。それらの写真の多くにキットが写っていた。ほほえみをたたえた、楽しそうなキットが。

　妻であり母親だった。幸せで、愛されていた。

　キットが失ったものの目に見える記録だ。

　ＭＣは思考を自分の相棒からそらした。ヴァレリーはこれらの写真をどう思っているのだろう？　ＭＣはそれと似たような写真を各部屋で目にした。ヴァレリーは不安にならないのだろうか？　嫉妬しないのだろうか？

「刑事？」

　ＭＣは振り返った。ジョーのトラックの捜索を担当する警官の一人が戸口に立っていた。

「なにか見つかった？」

「とくになにも。トラックを押収しますか？」

「そうして」さがしているのは模倣犯の被害者たちの生物学的な証拠ではなかったが、バディ・ブラウンは殺されてからアナ・ペイジ・パークに運ばれたのだ。「ホワイト刑事はラングレンの弁護士と一緒にいるの？」

「はい。地下室にいます」

困惑しながらも憤慨しているジョーが別の制服警官に伴われて外で待っている間、その弁護士が警官たちについてまわった。

ＭＣは写真に向き直って眉根を寄せた。なんだか間違っている気がする。初めに考えたように、ジョー・ラングレンは有力な容疑者なのだろうか？　彼がキットに罰を与えているという考えは筋が通っていると思った。ＭＣは怒りと嫉妬に駆られている存在としてジョーの人物像を描いた。

別れた妻に怒り狂っている男が、こんなふうに彼女の写真を飾っておくだろうか？　頭がよければ、飾るだろう。冷静な人物なら、感情ではなく知性で行動するはずだ。そう考えて、ＭＣはまたしても困ってしまった。ジョーはそんな男に見えない。そして、それだと自分の説に合わない。

しかも、〝煙を上げている銃〟のような、動かぬ証拠もまだ見つかっていない。

ＭＣは次にブライアンとの口論を思い出した。キットに聞かれただろうか？　聞かれていないといいが。なにを聞いたか、もしくはどこまで聞いたかによっては、キットはとんでもない誤解をしたかもしれない。

今となっては、ＭＣがみずから話題にしない限り、それはわからないだろう。そして、キットは誤解したままだ。

わたしはそれを気にするべきだろうか？　気にするべきだ、とMCは判断した。キットや彼女のやり方を完全には信頼していないが、MCはキットを立派だと思うようになっていた。そして奇妙なことに、二人はそんなに悪いコンビでもない。

五時半近くになって、やっとMCは凶悪犯罪課に戻った。サルはデスクの上の報告書から顔を上げた。「どうだった？」

「詳細について調べるには少し時間がかかりそうですが、大変な手間ではないでしょう」

「さて、どうする？」

「キットを戻します」

サルは片眉を上げた。「本当にそれが賢明だと思うか？」

「ラングレンは犯人ではありません」

「今朝とは正反対だな」

「ええ、そうです。でも、それがわたしの意見です」

サルはしばし黙りこみ、それからうなずいた。「その〝詳細〟とやらの調査がすべて片づくまでは、制限つきだ。ここでは間違いは許されない」

「わかりました。これから休憩して夕食をとり、そのあとじっくり調べます」

サルには言わなかったが、MCは夕食を一人でとるつもりはなかった。一日中ランスのことが頭から離れなかった。それで、自分に必要なのは彼と会うことだと思った。

ＭＣは電話もせずに、〈ワック・トゥ・ゴー〉に寄ってからランスの家に行った。彼がドアを開けると、彼女はテイクアウトの袋を持ちあげた。「中華料理を持ってきたわ」

「なんてやさしいエンジェルなんだ」

ＭＣは部屋に入った。普段はきちんと片づいている生活エリアが、竜巻に襲われたかのようだった。ＭＣはその惨状を見まわした。本。写真。ノート。しわくちゃの紙が散乱している。空のコーヒーカップ、ソーダの缶、特大サイズのピザの箱、吸殻があふれた灰皿。

ＭＣは眉をひそめた。「あなた、たばこを吸うの？」

ランスは顔をしかめた。「友達が来たんだ。彼はチェーンスモーカーでね」彼はソファのところへ行って彼女のために場所を空け、ピザの箱と半ダースの缶とカップをかき集めた。「汚くてごめん。新しいねたを作っているところなんだ。これがなかなか大変で」

「そのようね。まるでレスリングの世界選手権でも開いたみたい」

「似たようなものだ。創造。誕生。悪魔の格闘さ」

「なにか聞かせて――」

「いや、やめておく」

ランスのつっけんどんな返事にどきりとして、ＭＣはなにも言わなかった。

それからまもなく、二人は黙々と食事をしていた。しばらくしてから、ランスは箸（はし）を置いた。「ごめん」

「なにが？」

「僕が言ったこと……ねたについてさ。なかなかうまくいかなくて……まだできてないんだ。でも、ありがとう。聞くと言ってくれて」

MCはほほえみ、あやまられたことに心を動かされた。「もういいわ」

「そうはいかないよ」

目つきや声の調子から、ランスが言っているのは、あやまったことについてではなさそうだ。「なにが言いたいの、ランス？」

「僕はきみに恋している」

いきなりなのね、とMCは思った。彼はそういうことをぽろっと言う。二人がどんな雰囲気であろうと、いいムードにしてしまう。

わたしはなんと答えよう？　わたしの気持ちはどんなだろう？　有頂天。恐れ。期待。自信。無防備。

「なにを考えているんだ？」

「あなたはどうかしているんだわ、と」

「きみに恋しているから？　それとも単に一般的な意味で？」

MCはほほえんだ。「わたしに恋しているから」

「ということは、きみもどうかしていることになる」

わたしが？　MCはそのとおりだと思った。間違いない。

MCは笑った。「わたしもあなたに恋しているのかもしれないわ」

ランスの唇に笑みが浮かんだ。彼は立ちあがり、手を差し出した。MCは彼の手を握り、二人でベッドルームへ行った。そして体を重ねた。

そのあと、二人は無言で抱き合ったまま横たわった。MCの脳裏に今日の出来事が次々と浮かんだ——ジョーを署で尋問したことに対するキットの反応、キットが一時的に捜査からはずされたこと。凶悪犯罪課で待つ証拠物件。ブライアンとの口論、彼の脅し文句。

MCはその脅し文句を思い出して、みぞおちのあたりがこわばるのを感じた。ブライアンは脅すだけでなく、実行するだろう。どうしてかわからないが、今さらながら、彼はそんなふうにふるまっている。まるで別人になってしまったように。

「どうした?」ランスが彼女の背中をさすった。「緊張しているよ」

「バーで会った男を覚えてる?　わたしがからまれていたときにあなたが助けてくれた、あの人を?」

「あのしつこいやつか?」

「ええ、その人よ。彼につけまわされているの」

ランスは肘を突いて体を起こし、心配そうな顔をした。「いつから?」

「二、三日前から。先週はうちに来たわ、酔っぱらって。また迫ってきたのよ。拒絶したら、わたしをつけまわしはじめた」

「なんてやつなんだ」

「知らないけど、気味が悪いわ。今日、彼を問いつめた。やめるように言ったの」

「さもないと、ただじゃすまないと？」

「だいたいそんな感じ」

ランスはＭＣの目をさぐるように見た。「彼は本気にしなかった？」

「ええ」ＭＣはごろりと仰向けになって、天井を見つめた。「わたしが凶悪犯罪課に入るために寝たという噂（うわさ）をたてるつもりですって」

「彼と寝た、と」

「そう」

「それできみの名誉を傷つけると同時に、自慢話ができるというわけか。なんてやつだ」

「彼は上司よ。ご立派な。尊敬されているの。人は、わたしより彼の言うことを信じるでしょうね」

「僕は対決するべきかな？」

ＭＣはその場面のだいたいの想像がついた。ランスは刑務所行きだろう――救急治療室経由で。「ありがとう、ヒーローさん。でも、もう大丈夫だと思う」

「僕はきみのヒーローになりたい、メアリー・キャサリン・リッジョ。望みがあれば、なんなりと言ってくれ」

ＭＣはその言葉の響きが気に入り、彼にキスし、それから残念そうに離れた。「泊まっていけないのよ。そうできたらいいんだけど」

「仕事か？」

「残念ながらね」

「つまり、こういうことか——食い逃げだ」

ランスはからかっているのだ。ＭＣもからかい返した。「食べるだけじゃないでしょう。もう忘れちゃったの？」

「忘れるもんか。欲望はあくことを知らない、それだけさ」

ＭＣはほほえみ、もう一度キスをした。「行かなくちゃ」

ＭＣがベッドを出ると、ランスが彼女の手をつかんだ。「次はいつ会える？　今夜？」

「どれぐらい遅くなるかわからないわ。電話してくれる？」

「きみが電話してくれよ。僕はここにいるから」

ＭＣはなるべくそうすると同意し、急いで服を着た。

51

二〇〇六年三月二十日　月曜日
午後六時三十分

ロックフォード警察署の証拠保管室は建物の地下にあった。キットは一日中そこで過ごし、ピーナッツに教えられた倉庫から集めてきた品々を調べた。

あいつが言った〝信念を持つしかない〟という言葉は、キットのあきらめが早すぎたことの暗示だった。もちろんそれは、彼女にまた無駄骨を折らせる、彼のやり方かもしれない。

キットは顔をしかめて、椅子にぐったりと体をあずけた。調査はなかなかはかどらなかったが、すでに主題は見えはじめていた。その品々は明らかに女性らしい特徴を持っていた——女性が所有していたものか、またはこの舞台セットを作るために、女性が選んだかのどちらかだった。

興味深い。警察は当初からＳＡＫは男だと考えてきた。連続殺人犯のほとんどは男、それは本当だった。しかし、女性は概して〝穏やかな〟殺害方法を選ぶ。たとえば毒殺や窒息死だ。銃、ナイフ、その他汚れる手段は避ける。

スリーピング・エンジェルの死亡状況は〝きれい〟以外の何物でもなかった。事実、SAKは彼の被害者を〝美しくする〟ことにおおいに苦心した。

それとも、彼女の被害者だろうか？

キットは額をさすった。大問題だ。ピーナッツは三件の撲殺事件を起こしたと言った。SAKは女性ではない。模倣犯が女性なのだ。

その真相に、キットは大きな衝撃を受けた。彼女はさっと立ちあがった。これが手がかりだろうか？　ピーナッツが見つけさせたかったものか？　彼はとことん調べさせたいはずだ。楽に見つけさせるはずがない。

これは筋が通る。そうでしょう？

キットは水入りのボトルを手にとり、本が満杯の大きな段ボール箱に腰を下ろした。水を一口飲んで、あれこれと考える。

ある男が倉庫を借りた。男と思われる人物、とキットは訂正した。盗まれた身分証明書を使って。その男の写真は警察にはない。あるのは、倉庫の係員のあいまいな記憶だけだ。

わたしは正しいのだろうか？　模倣犯は女性なのか？

「きみがここにいると聞いてきたよ、ラングレン。精が出るね」

キットは振り返り、スコット・スノウの皮肉は無視することにして、彼にほほえんだ。「スノウ刑事？　鑑識課の洞穴から出てくるなんて、どうしたの？」

にこにこしながら、スノウはゆっくり入ってきた。「プレゼントがある。エンツェルとヴェストの現場から採取した繊維の分析結果だ」

スノウは得意満面でその報告書を差し出した。キットはそれを受け取った。「タイベック」彼は言った。「防護服の繊維と一致する」

キットは分析結果に目を通した。科学捜査官は無菌の服を着るが、それはたいてい身を守るためだ。タイベックというのは丈夫で水に強い、使い捨ての不織布だ。科学捜査官や警官は、現場を汚染から守るために防護服を着ることがある。そのほとんどは上下がつながったタイプで、ブーツとフード付きのものもある。空気中に汚染物質がある場合は、フードに加えて呼吸装置つきのマスクも装着する。

「灰色」キットは言った。「白ほど一般的ではない。出どころを絞りこむのに役立つわ」

ロックフォード警察署で使っているのは一般的な白だ。ところが、キットは灰色のものを見たことがあった。市の危機管理チームが使っているのだ。

「そうだな。でも、白い本体に灰色のブーツがついているものを見たことがあるよ」

キットはうなずき、そしてつぶやいた。「これで納得だわ。彼は無菌服を着ている。そうすれば、痕跡を残す可能性が低くなる」

「そのとおり。なるべく早く知りたいだろうと思ってさ」

「ありがとう」キットは振り返ってスノウを見あげた。「MCにはこれを見せた？」

「まだ。きみが持っていくか？」

「気が進まないわ」キットはその報告書を彼に差し出した。「わたしははずされたの」

「聞いたよ。ちょっと言わせてもらうと、本当にばかにしてる」スノウは両手をポケットに入れた。「きみが持っていきなよ」

キットはためらったが、うなずいた。「今日はもうおしまい？」

「ああ、そうだよ。ミラーを飲みに行くんだ」

スノウが背を向けて去ろうとしたとき、キットは声をかけた。「ありがとう、スコット。感謝するわ」

彼は手を振って答え、証拠保管室を出ていった。しばらくキットはだれもいなくなった戸口を見つめ、分析結果報告書について考えた。タイベック。予想外の展開だ。〝SAKは警官〟説をはっきりと裏づける展開でもある。

頭のいい、くそ野郎め。

キットはうんざりしてため息を吐き、それと一緒に、スノウが来る前にはあった元気も吐き出した。彼女は疲れていた。空腹で、思考能力もなくなっている。今は謎解きをする気力がまったくなかった。

彼女は帰っていったスノウのことを考えた。仲間たちと一杯やっているところを。ビールにはもってこいの時間じゃない？　大きな、脂ぎったハンバーガーと一緒に。動脈がつまりそうな、肉ばかりのピザを何切れかでもいい。

今、手に入るものでそれにいちばん近いのは、袋入りのクラッカーとダイエットコークだ。

キットはベルトから携帯電話をはずした。まだ聞いていないメッセージがあるのがわかり、眉根を寄せた。電話の着信音は聞こえなかった。電話機を開くと、その理由がわかった――電波が届いていなかった。

キットは立ちあがり、証拠保管室を出た。電波が入るところまで来ると、あとでメッセージを聞くことを心に書きとめて、MCの携帯電話にかけた。MCはすぐに応答した。

彼女とは朝以来、話をしていなかったので、キットは彼女の声を聞くと、ブライアンに言われたことを思い出した。

〝彼女はジョーのことを話したよ。満足そうだった〟

〝彼女は野心家だ……なんだってするぞ。だれかれかまわず、欲しいものを手に入れるためなら〟

まるで裏切り者だ。そんなやつらは捜査からはずしてしまえ。「MC」キットは硬い口調で言った。「キットよ。進み具合はどう?」

「なかなか順調よ」MCは警戒した口調で答えた。「とてつもなくつまらないものを調べているわ」

ジョーの押収品だ。「ホワイトに見捨てられたの?」

「彼は帰らせた。奥さんから電話があって、赤ん坊の泣き声と、ほかの二人の子供が喧嘩している声が聞こえたんですって。奥さんは、崩壊までの道のりの四分の三のところまで来たという感じだったそうよ」

キットは疑問に思わずにはいられなかった。ＭＣがホワイトを帰らせたのは親切心からだけだろうか？　それとも、手柄を独り占めしたいからだろうか？

キットはそんなふうには考えたくなかった。ＭＣを信じたかった。今朝までは、信頼しはじめていた——そして、たがいの信頼は高まっていると考えはじめていた。

「まだ署内にいるの？」キットは尋ねた。

「二階にいるわ。あなたは？」

「地下にいるの。そっちへ行くわ。教えたい情報があるの」

凶悪犯罪課に到着したとき、キットはＭＣが注文したピザを発見した。特大サイズ。チーズの大盛り。すべてが大盛りだった。勤務時間が終わっていることもあり、六本パックのビールまで買ってあった。

「ずいぶん大きなピザね。今週は月経前症候群（PMS）？」

ＭＣは唇をほころばせた。「兄たちの悪ふざけよ。スモールを頼んだのに、これが届いたの。一緒に食べる？」

「ちょうどお願いしようと思っていたところよ」

キットはＭＣのデスクに椅子を引っ張っていった。「夕方からずっとここにいたの？」

「ほとんどね。ちょっとだけ外出したけど」

キットは例の繊維の分析報告書をＭＣに渡すと同時に、ピザに手を伸ばした。「わたしは超能力者に違いないわ。ちょうどピザのことを考えていたの」

「偉人の考えることは同じってことよ。これはなに？」

「エンツェルとヴェストの現場から出た繊維の分析結果」キットは持ってきたダイエットコークのプルタブを開けた。「見てごらんなさい」

ＭＣはしばらく目を通したあと、背筋を伸ばした。「タイベック？　あらまあ」

キットはそれを聞いて、片眉を上げた。「わたしが言ったこととはちょっと違うけど、近いものがあるわ」

しばらくたって、ＭＣは報告書をわきへ置いた。「興味深いわ。防護服は現場まで着ていくのかしら？　それとも現場で着るのかしら？　たとえば、少女のベッドルームの窓の外で？」

「現場で着るんじゃないかしら。窓の外でフードをかぶるの」

「で、犯行後に破棄する。彼をその犯罪に結びつけるかもしれない証拠もろとも」

「彼を」キットは同意した。「または、彼女を」

ＭＣはぴんと背筋を伸ばした。「なんですって？」

「模倣犯が女性である可能性もじゅうぶんあると思う」キットは自分の仮説について話した。まず倉庫の中身を観察したことから始め、最後に女性の連続殺人犯の従来の人物像を引き合いに出した。

　MCは椅子の背にもたれて、ビールを口に持っていった。ごくりと一口飲み、それから缶を両手ではさんでころがした。「模倣犯が女性ですって？　おもしろいわね」

　キットは身を乗り出した。「もうひとつ考えを聞いてほしいの。ひょっとして、オリジナルのSAKは警官だったんじゃないかしら？」

「冗談でしょう？」

「そうだったら、いいんだけど。ピーナッツとの会話の記録文を見直したのよ。彼はトッドについて知っていた。どうやって知ったの？　ほかに彼が容疑者だと知っていたのはだれ？」

「警察の外部ではほんの数人よ。ZZ。シドニー・デール。ZZの妻」

「そのとおり。もちろん、わたしは公式には捜査からはずれているから、あなたの考えということにすれば、重要視されるわ」

「あなた、戻されたわよ」

「初めて聞いたわ」

「わたしがこれ全部に目を通すまでは制限つきだけど」MCはデスクの上とパソコンを指し示した。「なんとか今夜中に終わらせるつもりでがんばってるの」

　キットは片眉を上げた。「それはサルの指示？」

「わたしは完全復帰を進言したのよ。サルが待ったをかけたの」

「感謝してほしいの？」

その刺（とげ）のある質問で二人の会話が途切れた。ＭＣは真顔で身を乗り出した。「わたしが間違っていたわ、キット。ごめんなさい」

「ジョーの家宅捜索でなにも見つからなかったから、あやまるの？」

「いいえ、相棒だからよ。たとえ犯行をくわしく綴（つづ）った日記が見つかったとしても、関係ない。わたしはそれでもあやまるわ。これはジョーについての謝罪ではないの。事件についてでもない。あなたがどう扱われるべきかについてよ」

「それで、捜査はどうなの？」

「とにかく、ジョーはわたしが考えたような有力な容疑者ではないわ」

キットはうなずいた。少しはほっとしたが、納得したわけではなかった。ブライアンがＭＣについて言ったことは無視できなかった。ブライアンは昔からの友人で、キットはずっと彼を信頼してきた。どうしてわたしに嘘（うそ）をつくだろう？

「それで、あなたはどう思うの、キット？　わたしとやっていける？」

キットは答えるのを避けて、質問で返した。「こっちのほうがいい質問かもしれない。あなたはわたしを信じられる？」

「精いっぱいがんばるわ。なかなか正直でしょう？」

「悪くないわ。さて、次はわたしの番よ。あなたとブライアンの口論を聞いたわ」

ＭＣは身をこわばらせた。「そのことが心配だったのよ」

そういうことなら、急に寛大になった説明がつく。

キットはブライアンが最後に言ったことを思い出した。〝おれを脅迫しているのか？〟考えが顔に出てしまったに違いない。なぜなら、MCが悪態をついて立ちあがったからだ。「わたしが心配したのは、あなたが変に解釈するだろうと思ったからよ」

「わたしが耳にした内容からでは、〝正しい〟解釈がありうるのか、あやしいわ。あなた、ブライアンと関係を持ったの？」

「そうよ。持ったわよ。何年も前に。わたしは新人で、彼は凶悪犯罪課の刑事だった。奥さんとは別居中だったのよ。ばかなことをしたわ。わたしは若かった。世間知らずだった。彼を尊敬した……彼は神様みたいだった。やり手の、マッチョな刑事。なんでも知っていて、経験豊富だった」

キットはブライアンの若いころを思い出した。男前で体格がよく、〝おれ様はすごいんだぞ〟という自信のようなものをみなぎらせていた。女好きのするタイプだった。

「それで、なにがあったの？」

「同僚と寝るのは間違いだと気づいたの。彼は奥さんのもとへ帰ったわ。なんの障害も、問題もなかった」

「これまでは？」

MCは眉をひそめた。「ええ。だから理解できないのよ。年月が過ぎて、職場で良好な関係を築いている。なのに突然、彼はわたしに夢中。わたしを口説く。つけまわす。変だわ」

たしかに変だ、とキットは思った。そんなふるまいは、彼女が何年も前から知っているブライアンらしくない。彼は昔から女たらしだった。女を愛しては捨てる色男タイプ。だれより妻に誠実なときもある。

しかし、キットが知る限りでは、彼の浮気が本気になったことはなかった。だれに対しても、その境界を越えることは絶対になかった。

ブライアンになにが起きているのだろう？　中年になり、結婚生活が崩壊しかけているる？　それ以上のなにかがあるのだろうか？

それとも、MCが嘘をついているのだろうか？

〝アドバイスしてもいいか？　あの女には用心しろ〟

「なにを考えているの？」MCが尋ねた。

「帰る時間だなと思ったの」キットはピザを食べおえて、ナプキンで口をふいた。「そろそろ疲れが出てきたわ」

「それだけ？　ほかに言うことはないの？」

キットはひたとMCの目を見た。「なんと言えばいいかわからないわ。ブライアンはわたしの友達よ。親友なの」

「あらそう」MCは苦々しく言った。「正直になると言ったくせに」

「わたしは公平でもありたいの。ごめんなさい」

「あやまらないで」MCはピザの箱のほうへ行って、蓋を閉めた。「世の中そんなものよ」

「MC？　わたし……」キットは言いかけた慰めの言葉をのみこんだ。「また明日の朝ね」

「ええ。じゃあね」

凶悪犯罪課を出ていきながら、キットはもっとなにかを言うべきだと思ったが、なにを言えばいいかわからなかった。ブライアンに味方したと思われたことはわかるが、それは事実ではなかった。単に彼女はMCの肩も持っていないというだけなのだ。奇妙なことに、彼女は今のところ、どちらのことも全面的に信用していなかった。

キットは歩いていってエレベーターに乗り、駐車場へ行った。自分の車へ向かいながら、メッセージがあることを思い出した。彼女はそれを聞いた。ブライアンからだった。

〝キット。おれだ。ちょっとかぎまわってみた。信じられないものを見つけたぞ。携帯に電話してくれ〟

52

二〇〇六年三月二十日　月曜日
午後八時三十分

キットは興奮して車に乗りこんだ。メッセージが意味することはひとつしかない――ブライアンはＳＡＫと模倣犯の事件に、警官の関与を示すであろうなにかを見つけたのだ。シートベルトを締めてエンジンをかけてから、キットはブライアンに折り返しの電話をした。電話は自動的に彼のボイスメールにつながった。

「なによ、ブライアン。あんなボイスメールを残しておいて、雲隠れしないで。折り返し電話して」

三十分後、家に着いて楽なジーンズに着替えても、ブライアンからの連絡はなかった。キットはもう一度携帯電話にかけたが、結果は同じだった。彼女はじれったくなってアイヴィに電話することにした。たぶん、ブライアンは子供たちと一緒にいるのだろう。奥さんと仲直りしたのかもしれない。

　そこもだめだったら、彼がよく立ち寄るところをあたってみるつもりだった。そのうちのどこかにいるに違いないのだ。

　キットは彼の自宅に電話した。彼の妻が応答した。「こんばんは、アイヴィ。キット・ラングレンよ」

「こんばんは、キット。ブライアンはここにはいないわ」

「彼から別居したと聞いたわ。どう、元気？」

「最高に元気よ」彼女の口調が少しだけきびしくなった。「四十いくつにもなって、もうすぐ離婚する女のわりにはね」

「本当に残念だわ」

「わたしもよ。もっと前に離婚すればよかった」

「彼は変わるかもしれないわよ？　あなたが本気だとわかれば」

「変わらないわよ、キット。彼はもう芸を覚えない老犬よ。いつまでも猟犬なの」

　一瞬、キットは黙りこんだ。たしかにそうだ。できればアイヴィを慰めたかったが、出会ったころからずっと、ブライアンは女たらしだった。「彼はあなたを愛しているわ、アイヴィ」

「あの人の愛情表現は独特でしょう？」

　キットは彼女が気の毒になった。少なくともあなたには子供がいると思い出させてあげたかったが、その言葉はふさわしくないことはわかった。「どうすれば彼と連絡をとれるかしら？」

「彼は携帯電話を持っているわ」

「出ないのよ。どこに泊まっているか、心あたりはある？」

「ガールフレンドたちとのランデブーに使った安宿よ。六番ストリートの〈スターライト〉」

キットはそのホテルを知っていた。たしかに安宿だった。一時間単位で借りられるようなところだ。

「ありがとう、アイヴィ。彼から連絡があったら、わたしから電話があったと伝えて」

アイヴィは答えずに、ただ電話を切った。

二人の関係はこじれたのね。

キットは〈スターライト〉のフロントに電話した。ブライアンが実際に泊まっていることはわかった。キットはフロント係に彼の部屋へつなぐよう頼んだ。

フロント係はそうした。そして十五回の呼び出し音が鳴って応答がなかったので、キットは電話を切って、もう一度フロントに電話した。「彼が出なかったんです。今夜は彼を見ましたか？」

「見ていません」

「彼の車は駐車場にあるかしら？」

長い間、フロント係はなにも言わなかった。そして、辛抱強そうなため息をついた。

「お客さんのスパイはしません。その人のことが心配なら、その垂れた尻を上げて、こちらへ来てください」そう言って、彼は電話を切った。

なによ、わたしの声のどこが、垂れたお尻と結びつくわけ？

キットはもう一度電話した。フロント係は二回目の呼び出し音で警戒した声で応答した。

「こちらはロックフォード警察署のキット・ラングレン刑事です。おたくの宿泊客と連絡をとろうとしています。ブライアン・スピラーレ警部補です。本人の携帯電話に応答がないので、駐車場に彼の車があるか確認してください。この依頼には交渉の余地はありません。わかりますか？」

フロント係が泣きそうな声を出した。「どうやって彼の車を見分けるんですか？　こちらにはたくさんの――」

「青色のポンテアック・グランダムです。チェックインのときにナンバーは控えたでしょう。それをさがしなさい。今すぐに」

一瞬キットは反論されるかと思ったが、彼はしなかった。「お待ちください」彼は言い、電話を保留にした。

数分後に彼は戻ってきた。

「車はあります。僕が仕事に戻る前に、ほかになにかご用はありますか？」

キットはその皮肉を無視して、すでに自分の車へ歩きだしていた。「警部補の部屋番号は？」

「二一〇」

キットは電話を切り、トーラスに乗りこみながら考えをめぐらせた。

ブライアンの車は駐車場にある。携帯電話にも部屋の電話にも出ない。

〝ちょっとかぎまわってみた。携帯に電話してくれ〟

キットはみぞおちに居座る感情が気に入らなかった。漠然とした不安。なにかがおかしいという感じがする。

六番ストリートへ車を飛ばしながら、キットは理由をつけてその感情を消そうとした。

ブライアンは今、アイヴィが言っていた〝ランデブー〟の最中なのだ。もしくは、署の飲み仲間に迎えに来てもらって、出かけているのだ。

しかし、刑事は携帯電話にも無線にもポケットベルにも応答するものだ。いつも、なにをしているときでも。それが警官の基本的なルールだ。キットは教会や映画館やディナー中の店から呼び出されたことがあった。夫と愛の営み中のときもあった。

ブライアンはトラブルに巻きこまれている。

キットは〈スターライト〉に好タイムで到着した。車から飛び出して、階段を二階まで駆けあがった。二一〇号室に着き、ドアをたたいた。室内からテレビの音が聞こえた。

「ブライアン！　キットよ」

彼は答えず、キットはもう一度強くノックした。まだ応答がないので、彼女はノブをまわした。そして、鍵がかかっていないことを知った。

不安は大きくなり、恐怖に変わりつつあった。キットは銃を抜いた。空いているほうの手で、ドアをゆっくり開ける。

唇から悲鳴がもれた。ブライアンは戸口で仰向けに倒れ、開かれた目はうつろだった。彼はシャツを着ていなかった。胸に二発の銃弾を受けている。体のまわりに血だまりができていた。

キットは彼のそばへ行った。震える手で脈を確かめる。脈はなく、彼女は口を手でおおって、あとずさりした。

キットの脳裏をさまざまな思いがよぎった。悲しみで喉がつまった。友人に背を向けて、ベルトから携帯電話をはずして中央通報管理班（CRU）に電話した。なかなか声が出ず、四度目でやっと理解してもらえる程度には明瞭（めいりょう）に話すことができた。

「警官が死亡。〈スターライト・モーテル〉、六番ストリートと十八番アベニューの角」

53

二〇〇六年三月二十日　月曜日
午後十時二十分

　ＭＣはエンジンをうならせて、モーテルの駐車場に車を乗りつけた。一番乗りではなかった。駐車スペースはほぼうまっていた。パトカー。検死官のサバーバン。覆面パトカーとわかる車両。警官が巻きこまれた死亡事件のニュースは広まるのが速い。サルとハース巡査部長がすでに来ていることは間違いなかった。署長もじきじきに姿を現すだろう。

　警官が命を落とした。警部補が。

　ＭＣは駐車して車を降りた。どきどきしながら、ドアを閉めて階段へ向かい、記録簿にサインする間だけ足をとめた。

　キットはＭＣに電話し、なにが起きたかを伝えた。感情的になることもなく、淡々と。

　ＭＣはだまされなかった。ブライアンはキットのかつての相棒だ。いい友達だった。キットはショックを受けているのだ。

ＭＣは二階に着いた。大勢の警官たちが、おおいをかけられた通路でうごめき、心配顔で情報を待っていた——なにが起き、どう協力すべきかという情報を。しゃべる者は一人もいない。ぞっとするほどの静寂。

ＭＣはドアのそばにいる警官に近づいた。彼に身分証を見せると、室内へ入るよう手で合図された。ブライアンを一目見るなり、ＭＣは呆然とした。ぴたりと足をとめ、平常心を取り戻そうと必死になった。

今朝会ったばかりなのに。彼はぴんぴんしていた。これ以上ないというほどに。

そのとき、わたしは怒っていた。激しく。

〝やってみなさいよ。後悔させてあげるわ、絶対に〟

〝おれを脅迫しているのか？〟

〝どうとでも好きなように言えばいいわ〟

そのやりとりを思い出して唇が乾き、ＭＣは視線を上げた。キットがブライアンの右側に立ち、彼を調べている監察医のフランシス・ロゼッリを静かに見守っていた。キットが顔を上げた。ＭＣは片手を上げて挨拶し、キットのほうへ向かった。

「気分はどう？」キットのそばへ行くと、ＭＣは尋ねた。

「あまりよくないわ」

「残念だわ」

キットはうなずき、一度視線をそらしてからＭＣに目を戻した。「今日の午後、ブライアンに、うちの署にうらみを持っていそうな警官について調べるように頼んだの。夕方になって、彼はわたしに、なにかを見つけたというメッセージを残した。それでわたしはここへたどり着いたの」

「なんてこと……」ＭＣは声をひそめた。「あなた、この事件がなんらかの形でＳＡＫか模倣犯に関係していると思っているの？」

「ええ。ブライアンは間違った相手に事件のことを尋問したのかもしれない」

ＭＣはじっくり考えた。「あなたと話して、メッセージを残した直後に彼が死んだというのは、偶……」

ＭＣはその言葉――偶然――を口ごもった。理論に無理がありすぎて、言えなかったのだ。

二人は黙りこんだ。ＭＣは室内を見まわした。テレビがついている。スポーツ専門チャンネルだ。ブライアンのホルスターは、銃が入ったままデスクチェアの背にかけてある。狙撃(そげき)犯はブライアンがビッグマックの食事をとっているところを襲ったのだ。その袋と食べ物は離れたところにあるベッドの上にのっている。ナイトテーブルの上には、ミラーの首の長い瓶が二本あった。一本は空で、もう一本は半分ほど飲んである。

彼の携帯電話は本人の腰に装着されていた。

階段をのぼってくる集団の足音が静寂を破った。鑑識課だ、とＭＣは思った。案の定、まもなく鑑識課のソレンスタイン刑事とカンポ巡査部長が部屋に入ってきた。

キットは彼らからＭＣに視線を移した。「わたし以外に、あなたとブライアンの口論を聞いた人はいるの？」彼女は小声で尋ねた。

なにもこんなときに。ＭＣはキットがその話を持ち出したことに感謝した。「わたしが知る限りでは、いない。でも、だからといって、一人もいないことにはならないわ」

「提案してもいい？」

「これまで一度だってためらったことはないでしょう」

「面倒なことになりかねないわ。それは避けるのよ。サルのところへ行きなさい。彼に尋ねられる前に、すべてを話すの」

自分の不倫を上司に打ち明けることを考えると、ＭＣは気が進まなかった。このことは永遠に記録に残ってしまう。ひとつの過ちが、その後の警官人生についてまわるのだ。

「なにも話すことはないわ。わたしはこの事件とは無関係よ」

二人で内緒話ができるのは、そのときが最後だった。サルとハース巡査部長が姿を現した。彼らはＭＣとキットを見つけ、二人のほうへ歩きだした。ＭＣは、彼女たちをひたと見つめるサルのまなざしに気づいた。ブライアンの遺体にはちらりとも目をくれなかった。

「きみたち」サルは挨拶代わりに言い、それからキットだけを見た。「概要の報告を」

「ブライアンがわたしにメッセージを残しました。携帯電話に応答しないので、ここまで彼を追ってきました」

「ここへ？」

「彼とアイヴィは別居したんです。わたしはアイヴィに電話して、居場所を教えてもらいました。そして彼をこの状態で発見し、脈を調べて通報しました」

サルはうなずき、監察医に向き直った。「なにか報告できることは、フランシス？」

「銃創の周囲に付着した火薬から判断すると、狙撃者が立っていたのは五十センチと離れていないところです」監察医は弾痕（だんこん）を囲むようにびっしりとついた火薬粒を指さした。

「なにで殺されたかは明らかだ。一発目の弾丸は肺領域に、二発目は心臓に達した。その順番は火薬の付着具合から推察した。一発目があたって、スピラーレ警部補は一歩うしろへ下がった。射程距離の変化で、火薬の付着形状は変わるんだ」

「死後どれぐらい経過している？」サルが尋ねた。

「長くはない。数時間。体温と胃の内容物で時間は特定できる」フランシスは立ちあがって手袋をはずした。「もちろん、最優先で解剖するよ」

「彼は自分を殺した犯人を知っていた」ハース巡査部長が言った。

「同意見だ」サルはキットに向き直った。「筋書きはいたって明らかなようだ。彼はドアを開け、そして撃たれた」

その筋書きと、キットがブライアンを発見したという事実から考えると、彼女に嫌疑がかかった。キットは銃をホルスターから抜いて、握りの部分を上司に向けて差し出した。

「わたしの銃です」

銃を発砲するたびに、雷管の破片と焦げた火薬が発砲者の手、ならびに銃身に付着する。

ハース巡査部長はその銃を受け取り、そうした残留物について調べてから、キットに銃を返した。「とりあえず、持っていなさい」

「恐れ入ります、巡査部長」キットは銃をしまった。「今夜のことについて、ほかにも報告があります」キットに目を向けられたので、MCは彼女が不倫の件を話すのだと思って、一瞬ひやりとした。「彼がわたしに残したメッセージについてです。外へ出ませんか?」

サルたちは同意し、廊下へ出た。そこはあまりに人が多すぎたので、階段を下りて一階へ行き、さらに歩いてキットのトーラスのそばに立った。

「今日の午後、わたしはスピラーレ警部補にある説を話しに行きました。SAKは警官だという説です」

サルは目を細め、ハース巡査部長は鋭く息を吸った。「その説にたどり着いた理由は?」

キットは今夜MCに話したことをもう一度繰り返した。「ピーナッツからの電話の録音記録を見直したんです。彼はデリック・トッドについて知っていました。わたしたちが〝無駄骨を折っている〟ことも。彼は捜査手順を理解しています。だから、犯した罪から逃げられた。彼はそのことに大変誇りを持っています。まるでわたしたちになにかを証明するかのように。挑発するかのように」

「彼は犯罪か警察にくわしい人物かもしれない。または、家族に警官がいる」

「そういうことです。しかし、彼自身が警官、もしくは元警官かもしれません。うちの署にある種のうらみのようなものを抱いているのかも」キットは二人に意見を言う機会を与えるかのように、口をつぐんだ。彼らがなにも言わないので、話を続けた。「ブライアンは、該当者がいないか雇用記録を調べると言いました」彼女は息を吸い、二人を交互に見た。「メッセージの中で、ブライアンは〝かぎまわった〟と言いました。そのことでわたしに話があると」

二人の上司は、キットが言ったことをよく考えているかのように、しばらく黙りこんだ。

「そのメッセージは保存したか？」

「もちろんです」

サルは突然、語気を荒くした。「スピラーレ警部補の足跡をたどれ。彼が話した相手、彼が開いたすべてのファイル、彼が触れたすべての書類を知りたい。もしもこの犯人が警官だったら、この手でずたずたに引き裂いてやる」

54

二〇〇六年三月二十日　月曜日
午後十一時五十七分

午前零時近くになって家に着いたキットは、私道に車を入れてエンジンを切り、そのまま座っていた。不穏な雷鳴が響いている。今夜は激しい雷雨になるとの予報だった。もう何時間も前から雲行きはあやしかった。

ブライアンが死んだ。信頼できる友人が。わたしの英雄が。

しかも、わたしのせいで殺された。

熱くこみあげる涙を、キットはこらえなかった。頬を涙が伝う。最初はゆっくりとこぼれ落ちたが、その勢いは増し、とうとう彼女は身を震わせてすすり泣いた。

彼は笑わせてくれた。刑事でいることのすばらしさを日々思い出させてくれた。彼は家族のような存在だった。

家族。三人の娘たちは父親を失った。

キットは唇をきゅっと閉じて、アイヴィのことを考えた。サルはみずから彼女に伝えるべきだと決心した。ハース巡査部長は一緒に行くと申し出た。今ごろは、ほぼ間違いなく、二人がアイヴィに伝えているところだろう。

キットは両てのひらの手首に近い部分で目を押さえた。わたしはなぜ〝SAKは警官〟説を彼に話しに行ってしまったのだろう？　なぜ自分で調べなかったのだろう？

死体安置所にいるのはわたしかもしれなかった。二発の弾痕（だんこん）を胸に受けて。

ブライアンではなく、わたしがそうなればよかったのだ。わたしには残していく者はだれもいない。

刻々と時は過ぎた。時の経過とともに、涙はおさまり、悲しみは疲れた怒りのようなものへと変わった。それは復讐（ふくしゅう）という考えをもたらした。引き金を引いたくそ野郎を見つけて、報いを受けさせてやる。

キットはこれまで何度も、悲しみを怒りの糧にしてきた。前進を続け、自分の仕事をし、新たな一日に向き合うための手立てとして。

彼女は車を降り、玄関までの小道を歩いていった。ポーチの階段に包みが置かれていた。日用雑貨店の茶色い紙袋。まるで、近所の親切な人が食事を持ってきたが、彼女が留守だと知り、それを置いていったかのようだ。セイディが亡くなったときのように。

キットはその袋を見つめるうちに、こみあげる怒りに胸が締めつけられた。これを置いていったのは近所の人ではない。ピーナッツだ。中を見なくてもわかる。

あいつは優越感にひたりたいのだ。

キットは踵を返して、捜査用具セットをとりに大股で車へ戻った。その中にはゴム手袋と証拠品を入れる袋などが入っている。彼女は車の鍵を開け、捜査用具セットからゴム手袋と何枚かの袋を、そしてダッシュボードの小物入れから懐中電灯を取り出した。袋をジャケットのポケットに入れてから、懐中電灯をわきの下にはさむ。ポーチの階段へ歩いて戻りながら、ゴム手袋をはめた。

「さあ、このろくでなし」キットはつぶやいた。「始めるわよ」

キットは慎重に袋の口を開き、懐中電灯で中を照らした。携帯電話が見えた。その電話機のグリーンのライトが点滅していることから、電源が入っていることもわかった。そして、メッセージが待っていた。

彼女は袋から電話機を取り出した。それの裏面に貼られているなにかに指が触れた。裏返してみる。金色の髪の束だとわかった。細いピンク色のリボンで束ねてある。

少女の美しいブロンドの髪。エンジェルの髪だ。

キットの鼓動が速くなった。呼吸も速くなる。キットはその両方をしずめようとした。わたしが見ているものはなに？　殺されたスリーピング・エンジェルたちのうちの一人の髪だろうか？　それとも、未来の被害者のものだろうか？

あるいは、またしてもピーナッツの単なる陽動作戦だろうか？

キットは慎重にテープをはがして、毛髪の束をはずした。それを証拠品袋に入れて封をしたあと、彼女は電話機を開いた。それはヴェライゾン社の携帯電話で、キットが使っているのと同じ通信会社だった。メッセージサービスにアクセスすると、あらかじめ録音された音声がパスワードを要求した。可能性のある単語が頭をよぎる。ピーナッツ、子猫ちゃん、セイディ。メッセージを聞かせたいのだから、もっと簡単なものだろう。エンジェルたち。

当然だわ。

キットはそのアルファベットを対応する数字に変えて入力した——二、六、四、三、五、七。

パスワードは認証され、メッセージが流れはじめた。

〝きみは間違っている〟彼は言った。〝僕は記念品を持っていった。分けてあげるよ〟

キットはがたがた震えはじめた。強い嫌悪感がこみあげる。電話機を耳にあてていると、着信音が鳴った。

「もしもし、このくそ野郎」キットは言った。

「子猫ちゃん」彼はたしなめるように言った。「悪口か？　僕たちは友達だと思ったのに」

「そうよ」キットは通りに視線を走らせた。数台の黒っぽい車、家々の窓、一面の暗闇。彼はここにいる、どこかに。わたしを見ている。おもしろがっている。「わたしたちは友達よ。出てきて遊びましょう」

彼は笑った。「きみをずっと待っていたよ。今夜はどこへ行っていたんだ？」

「ふざけないでよ。ブライアンのことを自慢したくて電話してきたの？　彼を殺したことを？」

「なんの話だか、だれのことだかわからないな」

「ブライアン・スピラーレ警部補のことよ」あまりの憎悪に、彼の名を口にすると、喉がつまった。「わたしの友人。前の相棒よ」

　しばらく彼はなにも言わなかった。「ご愁傷様」

「あなたを信じるべきなのよね？　嘘つきの人殺しを？　あなたも警官なの？　そうなの、ピーナッツ？」彼は鋭く息を吸った。キットは問いつめた。「彼は真相に近づきすぎた？　してはいけない質問をした？　だから彼を殺したのね」

「僕じゃないよ、子猫ちゃん。今回はほかをあたってくれ」

　彼はさりげないふうを装おうとしたが、キットは相手の声のかすかな震えに気づいた。彼はわたしの言葉に動揺した。なぜだろう？　彼が本当のことを言い、ブライアンを殺していないのなら、なぜ気にするのか？

　わたしが警官かと尋ねたから？

「あなたは子供を殺し、警官を殺した」キットは一呼吸おいてから言った。「あら、おばあさんを殺したことを忘れていたわ。呼び名を〝おばあちゃん襲撃犯〟に変えてもいいわよ」

「警官殺しは僕じゃない」彼はもう一度言った。声がうわずった。「その件で電話したんじゃない」

「なぜ電話したの、ピーナッツ？　自慢するためではないの？　じゃあ、なぜ？　なぜわたしにかまうの？」

「話をするためだ」彼の声が震えた。「きみにわからせるためだ。ほかの人に聞かれずに」

キットは彼をあざわらい、声が震えていることや、彼女が耳を傾けるべきだという考えを一笑に付した。「なにをわからせるの？　あなたがどうしようもない臆病(おくびょう)者であることね。子供と老婆を殺した腰抜けということかしら？」

「口に気をつけ――」

「なんで気をつけなくちゃいけないの？　だれも聞いていないのよ。忘れたの？」キットは暗い通りのほうへ向き直り、空いている手を差し出した。「わたしを捕まえに来なさいよ、くそったれ！　わたしはここよ！」

「きみはヒステリックだな。落ち着けよ」

「あなたは化け物だわ。地獄へ落ちろ」

「僕は化け物じゃない！」彼は急に沈黙した。かちりという音と、たばこにしゅっと火がつく音が聞こえた。深々とたばこを吸う音も。「僕は快楽のために人殺しをするような動物じゃない。命を奪うことに興奮はしない」

「じゃあ、なぜ殺すの？」キットは尋ねた。

「知的な楽しみの追求だ。チェスみたいなものさ。犯罪と捜査。犯罪者と警官。わかるか？」

「チェスではだれも死なないわ」

「賭けるものは大きいほうがいい。それだけさ」

キットは亡くなった子供たちと遺族のことを考えた。彼が殺したという三人の老女のことを思い、彼女たちはだれかの母や姉妹や祖母だったのだと考えた。キットはうんざりした声を出した。「あの少女たちはあなたとゲームをしていたの？　いいかげんにして」

「違うよ、子猫ちゃん」彼の声には警告と落胆が聞き取れた。「ゲームをしているのはきみと僕だ。今も。五年前も」

「今、わたしはあなたとゲームはしていない。五年前もよ」

「しているよ。していたんだよ。五年前は、僕が勝った」

「勝ったから犯罪から手を引いたの？」

「そうだ。僕はきみたち警察の裏をかいて勝った」

「わたしが勝てば、あなたを捕まえる」

「そういうことだ。僕たちはどちらも勝ちたい。優位に立っているのは、もちろん僕だ」

「それはなぜ？」

「僕は感情を持ちこんでいないからだ。きみは持ちこんでいる」

たしかに彼は感情的になっていない、とキットは実感した。つまり、彼は本当にいかれているということだ。彼には良心の呵責がない。感情移入しない。善悪の道徳観がない。

そのことがよけいに彼を捕まえにくくしている。

「命を奪うことはゲームではないわ」

「きみにとってはね」彼はやさしく言った。「だからこそ、僕は優位にいるんだ」

「模倣犯はあなたなの？」

彼は一呼吸おいた。「違う。僕じゃない」

今度はなんのあてこすりもなかった。怒ったようすもない。キットははたと気づいて、
ポーチの階段にどすんと腰を下ろした。二人の殺人犯。死んだ六人の子供。五年の歳月。

キットは答えにまったく近づいていなかった。

わたしには手に負えない。

わたしには選択の余地がない。

「降参か、子猫ちゃん？」

彼はわたしのことをとてもよく知っている。わたしの心を読んだのだろうか？　または、
声の調子を読んだのか？　それとも、彼はわたし自身をゆがめた姿なのだろうか？　犯罪
をとめるのではなく、犯罪を犯すことに取りつかれた警官。

「とんでもない。わたしは絶対に降参しないし、あなたをさがすことをやめないわ」

「残念だ」彼の声に表れた落胆は本物に聞こえた。「きみは負けず嫌いだよな？」

「わたしはすでになにもかもを失った。こんなのどうってことないわ」

「命はまだある。もちろん、死ぬのはこわいだろう？」

　キットはセイディを思い浮かべてほほえんだ。「いいえ。死は終わりではなく、始まりよ」

「じゃあ、なぜそんなに必死に命にしがみつく？」彼の声は深みを増し、やさしくなった。

「命が奪われると、なぜ激怒するんだ？」

「命は大切だからよ。命は贈り物よ。神からの恵みなの。それに、命はあなたにも、だれにも奪われるべきではない」

「僕の子猫ちゃんには気高い一面がある」

「この毛髪はだれのもの？」

「ＤＮＡ検査でわかることだ」

「オリジナルのエンジェルの一人？」

「そうだ」

「あなたは模倣犯がだれか知ってるの？」

「知っている」

　以前、彼はそのことをはっきりとは口にしなかった。今夜は二人の〝ゲーム〟を新しい段階に進めるつもりのようだ。それとも、彼が次の段階へ進めたいのは二人の関係だろうか？　キットは疑問に思った。二人の関係はおふざけの段階を過ぎて、本音を打ち明けるほど親しくなりつつある。

　彼がこれを人間関係だと考えていることに、キットは気づいた。

彼女は興奮を声に出さないように努力した。「名前を教えて。わたしが彼——もしくは彼女——をあなたの目の届かないところに送ってやるわ。そうしたら、あなたとわたしだけになる」

「彼女？」彼はうれしそうに言った。

「例の倉庫に入れた品々からわたしに発見させたかったのは、それでしょう？」

「違う。でも、きみには驚いたよ。僕は今まで……きみの推理のやり方には好印象を持っていなかった」

あの中には、ほかのなにかがある。

キットはそれをあとで考えることにした。「名前を教えて。そうすれば、あなたとわたしだけになるわ。わたしはそのほうがいい。あなたもそうでしょう？」

「そういうことは、ただでは教えられない」

「見返りになにが欲しいの？」

「きみだ、キット」彼がほほえんでいるのが声からわかるようだった。「きみをもっと知りたい」

「わたしは暗闇から出てくるようにあなたを誘ったわ。ここにはわたししかいない」

「きみを知るために、僕たちが顔を合わせる必要はないよ。僕はきみの頭の中が知りたい。きみがどう考え、なにを感じるのかを知りたい。きみの夢。恐怖を」

「でも、それならすでに知っているはずよ」キットは穏やかに言った。「そうでしょう？」

「じゅうぶんとは言えない」彼はあっさり言った。「僕はもっと知りたい。きみの結婚について話せ」

「わたしの結婚？」キットは平静を失って、きき返した。

「ジョーについて。きみの恋愛について」

これはキットにとっては予想外だった。彼はキットを幾重にも包む防護層をはがして、その下をのぞくことに決めたらしい。ひとたび、それらの層を一枚一枚調べ、臆病な心の奥をむき出しにしたら、彼はわたしをどうするつもりだろうか？

わたしを殺すつもりだ。

いいえ、わたしを崩壊させるつもりだ。

またしてもキットの心を読み取ったかのように、彼は笑った。「見返りは模倣犯の名前だ、キット。子供たちのために話せ」

子供たち。エンジェルたち。彼は彼女たちを、キットを怒らせるための切り札として使った。「人でなし。質問しなさいよ」

「どうやって出会った？」

「付き合いは高校生のころからよ」キットはしぶしぶ答えた。「わたしが一年生で、彼が二年生のときに出会ったの」

「どんなふうに？」

彼がジョーのことを熱心に質問するのは奇妙だ。

「ありきたりよ。彼がわたしにぶつかって、わたしが本をばらまいたの。彼は拾うのを手伝ってくれた」キットは深々と息を吸い、自分が震えていることに気づいた。「彼の目は、見たことがないほど真っ青だった」

「そしてきみは恋に落ちたというわけか？」

「ええ。そんなところよ」

「一目惚れか。なんてすてきなんだ」

キットは彼があざわらっているのがわかった。その〝すてき〟は〝世間知らず〟や〝ばかばかしい〟と同義語だった。「当時は一目惚れとは思わなかった。今思えば、そうね」

「なぜ彼を？　目が青いから？」

「ジョーはやさしいの。わたしが知り合った男性のなかでは、いちばんやさしい」キットは思い出して、一人ほほえんだ。「わたしにだけではないわ。彼はみんなを愛している。人々を高く評価する。人々の違いを。欠点でさえも」

「たいした聖人だよな？　聖ジョーだ」

「わたしたちは同じ夢を見たわ」彼のいやみはキットには効果がなかった。これはジョーについての話ではない、と彼女は気づいた。ＳＡＫや模倣犯についてでもない。捜査についてでもない。

わたしについての話だ。

そして、この会話には救いを感じる。

「わたしたちは同じ信念を持っていた。人生について、人生の美しさと神聖さ、そして死後のことについて。本当に大切な事柄について。愛。家族。信条」

話すうちに、記憶がどんどんよみがえってきた。いい思い出。十年後のことなど考えたこともないころのこと。

笑ったこと。愛し合ったこと。成功、そして恐怖を分かち合ったこと。娘の誕生を祝ったこと。医師からセイディの白血病を宣告されたときに、彼女の手を握り締めたジョーの手の感触。

それらは心の底の頑丈な箱に封じこめていた記憶だった。なぜだろう？　なぜわたしは喜びを痛みにのみこませてしまったのだろう？　いい思い出を悪い思い出で陰らせてしまったのだろう？

また雷が鳴り響いた。今度は近い。木々の葉がざわめきはじめた。キットは身震いした。

「それで、なにが起きた？」彼は尋ねた。「なにがきみの夢を変えた？」

「なんですって？」キットは驚いてきいた。

「きみたちは同じ夢と同じ信念を持っていた。そして、きみは彼を愛していた。なぜそれががらりと変わった？」

わたしが変わったからだ、とキットは気づいた。わたしの夢、わたしの信じるものが変わったからだ。

「セイディが死んだからよ」キットは穏やかに言った。「わたしは自信をなくした。夢を見られなくなった。愛せなくなった」

「そう。人生は残酷だ。弱い者、理想を掲げる者、深く愛する者が犠牲になる。つぶされるより、つぶす側になるほうがましだ」

「いいえ」キットは言った。「あなたは間違っているわ」

「僕がか、子猫ちゃん？」

「わたしは間違っていたわ。あきらめるなんて。愛に背を向けるなんて」

「へどが出そうだ」

キットの目に涙がこみあげた。喜びの涙だ。わたしは初めからジョーを愛していた。

今でも愛している。

キットはその話をした。

彼は笑った。「きみは愚かだ。彼はほかの女と婚約しているんだぞ。きみのことは愛していない」

「愚かな者だけが愛することを知らない」

そのとき、雨がぽつりと降りはじめ、すぐに小雨になった。天が今にも口を開けようとしている。

「名前を教えて。あなたが知りたいことは話したわ。今度はあなたの番よ。模倣犯はだれ？」

「もう一度被害者たちを見てみろ。被害者たちがきみに語りかけている」

「ずるいわ！　それでは――」

彼は電話を切った。切り裂くような雷鳴に、キットはぎくりとした。彼女はぱっと立ちあがり、袋をつかんだ。ポーチに駆けあがったそのとき、土砂降りになった。

キットは震えながら、雨を眺めた。またしても彼は欺いた。だまして、思いどおりのことをさせ、望みのものを手に入れた。

キットはドアの鍵を開け、暗い家の中に入った。まだゴム手袋をしていることに気づいた。毛髪の束を入れた袋と携帯電話を飾り棚の上に置き、手袋をはずした。

その手袋を握り締めるうちに、笑いがこみあげた。彼にはだまされたが、キットにとっては勝利だった。

キットが自分自身に与えられなかったものを、彼は与えた。

許し。癒し。

愛。

キットはジョーのことで頭がいっぱいだった。胸もいっぱいだった。彼女は電話を見て、そちらへ向かった。だめだ。わたしはあやまらなければならない。今日のことを。昨日のことを。すべてを。

ジョーに許しを請わなければ。

キットは車のキーをつかむと、嵐の中に飛び出した。

55

二〇〇六年三月二十一日　火曜日
午前一時三十分

激しい雨で前が見えなかった。キットはジョーの家の私道に車をとめ、ドアを勢いよく開けて降り、家に向かって走った。すでに濡れていたが、玄関に着くころにはずぶ濡れになった。

嵐で気温は下がっていた。歯がかたかた鳴る。手と足は感覚がない。

キットは雨も寒さも気にしなかった。頭にあるのはジョーのことだけ。今夜わかったことを打ち明けること。彼に許しを請うこと。二人が新たなスタートを切るには遅すぎるとしても、彼にはあやまるべきだ。

わたしは間違っていた。なにもかも。

キットはチャイムを鳴らし、ドアをたたいた。「ジョー！　わたしよ！　キットよ！」

家は暗いままだった。キットはもう一度チャイムを鳴らした。さらにもう一度。

「ジョー！　開けて！」

家の中の明かりがついた。そしてキットの頭上の明かりもついた。ジョーが明かり取りの窓から外をのぞいた。彼の顔を見たとたん、キットはほっとして叫びだしそうだった。

「中に入れて！　どうしても話があるの！」

ジョーがドアを開けると、キットはおぼつかない足取りで中に入った。

「あなたに言わなくちゃいけなかったの」キットは叫んだ。「今。今夜」

ジョーはかすかにあとずさりした。真夜中に、頭のおかしなずぶ濡れの人間にドアをたたかれたら、自分もそうするだろうとキットは思った。

「事件のことか？」ジョーはきいた。

事件ですって？　キットは困惑して目をしばたたき、彼がそう考えるのも無理はないと気づいた。彼は一日の大半を、尋問や、自宅と会社の捜索の立ち会いに費やしたのだ。

「いいえ」キットは首を振った。「わたしのことよ。それと、あなたのこと」キットは両手を握り合わせた。「ごめんなさい。あなたをのけ者にして。セイディが死んだあと、あなたを拒絶して。あなたはわたしを必要としたのに、わたしは……」

キットは泣き崩れた。今まではそこまで泣くことができなかった。しばらくすると、ジョーがぎこちなく彼女を抱き締めた。

彼にしがみついているうちに涙はとまった。「ごめんなさい」キットは一歩下がった。

「気にするな」

キットは両手の甲で涙をぬぐった。「わたしはセイディが死んだあと、泣かなかった。泣く代わりに、スリーピング・エンジェルの捜査にのめりこんだ。事件の担当でなくなったとき、今度は酒びたりになった」彼女はしゃくりあげた。「悲しみに暮れていたら、あきらめてしまうと思ったの」

「なぜそんな話をするんだ？」

「あなたに目を向けることもできたはずなのに。そうするべきだった。今ならわかるわ」

「過ぎたことだ」

「いいえ、ジョー、違うわ。わたしはあなたを愛している。まだあなたを思っているの」

長い間、ジョーはただキットを見つめた。彼はどう思っているのだろう？　彼の表情が読み取れなくて、キットは疑問に思った。彼は怒っている？　喜んでいる？　ほっとしている？　迷惑がっている？

それとも、あまりに時間がたちすぎて、なにも感じられないのだろうか？

キットの目に涙がこみあげ、頬を伝い落ちた。ジョーは人さし指でそれを受けとめた。

「大丈夫だよ、キット。僕もきみを愛している」

彼の言葉を理解するまでに、たっぷり十秒はかかった。キットは理解すると、声をあげた。彼の腕の中に飛びこみ、胸に頬を押しあてた。

ジョーの腕が彼女を包んだ。「震えているね。それに冷えきっている」ジョーは彼女の背中をさすり、それからゆっくりと彼女を放した。

キットは彼の濡れたTシャツを見て、申し訳なさそうに言った。「ごめんなさい――」

「おいで」ジョーはキットを家の奥のマスターバスルームへ連れていった。そして彼女にふわふわのタオルと、彼の厚地の白いバスローブを渡した。「シャワーを浴びたければどうぞ。僕は別の部屋にいるよ」

キットは声を出せずにうなずいた。慣れ親しんだ環境が奇妙であり、励まされもした。ジョーがバスルームを出ていくと、キットはシャワーの栓をひねった。服を脱ぎ、それをバスタブのわきに置いて、シャワーの下に入った。

熱いしぶきにしばらく打たれていると、体が温まった。手早く体を洗う。ジョーのシャンプーと石鹸（せっけん）の香りがたちこめた。体をふき、大きくて柔らかなバスローブを着て、キットはバスルームを出た。

するとそこには、ベッドの端に座り、両手で頭を抱えているジョーがいた。

キットは胸がいっぱいになって、彼に近づいた。彼の前にひざまずき、両手で彼の手を包む。するとジョーは彼女と目を合わせた。

彼は泣いていたのだ。

キットは、それが喜びの涙か絶望の涙か、過去のための涙か未来のための涙かを尋ねたかった。

尋ねる代わりに、彼女はジョーの顔をてのひらで包み、彼にキスをした。初めはやさしく、次に激しく、情熱をつのらせながら。その情熱に駆りたてられて、二人はもっと欲しくなった。もっと奪いたくなった。

愛を交わしたくなった。

それからしばらくして、二人はたがいの腕の中で横たわっていた。キットはセイディが死んでから初めて安らぎを感じた。ジョーの胸に顔を押しつけ、慣れ親しんだ彼の香りを吸いこんだ。

ジョーは彼女の髪を撫(な)でた。「どうでもいいことだけど、こんなふうになったきっかけはなんだ？」

ブライアン。電話をかけてくる殺人鬼。事件の捜査。「あなたに話すべきじゃないわ。今のところは」

ジョーは顔を彼女のほうに向けて眉をひそめた。「なぜ？」

「ムードがだいなしになるから」キットは喉がつまって、咳(せき)ばらいをした。「それに、今このときを大事にしたいの、できるだけ長く」

そうは言っても、じわじわ広がる不穏な影が、彼女の幸福感をそっと脅かした。

キットはふたたび幸せな気分を取り戻せるだろうかと考えた。

56

二〇〇六年三月二十一日　火曜日
午前八時十分

翌朝キットは、ベーコンの香りで目が覚めた。まぶたを閉じて、深呼吸する。ジョーご自慢のベーコンエッグの朝食だ。キットが彼を恋しく思ったもうひとつの要素だ。

キットはぱっと目を開けた。ブラインドの端から日差しがもれてくる。ベッドにいようとキットは思った。新婚のころのように。だらだらして、愛を交わして――午後一時、二時を過ぎても、二人はベッドから出ないことがあった。

キットはそれを思い出してほほえみ、体を起こして伸びをしてからベッドを這(は)い出した。ショーツを拾って身につけ、衣装だんすへ向かった。ジョーはいつもTシャツを上から二番目の引き出しにしまっていた。

今でもそうだった。キットは引き出しを開けて、わかった。一枚取り出して、それを顔まで持ちあげた。ジョーの香りがするそのTシャツは、着ては洗いを繰り返したせいで柔らかかった。

キットはそれを着てから、足音をたててキッチンへ行った。

ジョーは彼女に背中を向けて、卵をかきまぜていた。キッチンは小さなハリケーンに襲われたかのようなありさまだった。彼は昔から散らかし放題の料理人だった。

「おはよう」キットは言った。

ジョーは肩越しに振り返ってほほえんだ。「起きたね」

「もっと早く起きるべきだったわ」キットは髪を撫でつけた。「大遅刻よ」

ジョーはマグカップにコーヒーをついで、彼女に差し出した。「ぐっすり眠っていたね。起こす気になれなかった」

夢も見ないほどの深い眠りだった、とキットは思った。心底安らいだ。身も心も。

キットはジョーのそばへ行って、コーヒーを受け取った。「いまだに〝朝食は一日でいちばん重要な食事〟説を信じているみたいね」

「もちろんだよ」

キットがコーヒーをすすりながら見ていると、ジョーは食器棚から皿を二枚と、引き出しからフォーク類を取り出し、ガスレンジのそばのホルダーからナプキンを引き抜いた。

なにもせずにいるのは変な感じだった。朝食作りはいつもジョーの担当だったが、テーブルについて待つのはセイディと一緒だった。あと片づけは、彼が出かけたあとにしたものだった。

かつては自分のもので、今はそうではない家にいるというのは不思議な感覚だった。見たところ、キットが備えつけたものはそのままになっているものもあれば、変えられてしまったものもあった。

わたしがみっともなくうろうろしていることが、ジョーにも奇妙に見えているのだろうか？

キットは視線を移し、皿に目をとめた。その磁器の模様は、彼女とセイディが選んだものだった。白地で、縁に黄金色と黒の幾何学模様がついている。

〝ミツバチみたい！〟セイディは大声でそう言ったっけ。

離婚したとき、キットはジョーにすべてを与えた。夫婦生活や家族を思い出させるものは欲しくなかったのだ。

キットは胸がつまり、皿の縁模様を指でなぞった。今になって、そうした品々に、思い出に飢えていることがわかった。

キットはジョーに見られていることに気づいた。「これ、セイディが選んだのよ」

「そうだね」

「これもだわ」キットは塩と胡椒を入れるミッキーマウスとプルートの容器を手にとった。「ディズニーワールドに行ったときよ。覚えてる？」

「僕は全部覚えているよ、キット」

ジョーの口ぶりにキットははっとした。

彼と目を合わせられなかった。キットは弱虫でどうしようもない自分を叱りつけた。なにを恐れているの？

しばらくして、ジョーがマッシュルームと玉ねぎとチーズ入りのスクランブルエッグをスプーンですくって、皿に盛りつけた。「ベーコンは？」

「くだらないことをきかないで。もちろん、ベーコンもつけて」

ジョーはキットの皿にベーコンを二切れのせ、こんがり焼けてバターが塗られたイングリッシュマフィンを指さした。

食事中の話題はあたりさわりのないものだった。天気。食べ物。たがいの知人や家族のこと。食事が終わると、ジョーはやさしく彼女の名前を呼んだ。キットは目を上げて彼を見た。

「どうしてここへ来たのか、そろそろ話してもらえるかな？」

すべての記憶がいっきによみがえった。ブライアン。ピーナッツからの電話。彼の質問。キットは先ほどまでの幸福感が逃げていくのを感じた。

キットはその幸福感に必死にしがみついた。せめて、もう少しだけ。「最高のセックスとおいしい朝食のほかの理由？」

「やめろよ。冗談で片づけて、僕を締め出すのはやめてくれ。きみは、昔もそうやって……」ジョーは言葉をのみこみ、テーブルを離れた。自分が使った食器類をシンクへ運び、そしてキットに向き直った。キットは彼が震えているのがわかった。「きみは僕の心を傷つけたんだ、キット。僕たちはセイディを失った。そして、僕は……きみを失った」

「わかってるわ。ごめんな――」

「いや」ジョーは彼女をさえぎった。「きみはわかっていない。自滅していくきみを見る気分がどんなものだったか、きみには想像できやしない。触れることができるほどきみがそばにいるのに、何百万キロのかなたにいる感じがすることが、どれほどつらいことか、きみには想像できないよ。僕にはきみが必要だった……とても」

ジョーの言葉は胸にこだえた。キットは唇を固く閉じ、否定できればいいのにと思った。言い訳できればいいのにと。

だが、真実に対する言い訳など、どうしてできるだろう?

「僕はずっと嘆き悲しんだ。そして腹を立てた。ものすごく頭にきて、僕は……怒りの炎に焼きつくされるかと思った」

ジョーはこれまで一度もその怒りをキットに明かしたことはなかった。言葉でも、行動でも。もしくは、キットは自分の感情ばかりに気をとられて、彼の気持ちに気づかなかったのかもしれなかった。

昨夜見た、ジョーといつまでも幸せに暮らすという美しい夢が、今となってはばかばかしく思えた。

自己実現の真っただ中にあるうえに、感情的になっているのなら、夢を見るのは容易だっただろう。簡単だ。キットはジョーを愛している。ジョーはキットを愛している。だが今朝、まぶしい光を浴びていると、本当はその夢がいかにむずかしいこと――複雑なこと――であるかがわかった。

「あなた、わたしを憎んでいるでしょうね」

「僕にはわかったよ。愛と憎しみは、実は紙一重なんだ」

キットはジョーと目を合わせたが、彼を見るのはつらかった。それが彼に対する気持ちだった。「ごめんなさい以外に、なんと言えばいいかわからないわ」

「僕のほうこそ、すまない」

キットは悲しみで胸がつまった。それを必死にやり過ごす。二人にとって幸せな終わり方ではないにしても、二十四時間前よりはましだった。

少なくとも今は、自分の気持ちがはっきりした。また愛せるようになった。

「ブライアンが亡くなったわ」キットは静かに言った。「ゆうべ殺されたの」

「ブライアンが？　なんてことだ」

「理由までは説明できないけれど、彼が殺されたのは模倣犯の殺人事件に関係していると思う」

ジョーはテーブルに戻ってきて、重たそうに腰を下ろした。呆然としている。

キットは話を続けた。「SAKを名乗る男が、またゆうべ電話をかけてきたわ。あなたについて話せと言った。わたしたちについて。わたしたちの交際と結婚のことを。その見返りに、彼は模倣犯の名前を教えると約束した」

「彼は言ったのか?」

「いいえ。代わりに、別の手がかりをくれたわ」

「それで、きみはここへ来たのか?」

「彼にわたしたちのことを話していくうちに、扉が開いたの。そうしたら、わたしがしまいこんだものすべてがあふれ出した」

今度はキットが立ちあがり、離れていく必要があった。考えをまとめると、彼女はジョーに向き直った。

「あなたを今も愛していることはずっとわかっていた。でも、苦しみをすべて忘れられるほどに愛せるとは思えなかった。あなたにふさわしい愛を与えられるほどには」

「そして、今は?」

「白血病協会のイベントで、あなたがもう一度生きたいと言ったことを覚えてる? わたしももう一度生きたいわ。苦しみを忘れ、傷つくのをやめて」

ジョーはキットの手をつかみ、ぎゅっと握り締めた。それで彼女は思い出した。遠い昔、セイディの主治医と向き合った日のことを。これから起きようとしていることに対して覚悟を決めた日のことを。

二人は一緒だった。いつも。なんの疑いもなく。

「僕ときみの関係以上に、状況は複雑だ」ジョーは言った。「それはわかっているだろう?」

キットはわかっていた。ヴァレリー。彼女の子供。

二人で永遠の幸せを捕まえるには、あまりに時間がたってしまった。

キットは彼の手を握り締めた。「これだけ教えて。わたしを許してくれる、ジョー？」

「とっくに許しているよ」

57

二〇〇六年三月二十一日　火曜日
午前九時二十分

キットの遅刻が確定してからMCが腕時計を確かめるのは、これで十二回目ぐらいだった。昨夜の出来事を考えれば、キットは朝一番に来るものと思ったのに。

署内は陰鬱(いんうつ)な雰囲気だった。仲間が一人減ってしまった。

MCはあまり眠れなかったが、それは複雑にからみ合った理由のせいだった。目をつぶるたびに、殺害現場がよみがえった。生前のブライアンを思い出し、彼に家族がいることを思い出した。彼と口論したことが気になって、自分はなにをするべきかと考えた。上司のもとへ行って、ブライアンと交際していた過去と口論したことを告白するか、それとも、上司が二人の関係に気づかないことを願うか。

ブライアン殺しにMCはおじけづいた。もしも同僚の警官に、してはいけない質問をしたせいで彼が殺されたのだとしたら、ＭＣとキットも危険にさらされる。とくにキットは。

ＭＣはキットの自宅と携帯電話にかけた。どちらも応答がなかった。やはり変だ。

ＭＣはデスクに指を打ちつけながら、ほかの筋書きを考えた。キットはまた禁酒を破って、家で寝過ごしたのか。

なにせ、ジョーが父親になることを知ったという精神的苦痛のせいにして、キットが過ちを犯したのは、ほんの一週間前のことだ。昨夜はキットのよき友人であり、前の仕事のパートナーだった人が殺された。キットは責任の一端を感じている。それは禁酒中の人間を酒に走らせるにはじゅうぶんな精神的苦痛だ。

その筋書きのほうが最初の筋書き――キットが自宅の玄関先で、胸に銃弾を二発受けて倒れている――より、はるかにありえる。

しかたない。ＭＣは決心して立ちあがった。キットの家までひとっ走りして、ようすを見てこようか。

ちょうどそのとき、ＭＣの携帯電話がぶるぶると振動した。キットからだと確信して、画面も見ずに応答した。

「リッジョです」

ＭＣはすぐに勘違いに気づいた。「ゆうべは寂しかったよ」ランスが言った。

彼女はほほえんだ。「わたしもよ」

「電話してくれるかと思ったのに。明け方まで待ったんだよ」

「急にやっかいなことが起きてしまって。抜けられなかったの」

「今日の予定は？」

「わからないけれど、いい状況じゃないわ」ハース巡査部長が戸口に現れた。「もう切らなくちゃ。電話するわ」ＭＣは電話を切ってから、上司に注意を向けた。「なにかありましたか、巡査部長？」

「サルがオフィスで会いたいそうだ。今すぐに」

ＭＣは彼の口調が気に入らなかった。あまりに事務的だ。「キットがまだ来ていません」

「この件にキットは必要ない」

二人が刑事部長のオフィスに着いたとき、ＭＣはなぜキットがいなくていいのかわかった。サルは一人きりではなかった。内務監査課の刑事が一緒だった。

ブライアンと口論したことを告白するべきかどうかという問題は、もはや意味がなくなってしまった。彼らはすでに知っているのだ。

そしてすぐさま、ＭＣはもうひとつのことにも気づいた。

キットが告げ口したのだ。

キットの遅刻理由はそれだ。だから携帯電話に出なかったのだ。内務監査課が処分を決めるまで、キットはわたしと顔を合わせたくなかったのだ。

うらみと裏切られたという思いが入りまじった。ジョーのことでキットを裏切ったのだから、こうなってもしかたがなかった。わたしは無邪気にも、キットとうまくやっていけると信じてしまった。

「入りなさい、リッジョ刑事。こちらは内務監査課のピーターズ刑事だ」

ＭＣは軽く会釈した。「ピーターズ刑事とは面識があります。コールドウェルの捜査のときに話をしました」

「そうでしたね」ピーターズはかすかに唇をほころばせた。「お座りください」

ＭＣは腰を下ろし、膝の上に両手を重ねた。

「この面談がなにについてか、心あたりはありますか、刑事？」

本当のことを言って、被害妄想か罪の意識を抱いているように見せようか？　それとも、涼しい顔でとぼけようか？　どちらにも利点とリスクがある。

ＭＣはその間をとった。「わたしが取り組んでいる捜査についてではないでしょうか」

「というのは？」

「模倣犯の殺人事件とスピラーレ警部補殺しです」

「取り扱い件数がずいぶん少ないですね」

「しかし、凶悪です」

「たしかに」ピーターズは両手の指を伸ばして突き合わせた。「あなたとスピラーレ警部補の関係をどのように分類しますか？」

「良好でした。最近までは」

「最近までは」彼は繰り返した。「なにがあなたたちの関係を変えたのか、話してもらえますか？」

「警部補に口説かれるようになりました。わたしが断ると、彼はわたしをつけまわしたんです」

「セクシャル・ハラスメントということですね」

「そういうことです」

「なぜ上司かわたしたちに相談しなかったんですか？」

「自分でなんとかできると思ったからです」

ピーターズの目つきがきびしくなった。「なんとかできましたか？」

「わたしが彼を殺したのかときいているのなら、答えは〝とんでもない〟です。彼とは口論しました。実は、昨日」

サルが口を開いた。「なぜゆうべ申し出なかった？　きみたちの口論がどのように人の耳に入るか知るべきだったな。どう見えるかについても。非常識にもほどがあるぞ、リッジョ！」

本当にそうだ。

キットを信用したのと同じぐらいに。

ピーターズが立ちあがり、歩いてきてMCの正面に立った。「リッジョ刑事には彼女なりの理由があるんだと思います。そうではありませんか？」

MCは頭をうしろに傾けて彼を見あげる代わりに、立ちあがった。二人は今にも鼻先がぶつかりそうだった。「そのとおりです、ピーターズ刑事。さすがですね」

彼女の声に表れたいらだちに気づいたのか、ピーターズはなにも言わなかった。MCは上司たちのほうを向いた。「ブライアンとわたしは何年も前に恋愛関係にありました。わたしは新人で、彼は刑事でした。その関係は過ちであり、長くは続きませんでした。本当はこんなことを打ち明けたくありません。自慢にもなりませんから。だから申し出ませんでした」

しばらくの間、男たちは黙りこんだ。するとサルが口を開いた。「ブライアンの魔法にかかった新人はきみが初めてではないし、最後でもなかった」

MCはうなずいた。「それはごもっともですが、ほかにもわたしと同じ愚か者がいると知ったところで、気は晴れません」

ピーターズが咳ばらいをして、話を本題に戻した。「スピラーレ警部補を脅迫したというのは本当ですか？」

「実際には、彼がわたしを脅したんです。わたしが彼に、つきまとうのをやめない場合は報告すると言うと、彼は、わたしが凶悪犯罪課に配属されたくて彼と寝たという噂を広めると言いました」

「それで、あなたはどう答えましたか？」

「やめたほうがいいと答えました」

「それだけですか？」

「はい」

「彼を撃つと脅しませんでしたか?」

「とんでもない」

「線条痕検査のためにあなたの銃が必要です」

　MCはホルスターからグロックの四〇口径を取り出して、差し出した。その検査手順なら知っている。発砲の際、すべての銃は弾丸にいわば〝指紋〟のようなものを残す。銃身内部の小さな凹凸により、金属に傷がつくのだ。そして人間の指紋のように、弾丸に同一の痕を残す拳銃はふたつとない。薬莢についても同じだ。

　薬莢または弾丸を比較するには、ゼリー状の角柱に発砲し、その弾丸または薬莢を取り出して、ブライアン殺しの現場から採取したものと比較する。

　サルはMCの銃を受け取った。「今日の午前中には返す」

「よろしくお願いします」MCは彼らを交互に見た。「ほかになにかありますか?」

　ないと言われたので、MCはサルのオフィスを出た。彼女が内務監査課に尋問されたという噂は、すでに広まっていた。尋問の理由は明らかだ。それで、たくさんの警官たちが、なにかおもしろい話は聞けないものかと、サルのオフィスのまわりをうろついていた。彼らのなかには、視線をそらすだけの礼儀をわきまえている者もいたが、じろじろ見る者もいた。

　このたぐいの注目だけは浴びまいとがんばってきたのに。

流れに身をまかせなさいというキットのアドバイスを思い出して、MCはいらいらするのをやめて、頭を高く上げて彼らのそばを通り過ぎた。

MCは、出勤してデスクにいるキットを見つけた。「犯罪現場に戻ってきたの？」MCは戸口から尋ねた。

キットは顔を上げた。「なにか言った？」

「やっと出勤したのね」

MCは質問を無視してキットのデスクに近づいた。「今朝はどこにいたの？」キットの視線がかすかに動いたので、MCは眉をひそめた。「思ったとおりだわ。まったくありがたいことね」

「内部監査課のこと、聞いたわ。どうだった？」

「さっぱりわけがわからないわ。ヒントをくれない？」

「ジョーの件の仕返しをしたかったんでしょう？　これでおあいこならいいけど。奇襲攻撃はもう受けたくないわ」

キットは立ちあがってデスクにてのひらをつき、MCのほうへ身を乗り出した。キットが口を開いたとき、彼女の声は低く、怒りで震えていた。「わたしが巡査部長とサルに、あなたとブライアンの口論のことを告げ口したと思う？」

「あなたじゃなかったの？」

「違うわよ、MC。わたしはそんな裏切り者じゃない。必要なことは、ゆうべのうちに言ったでしょう。もしもほかになにかあれば、一番にあなたに言うわよ」

MCは少しの間キットを見つめた。「じゃあ、だれが告げ口を？」

「あなたの話を聞いただれかよ。もしくは、ブライアンがだれかに話した。それはまずありえないけど」キットは声をひそめた。「どれぐらいまずいことになっているの？」

「申し出なかったことを軽く叱られたわ。わたしの銃を線条痕検査にまわすって。なにより、かっこ悪いわよ」

「だれにだって過ちはあるわ。わたしにだってある」

「それは元気が出るわ」

MCが無感情に言ったので、キットは笑った。「そうでもないみたいね？」

「ええ」

「聞いて。ゆうべ、ピーナッツから電話があったの。彼は――」

二人は顔を上げた。戸口にサルがいた。彼はMCのグロックを差し出した。「きみのだ」

「リッジョ刑事？」

「早かったですね」

「スピラーレ警部補殺しに使われた銃のタイプに関する予備調査が戻ってきた。弾丸は、標準仕様の四五口径、スミス&ウェッソンのリボルバーから発射された」

都会の警察のほとんどは、一九七〇年代にリボルバーからセミ・オートマチックの拳銃に移行を始めていた。ロックフォード警察署の警官たちは二種類から選ぶ。どちらも四〇口径だ——グロックまたはスミス&ウェッソン四〇四六。

ＭＣは銃を受け取ってホルスターにしまった。「年配の警官が好むやつだわ」彼女はリボルバーについて言った。「興味深い選択ですね」

サルはうなずいた。「自尊心のあるギャングや街の殺し屋はリボルバーを選ばない」

「ちょっとお時間、いいですか？」キットが尋ねた。

サルは腕時計を見た。「あとにしてくれないか——」

「ゆうべ、ピーナッツから連絡がありました。彼はオリジナルの殺人事件の記念品を置いていきました。ピンク色のリボンで束ねられたブロンドの毛髪です」

サルはキットの話に聞き入り、即座にうなずいた。「わたしのオフィスへ。今すぐでかまわない」

58

二〇〇六年三月二十一日　火曜日
午前十時四十分

サルのオフィスに全員が集まると、キットは昨夜の出来事について、ポーチの階段に包みを見つけたことから、ピーナッツが電話を切るまでの一部始終を説明した。

「彼はその毛髪がオリジナルのスリーピング・エンジェルたちのうちの一人のものだと主張しました。どの子かは言いませんでした。それは〝DNA〟が教えてくれるそうです。毛髪と電話機はすでに鑑識課に渡しました。鑑識課は写真を撮ってリストを作成後、毛髪を科学捜査研究所に送ったそうです。わたしは彼に、単刀直入にいくつかの質問をしました。彼自身が模倣犯ではないのか。模倣犯がだれか知っているのか。彼は自分は模倣犯ではないが、模倣犯がだれかは知っていると答えました。それと、ブライアン殺しについては知らないと断言しました」

「きみはどう思う？」サルが尋ねた。「彼は正直に語っていたか？」

「そう思います。実際、彼はほかの犯行もあっさり認めましたから」

「しかし、ブライアンは警官だぞ」サルは指摘した。

「エンジェルたちは子供ですよ」キットは言い返した。「わたしは彼が警官ではないかと問いつめました。すると彼は動揺しました」

沈黙が流れた。少しして、ハース巡査部長が咳ばらいをした。「だが、もしもブライアンを殺したのが彼ではないとしたら――」

「模倣犯がやったのかもしれません。ひょっとすると模倣犯が警官かもしれません。あるいは二人ともそうなのかも」

キットははたと、模倣犯は女性だと推測していたことも思い出した。

その狭められた範囲内に自分とMCが入ることを考えると、キットは模倣犯女性説をとくにとりたいわけではなかった。

サルは、いかにもキットの意見は感心しないというふうに眉をひそめた。「二人とも警官ではないかもしれない。ブライアン殺しはきみの捜査とは関係ないかもしれない」彼はキットに目を向けた。「キット、昨日のブライアンの足取りをたどってもらいたい。きみが彼と話をしてから、彼が遺体で発見されるまでだ。彼のコンピューターを調べて、どのファイルにアクセスしたか確かめろ。携帯電話とデスクの電話の通話履歴をとれ。アレンに手伝わせろ」

「わたしもこの捜査に加わってかまいませんか、サル？」MCが尋ねた。

「だめだ。きみは引き続き模倣犯を追え。ミーティングが終わったら、鑑識課に問い合わせを。携帯電話の番号が特定できているはずだ」

それが合図だったかのように、キットの電話が振動した。鑑識課のソレンスタインからだった。キットは耳を傾け、礼を言い、通話を終えると、仲間たちに向き直った。「例の電話機の持ち主は亡くなっていました。この週末の自動車事故で。そのごたごたで、家族は電話機がないことに気づかなかったそうです」

「わたしたちの正体不明の容疑者は、追跡不可能な電話番号を入手するのがとてもうまいようね」MCが言った。「だれも彼をまぬけ呼ばわりできないわ」

サルはいらいらしたまなざしをMCに向けた。「でも、彼はどうやってその電話機を手に入れたんだろう？」

「彼は救急隊員のように、事故現場にいたのかもしれません。病院関係者とか。事故が起こる前に持ち出したのかも――」

「可能な入手方法を全部あげろとは言っていない。わたしが知りたいのは、彼がどうやって手に入れたかだ！」

最後の言葉をサルにどなりつけられて、MCとキットははじかれたように立ちあがった。サルはめったに大声を出さないが、彼がそうするときは、注意して対処するほうが身のためだ。

二人はサルのオフィスを出た。

「なぜ今になって、彼はあなたに記念品を分け与えたのかしら？」ＭＣは尋ねた。「あなたになにかを証明したかったみたいね」

「そうなんだと思う。彼の狙い(ねら)はわたしたちを勝負に巻きこむことだった。それが彼にとっての完全犯罪なのよ。逃げおおせるだけではなく、わたしたちの裏をかく。わたしたちを出し抜く。わたしたちに勝つ」

「それが今の彼の状態ってわけね？」

「ええ、そうよ！」キットは落胆がこみあげるのを感じた。怒りを伴って。それと同時に、彼女はＳＡＫのほかの言葉も思い出した。感情を持ちこんでいると言われたことだ。だから、彼のほうが優位に立っていると。

キットがその話をすると、ＭＣはうなずいた。「それよ。あなたに記念品を渡したのは、あなたの感情をかき乱すためだわ。そのせいで、あなたがまともに考えられなくなることを期待したのよ」

「頭のいいやつ」キットは目を細めた。「でも、まだまだよ」

二人はキットのデスクまで来た。ＭＣはデスクの角に腰をのせ、一方キットはぶらぶらと歩きまわった。

「それで、わたしたちにわかっていることは？」ＭＣは尋ねた。「情報をすべてあげてみる？」

「二人の殺人犯。九件の殺人事件、うち六人が子供、三人が老女。期間は八年」

「情報を絞ってくれてありがとう。ずいぶんわかりやすくなったわ」

「皮肉はあなたによく似合うわ」

「ありがとう」MCは目をくるりとまわした。「もう少し細かく見ていかない？」

「わたしたちって、要求がきびしいわよね？」

「イタリアのプリンセスだもの。うちの母にきいてごらんなさいよ」

キットはわずかに肩の力を抜いて、椅子を引いて腰かけた。

MCは法律用箋を手にとった。「SAKと彼の犯罪についてわかっていることは？」

「彼は十歳の少女を三人殺した。彼は三人の老女を殺したと言った。少女たちと老女たちの殺害方法はまったく異なる」

「陰と陽。正反対ね」

「彼が言うには、被害者は感情的に選んだわけではない。知的に選んだ」

「彼は自分の犯罪を誇りにしている。完璧だと言う」

「わたしたちが思い描く人物像は、自分の手腕を誇示したがっている。世の中に対して」

「または、特定のだれかに対して」

「それは母親？　父親？　彼を非難し、軽くあしらっただれか」

キットは気持ちが高ぶるのを感じた。これが彼だ。電話を通じて知り合ったその人だ。

「口に粘着テープ。その人を黙らせることの象徴だわ。エンジェルたちにはリップグロスを塗った――やはり口に注意を向けさせている。彼にとっては支配することがとても重要なのよ。彼には無力な時期があった。だから、わたしが挑発するたびに、彼はすごく怒った」

「それなのに、襲うのは無力な人々」

「自己嫌悪の典型よ」

「そこへ、この模倣犯が登場した」

「彼は模倣犯がだれだか知っている。刑務所で知り合ったのかもしれない」

「彼はあなたに電話してきているわ、キット。あなたに模倣犯を捕まえてほしがっている。協力すると言っている」

「でも、その申し出には条件がついている。彼はわたしをもてあそびたがっている。わたしが命令に従うか見張っている」

「彼は主導権を握っている。自分の優位を誇示している」

「しかも、徹底していると言っていい」

「なぜあなたを選んだのかしら？」

「わたしが弱そうに見えたからよ」キットはそう言ったが、その評価は気に入らなかった。

「彼は無力な者を選ぶ」

「そうね」MCは立ちあがった。「彼にとって、勝つことはとても重要だから、卑怯（ひきょう）な手段を使う。彼はそれを〝賢明だ〟と言う」

「そして模倣犯は——」

「模倣犯なんていないわ、キット」ＭＣはキットに顔を向けた。「彼はＳＡＫであり模倣犯なのよ。これは少女殺しが目的ではない。あなたを引きつけるのが目的よ」

キットはそうは思いたくなかったが、その説には納得できた。そういうことなら、すべての情報がつながる。「あの手は――」

「なにも意味はないわ。あれは、あなたを引き入れるための手段よ。あなたを巻きこんで、事件を担当させるための」

そうかもしれない。わたしを引き入れ、そして警察に無駄骨を折らせておくための手段。

「そして、無菌服は――」

「それが証明しているのは、彼が賢いということ。彼が証拠や捜査について知っていること。現場にどう出入りするか、わたしたちがなにを求めるかを知っていること。ささいなものを手がかりに、わたしたちが彼を捕まえられると知っていること」

「彼はわたしたちをきりきり舞いさせているわ。逆探知の技術や、わたしたちになにができ、なにができないかを知っているのよ」

「彼はバディ・ブラウンを利用した。わたしたちを彼のもとへ誘導した。わたしたちがその手がかりをたどるだろうとわかっていた。彼の期待どおり、もしくは期待に反して、ブラウンの遺体はわたしたちがさっさと見つけた」

二人はしばらく黙りこんだ。

先に沈黙を破ったのはＭＣだった。「で、ブライアンは？　彼はどうつながるの？」

「アレンと話をしたあとで、鑑識課に行って線条痕の調査状況を見てくるわ。それからブライアンの足跡調査を始める」キットは腕時計を見た。「最後にもう一度、倉庫の中身を調べたほうがいいわね」

「そうね。わたしがやるわ」ＭＣは法律用箋にざっと目を通してから、キットに視線を戻した。「エンジェルたちの情報は出つくしたわ、過去の分も現在の分も。でも、おばあさんたちについてはどうなの？」

「事件のファイルは見直したわ。担当したのはブライアンと巡査部長。ブライアンとは昨日話した」

「被害者たちの家族や友達に話をきいてみたら？」

「わたしもその結論に達した」

「その被害者とＳＡＫ事件が結びついたんだから、当時はぴんとこなくても、今ならぴんとくることがあるかもしれない」

「あなたにやらせろと？」

「あたり。ファイルは？」

キットはデスクからファイルを取り出した。「頭がおかしいと言われてもいいわ、ＭＣ。でもね、彼に迫っているような気がするの」

「女の勘？」

「そのとおり」キットはＭＣにファイルを渡した。「反論する？」

「とんでもない。神は女にお産のうめ合わせのために、〝勘〟を授けたのよ」

「出産経験のない女が言いそうなことだわ。勘なんかじゃ、ぜんぜんうめ合わせにならないわよ」

59

二〇〇六年三月二十一日　火曜日
午前十一時五十五分

昔は、ひとつの犯罪に使用された銃火器の証拠を、別の犯罪に使われたものと比較するのは不可能に近かった。別々の犯罪に同一の凶器が使われたのではないかと捜査官が実際に疑ったときに、初めてその証拠を比較する。同一管轄内でもじゅうぶん困難なのだから、管轄外の犯罪や、地域規模、全国規模の犯罪に照会するのはまず無理だった。

ＮＩＢＩＮこと全国統合弾道情報ネットワークが、その状況をがらりと変えた。ＮＩＢＩＮは発砲された薬莢(やっきょう)と弾丸の画像に関する、全国規模のデータベース網だ。そのシステムに接続された顕微鏡でスキャンされた画像は、システム内に保存される。捜査官は発砲された弾丸と薬莢を、地域規模または全国規模で比較できるのだ。

たとえそうであっても、疑いのある銃器、弾丸、薬莢がなければ、比較には数週間かかる――それと、無限の人員が必要だ。なぜなら、システムがいかに迅速に比較画像を呼び出そうとも、捜査官がそれらを目で見て検討し、それが該当するか否かを判断しなければならないからだ。

ソレンスタインはＮＩＢＩＮ端末の前に座っていた。キットはそばへ行き、彼の背後に立った。弾丸を発射した銃の種類を絞っていくのは比較的楽な仕事だ。ちょうど今、その退屈な作業が始まったところだった。

「進み具合はどう？」キットは尋ねた。

「まあまあ順調だよ。これは地域規模の検索でよさそうだ。必要になったら、範囲を広げるよ」

キットはうなずいた。「ヒットしたら、知らせてちょうだい」

「言われなくてもそうするよ」

「ブライアンの足跡をたどるよう、サルに言われたの。通話履歴はもう出たかしら？」

「携帯と自宅だね。スノウの机の上だ」

「ありがとう」キットはスノウのデスクへ行って、通話履歴を手にとった。「あとで連絡するわ」

ソレンスタインはなにも答えなかった。キットは鑑識課を出て上の階へ向かった。その途中で、中央通報管理班（CRU）から電話がかかってきた。彼女に来客だった――ヴァレリー・マーティンだ。

ジョーの婚約者だ。

キットは罪悪感に襲われた。わたしはほかの女性の恋人と寝てしまった。キットがジョーをいまだに自分のもののように思ってみても、指輪は彼がキットのものではないことを物語る。

ヴァレリーはわたしとジョーのことをかぎつけたのだろうか？　どのようにして？　たぶんジョーが話したのだろう。婚約を破棄したのだ。彼はどうするつもりかは言わなかったし、実際に二人はなにかを約束して別れたわけでもなかった。ジョーはキットを許した――だが、二人の関係以上に、状況は複雑になったとはっきり口にした。

ジョーは事実を告白し、ヴァレリーに許しを請うたかもしれない。

そして、ヴァレリーはキットの尻を蹴飛ばすためにやってきた。もちろん、これは言葉のあやだが。

キットの膝から力が抜けた。テーブル越しに殺人犯と向き合うことはできても、ジョーの婚約者と顔を合わせると思うと、一目散に逃げ出して、隠れたくなる。

キットは、ヴァレリーを上階に来させるよう、担当警官に告げた。二階のエレベーター前で会うつもりだった。

待っているとエレベーターのドアが開いて、ヴァレリーが降りてきた。彼女は看護師の制服姿だった。おびえているようだ。

「こんにちは、ヴァレリー。なにかご用？」

「話があるの。とても重要な話よ。でも……今、昼休みで、あまり時間がないの」

キットはうなずいた。「ついてきて」

キットはヴァレリーを空いている取調室へ案内した。キットのデスクや休憩室では、この種類の会話に必要なプライバシーが得られないからだ。

二人は座った。キットは率直にすべてを打ち明けてしまおうかと思った――ジョーを愛していること、そのことにいかにして気づいたかを。そして、許しを請うのだ。だが、恥ずかしくて、キットは言えなかった。

「どう話せばいいのかしら」ヴァレリーは口火を切り、膝の上で手を握り合わせた。

キットは、ヴァレリーがまだジョーの贈った指輪をしていることに気づいた。「言ってみて」

ヴァレリーはうなずき、深呼吸して話しはじめた。「わたし、あなたのパートナーに嘘をついたの。ジョーについてきかれたときに。あの女の子が死んだ夜に、彼と一緒にいたことについて」

キットは懸命に頭を切り替えた。ヴァレリーが言っていることを確認するために。「嘘をついたというのは、どういう意味？」

「ジョーとわたしはあの夜、一晩中一緒にいたわけではないの」

ジュリー・エンツェルが殺された夜の、ジョーのアリバイだ。要するに、彼にはアリバイがない。

ヴァレリーが嘘をついていないと、どうしてわかるだろうか？

キットは考えを表に出さないよう、気を引き締めた。これは、倫理的に見れば、今すぐMCに報告すべき状況だった。

そうするべきだった。しかし、できなかった。今はまだ。

だからといって、自分で調べないほど――捜査をだいなしにするほど――愚かというわけではなかった。

「ヴァレリー、この会話の性質上、録画とメモの必要があるの。いいかしら？」

ヴァレリーは一瞬ためらい、そしてうなずいた。「長くかからなければ」

「大丈夫。約束するわ」

あっという間に、キットはビデオレコーダーを準備し、ヴァレリーの向かい側に座り、メモ帳をテーブルに置いた。

「さっき言ったことをもう一度話してもらえる？」

ヴァレリーは、ほとんど同じ言葉で話を繰り返し、さらに付け加えた。「あなたに言われたことを考えずにはいられないの。タミーが危険だということについて。それと、亡くなった少女たちのことも考えずにはいられないわ」

「一から始めましょう、ヴァレリー。リッジョ刑事は、病院で仕事中のあなたを訪ねた」

「ええ。ヒルクレスト病院です。彼女はジョーについていくつか質問しました。三月六日の夜に、わたしたちが一緒にいたかどうかを。わたしは一緒にいたと答えました」

キットはわずかに身を乗り出した。「あなたは、それは事実ではないと言うのね？」

「そうです」ヴァレリーは両手を見おろし、それから視線をキットに戻した。目に涙が光る。「嘘をつくべきではなかった。わたしは……ジョーを守ることしか頭になかった」

「なぜジョーを守る必要があると考えたの？」

ＭＣはまさにそうなることを避けるために、ジョーが電話できないでいるうちに、ヴァレリーに話をきこうとしたのだ。

「ジョーから、犯罪歴のある人が彼のもとで働いていると聞いていたから。あなたたちに話をきかれたことも。ジョーは不愉快になったと言いました」ヴァレリーは震える息を吐き出した。「ジョーが……あの事件に絶対に関係ないことはわかっていました。だから嘘をつきました」

「それが今は？　なぜ気が変わったの？」

「あなたに言われたことをずっと考えているんです。タミーが危険だということについて。それと……あの少女たちについて。それで、自分が許せなくなって」

ヴァレリーは両手を固く握り合わせた。そのとたん、一粒石のダイヤモンドに光があたった。すてきな指輪、とキットは思った。昔、彼女がもらったものより明らかに大きい。キットとジョーが婚約したときは、二人とも若くて、住まいを用意するのがやっとだった。

ヴァレリーは腕時計を見た。「彼は絶対に子供を傷つけたりしません。でも、わたしはこれ以上、嘘の片棒をかつぐことはできない」

ヴァレリーが帰ったあと、しばらくキットは取調室で座ったまま、だれもいない戸口を見つめ、ヴァレリーの話を客観的に評価しようとした。なんだか本当のことのようには思えない。

だが、それは話が事実ではないからだろうか？　それとも、事実であってほしくないからだろうか？

キットはブライアンの通話記録を見おろした。ひとつの電話番号が目に飛びこんできた。それは彼女が暗記している番号だった。

暗記しているのは、かつてそれが自分の電話番号でもあったからだ。

60

二〇〇六年三月二十一日　火曜日
午後十二時三十分

ＭＣは二番目の被害者ローズ・マクガイアから調査を始めた。それは単に、彼女の住まいが個人住宅ではなく、介護施設だったからだ。事件から七年たったが、当時のスタッフがまだ働いているかもしれない。もしいれば、事件を覚えているだろう。あのような出来事は簡単に忘れられるものではない。さらに、施設の警備面もすみやかに変えられたことは間違いなかった。

ウォルトン・Ｂ・ジョンソン介護生活センターの名前の由来となった人物は、その施設を設立したロックフォード出身の大富豪の慈善家だった。というか、同センターの所長が所長室にＭＣを案内しながら、そのように話した。そこはこの町で初めてできた待望の高齢者向け施設だった。ジョンソン財団では、貧しいお年寄りの入居を全体の十パーセントまで受け入れている。ちょうど今日入居したばかりのビリー・ハットフィールドもその一人だった。

MCと所長は、ずらりと並んだ車椅子の女性たちのそばを通り過ぎた。彼女たちの白髪まじりの頭の色はシルバーからラベンダーまで幅広かった。昼寝をしている者もいれば、所長に手を振り、声をかけて挨拶する者、なにやら愚痴をこぼしているらしい者もいた。

「彼女たちはなにを待っているんですか？」MCは尋ねた。

所長はほほえんだ。「月曜日はミスター・ケニスが髪を整えに来てくれるの。毎週火曜日の昼食後にその申しこみをするのよ。ごらんのとおり、ミスター・ケニスは女性の入居者たちに大人気なの」

二人は所長室に着いた。ドアの名札には、所長パッツィ・アンダーソンとある。

所長はドアの鍵を開けて、MCを中へ導いた。二人が椅子に腰かけると、所長は尋ねた。

「どういったご用件でしょうか、刑事さん？」

「ローズ・マクガイアについて教えていただければと思いまして」

所長のほほえみが消えた。「まさかそれは――」

「そのまさかです、ミズ・アンダーソン。警察は捜査の再開を検討しています」

それを聞いた所長はうれしそうではなかった。MCは所長を責められなかった。捜査が再開されれば、マスコミの注意を引くことになる――それでは、このセンターの評判ががた落ちだ。

はかり知れないほどに。

「あれはずいぶん昔のことですよ」

「七年前です」

「わたしは職員ですらなかったわ。雇われたのは二〇〇二年ですから」

「当時いた方は、まだどなたかいらっしゃいますか？」

所長は眉根を寄せた。「突然言われても、思い出せません。人事記録をあたってみないと」

「そうしていただけますか？」

「少し時間がかかりますよ」

「いつごろなら、ご報告いただけるでしょうか？」

所長はデスクの上の時計をちらりと見た。「遅くとも今日中には」

「そうしていただけるとありがたいです」

「そういえば」所長は話を続けた。「前所長は退職しましたが、この町に住んでいます。彼女なら、きっと快く話してくれるでしょう。あの殺人事件には本当に心を痛めていましたから。実は、それが退職の理由なんです。彼女が家にいるか電話で確かめて、あなたが行くことをお伝えしましょうか？」

二十分後、ＭＣはワンダ・ワトキンズと対面した。彼女は元気あふれる小柄な女性で、白髪をすてきなボブカットにし、目が顔の大半を占めるほど大きかった。

「お会いいただいたこと、感謝します、ミセス・ワトキンズ」

「ワンダと呼んでくださいな。さあ、中へどうぞ」

ワンダはMCを狭いリビングルームへ通した。大きな三毛猫が花柄のソファの背もたれの上でくつろぎ、もう一匹がソファのクッションの上に長々と横たわっていた。

あいにく、MCはアレルギー持ちだった。鼻がむずむずする。

「ベイビーたち」ワンダは一匹を抱きあげ、もう一匹をしっしっと追いはらった。「どうぞお座りになって」

MCは腰を下ろし、メモ帳とペンを取り出した。「パッツィからお聞きのとおり、警察はローズ・マクガイア殺しの再捜査を検討しています。有望な手がかりが新たに出てきました」

「まあ、よかった」ワンダは猫を撫でた。「彼女を殺した犯人が逮捕されなかったことに、ずっと心を痛めていたのよ。犯人がまだ捕まっていないからだけではなく、ミス・ローズはとてもやさしい人だったから。いつもにこにこして、愚痴ひとつこぼさなかった」彼女は身を乗り出した。「お年寄りたちはそういう人ばかりではないわ。意地悪な人もいる。きびしい人も。かつての自立した生活を恋しがったり、不機嫌だったり、年をとったことを嘆いたり」ワンダはほほえんだ。「でも、わたしはみんな大好き。気むずかしい人たちもね」

「お仕事が本当に好きだったんですね」

「ええ。とっても」

「なぜ退職を？」

「ローズが……ああなったあと、辞職するべきだと思ったの。もっと若い人にあとをまかせようと」ワンダの目が明るくなった。「わたしがもっと用心するか、警備についてもっと進んだ考えを持っていれば、あんな事件は起こらなかったのではないかという気がしてね」

凶悪犯罪のもう一人の被害者がここにいる——残された者たちはみずからを責める。

「事件はあなたのせいではありませんよ」MCはやさしく言った。「あなたにできたことはなにもありません」

「自分にもそう言い聞かせるんだけど……ほら、こればかりはね」

たしかにそうだ。「犯人はどうやって建物に侵入したんですか？　わたしが気づいたところでは、キーパッドと非常通報システムがありましたね。正面玄関は二十四時間施錠されている。事件当時はなにか違っていましたか？」

「監視ビデオを追加したけれど、違うのはそれだけよ」ワンダは首を振った。「犯人を中に入れたのは入居者に違いないわ。〝いい人〟が玄関にいるのを見つけると、どんどん入れてしまうの。入れてはいけないと注意しても……お年寄りは人を信じやすいから」

「それで今は？」MCはくしゃみをした。

「お大事に。わからないわ。ローズが……亡くなったあと、警戒は厳重にしたわ。今はもっとゆるくなったかもしれない。時間は記憶を薄れさせるから」

しかし、明らかに彼女の記憶は薄れていない。この件の記憶は。

ＭＣは彼女に礼を言い、またくしゃみをした。「すみません。猫アレルギーなもので」

ワンダはティッシュの箱をＭＣに渡した。「まあ、残念ね。じゃあ、あなたは犬好き？」

考えたこともなかった。「そうだと思います」

「この四本足のお友達がいなくなったら、どうすればいいかわからないわ」

ＭＣは話をもとに戻した。「だれがミス・ローズを発見したんですか？」

「わたしよ、刑事さん」ワンダは猫の長い毛に指を深く差し入れた。「あの朝、彼女から連絡がないので、部屋に電話したの。応答がなかったので、わたしが確認に行った。それが通常の手続きだったし、たぶん今でもそうよ。部屋のドアには鍵がかかっていなくて……」彼女の唇が震えた。「ごめんなさい、刑事さん、続けなければいけませんか？」

状況をくわしく説明してもらう必要はなかった――写真を見てきたからだ。「ローズ・マクガイアが亡くなるまでの数日間のことを聞かせていただけますか？　とくに覚えていることはありませんか？　なにか異常はありましたか？」

ワンダは少し考えた。「あの数日前にセンターの創立記念パーティがあったわ。わたしがそれをはっきり覚えているのは、ミス・ローズが踊っていたからよ。本当なのよ。ご老体とはいえ、なかには本格的に踊れる人がいるの」

パーティですって？　ＭＣはうなじがちくちくした。ジュリー・エンツェルとマリアン・ヴェストも、殺される前にパーティに出席した。

「あなたたちの世代みたいに」ワンダ・ワトキンズは話を続けた。「立って体をゆらすだけじゃないのよ。ああ、気を悪くしないでね」

「とんでもない」ＭＣは二回くしゃみをして、ティッシュをつかんだ。「そのパーティはセンターで開かれたんですか？」

「ええ。クリスマスを除けば、一年でいちばん大きなイベントなの」

「パーティについて聞かせてください」

「もちろん、毎年内容は違うわ。でも、ショーのようなものはいつもあるの。音楽を流して踊って。特別な食事をして。シャンパン・ファウンテンまで用意するの。炭酸入りのグレープジュースよ」ワンダはＭＣのほうへ体を傾けた。「ノンアルコールなのに、ほろ酔いかげんになる人もいるのよ」

「その年のショーはなんでしたか？　覚えていますか？」

ワンダは顔をしかめて考えこんだ。「ピエロよ。とても上手だったわ」

ピエロ。

なんてこと。キットは正しかったんだわ。

ＭＣはぴんと背筋を伸ばした。「そのことは当時の捜査担当者に話しましたか？」

「話さなかったわ。話題にのぼらなかったから」

「ピエロの名前は？」

「思い出せない。何年も前のことだもの」

「派遣サービスを使ったんですか？」

ワンダは首を振った。「だれかから紹介されたのよ」彼女はむずかしい顔つきで考えこんだ。「だれだったかしら？　入居者の親戚だったのよ。でも……だれかは思い出せない」

「その後、センターではそのピエロを呼んだことは？」

「翌年に呼ぼうとしたけれど、その電話番号は不通で、電話帳にも名前がなかったの」

「その人の名前はセンターのファイルに残っているでしょうか？　もしくは、名前を思い出せそうな人を思いつきませんか？　とても重要なことかもしれません」

耳が遠くない限り、ワンダがMCの切迫した声を聞き逃すはずがなかった。彼女はあっけにとられたようすだ。「まさか……あの気立てのいいピエロが――」

MCはワンダをさえぎった。「センターのファイルに彼の名が残っている可能性は？」

「おそらくないわ。翌年、連絡がとれなかったときに、名簿から名前を削除したの。情報を最新に保つことがわたしのこだわりだったから」

「支払いの記録はどうですか？」ほとんどの企業が財務上の記録を、無期限にとはいかないまでも、最低七年は保管することになっていることをMCは知っていた。

ワンダはうなずいた。「それならきっとあるわ。現金払いはしないことになっていたの」

MCは興奮して立ちあがった。これはたいした情報ではないかもしれない。だが、彼女にはそうは思えなかった。とても重要な気がした。

MCはワンダに礼を言い、名刺を手渡した。「ピエロの名前について、かすかにでも思い出したら電話してください。何時でもかまいません。携帯電話にお願いします」

ワンダはそうすると答え、ＭＣを玄関まで送った。ＭＣは、ワンダが疑問を抱いていると察した。しかし、ワンダは質問しないほうがいいとわかっているのだ。

もちろん、きかれたところで、ＭＣは答えないだろう。

彼女は急いで明るい日差しの中へ出た。キットに電話しなければならない。二人は〈ファン・ゾーン〉の従業員を調べたが、被害者の親に、〈ファン・ゾーン〉以外のところから来た者の出し物を子供たちが楽しんだかどうかは尋ねなかった。オルセンとリンズの家族にも、ピエロのショーを見たかどうかきかなければならない。

ＭＣはキットに電話した。メッセージサービスにつながった。「キット、ＭＣよ。彼を見つけたと思う。ローズ・マクガイアの介護生活センターのパーティにピエロが出演していたの。ほかの被害者の家族にも連絡して、ピエロのことを覚えていないか確かめてみる。あとで連絡するわ」

61

二〇〇六年三月二十一日　火曜日
午後一時

キットは通話記録にある、そのいまいましい番号を見つめた。ブライアンは昨夜ジョーに電話したのだ。彼女はその時間を確認した。五時二十分。わたしに電話する直前だ。

キットの視界がぼやけた。なぜだろう？　どんな理由が考えられる？

ブライアンはわたしをさがしていた。それなら筋が通る。彼はわたしにメッセージを残していたし、そこまでしても、わたしと話す必要があったことは明らかで……。

わたしとジョーは離婚して三年。わたしをさがしているブライアンが、どうしてジョーに電話するだろう？

ジョーは今朝なんと言った？　愛と憎しみは、実は紙一重だとわかった、と。

ああ、その紙はどれくらい薄いの？

キットは気分が悪くなった。ＭＣは初めからジョーを有力な容疑者と考えていた。キットはそれを信じなかった。今でも信じてはいない。犯人はジョーではない。わたしが生まれてこのかたずっと愛してきたと言ってもいい男性は、犯人ではない。

でも、彼がアリバイについて嘘(うそ)をついたとなると……。

彼はほかにどんな嘘をついたのだろう？

キットはデスクに手を伸ばした。その上にはふたつのカレンダーがあった。ひとつは一九八九年、もうひとつは一九九〇年。どちらも聴覚障害者協会の宣伝用品だ。

その上に、ＭＣからのメモが添えられていた。〝貸し倉庫にあったもの。重要かもしれない。電話して〟

「おい、ラングレン？　大丈夫か？」

キットは顔を上げた。アレン刑事がデスクの横に立って、いぶかしげに彼女を見ていた。

キットは平静を取り戻そうとした。「大丈夫よ。どうしたの？」

「ブライアンのコンピューターを見ていたんだ。彼は昨日、ずいぶん時間をかけて古い事件を調べていた」アレンはプリントアウトした一覧表をキットに渡した。「迷宮入りもあれば、解決済みもある」

キットはそれにすばやく目を通した。ブライアンは、マルグリット・リンズ、ローズ・マクガイア、ジャネット・オルセンのファイルを参照していた。三件とも彼が担当したことは、キットも知っていた。その他の事件には見覚えがなかった。

キットはその一覧表をアレンに返した。「この三件を除く事件について、だれが担当したかを調べてもらえる？　わたしは昨日ブライアンが電話した相手に話をききに行くわ。携帯電話を持っていくから、なにかあれば、そちらにかけて」

部分的には本当のことだ、とキットは凶悪犯罪課を出ながら思った。彼女はジョーと話をしに行くつもりだった――それでどうなるかを確かめるつもりだった。

キットの携帯電話がぶーんとうなりをあげ、表示画面でMCからだとわかった。電話に出ようとして、彼女はためらった。ヴァレリーがジョーのアリバイ証言を撤回したことをMCには言えない。今はまだ。

まずはジョーと話す必要がある。

キットは携帯電話をベルトに戻し、急いでエレベーターへ向かい、駐車場に下りた。エレベーターから降りるときに、また電話が鳴った。今度はダニーからだった。

ダニーとは、彼のアドバイスを拒絶したあの夜以来、話していなかった。

「もしもし、ダニー」キットは言った。

「この前の夜のことについて話せればいいなと思っていたんだ」

「今はだめだわ」

ダニーは一瞬、沈黙した。「いつならいい？」

キットは眉をひそめた。「正直言って、わからないわ。捜査がちょうど山場なのよ」

「集会のあとはどう？」

「行けるかどうかわからないの。捜査の――」

「進展しだいか」

その言葉は皮肉たっぷりで、キットのいらだちは波紋のように広がった。「それがわたしの仕事なの。わたしにとっては、仕事を続けることが死活問題になるときもある」

「そうだよな。うっかりしていたよ」

「ねえ、この前のことは申し訳なかったわ。わたしたちは友達だし、友情がとても大切だから、あなたと恋愛関係にはなれないのよ」

キットはダニーがあやまってくれると思った。だんだん厚かましくなってきたことについて。友情をだいなしにするような立場にキットを追いこんだことについて。ところが、口を開いた彼は怒っていた。「きみのことはわかっているぞ、キット。なにがきみを駆りたてるかも知っている――なにがきみを飲酒に追いこむかも。きみには僕たちが必要だ。僕が必要だ」

彼の言い方にキットはむっとした。「もう切らなくちゃ。なるべく早くまた集会に行くわ」

キットは電話を切り、ジョーをさがしに行った。

オフィスマネージャーのフローの協力で、キットはジョーの会社が手がける住宅建築現場で彼を見つけた。

「やあ」ジョーは顔をほころばせた。彼がキスしようとすると、キットはあとずさりした。彼の笑顔が消えた。「どうしたんだ？」

「話があるの」

「そうか。いいよ」

ジョーは周囲を見まわした。棟上げの最中なので、いたるところに彼の部下たちがいる。

「僕のトラックでいいか？」

キットはうなずき、ジョーについてピックアップトラックへ向かった。二人が車に乗りこむと、キットは彼に顔を向けた。

「今朝、ヴァレリーが来たの」キットはもったいぶらずに言った。「三月六日の夜について、嘘をついたそうよ。あなたたちはあの夜、一緒には過ごさなかったと言ったの」

ジョーは眉をひそめた。「理解できないな」

「彼女は証言を撤回したのよ、ジョー。あなたにはアリバイがなくなった。模倣犯が犯した殺人事件すべてについて。あなたは証言を変える？」

「違うよ。僕たちは一緒にいた。一晩中ずっと」

「彼女は一緒ではなかったと言っているわ」

「きみは彼女の言葉を信じるのか？」

「信じたくないわ。でも――」

「きみは僕のことをわかっていると思ったのにな、キット」

「わかっているわ。でも、わたしにはするべき仕事があるの」キットは自分の震える声を聞いて、この件は自分の手には負えないと悟った。MCが自分からこの件を取りあげたのは正しかったのだと。

冷静な目で見た客観性。わたしにはそれがある。

ええ、そのとおりですとも。冗談も休み休み言いなさい。

「彼女が怒って、証言を変えたのかもしれないとは思わなかったのか？　僕が今朝、彼女に会って、婚約を解消したからだとは？」

「彼女はまだあなたがあげた指輪をしていたわ。わたしはあなたが――」

「婚約を解消していないと思った？　ゆうべのことがあったあとで？　そんなことをするとしたら、僕はなんて男だろうな？」ジョーはキットの手を握った。「僕はきみを愛しているんだ、キット。ずっと愛してきた」

「じゃあ、なぜ――」

「人生が、家族が欲しかったからだ。ヴァレリーと僕なら、いい夫婦になれると思った。それに彼女は僕を必要とした、タミーのために。あの子には障害があるから」ジョーはキットの目をのぞきこんだ。「僕はきみに必要とされることはもうないとあきらめてしまっていた」

「わたしはずっとあなたが必要だったわ。ただ、あまりにつらくて――障害って？」

ジョーの表情から、キットは彼が困惑しているとわかった。

「タミーよ」キットはもう一度言った。「障害って？」

「タミーは耳が聞こえないんだ。きみは知っているとばかり思ってたよ」

62

二〇〇六年三月二十一日　火曜日
午後一時四十分

ＭＣがその日二度目にウォルトン・Ｂ・ジョンソン介護生活センターを出ようとしているところへ、携帯電話が鳴った。同財団の本部はシカゴにあり、一年を経過した記録はすべてそこに保管される。向こうへは連絡してあるから、調査は始めてくれるだろう。ＭＣの希望よりは時間がかかりそうだが、それは、だれ宛に、いつ小切手が書かれたかがわからないからだ。

「リッジョよ」彼女は電話の相手がキットだろうと確信して答えた。

キットではなく、ランスだった。「話がある」切迫した口ぶりだった。「重要なことなんだ」

ＭＣは眉根を寄せた。「どうしたの、大丈夫？」

「うん……いや。ずっときみのことばかり考えてしまう。きみがどんなに大切かについて」

「わたしから言わせてもらえば、うれしいことだけど」MCは駐車場を急いで横切り、自分の車へ向かった。

「僕についていて、きみに知らせておくべきことがあるんだ。僕の過去についてだ。それで僕に対するきみの気持ちが変わるかもしれない」

MCは注意深く耳を傾けた。「どんなこと？」

「家族のことだ。僕がどういうふうに育ったか」

「家族のせいで、あなたへの気持ちが変わるとは思えないわ」

「それは、彼らに会ったことがないからだよ」

その口ぶりに、MCは笑った。「あら、あなたこそ、わたしの家族に会ったことないじゃない」車のドアの鍵を開け、さっと乗りこむ。「今はとてもだめだわ、ランス。捜査が――」

「十分でいい。どんなにかかっても十五分だ」

MCは腕時計を見た。まだ昼食をとっていなかったので、頭が痛くなってきていた。

「昼食がまだなの。一緒に――」

「うちに来なよ」ランスは言った。「サンドイッチを作っておく。すごくおいしいハムとチーズで」

「マヨネーズとレタスは？」MCはおどけて言った。

「もちろん入れるよ。でも、先に警告しておくけど、僕の話で食欲がなくなるかもしれない。僕の家族はとても変わっているんだ」

「風変わりな家族のことなら、わたしにまかせて。十分でそちらに着くわ」

63

二〇〇六年三月二十一日　火曜日
午後二時二十分

ジョーが言っていることを理解するのに、キットは少し時間がかかった。タミーは耳が聞こえないですって？

どうしてわからなかったのだろう？　キットはタミーに会ったときのことを頭の中で再生した。白血病協会のイベントで、キットはその少女の存在を知って、動揺した。少女の前にいたのは、逃げ出すまでのわずかの間だった。ヴァレリーの家では、タミーがなんとおとなしく遊んでいることかと好感を持ち、テレビがないことに感心した。それを話題にしなかったのは、友人宅を訪れたわけではなかったからだ。

どうりで。そういうことなら……。

あのカレンダー、とキットは気づいた。MCが今朝キットのデスクに置いていったカレンダーは、聴覚障害者協会のものだった。ピーナッツは嘘(うそ)をついていなかった――貸し倉庫には手がかりがあった。これまでのさがし方がたりなかったのだ。

「キット？」ジョーが不思議そうに彼女を見ていた。「どうした？」

「あなたを署に連れていかなければならないわ。わたしはあなたを信じてる。でも、わたしがこのことを隠蔽したり、不適切な行動をとったりしたように見えたら、もっとやっかいなことになる――わたしたち二人にとって。わたしを信じて」

ジョーはためらわなかった。「信じるよ。現場監督にいくつか指示させてくれ」

二人はトラックを降りた。キットが見守るなか、ジョーは小走りに一人の作業員のもとへ行き、それから向きを変えて戻ってきた。

「きみのあとからついていこうか？」ジョーが尋ねた。

「トラックは置いていきましょう。わたしが運転するわ」

ジョーは硬い表情でうなずいた。「逃げる気を起こさせたくないってわけか？」

キットは彼の手を握り、指と指をからませた。「あなたはそんなことはしない。わたしはおおいに慎重を期しているだけよ」

二人は歩いていってキットのトーラスに乗りこんだ。キットは考えをめぐらせながら、エンジンをかけた。ロックフォード警察署の離婚経験者たちが、子供がいると、恋人がなかなかできないと話しているのを聞いたことがある。障害のある子供を持つ母親なら、なおさらむずかしくなるだろう。

ヴァレリーが我が子を殺して逃げるために、この計画を練りあげたということがあるだろうか？

　吐き気がするような考えだ。不愉快だ。まともな人間なら、だれだってそうなるだろう。しかし、警察で長年の経験を積んだキットに言わせれば、人間の行動は〝まとも〟でないことも珍しくない。

　ヴァレリーはバディ・ブラウンとも、ジュリー・エンツェルがいとこを見舞った小児科病棟ともつながりがあった。キットは初めから、貸し倉庫の中身が女性の持ち物か、女性によって集められたものと考えてきた。

　そして今、ヴァレリーには動機がある――解放だ。

「タミーのことをもっと教えて」キットは公安ビルへ向かいながら言った。

「これはいったいどういうことなんだ、キット？」

「それは話せないわ」キットはジョーにちらりと目を向け、また道に視線を戻した。「とにかく、わたしを信じて。いいわね？」

　ジョーは軽くうなずき、話しはじめた。「タミーは生まれつき耳が聞こえなかったが、二歳になるまで、それがわからなかった。あの子は聾(ろう)学校へ通っていて、唇が読めて手話ができる。みんなとうまくやれて、なんでもできるいい子だよ」

「ヴァレリーはどうなの？　いろいろあるみたいね？」

「かなりつらい経験をしたよ。彼女の夫は、タミーの耳が聞こえないとわかったときに、出ていった。〝障害児の親にはなれないだけだ〟と彼が言ったそうだ」

「あなたと出会う前、ヴァレリーは頻繁にデートをしたのかしら？」

「してみたが、男たちは彼女に障害のある子がいると知ると、二度と電話をよこさなかった」

「あなた以外は」

「そう。僕以外は」

やさしいジョー。辛抱強く、愛情深い。ある意味では、セイディの病気も障害だった。彼女も生まれてから、世間で言う〝正常な〟十年間は送れなかった。

キットはハンドルを握り締めた。風船をくれたあのピエロが、わたしに電話をかけてきた人物、オリジナルのＳＡＫ。そして、ヴァレリーが模倣犯。

二人はいったいどこで出会ったのだろう？　二人は共犯だろうか？　それとも、敵対関係にあるのだろうか？

ひょっとして恋人どうし？

キットはそのことについてなおも考えた。

恋人どうし。共犯。

キットは胸騒ぎを覚えてジョーを見た。自分との暮らしから、ジョーは警察の捜査手順を知っていた。キットのすべてを知っていた――不安も夢も。悪夢も。キットが酔っていたせいで、ＳＡＫを取り逃がしたことも。

その出来事を知っていたからこそ、キットはピーナッツがＳＡＫであると信じた。

ブライアンはジョーに電話をした。死ぬ数時間前に。ジョーはバディ・ブラウンを雇った。

でも、あのピエロは風船をくれた。彼は電話してきて――。

その考えの盲点については、すでにMCが指摘していた。ジョーはピエロがキットに風船を渡すのを見て、それを自分の身の潔白を証明する手段として利用したのだ。

キットは必死になって、事実と懸念を別々に整理して考えた。自分が考えていることは正気の沙汰ではない。ありえない。この人のことはほとんど知っている。ボイスチェンジャーを使っても、話し方でわかるだろうし……。

それは嘘だった。性能のいいボイスチェンジャーなら、年寄りの声を若く、男性の声を女性の声に――その反対にも――できるし、いくらでも両者の中間に調整できる。

しかし、電話をかけてきたのはオリジナルのSAKだとすると……。

いや、オリジナルのSAKはかかわっていないのかもしれない。ジョーとヴァレリーにSAKは必要ないだろう。すべては彼ら自身のたくらみかもしれない。

三人の老女、とキットは気づいた。SAKが電話をかけてきた人物ではないとすれば、ジョーはどうやって老女たちのことを知ったのだろう？

彼は知らなかったのかもしれない。

もしも老女の事件のことも嘘だとしたら？

キットは質問と答えで頭がくらくらした――その答えが真実ではないかと恐れ、真実でないことを祈った。

キットはジョーに見られていることに気づいた。うなじの毛がちくちくする。ジョーには手錠をかけなかった。武器を持っていないか調べなかった。

あたりまえじゃないの。

彼はジョーなんだから。

キットはジョーをちらりと見て、笑顔をつくった。事情はなにも変わっていないと信じているうちは、彼はキットと一緒に署に行くだろう。「もうすぐ到着よ」

「きみは、ヴァレリーがなんらかのトラブルに巻きこまれていると考えているのか？」

「なぜそんなことを言うの？」

「タミーの耳が聞こえないことを話してから、きみの態度がちょっと変だから」

キットはジョーに嘘をつく気になれなかった。だから、本当のことを言った。規則にのっとった本当のことを。「わたしが考えていることは、あなたには話せない。わたしはそれをサルに話さなければならないだろうし、そうなったら、彼はあなたと話したがるわ」

キットは公安ビルに到着し、地下駐車場に車を入れた。

車をとめて、彼女はジョーに顔を向けた。「準備はいい？」

キットがドアの取っ手に手を伸ばすと、ジョーは彼女の腕をつかんだ。「ここでなにが行われているんだ、キット？」

「殺人事件の捜査よ。知っていると思ってたわ」

ジョーはキットの腕をつかむ手に力をこめた。「僕を愛しているか？」

キットは彼と目を合わせた。胸がいっぱいになる。彼が子供殺しの犯人だと証明されても、わたしは彼を愛するだろうか？　もしくは、その共犯者だとしても？　どうして愛せるだろう？　でも、今この瞬間は、彼を疑っていても、愛している。

「ええ」キットは穏やかに答えた。「愛してるわ」

ジョーは彼女を放し、二人は車から降りた。建物の中へ向かう途中で、明らかに昼食から戻ったばかりのソレンスタインとスノウと一緒になった。フライドチキンのにおいがぷんぷんして、キットは食事をしてから何時間もたっていることに気づいた。

「やあ、ラングレン」スノウがキットに挨拶（あいさつ）して、ジョーを見た。「僕はスコット・スノウ。前に会ったことがあるような気がしますが」

「たぶん会っていますよ。僕はジョー・ラングレン、キットの別れた夫です」

二人は握手した。ソレンスタインも自己紹介した。キットが別れた夫と一緒にいることを奇妙に思っても、彼らはそれを口には出さなかった。

「ところで、まだなにも出てこないよ」ソレンスタインは、線条痕（こん）検査の進み具合をきかれると予想して、言った。「午後からもう一度やってみるつもりだ」

「なにかわかったら――」

「一番に知らせるよ。約束する」

エレベーターが到着し、キットとジョーが乗りこんだ。「次はどうするんだ？」ジョーは尋ねた。

「あなたを取調室に入れて、サルに話しに行くわ」

「彼が尋問するとき、きみは同席するのか？」

キットは首を振った。「わたしはすでにかかわりすぎているわ」

「僕に自力でやれと？」

「残念ながら、そうよ」二階に着き、二人はエレベーターを降りた。キットは五つの取調室が並ぶ廊下へジョーを案内した。一号室が開いていたので、彼女はドアを開けて、明かりをつけた。「なるべく早く来るわ」

ジョーはうなずいた。キットはドアまで行き、そこで立ちどまって彼を振り返った。

「ところで、ジョー、ゆうべ、ブライアンから電話があった？」

「ブライアン・スピラーレか？」

キットはうなずいた。

「ないよ。なぜ？」

心臓が鼓動するほんの一瞬、キットは叫びたくなった。〝嘘つき！〟と。だが、彼女はそうせずに、ジョーを安心させるようなほほえみをつくった。「彼がわたしをさがしていたから。それだけよ。さあ、始めましょう」

64

二〇〇六年三月二十一日　火曜日
午後三時

キットは不安を覚えながら取調室のドアを閉めた。ジョーが嘘(うそ)をついた。ブライアンが彼に電話したことは、通話記録に残っている。ブライアンはジョーの関与を示すなにを見つけたというのだろう？

キットはサルをさがしに行った。彼はハース巡査部長とオフィスにいると事務員のナンが教えてくれた。深呼吸して、キットはサルのオフィスの半開きになっているドアをノックした。

サルが大声で入れと言った。「キットか」不機嫌な声だ。「なんの用だ？」

「お耳に入れたいことがあります。重要なことです」

サルは手招きして彼女を中へ入れた。「話してみろ」

キットはデスクの前の椅子のそばへ行き、そのうしろに立って、背もたれにつかまった。

「模倣犯事件の突破口が見つかったかもしれません」サルの表情が微妙に変化し、彼女は話を続けた。「まだこの件とは格闘中ですが、これが大筋だと思われます。これからそれを説明しなければなりません」

二人の男の視線はキットに釘づけだった。

「ヴァレリー・マーティンが今朝ここへ来ました。彼女は、ジュリー・エンツェル殺しの夜にジョーと一緒にいたことについて、嘘をついたと言いました。彼女はジョーの唯一のアリバイでした」

サルは眉をひそめた。「MCは一緒にいたのか?」

「いいえ。彼女は三人の老女殺しとSAKを結ぶ有力な手がかりを追っていました」

サルの頬が怒りで赤くなったが、彼はなにも言わなかった。この話が終わって、彼がその〝ダメージ〟を判断したときにどうなるか、キットにはわかっていた。

「彼女の発言はビデオに撮ってあります」

「きみがいくらか常識を働かせてくれたと聞けて、よかった」

次のキットの言葉を聞けば、サルは今の発言を撤回するはずだ。「そこで、わたしはジョーを訪ねました」

サルは今にも爆発しそうに見えた。「一人でか?」

「はい」

ハース巡査部長が口をはさんだ。「どういう経緯か説明しなさい。昨日のスピラーレ警部補の足取り捜査から――」

「ブライアンはゆうべ、ジョーに電話しました。わたしにかけてくる少し前です。ジョーの番号が通話記録にありました」

沈黙が流れた。

キットは続けた。「わたしはジョーを尋問し、彼を連れてきました。彼はみずからの意思で来ました。一号取調室にいます。ところが、ここで妙なことになりまして」

キットはまず、ＭＣが見つけた聴覚障害者協会のカレンダーのこと、次にジョーからヴァレリーの娘が聴覚障害者であると聞かされたことを説明した。

「ぴんときたんです。ヴァレリーは、ジュリー・エンツェルが見舞いに行った病院の小児科病棟で働いています。ジョーを通じてバディ・ブラウンを知っていたはずです。携帯電話の番号を含め、わたしの個人情報を入手できました。そして、わたしは捜査を進めていくうちに、模倣犯は女性であると強く感じました」キットは一呼吸おいた。「模倣犯の殺人事件は、自分の娘殺しをごまかすための煙幕にすぎません」

「なんのために娘を殺すんだ？」

「解放されるために。彼女は障害を持った子に縛られていることにうんざりしたんです」

「その子の父親は？」

「タミーが聴覚障害児だとわかったときに去りました」

「よし、続きを聞かせてくれ。ヴァレリー・マーティンが模倣犯だとする。彼女とＳＡＫ

はどうやって出会った？」

「まったく同じ質問を自分にもしてみました。二人はどこで出会い、どういう関係なのか？　ピーナッツが言ったように、二人は敵対関係なのか？　それとも共犯関係か？　恋人どうしではないか？　わたしは論理的に次の段階へ進みました」

サルはうなずいた。「それできみが行き着いたのが――」

「ジョーです」キットの声はかすかに震えた。「ジョーはわたしのことならなんでも知っています。わたしがSAKを取り逃がした夜のことも知っていました。その出来事をもとに、わたしはピーナッツがSAKだと信じたんです」

サルとハース巡査部長が視線を交わした。「つまりきみは、オリジナルのSAKは今回の件にはかかわっていないと言っているのか？　例の筋書きはすべて二人が考えたと？」

「そうです」

「ピーナッツがきみに残した毛髪の束についてはどうなんだ？　バディ・ブラウンのアパートメントで見つかった、箱に入っていた新聞記事の切り抜きとリップグロスは？」

「DNAの検査結果が出るまでは、本物かどうかはわかりませんよね？」

「でも、動機は、キット？」サルが尋ねた。「なぜ彼がこんなことをするんだ？」

キットは咳（せき）ばらいをした。「わかりません。わたしを罰するためかと」

「きみがそんなことを言うとは信じられないな」サルは言った。「ジョーの話をしているんだぞ」

「わかっています。わたしも心の一部では、いえ、大部分ではまさかと……。でも、これが予想される展開です。話さなければなりませんでした」

「このたくらみで、ジョーとヴァレリーが共犯なら、なぜ彼女はアリバイを否認したんだ？」

キットは椅子の背もたれを握り締めた。「わたしとジョーが寝たことを知ったからです。ジョーが言うには、彼女が否認しているのは彼が婚約を破棄したからだそうです」

「それは本当かもしれないな」

「ええ。すべては推論と状況証拠ですが」

「きみはこの件からはずれろ」

「できれば、かかわりたくありませんでしたよ、サル」

「まったくだ、キット！」サルは身を乗り出した。「きみは規則に従うと約束したんだぞ。わたしはきみを停職にしてもおかしくないんだ」

「はい」

明らかに、サルはまだキットを許すつもりはなさそうだった。「ヴァレリー・マーティンと話をするなんて、きみはいったいなにをしていたんだ？　ＳＡＫの捜査での失態からなにも学ばなかったのか？　彼女があのドアを入ってきたときから、ＭＣかだれかほかの人間に引き継ぐべきだったんだ」

「はい」

「そのうえ、容疑者のもとに直行して内部情報をもらすとは。きみはだれに忠義を――」

ナンがブザーを鳴らし、サルは受話器を上げた。「なんだって！」受話器に向かってがなりたてる。「もう一度言ってくれないか？」サルは顔をしかめながら、送話口を手でおおってキットを見た。「ダニーという男に上がってきていいと認めたのか？」

「ダニー？」キットは困惑してきき返した。「どこへ上がってくるんですか？」

「ここだ、凶悪犯罪課にだ。オフィスに現れて、きみをさがしている」

今は友達と面会している場合ではないのに。「認めていません」キットは直立したまま言った。「わたしがつまみ出して――」

「きみはそこを動くな！　まだ説教は終わってないぞ」

サルはナンにダニーを待たせるように言い、先ほど言いそびれたところへ話題を戻した。

「きみはなにに忠義を尽くすべきなんだ、キット？　仕事か？　ジョーか？」

「わたしがここにいることで答えは明らかじゃありませんか？」

そして、体から心臓をもぎ取られたかのような思いでいる。

「ひとつ質問をさせてくれ、キット。きみ自身はどう思う？」

キットは上司であるサルを見つめて、答えを考えた。わたしはどう思うか――直感では？　もしも雑音を取り除けるとして、自分を裏切ることのない直感では？

問題は、キットが雑音を排除できないことだった。頭と心を切り離すことができない。心の叫びがあまりにも大きい。

キットは首を振った。「わたしは客観的にはなれません、サル」

サルはかすかに目を細め、それからハース巡査部長を見た。「アレンとホワイトに、ヴァレリー・マーティンを迎えに行かせろ」

ハース巡査部長は無言で指示を出しに行き、サルは立ちあがった。

「ジョーのところへ行く時間だ」

65

二〇〇六年三月二十一日　火曜日
午後三時三十五分

キットは凶悪犯罪課の外の廊下をうろうろしているダニーを見つけた。彼はキットを見つけると、滑稽なほどほっとした表情で立ちどまった。

キットは彼を連れてドアから遠ざかった。「ここでなにをしているの、ダニー？」

「どうしても直接話すべきだと思ったんだ」彼は声をひそめた。「手遅れになる前に」

「なにが手遅れになるの？」

ダニーは首を振った。「もう一度チャンスをくれ。この前の晩は失敗だった。あんな口説き方をするなんて、僕は――」

「今はその話をする時間がないわ」仲間の刑事が二人に好奇の目を向けながら通り過ぎた。

「この前、言ったでしょう」

「二人だけで話せる場所はないのか？」

キットは、サルとハース巡査部長がヴァレリーの発言のビデオを精査し、ジョーの尋問に備えていることを思い出して、首を振った。「ないわ、ダニー。そんな場所はない」

ダニーは身をこわばらせた。「僕たちは友達だと思ったのに」

「友達よ。でも、わたしは仕事中で、あなたはここにいてはいけないの」

「きみには僕が必要だよ」ダニーはキットの両手をつかんだ。「きみには僕たちが必要なんだ。僕は心配――」

「いいかげんにしてくれない？」キットは彼の手を振りはらった。「わたしは大丈夫よ。助けが必要な人みたいにふるまっているのは、あなたのほうだわ」

ダニーには助けが必要だった。キットはずっとダニーのことを、みずからの失敗から学び、成長した人物だと思ってきた。彼は分別のある大人に見えた。しっかりしていると。それが今ではそう思えなかった。まるで彼の中には二人の人間がいるかのようだ。励ましてくれる友人、そして嫉妬深い恋人。

ダニーは顔を赤らめた。「もういい、忘れてくれ。警告はしたからね」

キットは歩き去る彼を見送ってから、階下の中央通報管理班に電話した。係員にダニーが下りていくことを告げ、彼を外まで送り出すよう頼んだ。

それがすむと、キットは取調室のほうへ向かい、その途中で携帯電話のメッセージをチェックした。

〝キット、MCよ。彼を見つけたと思う。ローズ・マクガイアの介護生活センターのパー

ティにピエロが出演したの。ほかの被害者の家族にも連絡して、ピエロのことを覚えていないか確かめてみる。あとで連絡するわ〞

ピエロ？　ヴァレリーの共犯がピエロだとすれば、ジョーは潔白だ。

キットがMCに電話すると、ボイスメールにつながった。「メッセージを聞いたわ。ピエロに関する追加情報はない？　わたしは署にいるわ。こちらでは大きな進展があったのよ。電話して」

電話を切ったところで、サルがモニタールームから出てきて彼女にうなずいてから、一号室へ向かった。いよいよ始まる。

キットはモニタールームのハース巡査部長のもとへ行った。彼はキットのほうを見もしなかった。ビデオモニターを一心に見つめている。キットもそうした。

サルは取調室に入った。「こんにちは、ジョー。会えてうれしいよ」

「僕もそう言えたらよかったんですがね。状況を考えると――」

「理解するよ」サルはテーブルをはさんだジョーの向かい側の椅子を引いて座った。「どうしていたんだ？」

「正直言って、つらい数年間でしたよ」

「そうだってな。お気の毒に」サルは一呼吸おいた。「きみにいくつか質問する必要がある」

「キットがそう言っていました」

「きみの婚約者が今朝ここへ来たことはもう知っているだろう」

「元婚約者です。ええ、知っています」

サルは返事代わりにうなずいた。「彼女はキットに、きみに関して嘘をついたと言い、三月六日の夜は一緒にはいなかったと話した」

「実際には」ジョーは落ち着いた声で言った。「彼女は今、嘘をついています。僕たちは一晩中一緒にいました」

「それを証明できるか？」

ジョーは一瞬考えた。「いいえ。でも、彼女は今回のことを乗り越えます。今は腹を立てているんです。傷ついてもいます」

「きみが婚約を破棄したから？」

「ええ」

「なぜ破棄した？」

「今でもキットを愛しているから」

キットはジョーに直接そう言われていたが、サルに告げるのを聞いて、あらためてはっと息をのんだ。

「ヴァレリーのことを聞かせてくれ。どんな人だ？」

「忍耐強い人です。いい母親ですよ。本当に堅実な人です」

「復讐心を抱くタイプではなさそうだ。警察に嘘をつきそうもない」

「そうですね」ジョーは自分の両手を見おろし、またサルに視線を戻した。「こんなことをするなんて……僕は彼女をひどく傷つけたに違いない。ほかに説明のしようがありません」

「キットから聞いたが、ヴァレリーの娘は耳が聞こえないそうだね」

「そのとおりです」

「その子とわかり合うのは大変に違いない」

「そうでもありませんよ。あの子は唇を読めるし、手話ができますから。傍(はた)から見れば、耳が聞こえないことに気づかないでしょう」

「どんな子だ？」

「やさしい子です。恥ずかしがり屋だけど。たぶん、障害のせいでしょう」

「母親を困らせているのでは？」

「たいていの子供よりも？　いいえ。でも、手話を覚えるまでは、手に負えませんでした。すぐにかっとなって。ものを壊して。その点はヴァレリーも大変だったでしょうね」

「そいつは尋常じゃないな」

「医者たちは、そういう行動は、意思の疎通ができない不満の結果だと言いました。僕はその当時の彼女たちは知りません」

サルは黙ってジョーを見つめた。まるでジョーが言ったことをじっくり検討するかのように。その正当性を見極めているかのように。キットはそれが尋問のテクニックだと知っていた。容疑者の自信を損ない、少しばかり不安にさせるために用いられる。

「問題があるんだ、ジョー。被害者の一人がきみに結びついた。きみとバディ・ブラウンだ。今、きみには模倣犯の殺人事件が起きた夜のアリバイがない」

ジョーは眉をひそめた。「何日かすれば、ヴァレリーの気が変わって、本当のことを言いますよ。間違いありません」

「彼女がそうしなかったら？」

初めてジョーは不安そうな顔をした。

サルはわずかに彼のほうへ身を乗り出した。「教えてくれ、ジョー。これは彼女の計画か？」

「なんの？　だれの計画ですって？」

「自分の娘殺しを隠すために、少女たちを殺すという、ヴァレリーの計画だろう？」

ジョーは、ショックのあまり信じられないという顔で、サルを見つめた。キットはそれを観察しながら、彼にはそんな演技はできないと思った。

それとも、できるのだろうか？

「そんなばかな！　ヴァレリーは殺人犯じゃない！　いい母親ですよ。娘を愛しています。そんな……ひどすぎる」

「彼女はきみをはめたのかもしれないよ、ジョー。そう考えたことはないか？　これは最初から彼女の計画だったと？　きみは彼女の罪をかぶっていると？」

ジョーは苦しげな表情で、ビデオカメラをまっすぐに見た。キットには彼の考えが聞こえてきそうだった。〝キット、よくもこんなまねをしてくれたな〟

キットは彼を見つめた。彼女の人生——一緒に暮らした日々——が目の前をよぎる。昔は二人でいることがすべてだった——今でもそうであるはずだった。

わたしはなんてことをしたのだろう？

「なあ、ジョー？　どう思う？　きみは彼女の罪をかぶるつもりか？」

ジョーはサルをまっすぐに見た。「弁護士を呼んでください」

「当然だな」サルは椅子を引いて立ちあがった。「ところで、ジョー。ブライアン・スピラーレのことは聞いたか？」ジョーが小さくうなずくと、サルは尋ねた。「疑問なんだが、なぜ彼はゆうべ、きみに電話したんだろう？」

「彼はかけてきませんでしたよ」

サルは目の前のテーブルの上のファイルを開いて、通話記録を取り出した。それをジョーのほうへすべらせる。「これがかけたと言っている」

ジョーはその記録を眺めた。キットは、彼が自宅の電話番号を見つけたまさにその瞬間がわかった。なぜなら、彼の顔が真っ青になったからだ。「弁護士を呼んでください」ジョーはもう一度言った。「それまでは一言も話しません」

サルは自分の携帯電話を手渡した。「電話帳が必要か？」

「いいえ。番号は覚えています」

キットは番号を押すジョーのようすを観察した。彼がかけているのはカート・ペトロスキー、ジョーの会社の顧問弁護士で、家宅捜索中に彼を支えた人物だった。キットは、カートがジョーに、刑事事件専門の弁護士が必要だと告げるだけの良識を持っていることを願った。優秀な弁護士が必要だと。

ジョーが通話を終え、弁護士が来るまでサルに待たされている間も、キットはジョーの観察を続けた。そして、あることが心に引っかかった。

キットはサルの質問とジョーの答えを思い返した。

〝手話を覚えるまでは……〟

〝あの子は手話ができますから……〟

ピーナッツはこの前の電話でなんと言った？

〝被害者たちがきみに語りかけている〟

「そうか」キットは言った。

ハース巡査部長がキットに鋭い目を向けた。「なんだ？」

キットは立ちあがった。「そうよ。被害者の手。あれは手話なんだわ」

66

二〇〇六年三月二十一日　火曜日
午後五時五分

この警察署には、ＡＳＬと呼ばれるアメリカ手話に精通した者が一人だけいた——地域サービス班のジミー・イエだ。

模倣犯事件の現場写真から判読可能かどうかをを見に、彼が凶悪犯罪課に来てくれることになった。鑑識課はポーズをとらされた被害者の手をあらゆる角度から撮影していた。ハース巡査部長が見守るなか、キットはジミーに写真を広げて見せた。「どう思う、ジミー？　手話かしら？」

ジミーは写真をじっくり眺めた。「かもしれません」
「そうだと仮定して、なんて言っているの？」
「それはちょっとむずかしいな」ジミーはアップで撮られた一枚を選んだ。「ＡＳＬは視覚空間言語なんです。文法体系には、顔の動きと、話者を取り巻く空間の使用が含まれる」

「それはどういう意味？」

「動きを伴わない場合は、部分的にしかわからないという意味。だから、殺人犯の意図を見極めるのはむずかしい——僕にできるのは推測だけです」

「免責条項はわかったわ。やれるだけやってみて」

ジミーはジュリー・エンツェルの写真を指さした。「この子は右手で自分の胸を指さし、左手をほかへ向けています。単純に解釈すると、〝わたしが〟または〝わたしを〟と彼女は言っているのかも——」

キットは彼をさえぎった。「彼女はなにも言っていないわ、ジミー。わたしたちに語りかけているのは殺人犯よ。彼女はただの伝達媒体だわ」

ジミーは訂正されたことに面食らっているように見えた。キットは聞き流してもよかったのだが、訂正したほうがまともに集中できる気がした——そして、被害者に敬意を払えると思った。

「そうですね。すみません。もう一方の手はほかを指さしている。これが話者を取り巻く空間を使う例で、人やその場にないものを表現します」

キットはとくに驚かなかった。「わたし、あなた。わたしとあなた」

「そうとは限りません。〝彼〟〝彼女〟または〝それ〟かもしれません。英文法の構成ルールは、アメリカ手話にはあてはまらないんです。ＡＳＬは主題を論じる構文だから」

「わかりやすく頼む」ハース巡査部長がいらだたしげに言った。

「口で話す僕たちは、自分たちのことや、考え、感情を文章で表現します。単語だけを、感情をこめて。語句や、伝統的な主語と目的語のある構成をばらばらにした話し方で。話題に応じて」ジミーは写真を置いた。「だから、犯人は僕とあなたと言おうとしたのかもしれません。または、彼女と僕。もしくは、僕は彼だ。僕たちは――」

「僕は彼だ」キットは試しに声に出して言い、頭の中に響かせた。「彼は自分が何者かを教えている。あいつだと。SAKだと」

巡査部長はうなずいた。「そうかもしれない。マリアン・ヴェストに移ろう」

ジミーはためらった。「どうしよう。僕には――」

長い間、ジミーは写真を観察した。「ええ、これは個別の文字を示しているんだと思います。〝W〟と〝E〟。右手は中央の三本指を伸ばして広げ、親指と小指をてのひら側に曲げている。〝W〟です。左手はゆるやかに握られ、てのひらを外に向けている。〝E〟です」

「妥当だと思われるものでいいから」

「右手が〝三〟の可能性は？」キットは尋ねた。「たとえば数字の？」

「三人目の被害者が出ると教えているのか？」ハースが言った。

「そうかもしれません。でも、ASLを使っているなら、違います。数字の三は親指と人さし指と中指で示し、手の甲を外に向けます」

ジミーがそのとおりにやってみせたので、キットはすぐに理解した。「僕は彼だ」キットはつぶやいた。「今度は〝We〟、つまり〝わたしたち〟ね。ウェバー家の少女は？」

ジミー・イエはこの作業に慣れてきたようだ。何枚かの写真を選んで検討する。キャサリン・ウェバーの両手は、キットには数字の一に見えた。人さし指をまっすぐに伸ばし、ほかの指をてのひら側に曲げて拳(こぶし)を作っている。

だが、左右の手の位置は大きく異なっていた。左手は甲を外に向け、右手は体の中央で人さし指を口のそばに置き、てのひらを左に向けている。

「左手が示しているのは数字の一、だよな？」ハース巡査部長が言った。

「ええ。右手はもう少しむずかしい。〝D〟の位置だけれど、僕は〝Be〟だと思います」

「なぜだ？」

「見てください」ジミーは実際にやってみせた。手を〝D〟の位置に構え、次にその手をまっすぐ前へ動かし、口から遠ざけた。

「右手から左手の順で読むとしたら、なんと言っているんだ？　ひとつになる(Be one)、か？」キットはジョナサン・ハースを見た。「被害者と？」

サルが彼らのもとへやってきた。「ジョーは弁護士と一緒にいる。なにかわかったか？」

キットが説明した。それが終わると、ジミー・イエが口をはさんだ。「僕が説明したとおり、これらの解釈は、妥当だと思われる推測です」

「わかった」サルは写真を見まわした。「僕は彼だ。または、僕とあなた」

「もしくは、ヴェストとウェバーのも合わせて読むと」ジミーが言った。「僕たちはひとつ」

ハース巡査部長の携帯電話がぶーんとうなった。彼は電話に出るために席をはずした。

キットは彼が出ていくのを見送ってからサルのほうを向いた。「それですね。ジミーはどう思う？」

彼はうなずいた。「それかもしれません。もちろん、絶対とは――」

ジミーがまた免責条項を口にする前に、キットは彼をさえぎった。「最後にひとつ質問。犯人がASLを使っているからには、本人が聴覚障害者か、家族にそういう人がいるということになる？」

「そうとは限りません。たしかに、ASLは耳が不自由なアメリカ人や、耳が不自由な家族がいる家に生まれた、耳の聞こえる子供のための言語です。でも、ASLを学ぶ講座がありますからね。集中講座もあるんですよ」

キットは落胆を隠さなかった。これで容疑者の範囲が劇的に絞りこまれるという筋書きを考えていたのだ。ヴァレリー・マーティンへ導く範囲に。「あなたはどうやって学んだの？」

「妻が聴覚障害者なので、彼女から」彼は一瞬、沈黙した。「もうひとつ方法があります。ASLを知らなくても、英語ASL辞典で英単語を調べるだけでいい。辞典はインターネット上にもあります。動画サイトも。ご希望なら、URLをメールしますよ」

「それはすごいわ。ありがとう」

ジミーが立ち去るのと入れ替わりに、ハース巡査部長が戻ってきた。彼の表情から、電話の内容に喜んでいないことがわかった。「ヴァレリー・マーティンが昼休みのあと、職場に戻らなかったそうです。自宅はきちんと戸締まりされていて、ガレージに車はありませんでした。近所の人にきいて、娘の学校に行きました。昼休みの直後に、母親が連れ帰ったそうです」

サルの表情がきびしくなった。「その女と娘を無線手配だ」

「ジョーはどうしますか?」キットは尋ねた。

「弁護士が抗議するまで引きとめておく。そのあとは、調書をとるか、釈放だ」

「彼ならヴァレリーの行き先に心あたりがあるかもしれません。タミーが心配です。もしもヴァレリーが犯人で、警察にまだ気づかれていないと思っているとしたら、タミーが危険かもしれません」

「ジョーと話すか?」サルが尋ねた。

「やってみます。彼はわたしとあまり話したくないでしょうけれど」キットの携帯電話が鳴り、彼女は応答した。「ラングレンです」

「ソレンスタインだ。いい知らせだ。一致したぞ」

67

二〇〇六年三月二十一日　火曜日
午後五時四十分

ブライアン殺しに使われた銃は、ロックフォードから車で一時間ほど南東のデカルブという農業地帯に住む女性殺しにも使われていた。デカルブはふたつのことで有名だ――スーパーモデルのシンディ・クロフォードの出生地であること、そして北イリノイ大学のキャンパスがあることだ。地元民の多くは、そのリストの三番目に〝おいしいとうもろこし〟を加える。事実、その町では毎年八月にとうもろこし祭りを主催する。町をあげてのお祭りには例年二十万人が訪れ、七十トンのとうもろこしが消費される。

キットはソレンスタインの肩越しに全国統合弾道情報ネットワーク（NIBIN）のモニターをのぞきこんだ。「ぴったりだよ」彼は言った。「ほぼ完璧（かんぺき）だ」

たしかに、ブライアンの体から取り出された弾丸の線条痕（こん）は、一九八九年の殺人事件に使われた弾丸のものと一致した。

「きみを待つ間に、ＬＥＤＳのアクセス権をとった」

ＬＥＤＳとは、州の法執行データシステムのことだ。「で、どんな事件なの？」

「一九八九年に、フランク・バラードという男が妻を殺した。眉間（みけん）を撃った。彼は逮捕され、裁判で有罪となったが、銃は見つからなかった。その銃は、彼に支給されたリボルバーだと考えられた。メーカーと型は同じ。標準仕様、四五口径のスミス＆ウェッソン」

「彼は警察関係者だったの？」

「そのとおり。デカルブ郡保安官事務所の保安官助手だ」

キットは考えをめぐらせた。警察関係者。十七年前の殺人事件に使われた銃が、なぜここで出てきたのだろう？　今になって？

そんなことより、ＳＡＫと模倣犯の捜査とどう関係しているのだろう？

「ほかには？」キットは尋ねた。

「だいたいそんなところだ。プリントアウトはここにある。あとの調査はきみにまかせるよ」ソレンスタインはキットを見あげて、にやりとした。「ビールをおごってもらえそうだな」

「そうね、ソレンスタイン。ありがとう」

彼の笑みが消えた。「ブライアンは友達だった。友達以上だ。こんなことをしたくそ野郎を捕まえてやりたい」

キットは上階の凶悪犯罪課へ戻ると、サルを見つけて報告した。「これからジョーと話して、ヴァレリーの行き先に心あたりがないか確かめます。それと、デカルブの保安官事務所に電話をしようと思います。もう少し情報が手に入るか確かめてみます」

「引き続き、報告を頼む」サルは自分のオフィスへ向かい、そして足をとめて振り返った。「リッジョから連絡はあったか？」

「一時間ほど前に彼女にメッセージを残しました。もう一度電話して、どこにいるか確かめます」

それからすぐに、キットはピエロの調べがついていることを指を交差させて祈りながら、相棒の携帯電話にかけた。MCは二回目の呼び出し音で応答した。

「あら、珍しい」キットは言った。「久しぶりね」

「ちょうどメッセージを聞いたところよ。大きな進展ですって？」

キットはヴァレリーとジョーと線条痕の一致の件を急いで伝えた。MCがなにも言わないので、キットは続けた。「ピエロのほうはどう？」

「だめだったわ。残念」

キットは悔しかった。ピエロの手がかりがいい結果をもたらせば、ジョーは〝無罪放免〟に一歩近づいたのに。少なくとも、彼を安心させる情報を伝えることができるのに。

それとも、わたしは安心したいだけだろうか？

「覚えていそうな遺族全員には――」

「問い合わせたわ。なにも覚えていなかった。ピエロのことも。手品のことも」

最後の一言はよけいだ。「そんな角度からも調べていたとは知らなかったわ。言っておいてくれたら、手間をとらせなかったのに。ジョーは当時、手品をしていなかったわ」

「わたしにブチ切れたりしないわよね？」

「なんですって？」

「流れに身をまかせようとしているだけよ。笑って受け流して。わかるでしょう」

「大変な一日だったのね？」

「想像もつかないでしょうね」

「わたしは一致した線条痕について引き続き調査して、どうやって銃がデカルブからここへ来たのか確かめてみるわ。あなた、戻ってくるの？」

「ちょっとママのところへ寄って、直接断ってこようと思ったんだけど」

「断る？」

「火曜日の夜は家族でパスタを食べることになっているの」

「そうだったわね」キットは腕時計を見た。「ねえ、わたしはここにいるわ。家族と食事をしていらっしゃい。もしもあなたが必要なときは、電話するわ」

「わたしがあなたを必要になったら？」

キットは笑った。「一晩中、携帯電話の電源は入れておくわ。ママ・リッジョからの救出要請に備えて」

「ほかから電話が入ったわ、キット。切るわね」

MCはキットが別れの言葉を言う前に電話を切った。キットは当惑して眉根を寄せた。なんだかMCがいつもと違うように思えた。そっけなかった。まるで必死に楽しいふりをしているかのようだった。

なにかに腹を立てているのだろうか？

キットは携帯電話をホルスターにしまい、ジョーのことを考えた。今日のことにかかわらなければよかった。でも、かかわってしまった――それに、わたしにはするべき仕事がある。ジョーが潔白ならば、そう証明されるだろう。

潔白が証明された晩には、彼と仲直りして再出発できますように、とキットは祈った。キットは取調室に入った。一人きりにされていたジョーが彼女を見た。キットは彼がどんなに怒っているかがわかった。どんなに傷ついているかが。

「また度肝を抜きに来たのか？」ジョーはきいた。

「そんなふうに思わせてしまってごめんなさいね、ジョー」

「ほかにどう思えというんだ？　これでは待ち伏せ攻撃じゃないか、キット」

「そうするつもりはなかったのよ」

「よく言うよ。僕はばかじゃないぞ。〝とにかく、わたしを信じて〟」ジョーは苦々しく、キットの口まねをした。「そして僕は信じた。なんてまぬけなんだ」

「それを言ったときは、本気でそう思ったのよ。事情が変わって、わたしは――」

「きみはするべきことをせざるをえなかった」ジョーは顔をそむけ、それからまたキットを見た。「きみが自分の行動を正当化する言葉を口にするたびに、僕は一ドルずつもらえればよかったのにな。大金持ちになるだろうに。なにがむかつくって、二人で人生の大半を一緒に過ごして、娘を愛し、そして埋葬したというのに、きみは僕が何者かをぜんぜんわかっていないことだ」

ジョーの言葉はキットにぐさりと突き刺さった。その言葉がこたえたのは、キットが彼のことをよく知っていると思っていたから、彼を愛していたから――そして、そうであるにもかかわらず、彼が事件にかかわっていると疑ったからだ。そして、証拠によって容疑が晴れるまでは、疑いつづけることになるからだった。

キットの仕事はそういうものだ――そして、その仕事が彼女に疑念を起こさせたのだ。

わたしになにが言えるというの？

返す言葉がない。わたしは告発のとおり、有罪だ。

「愛しているわ、ジョー。ずっと愛してきた」

ジョーは苦しげに言った。「きみはいつも、僕より刑事であること優先させた。それは今後も変わらないだろう？　この事件に片がついて、僕が無関係だとわかったときには、ほかに重要なことが出てくる。別の事件、別の被害者」

「そんなことはないわ！　この事件が終わって、あなたの疑いが晴れたら、わたしたちは――」

「〝わたしたちは〟なんてないよ。僕はきみを愛している、キット。でも、僕はもっと愛されたいんだ。ずっとそう思ってきた」

キットは片手を上げた。「この話はやめましょう。今は。お願い」

彼女の言葉はかすれ、途切れがちになった。

打ちひしがれる。それが彼女の胸の内だった。

キットは咳ばらいをして、気を取り直した。「ヴァレリーがいなくなったわ。ここを出たまま職場に戻らずに、タミーを学校から連れ出したの。あの子のことが心配だわ」

「もちろん、そうだろうね」ジョーは辛辣に言った。

「あなたなら、彼女たちが行きそうなところに心あたりがあるんじゃないかと思ったんだけど」

ジョーは怒ったような、つらそうな声で言った。「ヴァレリーの母親にきいてみろよ。ロックトンに住んでいる。それと、バリントンには彼女の姉がいる」

「彼女たちの名前は？」

「母親はリタ・マーティン。姉はローリー・スミス」

ホワイト刑事がドアから顔をのぞかせた。「弁護士が戻ってきたぞ、キット」

キットは片手を上げて、少し時間を稼ぐように合図した。

「ジョー、わかってほしいのよ。わたしは――」

ジョーは彼女をさえぎった。「気にするな。仕事をしろよ。殺人犯を捕まえろ。僕は違うんだから」

キットは弁護士には目もくれずに、彼の横を通り過ぎた。息もできないほどに胸が痛んだ。事態が今以上に悪くなることはあるのだろうかと考え、気がつくと、そうならないことを切に願っていた。

68

二〇〇六年三月二十一日　火曜日
午後七時十分

キットは電話を切った。デカルブ郡保安官事務所へ問い合わせたが、目新しい情報はほとんど得られなかった。勤務についていたのは夜勤のスタッフだった。キットが話をした保安官助手は十二歳としか思えないしゃべり方だった。

悔しいけれど、わたしが年をとったってことよね。

その若い保安官助手は、シフト勤務についている者たちに、一九八九年に在職していなかったかきいてみると約束してくれた。それに加え、今夜、忙しくなければ、ファイルをさがし出して、キットにファックスしてくれると言った。少なくとも、朝になったら彼女に電話するよう、保安官と主任保安官助手にメッセージを残してくれるそうだ。

キットはいらいらして電話を切った。だれかが折り返しの電話をくれるころには、自分で保安官事務所に出向いて、現物のファイルをめくれるだろう。

キットはMCに電話した。すぐにボイスメールにつながり、電源が入っていないことを示した。「わたしよ。ちょっとデカルブに行って、バラード事件のファイルを直接見てくるわ。用事があるときは、携帯に電話して」

キットは凶悪犯罪課を出て、エレベーターへ向かい、その途中ではたと足をとめた。

〝わたしにブチ切れたりしないわよね？〟

〝流れに身をまかせようとしているだけよ。笑って受け流して。わかるでしょう〟

大変だ。今わかった。二人で冗談を言い合ったあの日、MCは、合図を送り合う必要があるときは、〝ブチ切れる〟か〝笑って受け流す〟を使おうというようなことを言った。

いつもなら定期的に連絡を入れるMCがずっと連絡してこなかった理由はそれだ。話し方が不自然だったわけは。

MCはトラブルに巻きこまれている。

なぜ聞き逃してしまったのだろう？

ピエロだ、とキットは気づいた。MCは老女殺しを調べていて、ピエロの手がかりをつかんだのだ。

そのせいでMCは危険な目にあったのだろうか？　ピエロの名前がわかって追跡し、それから……どうなったの？

キットは焦って踵（きびす）を返し、デスクに駆け戻った。あった。キットはMCの母親の名前、次に住所と電話番号を手に入れた。

　キットはその番号に電話した。十二回の呼び出し音が鳴っても、応答がなかった。自分の考えが間違っていて、ＭＣが家族とともにパスタと母親の質問攻めに首までどっぷりつかっていることを祈りながら、キットは駐車場へ急いだ。

　まもなく、キットはやたらに大きい、古い農家風の家の前に車をとめた。建物の前には数台の車がとまっているが、ＭＣのエクスプローラーは見あたらなかった。

　ブロンドでブルーの目をした若い女性が玄関に現れたので、キットは住所を間違えたのかと思った。

　キットはほほえみ、その女性に警察バッジを見せた。「わたしはラングレン刑事です。住所を間違えているかもしれませんが、リッジョ家をさがしています」

　その女性はほほえみ返した。「合ってますよ。あなたはＭＣのパートナーね」

「そうです」キットはほほえんだ。「キットと申します」

「わたしはメロディ、ＭＣの兄嫁よ」

　キットは彼女と握手した。「ご家族の食事会をおじゃましてすみません。わたしは――」

「メロディ、だれなんだ？」

　背の高い、ハンサムな男性がダイニングルームの戸口に現れた。ＭＣの兄であることは間違いようがなかった。

「こちら、キット・ラングレン」メロディが言った。「ＭＣのパートナーよ」

　彼が歩いてきて、手を差し出した。「僕はニール。あいつのまともなほうの兄です」

「そして、わたしの夫よ」メロディが付け加えた。

キットは彼と握手した。「ご家族のお食事会のところ、おじゃましてすみません。MCに話があるのですが、いらっしゃいますか？」

ニールはとまどった顔をした。「ここにはいません」妻を見る。「メアリー・キャサリンは今夜来たか？」

「わたしが知る限りでは、来てないわ」

キットは不安をつのらせながら、二人をかわるがわる見た。「今夜はパスタの夕べではないんですか？」

ニールはほほえんだ。「それは明日の夜です。僕たちはちょっと立ち寄っただけで――」

「メロディ、ニール？」

三人全員が声のしたほうを向いた。ママ・リッジョその人が戸口に立った。身長百五十五センチ。鋼色の髪から黒い矯正靴にいたるまで、ママ・リッジョは、きちんと人の話を聞きなさいと言い張りそうな女性に見えた。

「ママ」ニールが言った。「こちらはMCのパートナーのラングレン刑事だよ」

ママ・リッジョの目つきが鋭くなった。「ちょうど話したかったのよ！　入って食べていきなさい。メロディ、もう一人分、席を用意して」

キットは、急いで準備しに行こうとするメロディをとめた。

「結構です、メロディ。ゆっくりしていくわけには――」

「ぜひお願い！」ママ・リッジョは断固とした態度を示した。「あの子が交際している男性について聞きたいわ。あの子ったら、ずっと隠していたのよ。マイケルが教えてくれなかったら、いまだに知らなかった――」

ランス・カストロジョヴァンニ。

あのコメディアンだ。

「ママ」ニールはいさめた。「今はそれどころでは――」

ママ・リッジョはしっと言って彼を黙らせ、話を続けたが、キットは考えをめぐらせた。ランス・カストロジョヴァンニがMCの失踪(しっそう)に関与しているというたしかな証拠はなかったが、キットは彼がかかわっているという印象を捨てられなかった。

「わたしはこれで失礼します」キットは玄関のほうへあとずさりした。「すみません、ミセス・リッジョ。お誘いありがとうございました」

キットは踵を返し、急いで玄関を出て、トーラスへ向かった。

ニールが追いかけてきた。「ラングレン刑事、待ってください！」

キットは足をとめて振り返った。ニールは追いつき、彼女の目をさぐるように見た。

「なにかあったんですね？」

彼が心配しているのがわかり、キットは自分の不安を表に出さないように努めた。「それがわからないんです、ニール」

「あいつの携帯に電話してみます」

「それはすでにしました」

　恐怖でニールの表情がこわばった。「なにか手伝えることはありませんか?」

「ランス・カストロジョヴァンニについて知っていることは?」

「だれですって?」

「MCの交際相手です」

「はっきり言って、あなたと同じぐらいしか知りません。あいつが彼を好きなことは知っています」

「どうやって知り合ったか、わかりますか? もしくは、彼がどこに住んで……」表情から、ニールはなにも知らないとわかって、キットは口ごもった。「彼女から連絡があったら、すぐにわたしに知らせてください」

　キットが行こうとすると、ニールが彼女の腕をつかんだ。「なにもせずに、ただ座ってなんかいられません」

「残念ながら、そうしていただくしかありません」キットは彼の手から腕を引き抜いた。

「随時連絡は入れます」

　車に乗りこんで縁石から離れたあと、キットは中央通報管理班（CRU）に確認の電話を入れた。リッジョからの伝言はなかった。キットはサルの自宅に電話をした。サルはキットの話を最後まで聞いたあと、MCと彼女のSUV車をさがすよう無線で緊急手配した。また、アレンとホワイトを呼び出して今朝からのMCの足跡を残らずたどらせるよう、キットに助言した。

キットは彼の助言どおりにした。アレンもホワイトも、キットから連絡を受けても乗り気ではなかった——理由を聞かされるまでは。

キットが彼らとの通話を終えたちょうどそのとき、電話が鳴った。MCからであることを祈りながら、応答した。

「こちら、デカルブ郡保安官事務所のロバーツ保安官助手です。ミミ・バラード殺しを調べているそうですね」

MCではなかったが、その次に連絡を待っていた人だ。「そうです。月曜日の夜に、うちの刑事が何者かに撃ち殺されました。その銃弾の線条痕がバラードを殺害した銃のものと一致したんです」

「こんなにたってから？　驚いたな」

「その事件を覚えていますか？」

「ええ。僕は当時十五歳でしたが、父が保安官でしたから。大騒ぎでしたよ。ご存じのとおり、こちらは田舎ですからね。このあたりでは殺人事件なんてそうそう起きません。それに、あんな事件は本当にないでしょう」彼は話を続けた。「男の名はフランク・バラード。彼女をベルトでたたき、頭を撃って殺害。ベルトは彼の指紋だらけでした」

「でも、銃は見つからなかったんですね？」

「ええ、これまでは。どうしてそちらで見つかったんでしょうね？　十七年もたってから」

「まさにそれを突きとめようとしているんです。なにかその事件について情報はありませんか？　ファイルには載っていないことで」

「バラードの評判はとてもよかった。みんなと仲がよかったわけではありませんが、まじめな保安官助手でした。言っている意味はわかりますよね？」

キットにはわかった。仲間たちと大声で笑い合うようなタイプではなく、仕事一筋なのだ。キットは話を続けるよう、うながした。

「だれもがショックを受けました。彼は無実を主張しましたが、いずれにしても、有罪になりました。僕の知る限りでは、まだ服役中です。奥さんは地元の農家の出身でした。一家は広大な土地を持っていて、彼女の父親が亡くなったときに、彼女がすべて相続しました。バラードは家と数エーカーの土地を除いたすべてを、〈グリーン・ジャイアント〉に売却しました。今は〈コンアグラ〉だったかな。でも、それはよくある話でしょう？」キットはあいづちを打って、彼にしゃべらせた。「最近まで、家はバラードの所有でした。どうやら若い二人が買ったようです」

「その殺人事件で一風変わった点はありませんか？」

「彼の妻は聴覚障害者でした」

「なんておっしゃいました？」

「彼女は聴覚障害者でした。だから、よけいに痛ましいんです。それと、幼い息子が彼女を発見したことが」

「夫妻には子供がいたんですね？　何人？」

「はっきりとはわかりません。二人、だと思います。男の子が二人」

「名前を覚えていますか？　年齢は？」

「さっきも言ったとおり、十七年前のことですから。それに、うちの家族はシカモアに住んでいたので、学区がぜんぜん違うんです。だから、この件についての記憶は本当にあいまいで。僕はただの子供でしたから」

ＳＡＫと模倣犯。兄と弟。

二人の出会いはそれだ。そして、きっとそのどちらかが十歳だったのだろう。

「いいですか」キットは自分の切迫した声を聞きながら言った。「これは最優先事項です。わたしは、その銃とその銃を撃った人物がこちらで起きている子供の連続殺害事件とつながっていると考えます。その子供たちの名前と、子供たちがどうなったかを調べて教えてください」

「折り返し連絡します」ロバーツは電話を切った。

ＣＲＵから電話が入った。「パトカーがリッジョ刑事の車を発見しました。ノース・メイン・ストリートとオーバーン・ストリートの角です。彼らは指示を待っています」

「そのまま待機するよう伝えて。現場へ向かうわ」

69

二〇〇六年三月二十一日　火曜日
午後八時四十分

キットはパトカーのうしろに車をとめ、エンジンを切って車を降りた。パトカーから二人の警官が降りてきて、エクスプローラーの運転席側でキットと落ち合った。

「懐中電灯」キットは言った。彼女に近いほうの警官が自分の懐中電灯を渡した。キットはそれを点灯し、SUV車の中を照らした。なにも異常は見られない。

「ドアを開けようとしたのですが、すべてロックされていました」

キットはうなずいた。「開けましょう」

二人目の警官が小走りにパトカーへ戻り、楔形（くさびがた）の工具を手に走って戻ってきた。まもなく、すべてのドアが開いた。

キットはグローブボックス、コンソール、座席の下、カーゴスペースを調べた。なにもない。

ＭＣはこの車をきちんととめ、携帯電話、ジャケット、捜査メモを持って降り、鍵を締めたのだ。

キットは懐中電灯を消し、それを警官に返した。通りを見渡す。〈メイン・ストリート・ダイナー〉とその店の〝終夜営業〟のネオンサインに目がとまった。

ＭＣが話していた店。そこでクリームパイを四つ食べた。男の人と。

その男が恋人のコメディアンだろうか？

キットは二人のパトロール警官にＳＵＶ車のそばで待つように指示し、通りを渡って、そのダイナーへ走った。火曜日の夜にしては、店はまあまあ混雑していた。レジのところにいた女性が彼女にほほえんだ。

キットはほほえみを返して、女性に近づいた。名札にはベティと書かれている。

「こんばんは、ベティ。知り合いをさがしているの。よくここへ来る人よ。名前はランス」

「ああ。ランス・カストロジョヴァンニね。常連さんよ」

「今夜は来た？」

「いいえ。残念だけど」

「彼はこのあたりに住んでいるの？」

ベティの態度が少しだけよそよそしくなった。「なぜ知りたいの？」

「彼と話す必要があるから」キットは警察バッジを取り出し、ベティに掲げてみせた。

「緊急の用件で」

ベティは動揺を見せた。「彼がトラブルに巻きこまれたんじゃないわよね？」

ほんのわずかでも正直に話せば、彼女を混乱させるだけだろう。なにせ、ランス・カストロジョヴァンニはとんでもない悪党かもしれないし、品行方正で薔薇（ばら）のような香りがする人物かもしれないのだ。

「実は、わたしがさがしているのは彼の交際相手で、わたしの同僚の警官なの。メアリー・キャサリン・リッジョ。略してＭＣ」

ベティのほほえみが戻った。「あのすてきな刑事さんね。いつかの夜に来て、彼が紹介してくれたわ。それで思い出したけれど、今日の午後に彼女を見かけたわよ」

一分後には、キットはランスの住所を手に、通りへ出ていた。二軒先の二階。マリファナ用品店の上の部屋だ。キットは警官たちを呼び寄せ、一人は一階で待ち、もう一人は彼女とともに二階へ来るよう指示した。

キットはドアをたたいた。そして声をかけた。応答がないので、彼女はドアノブをまわした――鍵がかかっていた。

ＭＣのＳＵＶ車とベティが昼間に彼女を見たと言っていること、それだけで、その部屋に押し入る理由はじゅうぶんあるとキットは確信した。

キットは判事も同じように考えてくれることを願った。

「ドアを蹴破（けやぶ）って」キットは言った。

鍵は簡単に壊れ、二人は銃を構えて中に入った。だれもいないようだ。普通の生活雑貨がある以外、室内はきれいだった。

室内に入る理由があったからといっても、家宅捜索の権利が与えられたわけではない。キットたちには、MCがここへ来たこと、彼女が助けを必要としていることを信じる理由があった。もしこの部屋が犯罪現場となれば、筋書きは変わる。

二人は奥へ進んだ。リビングルームにはとくになにもなかった。キッチンカウンターの上には、手をつけられていないサンドイッチがあった。バスルームは空だ。キットはシャワーカーテンを引き開けた。バスタブはきれいだ。ベッドは乱れたまま。キットはその下を調べてから、クローゼットに近づいた。

なにもない。キットはドアを閉めようとして、そのとき、ちらりとのぞく鮮やかなオレンジ色に目がとまった。それはクローゼットのいちばん下の棚に置かれた箱からはみ出している。

そのオレンジ色のものを見つめていると、キットの携帯電話が振動した。

キットはホルダーから電話を取り出した。「ラングレンです」

「ホワイトだ。名前がわかった。ウォルトン・B・ジョンソン介護生活センターで演じたピエロは、ランス――」

「カストロジョヴァンニ」キットは代わりに言った。

「そうだ。なぜ――」

　キットはあっけにとられている警官に電話機を渡し、腰をかがめて、クローゼットから段ボール箱を引っ張り出した。蓋（ふた）を折り返して開け、中に手を入れて取り出してみると、それは鮮やかなオレンジ色のピエロ用のかつらだった。

70

二〇〇六年三月二十一日　火曜日
午後十時十分

ＭＣは意識を取り戻した。体のあちこちが痛い。目を開けると、そこは真っ暗だった。暗闇(くらやみ)に視線を動かして光源をさがすが、ひとつも見つからなかった。

両手は粘着テープで背後に固定されている。両足も粘着テープでぐるぐる巻きにされていた。ＭＣは冷たくじめじめした床に、わき腹を下にして横たわっていた。地下室だ、と彼女は判断した。それなら、この湿気と真っ暗闇に説明がつく。

ＭＣはなんとか体を起こして座った。舌に血の味がする。その血のおかげで、すべての記憶がいっきに戻った。彼女はランスの部屋を訪ねた。二人は抱き合った。彼は彼女をきつく抱き締めた。ほとんどしがみつくように。愛している、と彼は情熱的に言った。

彼女のいつもはおもしろい恋人は決して陽気とは言えなかった。まるで、ランスがこれで終わりだと考えているように感じたことを、ＭＣは覚えていた。

終わり。

MCは顔をしかめた。二人の終わり。わたしの終わり。

これでおしまい、永遠におやすみってわけか。

舌に感じるどちらの味が、より不愉快なのかわからない――血か、苦い裏切りか。

MCは裏切られたという思いを押し戻した。今はそれどころではない。頭をはっきりさせて、逃げる方法を見つけることが重要だ。あのあとランスは、MCのサンドイッチをとりにキッチンへ行った。MCは電話を受けた。ウォルトン・B・ジョンソン介護生活センター前所長のワンダからだった。彼女はピエロの名前を思い出した。これほどの年月がたったうえに、その年齢になって思い出せたということに、ワンダはめまいを起こさんばかりだった。

〝ランス・カストロジョヴァンニよ〟

MCは言葉を失った。電話機を耳にあてたまま、サンドイッチを手に歩いてくるランスを見つめた。まさかという思いと、裏切られたという思いに襲われながらも、空いているほうの手は銃に伸びた。

次の瞬間、激しい痛みが頭に走り、明かりが消えた。

ほかのだれかがあの部屋にいた。

彼の共犯者だ。ということは、彼らがSAKと模倣犯なのか？　敵対関係ではなく、仲間として活動している。それはMCとキットが考えた仮説のひとつだった。

　ＭＣは必死になって、ノックアウトされる直前のことをくわしく思い出そうとした。共犯者の身元につながるなにかがあるかもしれない。なのに、なにも思い出せなかった。

　わたしがランスを訪ねたとき、彼は一人だった。もしくは、そのように見えた。わたしは手足を拘束された。彼は銃を持っていた。リボルバー。四五口径のスミス＆ウェッソンのようだった。

　ブライアンを殺した、あの四五口径のスミス＆ウェッソンだろうか？

　ランスは泣いていた。銃を向ける手が震えていた。誤って引き金を引いてしまいそうに思えるほど、がたがたと。彼は、キットの電話に出て、すべて順調だと言って彼女を安心させろとＭＣに命じた。ピエロの手がかりは行きづまったと言えと。

　時間稼ぎのためにやれと言われたことを、ＭＣはやった。自分の行方がわからなくなれば、キットがあらゆる情報を検証してくれることはわかっていた。ＭＣは、〝ブチ切れる〟と〝笑って受け流す〟を合い言葉にしようという冗談を利用して、ひそかにキットに知らせようとした。それと、パスタの夕べを話題にすることで。

　キットはなにも気づかなかった――ＭＣは彼女の答えでそれがわかった。でも、そのうち、ぴんとくるだろう――とくに、ＭＣの無断欠勤がわかったときには。

　もちろん、そのころには手遅れかもしれない。とりあえず、ＭＣにとっては。

　ＭＣはランスを説得しようとした。考え直すように説き伏せようとした。わたしを解放して、自首しなさい。共犯者を密告しなさい。わたしを愛していないの？　わたしがあなたの力になるとは思えない？

　ランスの態度は百八十度変わった。一瞬にして、泣いておびえる彼から、激昂する彼に豹変した。ランスは銃の柄でMCを殴った。

　それを最後に、これまでの記憶はない。

　ドアが開き、そして閉まる音がした。それから階段を踏む足音が聞こえた。きしむ音がしたので、木の階段だとわかった。

　MCは暗闇に目を凝らして待った。少しして、闇の中からランスが現れた。

「やあ、メアリー・キャサリン」ランスはやさしく言った。MCが答えずにいると、彼は近づいてきた。膝をつき、そっと彼女の顔を両手で包んだ。MCは彼の手の震えを感じた。

「大丈夫かい？」

　なおもMCは答えなかった。答える自信がなかった。彼をののしるか、顔に唾を吐きかけるかしてしまいそうだったからだ。さっきは彼がなにに怒ったのかはわからないが、二度と怒らせたくなかった。

　頭をもっと殴られる気にもならなかった。最後の一撃は最悪だった。

「痛そうだね」ランスは彼女のこめかみの、明らかにひどいこぶができているところを指で撫でた。「本当に、本当にごめんよ。こんなことになるとは思わなかったんだ」

「じゃあ、なかったことにしましょう、ランス」

　ランスはMCにキスをした。彼は涙の味がした。MCは手を伸ばしたかった。

　だが、そうする代わりに、芝居を続けた。「手をほどいて。手が痛いわ、ランス。腕が痛いの」

「できないんだ。ごめんよ、ＭＣ」

「逃げようなんてまねはしないわ。約束する」

　ランスはとても悲しそうな顔をした。「その言葉を信じられたらいいのに」

「わたしはあなたを愛しているのよ、ランス。どうして逃げたりするの？」

　その言葉は喉につまりそうになった。彼を愛していると思っていた。よくもだましてくれたわね。

「信じられたらいいのに――いろいろなことを、ＭＣ。僕には望みがたくさんある」

　ランスはもう一度彼女にキスをした。彼の息はさわやかな、ペパーミントのような香りがした。まるでキャンディをなめたばかりのように。

「彼がすごく怒るんだ。いつもよりも腹を立てている」

「だれのことなの、ランス？」

「獣だよ」立ち聞きされることを恐れるかのように、ランスはささやいた。

　ＭＣの鼓動が速くなった。彼の共犯者だ。最初にわたしを殴ったやつだ。そして、おそらく、そいつが指示を出しているのだ。

「さっきはごめん」ランスは言った。「僕は殴りたくなかったんだよ」

「じゃあ、なぜ殴ったの？」

「彼がそう期待したから」

「獣が？」

「うん。でも、彼のことは話したくない」

「なんのことなら話したい？」

「家族のこと。きみに話すと約束しただろう。きみに理解してほしいんだ」

「理解したいわ、ランス。彼らのことを聞かせて」

「今はだめだ。あとで」

ランスは立ちあがった。MCは彼が震えているのがわかった。

「なにを恐れているの？　わたしが力になるわ。守ってあげる」

ランスは首を振った。「彼が僕を守ってくれる。ずっとそうしてくれた。僕らはひとつだ」

「わたしよりも彼のほうが好きなの？」

「きみはわかっていない」

「わかるように説明して。お願い、ランス」

「僕は彼なしでは生き残れない。試したことがあるんだ」ランスの声に力が入った。「ごめんよ、メアリー・キャサリン」彼は踵（きびす）を返した。MCは彼を呼び戻した。

「あなたがあの少女たちを殺したのね？」

ランスは彼女を見おろした。残念そうに。「僕は殺したくなかった」

「じゃあ、なぜ殺したの？」

「彼が僕にそうさせたがった」

「あなたは彼の頼みならなんでも聞くの？」

「また来るよ」

「だめ、待って！」ＭＣは粘着テープと格闘し、テープをゆるめようとしたが、どうにもならなかった。「わたしを殺すつもりなの、ランス？　彼があなたにそうさせたいから？」

ランスは答えずに歩き去った。

ＭＣはわき起こる恐怖心と闘った。「そんなことしなくていいのよ」彼女は叫んだ。「あなたの運命はあなたが支配しなさい。その力を持つのはほかのだれでもないわ」彼の足音が聞こえ、階段がきしんだ。「ランス、お願い――」

ドアがぴしゃりと閉まり、ＭＣはふたたび闇の中で一人ぼっちになった。

71

二〇〇六年三月二十一日　火曜日
午後十時五十分

キットが発見したものについて署に報告した瞬間から、すみやかに事は運んだ。ランスのアパートメントにチームが集合した。鑑識課、サル、ハース巡査部長。凶悪犯罪課の半数――MCに関する情報と指示を待っている。彼らは徹夜になろうが気にしなかった。リッジョ刑事を救い、化け物を捕まえるために来たのだ。

これは彼らが五年間待っていた突破口だった。

ヴァレリーとタミーは、バリントンの姉のもとにいることがわかった。ヴァレリーが姉のもとへ逃げこんだのは〝傷心を癒(いや)してもらう〟ためだったそうだ。彼女は問いつめられて、ジョーのアリバイに関して嘘(うそ)をついたことを認めた。ジョーを傷つけたかったという。彼に傷つけられたのと同じように。

くわしい事情聴取のため、ヴァレリーは公安ビルに連れていかれた。

アリバイが成立し、ランスを有罪にする有力な証拠が出たことから、ジョーは釈放された。サルは励ましの笑みを浮かべ、キットの肩をやさしくつかみながら、その小さなニュースを伝えた。キットは部分的にしか、ほっとできなかった――ジョーはこの件について許してくれないだろう。

そうこうしているうちに、アレンとホワイトが別の発見をした――マリアン・ヴェストが殺される数週間前に開いた誕生日パーティに、ピエロが出演した。おまけに、〈ファン・ゾーン〉でジュリー・エンツェルのパーティが開かれた日、サミー・スキレルの着ぐるみに入るはずの若者が病気になり、代役が雇われた――ランス・カストロジョヴァンニだ。

おそらく、関与はさらに明かされるだろう。捜査はそのように進展することもある――まったく解けなかった事件が、ひとつの情報が暴かれたとたんに、残りのすべてまで明らかになる。

しかし、その情報が出てくるのが遅すぎたのでは？

MC。ランスは彼女をどこへ連れ去ったのだろう？

キットは正気を失ったかのように歩きまわった。頭をフル稼働させ、脳みその中にある事実を洗い直す。ランスはウォルトン・B・ジョンソン介護生活センターのローズ・マクガイアの前でピエロを演じた。ジュリー・エンツェルのパーティの日に〈ファン・ゾーン〉にいた。そしておそらく、マリアン・ヴェストが見たピエロだった。

ランスは養子だった。コンピューターで検索したところ、その情報と彼の両親の名前と住所が判明した。すでにパトカーが派遣された。

ランスがフランク・バラードとミミ夫妻に関係があることはまだ確認されていないが、キットは三人のつながりを確信した。きっと、撃ち殺された聴覚障害者の母親を発見した少年というのが、ランスだろう。

デカルブ。家族の家。

キットはサルに駆け寄った。「居場所がわかりました、サル。デカルブです」

サルは電話の送話口を手でおおった。「ちょっと待ってくれ、キット。署長に報告中だ」

お偉い、署長様か。気にするもんですか。「時間がありません。MCが連れていかれた場所がわかったんです」

「すぐにかけ直します」サルは電話を折りたたんだ。「外へ出よう。さあ」

キットはサルのあとについて、建物の前に来た。非常線が張られたそのあたりは、黒山の人だかりになっていた。

「居場所がわかりました」キットはもう一度言った。

「デカルブか。どうしてわかった？」

「わたしが話したデカルブ郡の保安官助手が、バラードが住んでいた家の話をしたんです。最近、若い二人に売れたばかりだと」

「向こうの警察に連絡して、捜査班を派遣させる」

「わたしに行かせてください」

「だめだ。きみにはここにいてもらう必要がある」

「この件については絶対に間違いありません、サル。わたしこそが――」

「だめだ。議論は終わりだ」

「そうはいきません、サル！」キットは彼の腕をつかんだ。「これはわたしの事件です！ MCはわたしの相棒です！ ここに座って、親指をくるくるまわして遊ぶつもりは――」

「きみは誤解している。これはわたしの事件だ。リッジョはわたしの部下だ。さっさと戻れ」

「わかりました！ 戻ります！」キットは踵(きびす)を返して、自分の車へ向かった。

「いったいどこへ行くつもりだ、ラングレン？」

「頭を冷やしに行きます。それにも許可が必要ですか？」

「五分だ。五分たったら、二階へ戻れ」

五分後、キットはデカルブへ向かっていた。彼女がなにをしたかに気づいたら、刑事部長サルヴァトール・ミネッリはかんかんになって怒るだろう。キットに警察バッジの返還を求めるかもしれない。

バッジなら返してもいい。MCは相棒であり友達だ。それに、これはわたしの事件だ。

ピーナッツがそうさせたのだ。

キットはロバーツ保安官助手に電話した。電話に出た彼は疲れきっていた。「すみません、刑事、あとでかけ直します。事件が起きたもので」

「待って！　バラードの家はどこにあるの？」

「行かなければならないんです！」

彼は電話を切った。キットは眉をひそめてダッシュボードの時計を見た。十五分。刑事部長の直接命令にそむいたことに、サルが気づいたかもしれない。いや、まだかもしれない——サルは今ちょっと忙しいから。

キットはデカルブ郡保安官事務所に電話した。「こちらロックフォード警察署のラングレン刑事です。うちの刑事部長が電話して、おたくの管轄の住宅を調べるよう要請しましたか？」

電話の向こうの女性が答えないので、キットは命令違反がばれたのかと不安になった。するとかちゃかちゃ音がしたあと、女性が答えた。「はい、受けています。どういったご用件でしょう？」

「わたしが同行するよう、刑事部長が指示しました」

「部隊はすでに派遣されました」

「現地で合流します」

「場所はわかりますか？」

キットがわからないと答えると、女性は住所をすらすらと告げ、行き方を教えた。

「部隊に連絡しておきましょうか？」女性がキットに尋ねた。

「ええ、よろしく」

通話を終えたとたんに、すぐにほかから電話が入った。サルからだとわかった。

ごめんなさい、サル。どうも今夜は耳の調子が悪いみたい。電話が鳴ったのは聞こえなかったわ。

女性の説明はわかりやすかった。その農家が文字どおり、とうもろこし畑の真ん中にあるにしては、それは驚くべきことだった。

キットはその家に続く長い砂利道を進んだ。家の前に保安官助手のパトカーがとまっているのが見えた。その家や周囲に立つ今にも崩れそうな建物からは、明かりひとつ見えなかった。

キットは車を降りた。保安官助手がやってきた。「キット・ラングレン刑事です。ロックフォード警察署の」

「シャンクス保安官助手です。玄関のチャイムを鳴らしました。応答がなかったので、家の周囲をひとまわりしてみました。ドアと窓はすべて閉まっています。内部に異常はありません。人の気配もありません」

「周囲の建物も調べましたか？」

「ええ。異常はありません」

「車は？」

「壊れたトラクターを数に入れなければ、ありません」

「見てまわってもかまいませんか？」

「どうぞ」

キットは時間をかけて見てまわった。一階のすべてのドアと窓を調べ、ひとつひとつの窓から懐中電灯で中を照らした。なにも見つからなかったので、いくつかある納屋へ移動した。

キットもシャンクス保安官助手と同じ結論にいたっただろう。うなじがちくちく痛まなければ。

彼らはここにいる。

ＳＡＫ。そして彼の模倣犯。ＭＣは彼らとともにいる。

キットは家の暗い外観をざっと見渡した。

中に入りたい。

この立派な保安官助手は許可しないだろう。

キットはその若者に向き直った。「空振りだったようね」

「そのようですね。残念です、刑事」

「わざわざご足労おかけしてすみませんでした」

「かまいませんよ」

二人はそれぞれの車へ戻った。保安官助手はドアを開けてからキットを振り返った。

「ところで、だれをさがしているんですか？」

「子供殺しの犯人です。彼がわたしの相棒を拉致したと考えているの」

「なんてことだ。ちくしょう」

「ええ、まったく。最悪だわ」

お役に立てればいいのですが、と言いなさいよ。

彼は車に乗りこもうとして、動きをとめた。「これって、あの模倣犯のことですか?」

「ええ、そう考えています」

「残念だな。くそっ」

もっとなにか申し出なさいよ。わたしがそれを受け入れるから。

ところが、保安官助手は車に乗りこんだ。キットは一瞬ためらったが、彼の先導に従った。二人は車を発進させ、砂利道の私道を進んだ。私道が終わるところで、彼は右へ曲がり、キットが来たのとは逆方向へ向かった。

おかげで、事がやりやすくなったと、キットはほほえんだ。どうもありがとう、シャンクス保安官助手。

キットは左へ曲がり、三、四キロ走ったところでUターンして、来た道を引き返した。砂利道まで来ると、ライトを消した。徐行して、家のほうへ進む。タイヤが砂利を踏む音が静まり返った夜に響き渡った。

キットはゆっくりとトーラスを建物の裏手の、ガレージの陰にまわした。あの保安官助手がもう一度来ないとも限らないので、万全を期した。

車を降りる前に、キットはグローブボックスからペンライトを取り出し、銃を確認した。携帯電話をホルスターにしまい、車のキーをポケットに入れた。

裏口の鍵（かぎ）が貧弱なものだとわかり、数秒後にはキットはその家のキッチンに立っていた。広い、時代遅れのキッチンだ。一九五〇年代から一度も改修されていないようだ。

そして見てわかるとおり、なにもなかった。キットはペンライトをつけて先へ進み、リビングルームの出入り口まで行った。ライトで室内を照らす。家具はシーツでおおわれていた。長年閉めきられていた家の、空気がこもったような、むっとするにおいがした。

ダイニングルームにはまったくなにもなく、それは一階のベッドルームも同じだった。次に、キットは足音を忍ばせて階段をのぼった。踏み板が何枚かきしんだ。そのたびに彼女は足をとめ、息をつめて耳をすました。だれも飛び出してこない。非常ベルは鳴らない。なにも起こらない。

家の中にほかにだれかいるとしたら、その者たちは彼女のように、物音を一切たてないようにしているのだろう。

キットは階段のいちばん上まで来た。バスルームは廊下をはさんだ真向かいにあった。彼女は近づき、指先でそっとドアを開けた。

最近使われた形跡があった。トイレットペーパーがひとつ、便器のそばの床に置かれている。キットは高鳴る鼓動を聞きながら、それを見つめた。

この家の水道の栓は開かれたということだ。

キットは爪先で歩いて洗面台へ行き、蛇口の下を指で撫でた——湿っている。

その後まもなく、複数あるベッドルームのひとつに、人が寝た形跡を見つけた。くしゃくしゃの寝袋が窓際の床の上にあった。そのそばには、コーラの缶とチョコレートバーの包みがいくつも落ちていた。

キットは寝袋のほうへ歩きだし、やがてかすかな話し声を耳にして、ぴたりと動きをとめた。ペンライトを消す。どこから聞こえてくるのだろう？　彼女は疑問に思い、声の出所をさがしはじめた。

足元の床に穴があいている。

キットはその場に膝をついて耳をすました。声だ。間違いない。あまりにかすかなので、男か女か、何人が話しているのかはわからなかった。

どこにいるのだろう？　家の中はすべてさがした……。

地下室だ、とキットは気づいた。このような古い農家には地下室があるはずだが、そこへのドアが見あたらなかった。

キットは一階へ引き返した。自分一人ではないとわかったので、ペンライトはつけずに、銃を取り出して、できるだけ静かに移動した。

彼女はドアを見つけた。ほとんど境目はわからず、階段の下に隠れていたので、さっきは通り過ぎてしまったのだ。キットはそのドアに耳を押しあてた。

なにも聞こえない。

その静けさに、キットの背筋はぞっとした。声は生存を意味する。会話なら、二人以上はいるということだ。

キットはノブを握り、そっとまわした。

鍵がかかっている。

彼女は声をあげそうなほど失望した。もう一度耳をドアに押しあてる。だれかがハミングしている。男だ。その声がしだいに大きくなる。

階段をのぼってくる！

キットは大あわてであたりを見まわして、隠れる場所をさがした。シーツにおおわれた家具だ。彼女はいちばん近くにあった、巨大な椅子らしき家具のほうへ突進した。錠の中で鍵がまわった。椅子のうしろにしゃがむと、そのドアがよく見通せた。キットは銃で狙(ねら)いを定めた。

ドアが外向きに大きく開き、男が現れた。彼はドアを開けたままにした。少しして、裏口のドアが開き、それからばたんと閉まる音がした。

どうやら彼は裏口の鍵が開いていたことに気づかなかったようだ。キットはうっかり鍵をかけ忘れてしまった。もしも彼が気づけば、彼女がここにいることがばれてしまうだろうし、彼の行き先によっては、彼女の車を見つける可能性もある。

あとをつけることもできるが、MCの安全が第一だった。キットは急いで椅子のうしろから出ると、開いているドアへ駆け寄った。

地下室は暗かった。キットはペンライトをつけ、それが放つまるい光で室内を照らした。典型的な地下室。金属製の棚にはありとあらゆる品々が積みあげられている。

ＭＣはいなかった。キットは眉をひそめ、もう一度室内を照らしながら、もっと強力な懐中電灯があればいいのにと思った。

「ＭＣ」キットはできる限り大きなささやき声で言った。「ここにいるの？」

「ここよ」ＭＣが声をあげた。「ここにいるわ」

よかった。キットはＭＣの声がするほうへ急いだ。壁だ。グロック銃をホルスターにしまい、ペンライトを口にくわえて、壁を手でさぐりながら進む。

「どこにいるの？」キットはふたたびきいた。

「わからないわ」

その声は間違いなく壁の向こうから聞こえた。別の部屋だ。この壁の向こうに隠し部屋がある。

それにしても、ドアはどこだろう？

階上の部屋から足音が聞こえてきた。彼が戻ってくる！　キットはすばやくペンライトを消して、引っ越し用の箱のうしろに隠れた。

まもなく彼が階段を駆けおりてきた。またハミングしている。ミュージカル『オクラホマ！』の曲だ。

彼はコーラの缶とストローを持っていた。

キットはそのひょろりと背の高い男を観察した。コンピューターで陸運局から取り寄せた写真で彼だとわかったが、実物のほうがハンサムだった。ＭＣが惹かれた理由がわかる――美少年のような容姿。恐ろしげなところなど、まるでない。赤毛のピーターパンといったところだ。

母の教えが正しかったことがさらに裏づけられた――人を外見で判断してはいけない。

彼はがらくたが詰めこまれたおんぼろの本棚のそばへ行った。テレビのリモコンのようなものを手にとり、ボタンを押すと、その本棚がぱっと開いた。

金庫室か。くそっ。

金庫室のドアは、たいていが防弾の強化鋼鉄製だ。ひとたび彼が中に入ってドアを閉めたら、ダイナマイトのようなものでもない限り、彼がふたたびドアを開けるまで、中へ入ることはできなくなる。

彼をＭＣと二人きりで閉じこもらせるわけにはいかない。

運のいいことに、彼の背中はキットに向いている。キットは銃を抜いて、隠れていた場所から慎重に離れた。銃の狙いを定め、撃つ準備をした。

彼はなおもハミングしながら、リモコンを棚の上にぽんと置き、入り口を通り抜けた。

キットはほっと息をついた。入り方はもうわかった。あとは絶好のタイミングを待つだけだ。

72

二〇〇六年三月二十二日　水曜日
午前零時三十五分

ドアがさっと開く音を聞いて、ＭＣは気を引き締めた。キットでないことはわかった。まだ早い。先ほど、階段を下りてくるランスの足音とハミングが聞こえた。キットなら待つだろう。ＭＣの無事を確かめるまでは。ランスを必ず倒せると思えるまでは。ほかに選択肢がないと確信するまでは。

「メアリー・キャサリン」ランスはやさしく声をかけた。「飲み物を持ってきたよ」

彼はＭＣに近づき、彼女の前に膝をついた。缶とストローを彼女の口元へ持ちあげた。

ＭＣはその甘く冷たい飲み物を口にした。血の味が洗い流される。体が急速に糖分を吸収するのが感じられるようだった。

「喉がからからだったのよ」

「もっと飲むか？」

ＭＣはうなずき、さらに何回か口をつけたあと、顔を遠ざけた。「ありがとう」

ランスは彼女の前の床にあぐらをかいた。彼のズボンのウエストベルトにリボルバーが差しこまれているのが見えた。

「安全装置がかかっているといいけど」ＭＣは言った。「はずれていると、漫談の新しいねたができるわよ」

「きみのそういうところが大好きだったよ、メアリー・キャサリン。きみにはいつも感心させられた。知ってるか？」

〝大好きだった〟過去形だ。

これはまずいわ。

ランスは心底残念そうに見えた。「違う結末を迎えられたらよかったのに」

わたしが死んだり、あなたが刑務所に入ったりするのではなく？　まあ、ランス、そう思うの？

「わたしたちの結末はわたしたちで書けるのよ。まさにわたしたちの、永遠の幸せを」

「永遠の幸せ」ランスはせつなそうに繰り返した。「それを信じていたよ、昔は」

「もう一度信じるのよ。まだ遅すぎやしないわ」

「もう遅いよ……きみにはわからないんだ」

「あなたはそう言いつづけている。獣（けだもの）について話して。あなたの家族のことも」

ランスは一瞬黙り、そして話しはじめた。ＭＣは彼が震えているのがわかった。「母さんは普通の人と違った」

「耳が聞こえなかったの？」

「そう。まったく聞こえなかった。僕たちが話しかけてもね。母さんは僕たちを彼から守ってくれなかった」

「だれから？」

「父さん」

「お父さんはあなたを傷つけたの？」

「うん」

「かわいそうに。それは悪いことだわ。絶対に子供を傷つけてはいけないのよ」

「そう。絶対にだめだ」

「あなたは子供たちを傷つけたわ、ランス。子供たちを殺した」

「違う。エンジェルたちは眠っているんだ」

「死んだのよ」ＭＣは彼の言葉を訂正した。

「美しく。穏やかに。これ以上苦しむことはない」

「マリアン・ヴェストはどうなの？」

ランスは顔をしかめた。「彼女のことは話したくない」

「あなたは何者なの、ランス？　ＳＡＫ？　彼の模倣犯？」

「僕たちはひとつだ。いつも二人きりだった」

「あなたと獣ね」

「そう。もう一人のあいつだ。兄さんは僕を守ってくれた。全力で」

兄さん。彼の兄のことだったのだ。

「彼は僕たちを救う計画を思いついた」

「どんな？」

「僕たちは母さんを殺した。あとで」

「なんのあとで？」

「父さんが母さんを殴ったあとで」

「つまり、あなたのお父さんはお母さんのことも傷つけたの？」

ランスはうなずいた。「僕たちは父さんの銃を使った。父さんは自分の銃が大好きだったから」

あのスミス&ウェッソンだ。

「うまくいったよ。だれも僕たちを疑わなかった」

「今は疑われているわよ、ランス」ＭＣは穏やかに言った。「その銃のせいで。ブライアンを殺すのに使ったでしょう？」

「あいつを殺したのは、あいつがきみを困らせていたからだ。僕はまず彼と話そうとした。僕ときみが付き合っていると説明した。あいつは僕をあざわらった。だから、モーテルまであとをつけて撃ち殺した」

「お兄さんは、彼は怒らなかった？」

「彼は知らない」

「そのうちばれるわよ。警察はその銃を突きとめたわ」

ランスは無表情で静かに座っていた。ＭＣは話を続けた。

「わたしがあなたの部屋で受けたあの電話。あれはウォルトン・Ｂ・ジョンソン介護生活センターにいた女性からだった。彼女はあなたの名前を思い出したわ。警察がわたしをさがす。わたしたちが付き合っていたことはみんなが知っていたわ」

「もうおしまいだよね？」

彼は言葉をつまらせた。ＭＣは人生を完全に踏みはずしてしまったこの若者に哀れみを感じた。そうした災いが存在し、それがしばしば子供たちに降りかかることに、胸を痛めた。

「そうとは限らないわ。わたしを解放して。一緒に警察へ行きましょう。力になってあげるわ」

ランスは膝を抱え、慰めを求める子供のように体を前後にゆらした。「僕のせいだ。全部僕のせいだ。僕は愚かだ。注意がたりない。兄さんの言うとおりだ」

「あなたは愚かではないわ、ランス」

「僕には兄さんしかいない。兄さんは怒るだろうな。ものすごく怒るんだ」

「わたしが守ってあげるわ」

「無理だよ」ランスはＭＣの目を見た。彼の目はうつろで絶望していた。「僕を守れるのは兄さんだけだ」

ＭＣのうなじの毛がちくちくした。ランスはわたしを殺すつもりだ。彼は汗をかき、震えている。

ランス・カストロジョヴァンニは殺人を楽しんではいない。奇妙なことに、殺人を義務だと感じている。

「こんなことやめて、ランス！」ＭＣは大声で叫び、キットに合図を送った。「うまくいくわよ。わたしから刑事部長に――」

ランスはすすり泣きながら立ちあがり、スミス＆ウェッソンに手を伸ばした。

ＭＣが刑事の第六感で、部屋の中にキットがいると悟ったのと同時に、キットが暗がりから姿を現した。

「銃を足元の床に置きなさい、ランス」キットはやさしく言った。「そして、ゆっくりこちらを向きなさい、両手を高く上げて」

73

二〇〇六年三月二十二日　水曜日
午前零時四十五分

ランスはキットの指示どおりにした。銃を足元に置き、彼女に向き直った。キットは彼の表情を見て驚いた――彼はほっとして、感謝しているようにも見えた。

ランス・カストロジョヴァンニはもう人殺しをしたくないのだ。

「それでいいわ。手を上げたまま、リッジョ刑事から離れなさい」ふたたびランスは言われたとおりにした。キットは彼に壁のほうへ行けと身ぶりで指示した。「手を上に。足を開きなさい」彼女はランスが別の凶器を持っていないかボディチェックしてから、手錠をかけた。「あなたには黙秘権があるわ、このげす野郎。あなたには――」

キットの携帯電話が振動した。

彼女はそれにはかまわず、ランスに権利を告げた。それから、MCの拘束を解きに向かいながら、二つ折りの電話機を開いた。「ラングレンです」

「やあ、子猫ちゃん」

サルの激怒した声が聞こえてくるものと思っていた。このいい知らせを報告して、キットは自分の苦境を最小限にするつもりだった。

彼女は顔をゆがめてほほえんだ。これは願ったりかなったりだ。「今、連絡をもらえるなんてうれしいわ。ちょうどよかった」

「なぜだ？」

「わたしが勝ったところだから。あなたの正体がわかった。共犯者は捕まえたわ。通称模倣犯はわたしと一緒にいる。それとも、あなたの弟と言うべきかしら？」

彼は意に介していないように、軽く笑った。

「ひょっとして、冗談だと思われているのかしら。はっきり言うわよ。これは冗談では――」

「きみは銃を持っているのか、子猫ちゃん？」

「もちろん。しかもあなたの弟の頭に向けているわ」

「奇遇だな。だが、その理由はまもなくわかる。とりあえず、きみには銃を置いてもらいたい。それから両手を上げて、うしろを向け」

今度はキットが笑った。「あら、なぜわたしがそんなことをするの？」

「なぜなら、僕がふたたびすべてのカードを握ったからだ」

ぱっと明かりがついた。キットは驚きの声をあげた。それは嫌悪の声でもあった。

キットたちが立っているのは、一種の画廊のようなところだった。マット加工をして、額に入れられた写真が飾られている。プロ並みにうまい。

あのエンジェルたち全員の写真だ。

少女たちの写真はとても生き生きしていた——学校、遊び場、母親とのショッピング、教会から出るところ、空想にふけっているところ、笑っているところ。

六人の美しい少女たち。彼女たちの人生はこれからだった。

キットの目に涙がこみあげた。写真はそれで全部ではなかった。壁には死んだ姿の写真も飾られている。キットはそれぞれがだれだかわかった。少女たちのその姿は、ずっと前から彼女の脳裏に焼きついていた。

キットは視線を移した。老女たちの写真もある。生前の姿——そして身の毛もよだつ死後の姿。

まるで現場検証の写真みたい……。

「やあ、ラングレン」

彼がその部屋に入ってきた。MCが鋭く息を吸う音が聞こえ、キット自身も驚きをあらわにした。

キットはゆっくりと彼に向き直った。

鑑識課のスノウだ。

キットは唇へこみあげる悲鳴をこらえた。しかも彼はジョーを連れている。

スノウはジョーの頭に銃を突きつけていた。ジョーの口は粘着テープでふさがれ、両手は背中で拘束されている。顔が血だらけであるところを見ると、彼は抵抗したのだろう。

「きみの表情から察するに、この場を仕切るのはこの僕だ」スノウは声をひそめた。「大切なものの話など、僕にするべきではなかったな、子猫ちゃん」

彼が言っているのはジョーのことだった。あの夜の電話で、キットはどれほどジョーを愛しているかを話してしまった。スノウ。お願い、彼は――」

「銃を床に置いて、こちらへ蹴るんだ」「彼を放して、スノウ。お願い、彼は――」

キットはそうしたが、スノウは拾おうとしなかった。

「僕の記念写真展は気に入ったか?」スノウは悦に入ったように尋ねた。「すてきな写真だろう?」

「胸が悪くなるわ」

「思い出をとらえろ」スノウは考えこんだ。「どこかの写真関係の会社が宣伝文句で使っていなかったか?」

「あなたには吐き気がするわ」

「弟の手首から手錠をはずせ」

「自分でやりなさいよ」

「それはどうかな、子猫ちゃん。僕が自分で手錠をはずすとしたら、きみときみの元夫はそれを生きて見ることはできないぞ」

　キットはスノウに従った。考えをめぐらせ、この状況から脱する方法をさがす。ＭＣを見てみると、必死の形相から、彼女も同じことをしているのだとわかった。

「下がれ」スノウは命令した。「僕から見えるところにいろ」キットは従った。スノウはうなずいた。「ランス、彼女の銃を拾え。僕に手渡すんだ」

　ランスは兄のうんざりした声に顔を上気させながら、急いで言われたとおりにした。

「さあ、今度はスミス＆ウェッソンを拾え。ズボンのウエストに戻せよ、坊や。その銃のことはあとで話そう」

「なぜ彼にそんな話し方をするの？」ＭＣが問いただした。「彼は子供じゃないわ。愚かでもない」

「おい」スノウは言った。「おまえは黙ってろ。でないと、撃ち殺すぞ」

　キットは話に割りこんだ。ＭＣにまかせれば、スノウの決意を試しかねない。彼らの会話から、キットはスノウがためらったり、情けをかけたりしないことはわかった。「ジョーを解放して」キットはスノウが懇願した。「彼はこの件には関係ないわ。お願い、彼は――」

「関係あるに決まってるじゃないか。彼は僕の詰めの一手。最後の切り札なんだ。大人になれ、子猫ちゃん」

　ＭＣは拘束を解こうと格闘しながら、愛想をつかして鼻を鳴らした。「あなたは警官よ。よくもこんなふうに宣誓にそむくことができるわね？」

　キットはスノウがＭＣを撃つのではないかと考えて、息をのんだ。ところが、彼は笑った。

「警官だと？　法の執行官だと？　きみは、僕が警官の宣誓を踏みにじると思うか？」スノウがジョーを乱暴に押したので、ジョーは前によろけた。彼は胸が悪くなるような、ごつんという音とともに、顔からころんだ。

キットは彼の名を叫び、前に飛び出した。スノウの銃が発した発砲音が壁にはね返り、ふたつめの悲鳴をかき消した――ＭＣの悲鳴を。

キットは目がくらむほどの痛みを感じて、スノウに撃たれたのだとわかった。なんの前触れもなく。

脚の力が抜け、崩れるように膝をついた。胸の、鎖骨に近いところに手をあてた。濡れて、べたべたする。頭がくらくらする。

部屋が回転し、キットはジョーに目を向けた。彼はぴくりとも動かなかった。彼の鼻から血が流れ出ている。死なないで。キットは祈った。お願い、死なないで。

キットは常に明言してきた。これが最後の仕事になろうとも、スリーピング・エンジェル事件を解決してみせると。

本当に最後の仕事になりそうだ。

「致命傷ではないよ」スノウがくだけた口調で言った。「もちろん、手当てを受けなければ、失血死する可能性はあるが」

胃がむかむかして、キットは吐き気と闘った。

「僕たちの父親は保安官だった。ああ、そうだよ。銃を携帯し、バッジをつけていた。父はほかのだれより頭がよくて強かった。とくに、僕とランスよりは」スノウはランスに目を向けた。「そうだよな、ランス？　僕たちは愚かで、価値がなくて、弱かった。父さんはそう言わなかったか？　父さんはそれを拳で示した」

ランスは答えなかった。キットは彼女を見つめるランスの目に恐怖のようなものが宿っているのがわかった。

スノウはそのことに気づいていないようだ。「今、愚かなのはだれだ？　弟よ、僕たちは警察全体を出し抜いたんだ。僕とおまえで」

「でも、違ったんだ」ランスはささやいた。「警察は僕たちの正体を知っている。僕たちがなにをしたかを」

「それはだれのせいだ？」

「僕だ」

「そのとおり。この愚か者め。第一のルールはなんだった？」

「銃を使ってはいけない」

「そうだ。だが、おまえは使った。そして今、僕たちは追いつめられた」

ランスは頭を垂れた。キットは口をはさんだ。どのみち死ぬことになるのなら、せめてだれがエンジェルたちを殺したかだけではなく、なぜ殺したのかもわかったうえで死にたい。

「つまり、あの少女たち……そして三人のおばあさんを殺したのは、単に自分にそれができることを証明するためだったの？　いわゆる〝完全犯罪〟で警察を出し抜くことができると証明するため？」

「話を聞いていてくれたとわかって、うれしいよ」

「なぜ少女を？　なぜ十歳の子を？」

スノウは肩をすくめた。「いけないか？」

「ただ選んだだけなのね」

「そう。それが大事なんだ。いいか？　無作為だ」

キットは出血をとめようと、傷口を手で押さえた。「なぜわたしを？」

「その答えはかなり複雑だから、きみには誤解してほしくない。スリーピング・エンジェルたちは僕がやった。僕が考えた、僕の完全犯罪だ。計画と準備の隅々にいたるまで。ここにいるランスは、そのＳＡＫをよみがえらせるというすばらしいアイデアを思いついた。だから、ほら、僕は正直に言っただろう。模倣犯はいたんだよ。僕の弟であり相棒がそれだ」

わたしとＭＣが立てた仮説のひとつだ。

「弟がなぜそんなことをしたのかはわからない。たぶん僕に証明したかったんだろう、自分でうまくやれることを。一人前の男だということを」スノウの声に表れた不快感は否定できなかった。弟に対する敬意がほとんどないことを、彼は隠さなかった。「弟は殺人に彼なりの工夫を加えた」

「手ね」キットは言った。

「手だ」スノウはあざわらった。「自己主張したくてしかたなかったんだな。でも、知ってのとおり、殺人犯が自分を主張しはじめたら、それは終わりの始まりだ」

「彼は捕まりたかったのかもしれない」キットは言った。「そして、あなたから離れたかったんじゃない？」

スノウはその言葉を無視した。「そこで僕は協力することにした。競争をさらに盛りあげることにした」

「わたしに電話することで」

「そうだ。弟とはまったく関係のないところで。あいつは例の手がかりとは無関係だった」

「貸し倉庫とその中身のことね。あれはあなたたちのお母さんの持ち物だったの？」

「そうだ」

「それで、バディ・ブラウンは？」

「僕がやった。陽動作戦だ。僕が何年も前に逮捕したあいつが出所したことを知った。ちょっと彼を訪ねた。彼の将来が心配でしかたがなかったから」スノウはほほえんだ。「ジョー・ラングレンは前科者を雇うと聞いたと話した。ヴァレリー・マーティンの娘が聴覚障害者だったことは、まったくもってすばらしい幸運な発見だった」

キットはなんと彼に翻弄（ほんろう）されたことかと思った――彼に期待されたとおりに情報をつなぎ合わせてしまった。「ジョーの電話番号がブライアンの通話記録にあったのは？」

「本当はなかったんだ。僕がでっちあげたんだよ、彼の番号をつけたして。だれが僕をチェックする？」

キットはふたたびジョーに目を向け、申し訳なく思った。彼が犯人だなどと、よくも疑えたものだ。

「あまり気に病むなよ」まるで彼女の心を呼んだかのように、スノウはやさしく言った。何回戦かはきみが点を稼いだ。

「きみは、あの貸し倉庫の中身が女性のもので、ＳＡＫが警官であることをあてた。何回ったことは本当だった。そうそう、話は変わるが、それで思い出した。電話できみに言ったことは本当だった。きみを選んだのは、僕たちが同類だからだ。僕たちが、愛してくれるはずの人たちに傷つけられたから。僕たちは戦士、堕落した警官だから。そして、ぼろぼろになったにもかかわらず、きみにはすごい精神力があるからだ」

「あなたはわたしの家に入ったわね」

「何回も」

「わたしの日記を読んだ」

それは質問ではなかったが、スノウはにっこりして、とにかく答えた。「そうだよ。ちなみに、とても楽しい読み物だった」彼は声をひそめ、やさしげな口調になった。「どのみちこうなるはずだったのさ」

「勝負はわたしの勝ちよ。あなたはおしまいだわ」

スノウは首を振った。「きみの勇気にはおおいに感心する。きみは死ぬんだ、子猫ちゃん。リッジョも、きみの大切なジョーも。お気の毒さま」

ランスの顔色が変わった。「彼女たちを傷つけたくないよ、スコット」

「おまえはそうだろうな。弱虫だから。こいつらは僕が片づける。僕たちのことは僕が面倒を見る。ずっとそうしてきたように。僕とおまえは仲間だ。これまでずっとそうだったように」

「でも、メアリー・キャサリンは――」

「おまえは彼女を愛しちゃいない。彼女はおまえを利用した――」

「嘘よ！」MCは必死に言った。「聞いちゃだめ、ランス、彼は――」

「おまえは黙ってろ！」

「彼女は僕の力になると言ったよ」ランスが言った。「僕たちの力になると」

「彼女は嘘つきだ」スノウは吐き捨てるように言った。「母さんはおまえを助けてくれたか？　僕たちを助けてくれたことがあったか？」ランスが首を振ると、スノウは続けた。

「おまえを助けた唯一の人間はだれだ？」

「スコットだ、兄さんだ。でも……」ランスは勇気を奮い立たせるかのように、深々と息を吸った。「僕たちは彼女たちを殺さない」

「殺さないだと？」

「解放するんだ」

スノウは目を細めた。「なぜそんなことをするんだ？　弱気になるな、ランス。まったく、おまえにはあきれるよ」

「彼にあんなことを言わせてはだめよ！」ＭＣは叫んだ。「あなたは愚かではないわ！　無価値なんかじゃない！　愛してるわ」

「もう終わりだ、スコット。僕が彼女たちを解放する」ランスはＭＣのほうへ歩きだした。

「兄さんは逃げたければ逃げれば……」

スノウはズボンのウエストからキットの銃を抜き、ランスの背中に狙いを定めた。

ランスはぴたりと足をとめ、振り返って兄を見た。「スコット？　スコ――」

そして次の瞬間、銃声が響き、彼は倒れた。

スノウは一瞬、ランスを見つめ、まばたきで涙をこらえた。「おまえはいつも僕の指図が必要だったし、僕はそれを尊重した。おまえの面倒を見た。でも、もう僕が必要ないなら……残念だ、弟よ」

次はわたしたちだ。キットはＭＣを見た。彼女は粘着テープと格闘している。ジョーが意識を取り戻してうめき、キットは彼が生きていたことに胸を躍らせたが、その喜びがつかの間のものであることはわかりきっていた。

キットの唯一の望みは、あの保安官助手がふらりと立ち寄り、なにかがおかしいと気づいて調べてくれることだった。

一分一秒が貴重だ。スノウにしゃべりつづけさせて時間稼ぎができれば、この場を乗り切れるかもしれない。

望みは薄いが、チャンスはそれしかなかった。

「連続殺人の罪でこれから捕まる人にしては、ずいぶん偉そうじゃないの」

スノウはにやりとした。「おかしなことを言ってくれるね。この部屋にいる者を除けば、僕がこの件にかかわったことを知る者はいない。ランスは首までどっぷりつかったが、僕は違う」

「スミス&ウェッソン」キットは彼に思い出させた。「それであなたにたどり着いた。ここを突きとめ――」

スノウは笑い声で彼女をさえぎった。「ランスにたどり着いたんだ。僕は養護施設に送られた。十四歳で、養子になるには大きすぎたんだ。大人になるとすぐ、僕と施設で出会った僕の相棒は自由になった。相棒は若くして死んだよ。とても悲しかった。僕は彼になりすました。そんなにむずかしいことではなかったよ。僕たちにはとくに家族はいなかったから」

「不思議だったんだけど……」キットは混乱した頭で必死に集中しようとした。「あなたの家族の過去を、なぜうちの署は……見落としたのかしら。知っていたら、絶対に雇わなかったはずよ……あなたのお父さんが――」

「母さんを殺した罪で服役していたことを。そりゃそうだ」

「それで、あなたはどうするつもり？」ＭＣが尋ねた。

「きみたちを殺す。ランスに罪を着せる。そのための下準備はきちんとしてある」

「その写真はどうするの？」ろれつがまわらなくなってきたのに気づき、自分はどれほどの血を失ったのかとキットは疑問に思った。気を失うまで、あとどれぐらいだろうか。

「あの写真がどうした？」スノウは尋ねた。

ＭＣが口をはさんだ。「そこらじゅうにあなたの特徴が出ているわ」

「もちろん、全部持っていく。残していくはずないだろう。僕の作品だからな」

視覚的な記念品か。

「あの毛髪の束は」キットが尋ねた。「エンジェルのものでしょう？」

スノウが答えなかったので、キットは実際にはその考えを声に出さなかったことに気づいた。

「刑事部長の直接命令に従わなかったせいで」スノウの声がはるか遠くから聞こえてくるかのようだ。「きみたち全員が死ぬことになる。きみはなにを考えていたんだ？」

「ランスがなぜこんなことをしたかわかるわ」ＭＣが言った。「なぜランスがＳＡＫをよみがえらせたのか」

「へえ、そうかい、おりこうさんだな」

「あなたから逃れるためよ。彼は捕まりたかった。あなたがお父さんと同じぐらい、悪いやつだったから。いいえ、あなたのほうが悪人だわ。意地悪で。威圧的で野蛮だわ」

スノウが身を震わせながら、ぱっとＭＣのほうを向いた。「父さんを知らないくせに」

「あなたは成長して、お父さんみたいになったのよ。どんな気分かしら――」

「僕は父さんとは似ていない」スノウはＭＣに銃を向けた。「そろそろ黙ってもらうよ、リッジョ刑――」

銃声が彼の言葉をかき消した。スノウの銃ではない。ランスの銃だ。ランスはなんとか起きあがって膝で立ち、兄を撃った。その銃弾はスノウの胸に穴をあけた。スノウは傷口に手をあて、ショックのあまり、表情を失うと、銃で狙うような動きをした。それを見て、ランスはもう一発引き金を引いた。弾は今度はもっと下、スノウの腹部にあたった。彼はびくりとして、崩れるように膝をついた。

キットは叫ぼうとした。ランスに、ＭＣを解放するように懇願しようとした。恐ろしいことに、ランスがジョーのほうへ向き直るのが見えた。ランスはむせび泣いていた。ふらふらと歩いている。わたしたちを殺すつもりだ。

キットは目を閉じた。流され、漂っているような感覚に包まれる。人々の声が聞こえ、爆音が轟（とどろ）き、叫び声が……。

そして、なにも聞こえなくなった。

74

二〇〇六年三月二十三日　木曜日
午前十時五十分

「こんにちは、相棒さん」ＭＣはそっと声をかけながら、キットの病室のドアをこつこつとたたいた。「入っていい？」

　キットは見あげてほほえんだ。病院のベッドで意識を取り戻したとき、そこがどこかわからず、体にはあらゆる種類の器具がつながっていた。

　そして当惑した。デカルブの金庫室から、ロックフォードのフランシスコ修道会・聖アンソニー・メディカル・センターにどうやって来たのだろう？

　あとでわかったのは、ランスがＭＣを解放したあと、スミス＆ウェッソンを自分自身に向けたことだった。頭を一発で撃ち抜いたそうだ。

　キットはＭＣを手招きした。「どうぞ」

「元気そうね」ＭＣは言った。「わりと」

〝わりと〟とはよく言ったものだ。意識を取り戻したあと、キットは失血が原因で意識を失ったことを知った。運のいいことに、MCの通報ですぐに救急車が来た。救急隊員たち、その後は医師たちがおのおのの仕事をした。一回の手術と大量の薬を投与されたおかげで、こうして今のキットがある。

「近況は？」キットは尋ねた。

MCはベッドに椅子を近づけて腰かけた。「サルは相当あなたにご立腹よ。あなた、かなりまずい状況だわ」

「最悪の事態は予想したわ。彼はまだそこまではいってないのね」

MCはにっこりした。「実は、あなたは大丈夫よ。サルは怒りをしずめる軟膏(なんこう)を塗っているから。その成分のほとんどは、自己権力の拡大と手柄の独占。あなたは直接命令にそむいたことで、軽いお仕置きは受けるでしょうね。それは示しをつけるためにすぎないわ。あなたが命令にそむかなければ、スノウは逃げてしまったかもしれないんだから」

「サルは好きなだけ手柄を独り占めすればいいわ。わたしは、あの化け物がもう子供を傷つけないことが、ひたすらうれしい」

MCのほほえみが少し陰った。彼女がランスのことを考えているのではないかとキットは思った。

MCは目をそらし、それからまたキットを見た。「ところで、ありがとう。生き延びられて、とても幸せよ」

「どういたしまして」

「お土産を持ってきたの」

　ＭＣは食料雑貨店の〈ログリズ〉の袋を手渡した。キットは袋を開けて中をのぞいた。

「クラッカー？」

「それとダイエットコーク。どれがいちばん好きかわからなかったから、何種類か買ったのよ」

「ありがとう。でも、こういうジャンクフードは食べてはいけないはずじゃなかった？」

「特例よ。撃たれちゃったから」

「あなたを救ったしね」

「そのとおり」

　二人はふと黙りこんだ。

　ＭＣが先に沈黙を破った。「ジョーとは話した？」

　キットは首を振った。「看護師から報告は受けた。切り傷と鼻の骨折を治療して帰ったそうよ」

　彼は立ち寄ってくれなかった。

　それを思うと、息ができなくなるほどつらい。

　ＭＣはキットの手をぎゅっと握った。「つらいわね」

「わたしは、彼を子供殺しの犯人だと疑ったのよ、ＭＣ。よくもそんなことができたわよね？　彼が許してくれるわけないわ」

「まだましよ。わたしの恋人は連続殺人犯だったのよ。実は、タブロイド紙に体験談を売ろうかと思っているの」

ＭＣは冷ややかにその言葉を口にした。つくづく自分が情けないというように。キットはほほえんだ。「お気の毒に」

ＭＣは肩をすくめた。「わたしは乗り越えたわ。ママはまだだけど」

「どうしてお母さんにばれたの？」

「ご機嫌とりの兄たちのだれかがしゃべったのよ。ママはわたしがレズビアンのほうがましだと考えはじめているわ」

キットは笑いをこらえた。「あなたにはまだわたしがいるわ」

「ものすごい野心家でユーモアのない頑固者と一緒に働けると思う？」

「もちろんよ。とうが立っただめ女を信じて、背中を見守らせてくれるならね？」

「喜んでやってみるわ」

「じゃあ、そろそろ帰りなさい」キットはつぶやき、急に疲れを感じて、頭を枕にあずけた。「主治医の仮面をかぶっているあの十二歳にしか見えない人が、わたしをここから出してくれるまでは、だれかさんがこのコンビを支えてくれなければならないわ」

ＭＣは笑い、勢いよく立ちあがった。「あなたのことはとっくに引き受けているわ、ラングレン。まったくもう」

ＭＣが出ていくと、看護師が大きな花束を持って入ってきた。だれかからのお見舞いだろう。警察署。凶悪犯罪課の仲間たち。ＭＣ。

ジョーからでありますように。

にこやかにほほえみながら、看護師は花束をベッドのそばに置いた。キットは彼女が出ていくのを待って、添えられているカードを手にとった。しかし、それを開かずに、おそるおそる両手ではさんだ。胸がどきどきする。ジョーからの花束でないのなら、まだ知りたくない。

まだよ、とキットは思った。時間はたっぷりあるわ。たっぷりと。

＊本書は、2007年8月にMIRA文庫より刊行された
『天使は同じ夢を見る』の新装版です。

天使は同じ夢を見る

2023年12月15日発行　第1刷

著　者　エリカ・スピンドラー
訳　者　佐藤利恵
発行人　鈴木幸辰
発行所　株式会社ハーパーコリンズ・ジャパン
東京都千代田区大手町1-5-1
03-6269-2883（営業）
0570-008091（読者サービス係）
印刷・製本　中央精版印刷株式会社

この書籍の本文は環境対応型の植物油インクを使用して印刷しています。

ISBN978-4-596-53239-8